Where Angels Fall

Magdalena Gammel wurde 1997 in München geboren. Literatur und Film waren schon immer ihre Leidenschaft. Ein paar Ausflüge in die Schauspielerei machten ihr aber klar, dass sie die Geschichten lieber erzählt, als sie darzustellen. Auf das Kunst-Abitur folgte eine Ausbildung zur Mediengestalterin für Bild und Ton, was sie nach Hamburg brachte. Dort lebt und schreibt Magdalena momentan, wenn sie nicht gerade im südafrikanischen Busch bei ihrer Familie nach neuen Abenteuern sucht.

Weitere Bücher der Autorin im Loomlight-Verlag:

Juniper Moon
Bd. 1: Das Geheimnis von Arcanum

Juniper Moon
Bd. 2: Das Schicksal von Arcanum

Für mehr Informationen über Magdalena Gammel und ihre Bücher folgt der Autorin auf: www.instagram.com/magdalena.gammel

MAGDALENA
GAMMEL

Where Angels Fall

LOOM
LIGHT

Für alle Verlorenen, die sich noch finden müssen und mutig genug sind, sich auf die Suche zu machen.

1.
Risiken und Nebenwirkungen

Meine kleine Rebellion im Morgengrauen könnte mich den Himmel kosten, denn zum ersten Mal brach ich eine *ihrer* Regeln.

Wandere niemals allein durch die Stadt der Engel.

Aber eine geringe Dosis gewaltfreien Ungehorsams war nur dann schädlich, wenn sie mich erwischten.

Jophiel zog mir die Kapuze meines Mantels über den Kopf und hob mahnend den Zeigefinger.

»Du wartest genau hier, bis ich dich wieder abhole, verstanden?« Sie hatte die bezaubernde Stimme einer Sirene, konnte aber den schneidenden Befehlston eines Feldmarschalls imitieren, wenn es ihr so ernst war wie jetzt.

Ich nickte ergeben und tätschelte wie nebenbei Jedidas Kopf, den sie an meinem Bein rieb, weil ihr meine Nervosität nicht entging. Die schneeweiße Füchsin fühlte meine Emotionen oft, bevor ich sie überhaupt verstanden hatte, obwohl sie Jophiels Begleiterin war und nicht meine.

»Was, wenn du aufgehalten wirst? Wenn du nicht rechtzeitig wiederkommst«, warf ich zum hundertsten Mal meine Bedenken ein.

»Dann hattest du von mir die Erlaubnis, hier zu sein.«

»Und wenn das jemand dem Chor verrät?«

»Dann haben wir wenigstens beide ein Problem.«

Ich zog die Stirn kraus und sah sie vorwurfsvoll an, weil mir nicht gefiel, was für Risiken Jophiel seit einiger Zeit bereit war einzugehen. Zwischen ihr und dem Chor war irgendetwas vorgefallen – irgendetwas war in die Brüche gegangen. Als Botschafterin des Himmels hatte sie stets die Gunst der Erzengel genossen und deren Willen mit treuem Gewissen ausgeführt. Inzwischen zog jedoch alles, was mit ihnen zu tun hatte, Jophiels Laune in den Keller.

»Mach dir nicht zu viele Gedanken, Elodie«, sagte sie und schenkte mir ihr schönstes Lächeln. »Die Stadt ist doch jetzt schon so gut wie leer gefegt und keiner wird auf die Idee kommen, den Berg zu verlassen, bevor der Meteorschauer vorbei ist.« Das war ein gutes, mich durchaus beruhigendes Argument. Zwar fieberte ich bereits seit Tagen auf das heutige Spektakel hin, hatte mir aber bis zu unserem kurzen Flug durch die Nacht nicht vorstellen können, dass sich wirklich alle Engel im Berg *Tabbur* versammeln würden. Dieser bildete das Zentrum der Stadt und leuchtete wie eine überdimensionale Glühbirne. Eigentlich glich er eher einer Festung, deren filigrane und reich verzierte Tore, Balkone, Säulen und Zinnen kunstvoll ineinander übergingen. Und alles war, so wie der Rest der Stadt, mit Glas veredelt und von Pflanzen überwuchert.

Heute versammelten sich dort die Bewohner von Aeternitas. Jeder durfte kommen. Jeder, nur ich nicht.

Aber den Meteorschauer, dessentwegen sich alle dort zu Speis und Trank trafen, würde ich trotzdem nicht verpassen. Er symbolisierte den größten Triumph des Himmels, denn angeblich bestand er aus den Resten von Luzifers Palast. Dieser war vor langer, langer Zeit durch die anderen Erzengel zerstört worden, als sie ihren Bruder besiegt und verbannt hatten. Seitdem zogen die Trümmer in großen Kreisen um die Welt, wobei alle dreihundert Jahre Teile davon wie Sternschnuppen in der Atmosphäre der Stadt verglühten. Irgendwann würde auch das letzte Staubkorn des einst prächtigsten Hofes verschwunden sein, sodass nur noch Erinnerungen von dem Himmelsspektakel berichten würden. Das hier könnte meine erste und auch letzte Chance sein, denn dreihundert Jahre zu überleben war eine knifflige Aufgabe.

»Am liebsten würde ich bei dir bleiben«, sagte Jophiel und zog ihre perfekt geschwungenen Augenbrauen zusammen. »Aber so kann ich dir wenigstens etwas Kleines mitbringen. Irgendetwas Süßes. Als Wiedergutmachung.« Sie zögerte, dann fand ich mich plötzlich in einer oberflächlichen Umarmung wieder. Obwohl wir uns schon so lange kannten, war die Zurschaustellung von Emotionen nicht unsere Sache. Das lag vor allem an Jophiels würdevoller Art und meiner einstudierten Zurückhaltung.

»Du musst nichts wiedergutmachen.« Ich erwiderte den Druck ihrer Arme, wusste, dass sie die Wahrheit sagte und wirklich lieber mit mir zusammen den Meteorschauer beobachtet hätte. Aber es war ihre Pflicht, im Berg zu erscheinen und dem Chor Respekt zu zollen.

Rasch löste sich Jophiel von mir, was mich mit einer eigenartigen Leere zurückließ. Wie lange hatte ich schon keine Umarmung mehr gespürt? Jahre vermutlich.

»Viel Spaß«, sagte ich und kraulte Jedida zum Abschied hinter den seidigen Ohren. Sie leckte mir schnell über die Hand, bevor sie zu Jophiel eilte, die bereits ihre himmelblauen Flügel ausgebreitet hatte. Die Mauern der Stadt strahlten ohne Unterlass ein warmes Licht aus, was die Federn der mächtigen Schwingen wie Diamanten funkeln ließ.

Als Jophiel abhob und Jedida ihr als weißer Nebel folgte, verschlug es sogar mir die Sprache. Sie war ein so wunderschöner, graziler Engel, mit goldenem Haar und elfenbeinfarbener Haut. Natürlich wusste Jophiel, was für einen Anblick sie in diesem Kleid aus silbernen Schleiern abgab.

Die Morgenröte malte rosige Pinselstriche an den Horizont, sodass sich in den Wolken die Farben eines neuen Tages mit dem dunklen Blau der Nacht vermischten.

Ich sah dabei zu, wie Jophiel auf einem der vielen Balkone des Berges landete, von eifrigen Dienern empfangen wurde und im Inneren verschwand. Der kurze Stich der Eifersucht traf mich bei dem Gedanken an das Gelächter, die geteilte Vorfreude und das Gefühl von Zugehörigkeit.

Ich schnupperte und nahm den köstlichen Duft wahr, der durch die gesamte Stadt wehte. Frischer Beerenwein, glasierte Früchte, die es nur in Aeternitas zu ernten gab, in Honig gebratenes Gemüse, das mit nichts aus der Menschenwelt zu vergleichen war.

Mein Magen knurrte, aber ich würde niemals in den Genuss der Speisen kommen, die im Berg vermutlich auf endlos langen Tafeln serviert wurden.

Aus diesem drang fröhliche Musik, Harfen- und Geigenspiel, die zum Tanz aufforderte.

Um mich nicht länger selbst zu quälen, zog ich mich unter die Kuppel des Donnerturms zurück, auf dem mich Jophiel abgesetzt hatte. Er und die anderen Türme standen um *Tabbur* herum und waren für das Wetter auf der Erde zuständig, genauso wie die Wasserspeier, Blitztempel und Sonnenmühlen. Tag und Nacht wirkten sie ihren Einfluss aus, nur der Turm, auf dem ich mich befand, hatte schon vor langer Zeit ausgedient.

Der rote Schein am Ende der Welt wuchs und plötzlich wüteten Blitze wie Drachen durch den Himmel. Ich krallte mich am Geländer fest und wartete auf den ersten Donnerschlag, mit dem die Erzengel erscheinen würden.

Obwohl die Stadt bereits in einem Meer aus Wolken schwebte, befanden sich ihre Höfe noch einmal einige Hundert Meter über den Dächern von Aeternitas, sodass zwischen uns und ihnen der Horizont lag. Viel mehr als dicke Wolkenberge, die von Nordlichtern durchzuckt wurden, sah man jedoch nie, denn diese umgaben die drei Paläste wie Schutzmauern.

Auf meiner Haut bildete sich eine feine Gänsehaut, was längst nicht mehr an der Kälte des Morgens oder meinem kleinen Regelverstoß lag.

Der erste Knall klang wie das Malmen von gigantischen Zähnen, als würde eine Riese an einem Gebirge herumknabbern. Das Gewitter über der Stadt begann zu splittern und durch die Risse drang reines Licht. Es begleitete die drei Gestalten, die sich weder zu schnell noch zu langsam dem Berg näherten.

Michael, Gabriel und Raphael.

Ihre ausholenden Flügelschläge waren bis hierher zu hören und brachten die Luft mit all ihrer Macht zum Zittern. Ihre Federn wirkten wie aus Licht und Nebel gesponnen, dabei konnten sie schärfer als jeder Dolch sein.

Am liebsten hätte ich an Ort und Stelle eine Flunder imitiert und mich flach auf den Boden gepresst oder mich anders verborgen. Erzengel waren nicht gerade dafür bekannt, unaufmerksam zu sein, und ich bezweifelte, dass die drei Mächte des Himmels schlaftrunkene Morgenmuffel waren, die alles um sich herum ignorierten, bevor sie nicht ihren ersten Kaffee hatten.

Aber um mich zu entdecken, müssten sie schon ganz genau

hinsehen und wissen, wonach sie zu suchen hatten. Glücklicherweise taten sie das nicht, sondern hielten geradewegs auf den Berg zu.

Mit formvollendeter Eleganz landete der erste Erzengel auf einem der Felsvorsprünge und schüttelte seine Schwingen. Es musste Michael sein. Der Älteste von ihnen. Selbst von hier erkannte ich sein goldenes Haar und das reine Weiß seiner Flügel, welche von einem perlmuttfarbenen Schimmer umstrahlt wurden. Regentropfen aus den Wolken rieselten wie Sternenglanz von seinen Flügeln, als er diese zusammenfaltete. Er und die anderen bildeten zusammen mit vier weiteren Engeln den *Chor von Aeternitas*, welcher bereits seit Anbeginn der Zeit für die Stadt und so ziemlich alles den Himmel Betreffende die Verantwortung trug.

Die Landung der anderen konnte ich nicht länger bestaunen, denn plötzlich drehte sich der Wind und trug einen eigentümlichen Geruch heran. Ich erstarrte und atmete tief ein, nicht sicher, ob mir meine Sinne einen Streich spielten. Aber es war eindeutig.

Blut. Es lag der Gestank von Blut in der Luft.

So etwas hatte ich in der Stadt der Engel noch nie gerochen. Hier ging es meistens sehr geordnet und friedlich zu, was wohl an der strengen Hierarchie und den drakonischen Gesetzen lag. Natürlich gab es Streitereien und Unstimmigkeiten, auch die ein oder andere körperliche Auseinandersetzung, aber dem schweren Geruch zufolge, der direkt aus dem Garten unter mir kam, verlor gerade irgendjemand eine Menge Blut.

Unschlüssig trat ich auf der Stelle, starrte angestrengt in den Garten, doch es war unmöglich, etwas Genaueres zu erkennen. Der Garten trennte den Donnerturm vom Berg und war ein einziges Labyrinth aus Hecken und Hügeln, über die kreuz und quer steinerne Treppen führten.

Ich konnte nicht einfach herunterklettern und nachschauen, ob jemand meine Hilfe brauchte. Für gewöhnlich hielten Engel viel aus und ich würde mich damit nur in unnötige Schwierigkeiten bringen.

Aber was, wenn es wirklich ernst war? Wenn jemand im Sterben lag und Hilfe brauchte?

Meine menschliche Hälfte hatte stets eine ungesunde Neugierde empfunden, während der Engel in mir bei jedem noch so kleinen Risiko um seine Chance auf einen Platz im Himmel fürchtete. Zu Recht.

Ich legte den Kopf zurück, denn der Meteorschauer müsste jeden Moment beginnen. Die Erzengel öffneten zum ersten Mal, seit ich in der Stadt war, die Schilde um ihre Höfe, sodass alle Wolken an den Rand getrieben wurden, und man freie Sicht auf die drei gigantischen Paläste hatte. Darüber tat sich ein makelloser Himmel auf, hinter dem die Endlosigkeit des Alls wartete.

Die Höfe schwebten schwerelos über der Stadt und waren aus unterschiedlichem Gestein erbaut.

Violetter Amethyst, schwarz-silberner Hämatit und weißer Mondstein.

Allein für diese freie Sicht hatte sich mein Verstoß gegen die mir auferlegten Regeln gelohnt. Ich schnupperte, in der Hoffnung, dass der metallische Geruch verflogen war und ich mich nur geirrt hatte, als durch die Lüfte etwas ganz anderes zu mir drang. Ein Gefühl von Hoffnungslosigkeit. So schwer wie Blei auf meiner Brust, so dunkel wie die Ängste in meinem Herzen.

Ich sträubte mich, brach mir zwei Nägel ab, bei dem krampfhaften Versuch, Halt am Geländer zu finden.

Dann erklang ein Schrei, den ich nur in meinem Innersten hören konnte, weil er aus den Tiefen eines anderen Wesens stammte. Ein Schrei voller Schmerz, Kummer und Leid.

Er hallte durch meinen Körper, ließ Knochen knirschen und Sehnen reißen. Kurz glaubte ich, wie ein altes Haus einzustürzen, doch dann ebbte der Schmerz ab und nichts als Leere blieb zurück.

Schweiß stand mir auf der Stirn und meine Augen tränten. Mir war sofort klar, von welchem Wesen diese Lawine gekommen war, auch wenn ich nicht verstand, was sie hätte lostreten können.

Jede Abwägung von helfen oder nicht helfen, gehorchen oder nicht gehorchen, war plötzlich hinfällig. Ich kletterte über den Balkon, griff nach einer der Wurzeln, die den Turm umarmten, und seilte mich hinab in die Tiefe.

Ohne Flügel war Aeternitas ein einziger Klettergarten.

Meter für Meter näherte ich mich dem Boden und warf dabei immer wieder hektische Blicke hinter mich.

Die ersten Sonnenstrahlen eroberten den Horizont und brachen in einer Welle aus orangerotem Licht über die Stadt herein. Der Frühnebel lichtete sich und gab frei, was für mich auch nach Tausenden solcher Tagesanbrüche noch immer nicht weniger als ein Wunder war. Aus Marmor gemeißelt und mit Glas verziert – von Unsterblichen erschaffen.

Tauben stoben von filigranen Türmchen und flatterten zwischen den zahllosen Zinnen hindurch. Es blieben Minuten, vielleicht auch nur noch Sekunden bis zum Meteorschauer.

Endlich spürte ich festen Boden unter den Füßen und rannte augenblicklich los, dem Gefühl von Verzweiflung entgegen.

Immer tiefer trieb es mich in den Garten hinein, direkt auf den Berg zu. Brücken aus Glas führten über Bächlein und Teiche. Improvisierte Treppen, die eigentlich nur versetzte Granitplatten waren, wanden sich Hügel hinauf und wieder hinunter, waren Teil moosbewachsener Mauern oder verschmolzen mit dichten Hecken.

Noch konnte ich umkehren, den Turm wieder hinaufklettern und so tun, als hätte ich nichts gespürt. Wenn mich jetzt ein Engel erwischte, würde auch Jophiel mir nicht mehr helfen können.

Riskiere nichts und verhalte dich unauffällig!

Am liebsten hätte ich die Stimme meiner Vernunft in einem der umliegenden Teiche ertränkt.

Sie war sonst ein treuer Begleiter, hielt mich stets von Dummheiten ab und meine Prioritäten im Gleichgewicht.

Aber gerade eben konnte ich nicht anders, als unvernünftig zu sein. Dieser Schrei, den ich auf dem Turm gehört hatte, war lauter als alles andere.

Ich bog um die nächste Ecke und stand plötzlich direkt vor den Mauern des Berges, wo ich so abrupt abbremste, dass ich beinahe über meine eigenen Füße stolperte.

Vor mir führte eine mindestens fünf Meter breite Treppe zu einem Tor im Berg. Über ihre glatten Stufen floss Blut.

Ich vergaß zu atmen, spürte, wie mein Kreislauf absackte und ich mit einem Schlag alles, was ich heute nach dem Aufstehen getan hatte, zutiefst bereute. Ich hätte im Bett bleiben sollen ...

Der Schrei war von einem Schatten gekommen, da war ich mir sicher. Von dem Begleiter eines Engels. Zusammen mit diesen, wurden sie aus himmlischem Licht geboren und spiegelten, in weißer Tiergestalt, das Innere ihrer Herren wider.

Es gab keine engere, stärkere Verbindung, als die zwischen einem Engel und seinem Schatten, denn auch wenn beide keine Seele besaßen, teilten sie sich ein und dieselbe Essenz.

Aber auf den ersten der fast fünfzig Stufen lag kein verwundeter Schatten, sondern ein Engel. Blutüberströmt.

Seine Flügel waren erschlafft, die Federn stumpf und glanzlos.

Schwerfällig machte ich einen Schritt nach vorne. Die Stimme der Vernunft war verstummt, als hätte dieser brutale Anblick sie zum Schweigen gebracht.

Je näher ich dem Engel kam, desto mechanischer fühlten sich meine Bewegungen an. Das schnelle Laufen hatte meinen Atem beschleunigt und mein Herz zum Rasen gebracht, doch beides wurde jetzt unnatürlich langsam. Watte legte sich auf meine Ohren, verbannte alle Geräusche der Außenwelt. Mit weichen Knien betrat ich die Treppe, schleppte mich drei blutige Stufen hinauf, beugte mich über den Engel und bewegte meine zitternde Hand an seinen Hals.

Ich war eine gute Heilerin, aber die Katastrophe, in die ich hier gestolpert war, überforderte auch meine Fähigkeiten.

Meine Finger fanden seine Halsschlagader, tasteten nach einem Puls, fanden jedoch keinen. Er war tot.

Wie gelähmt sackte ich auf die Stufen und ließ den Blick über den leblosen Körper wandern. Mein Hirn war wie leer gefegt.

Ich wusste, dass nur ein Engel mächtig genug war, um einen anderen Engel zu töten, das hieß, ein Mörder schlich durch die Gassen der Stadt. Das war absurd, völlig absurd.

Engel durften nicht töten. Niemals und unter keinen Umständen. Das war eines ihrer heiligsten Gesetze. Und gegen sie zu verstoßen, eines ihrer schlimmsten Sakrilege.

Verzweifelt versuchte ich meine Taubheit abzuschütteln und die Situation möglichst analytisch zu betrachten. Der Verwundete war ein Wächterengel. Das verriet mir seine kobaltblaue Rüstung, die aus einem Material gegossen war, das keine gewöhnliche Waffe hätte beschädigen können. Den Brustharnisch zierten goldene Gravierungen, die nun aber größtenteils von Blut verdeckt wurden. Die Waffe, die ihn getötet hatte, hatte das Metall wie eine Nussschale aufgebrochen. Sie war so tief eingedrungen, dass ich Muskelgewebe und Knochen klar in dem zerfetzten Fleisch erkennen konnte. Ein einziger Hieb, direkt ins Herz. Rundherum fraßen sich weiße Linien, wie kleine Blitze, durch die zerstörte Haut. So wie das aussah, war die Waffe nicht besonders scharf gewesen. Im Gegenteil. So ein grober Einstich konnte nur von etwas mit stumpfer, unebener oder sogar rostiger Klinge kommen.

Schnell zog ich meine feuchten Hände zurück, als ich bemerkte, dass sie die blutbeschmierte Rüstung berührt hatten. Kalte, klare Energie sprudelte durch meine Venen, weckte den Drang, zu retten, was nicht mehr zu retten war.

Ich erhob mich, nicht sicher, was ich nun tun sollte.

Hilfe rufen?

Dann würden die Erzengel erfahren, dass ich in der Stadt unterwegs gewesen war.

Ihn hier einfach liegen lassen?

Dagegen sträubte sich mein Gewissen. Aber irgendjemand würde ihn schon finden und dem Chor melden, dass es einen Mord gegeben hatte.

Himmel! Allein diese Worte zu denken, fühlte sich falsch und unwirklich an.

Den Blick noch immer auf die Leiche gerichtet, zog ich mich langsam zurück.

Auch wenn vermutlich niemand anderes außer mir den Schrei des Schattens gehört hatte, so würde jeder Engel in unmittelbarer Nähe den Geruch von Blut riechen können. Im schlimmsten Fall würde sich jeden Moment die Tür dort oben öffnen und ein weiterer Wächterengel – oder – viel schlimmer – ein Erzengel uns entdecken.

Huu-hu.

Ein Heulen ließ mich erschrocken zusammenfahren. Automatisch fiel mein Blick gen Himmel, denn ich war es gewohnt, stets über mir die Gefahr zu finden. Doch kein Engel war zwischen den Treppen, die in den Berg hineinführten, zu sehen. Meine Finger wurden feucht, sodass sich das getrocknete Blut mit dem Schweiß auf meinen Handflächen vermischte. Das Heulen wurde lauter, flehentlicher. Es schien von der Treppe zu kommen, auf der der tote Engel lag. Dort war unter den Stufen ein Freiraum, groß wie ein Tunnel und von beiden Seiten betretbar. Vorsichtig linste ich um die Mauer und entdeckte im diffusen Licht ein weißes, zusammengesacktes Federbündel.

Mir klappte der Mund auf, aber viel mehr als ein ersticktes Keuchen brachte ich vor Überraschung nicht hervor.

Das da vor mir war eine Eule. Keine, wie man sie aus der Menschenwelt kannte. So strahlend weiße Federn, wie aus Licht und Nebel gewebt, hatten nur ganz bestimmte Wesen. *Schatten.*

Das musste der Begleiter des Engels sein, dessen Schrei ich gehört hatte, als dieser ermordet worden war. Nur warum lebte er noch?! Begleiter starben mit ihren Herren, aber das zitternde Häufchen Elend da vor mir war ganz offensichtlich lebendig. Vollkommen verstört, blutbesudelt und in tiefer Trauer – aber lebendig.

Ganz langsam ging ich in die Hocke und streckte der Eule meine Hand entgegen. Sie zuckte zurück, bewegte zaghaft die Flügel, als habe sie längst alle Kraft verlassen. Doch verletzt schien sie nicht, das Blut musste von ihrem Herrn stammen.

Ich redete ihr gut zu und hoffte, dass sie noch nicht zu verwirrt war, um mir zu vertrauen. Jedem anderen hätte ich davon abgeraten, fremden Schatten auch nur zu nahe zu kommen. Der Schnabel war groß genug, um mir mit einem gezielten Hieb die Hand zu durchbohren, und die Krallen lang wie Schaschlikspieße.

Ich wusste nicht, wie es sein konnte, dass sie noch lebte, während der Engel tot auf den Stufen lag, und ihr schien das ein genauso großes Rätsel zu sein. Die blauen Augen bettelten förmlich darum, sie von ihrer Trauer zu erlösen, sie dem Toten hinterherzuschicken, um diesen unnatürlichen Zustand zu beenden.

»So etwas habe ich auch noch nie gesehen.«

Ich fuhr herum, was die Eule panisch aufschreien ließ. Sie schlug wild mit den Flügeln und brachte sich damit selbst aus dem Gleichgewicht. Verängstigt zog sie sich wieder tiefer in den Schutz der Treppe zurück, während ich mich schützend vor ihr positionierte und den Mann anstarrte, zu dem die Stimme gehörte. Die Arme lässig vor einer muskulösen Brust verschränkt, lehnte er entspannt an der Säule einer Treppe, keine drei Meter von uns entfernt.

Die Eule krächzte kläglich. Der Fremde schnalzte bei ihrem Gezeter mit der Zunge und drückte sich geschmeidig von der Wand ab.

»Sie lassen für gewöhnlich niemanden außer ihren engsten Vertrauten an sich heran, schon gar nicht in einem solchen Zustand.« Statt der Eule sah er mich neugierig an und ließ den Blick einmal an mir hinabwandern.

Ich hielt stand und musterte ihn meinerseits, tat es aber lange nicht so selbstgefällig wie er.

Das Erste, was mir an ihm auffiel, war seine verlotterte Erscheinung. Hemd und Hose hatten die beste Zeit längst hinter sich. Das schwarze Haar war zerzaust, einige Strähnen vollkommen verklebt. Trotzdem glich sein Auftritt dem eines Engels, denn unter all dem Schmutz verbarg sich ein markantes Gesicht mit makelloser, von der Sonne geküsster Haut.

Das Zweite, was mir auffiel, war, dass er keine Flügel hatte.

Und diese Tatsache beunruhigte mich weitaus mehr als seine schäbige Erscheinung. Denn ich war das einzige Wesen in Aeternitas, das keine Flügel besaß, und das war nichts, auf das man hätte stolz sein können. »Wer oder was bist du?«

Der Mundwinkel des Fremden zuckte – eine kleine Geste, die mehr Spott barg, als meiner Meinung nach nötig gewesen wäre.

»Was denkst du denn, was ich bin?«

Fand er das auch noch amüsant? Wer war denn so umnachtet, Spielchen spielen zu wollen, während im Garten die Leiche eines Unsterblichen lag.

»Jedenfalls kein Halbengel«, sagte ich knapp und ballte die Hände zu Fäusten.

Er schmunzelte und betrachtete abfällig den Berg, der über uns aufragte, als richtete er seine nächsten Worte direkt an ihn.

»Nein, gewiss nicht. Der ach so heilige Chor von Aeternitas duldet in seiner Stadt nur einen Halbengel, und dieser bist du, nicht wahr?«

Ich antwortete nicht, was er lediglich mit einem Schulterzucken quittierte. Dann rieb er sich nachdenklich das

Kinn und zog fragend die Stirn in Falten. »Korrigier mich, wenn ich falsch liege, aber haben dir meine Brüder nicht ausdrücklich verboten, allein durch die Stadt zu spazieren?« Er lächelte mich charmant an. »Dir könnte sonst etwas passieren.«

Ich atmete scharf ein. Woher wusste er das?! Mit überheblichem Blick trat er einen Schritt auf mich zu. Ich konnte nicht zurückweichen, weil direkt hinter mir die Eule kauerte und fauchende Laute von sich gab. Etwas, was ich so noch nie gespürt hatte, umgab den Mann. Alle Lebewesen strahlten eine Aura aus, eine eigene Duftnote, die sie umhüllte. Die seine roch nach Kiefern und orientalischen Gewürzen und wurde getragen von einer heißen Energie. Einer *höllisch* heißen Energie.

»Dämon«, entfuhr es mir, als es in meinem Kopf endlich *klick* machte. Das Wort hing schwer zwischen uns, obwohl meine Stimme dünn wie die einer Sterbenden klang. Seine Macht drängte gegen die kühle Essenz meines Engels, nicht schmerzhaft, aber unmissverständlich präsent.

»Etwas unpräzise«, sagte er, wobei sich ein gefährliches Funkeln in seine bernsteinfarbenen Augen stahl.

Er hatte von seinen *Brüdern* gesprochen, von den Engeln des Chors, obwohl er selbst keine Flügel besaß. Dann musste er ein Dämonenfürst sein. Jene Engel, die aus dem Himmel auf die Erde gefallen waren. Bei solch einem Sturz verbrannten ihre Schwingen, was sie dazu verdammt, mit einem kümmerlichen Rest ihrer einstigen Macht unter den Sterblichen zu leben. Ein Schicksal, das die wenigsten akzeptieren, weshalb ihnen nur noch der Abstieg in die Hölle blieb. Dort lockte eine ganz andere Form von Macht, wenn sie ihre Herzen im Fegefeuer badeten und damit auch die letzten Fetzen ihrer himmlischen Essenz vernichteten. So wurden aus gefallenen Engeln Dämonenfürsten, mit pechschwarzen Schatten.

Ich war noch nie einem begegnet, obwohl mein Vater, den ich nicht kannte, einer von ihnen gewesen sein musste.

Mit meiner Mutter, einer sterblichen Frau, hatte er ein Kind gezeugt, was strengstens verboten war und mit Verbannung bestraft wurde. Leider hatte mir der Chor nicht einmal seinen Namen sagen können und ich wusste keine weiteren Details über meine Eltern, die die Liste der gefallenen Engel eingrenzten.

Aber wenn ich mir diesen fremden Mann ohne Flügel, in dessen Aura die bedrohliche Hitze der Hölle brodelte, so ansah, war es vielleicht ganz gut, dass die Suche nach meinem verbannten Vater bis jetzt erfolglos verlaufen war.

Dämonenfürsten waren gefährlich.

Und sie hatten in Aeternitas eigentlich Hausverbot.

Plötzlich fuhr die Eule mit einem alarmierenden Schrei auf und schlug mit den Flügeln so heftig gegen die Mauer der Treppe, dass sich jeder andere Vogel längst die Knochen gebrochen hätte. Ich verstand nicht, was sie so in Panik versetzte, als ich direkt hinter ihr, auf der andere Seite der Stufen, eine gigantische Gestalt entdeckte, die uns lauernd beobachtete. Feuerrote Augen ruhten in einem dicken Schädel, der zu einem aus Rauch geformten Körper gehörte. Es war ein Wolf – mit tellergroßen Tatzen, auf denen er langsam und lautlos näher kam.

»Keine Angst«, sagte der Dämonenfürst hinter mir. »Hadar findet Geflügel ungenießbar und hübsche Mädchen verschont er für gewöhnlich.«

»Soll das amüsant oder auf schräge Weise beruhigend

sein?«, flüsterte ich erstickt, denn weder konnte ich über seine Worte lachen noch irgendeinen Trost in ihnen finden.

»Natürlich beides«, lachte er, wofür ich ihm einen verständnislosen Blick zuwarf. Entweder war er vollkommen wahnsinnig oder ich zu dumm, um die Gefahr richtig einzuschätzen. Aber egal, was von beidem zutraf, ich musste hier verschwinden. Er hatte den Engel nicht umgebracht, dafür fehlte ihm die Macht, was ihn aber noch lange nicht unschuldig machte – geschweige denn die Frage beantwortete, warum er hier war.

»Ich sollte gehen.« Eine dämliche Aussage, die den Fremden zu Recht zum Lächeln brachte.

»So plötzlich?«

»Ist das ein Problem?«

»Nein ... nur etwas enttäuschend. Du hast so einiges riskiert, um dem Schrei dieses Schattens zu folgen und möchtest nun ohne ihn einfach so verschwinden?«

Ich presste die Kiefer zusammen und stellte mich schützend vor die Eule. Als ob ich das verstörte Geschöpf bei ihm lassen würde. Ganz bestimmt nicht.

»Was willst du von ihr?«

Der Dämonenfürst wiegte den Kopf hin und her, als müsse er seine Antwort genau überdenken.

»Nicht das Geringste. Wir können diesen Schatten nur leider nicht in deiner Obhut lassen.«

»Wir?«

Er hob das Kinn und sah wie nebenbei nach oben, woraufhin ich seinem Blick folgte und mit Schrecken erkannte, dass über mir, am Rand der obersten Treppenstufe, eine weitere Gestalt stand. Durch die tief ins Gesicht gezogene Kapuze konnte ich keine genauen Züge erkennen, aber der

Statur zufolge war es ein Mann – ohne Flügel. Hatte ich versehentlich ein geheimes Nest von Dämonenfürsten angestochen oder woher kamen die alle so plötzlich?

»Habt ihr den Wächterengel umgebracht?«, platzte es aus mir heraus. Inzwischen zitterte ich am ganzen Körper. Meine Haut war mit einem dünnen Film von Angstschweiß überzogen.

Der Dämonenfürst machte eine wegwerfende Handbewegung und blinzelte mich unschuldig an.

»Wie hätten wir das anstellen sollen, meine Liebe?«

Guter Punkt.

Aber irgendetwas hatten sie mit dem Mord zu tun. Um das zu erkennen, musste man nun wirklich keine Detektivin sein.

»Der Schatten kommt mit mir.« *Oho*, jetzt gab ich also schon Befehle? Allein der Tonfall passte nicht zu mir und das schien dem Dämonenfürsten auch aufzufallen. Sein Mundwinkel zuckte nach oben und er grinste mich spöttisch an.

»Sieh einer an. Da scheint wohl jemand das Herz einer wahren Kämpferin zu besitzen. Wie ungewöhnlich für euresgleichen.«

Das schmerzte mehr, als ihm bewusst sein konnte. Halbengel hatten sich im Laufe der Zeit, besonders im vergangenen Jahrzehnt, nicht gerade mit Ruhm bekleckert.

Hexenjäger und Fanatiker waren unter ihnen gewesen, die sich damals einem Tyrannen namens Claudius angeschlossen hatten, um Arcanum, die Stadt der Hexen und Dämonen, zu vernichten. Aber damit hatte ich nichts zu tun. Diesem gefallenen Engel, der Arcanum erobert und seine Bewohner achtzehn Jahre unterdrückt hatte, war ich niemals begegnet. Lediglich von seinen Missetaten und dem Blutvergießen der Halbengel, die ihm gefolgt waren, hatte ich gehört.

Egoistische, den Namen des Himmels missbrauchende Monster. Ich war mehr als froh gewesen, als es dem jetzigen Zirkel von Arcanum gelungen war, diese Schreckensherrschaft zu beenden und wollte mit den Verbrechern von damals nicht in einen Topf geworfen werden.

Der Dämonenfürst schien zu erkennen, dass er mit seiner Stichelei direkt ins Schwarze getroffen hatte, denn er schmunzelte zufrieden und wurde mir damit zum ersten Mal so richtig unsympathisch.

Es war an der Zeit, dass ich und das kleine tierische Rätsel hinter mir verschwanden. Doch dafür mussten wir zusammenarbeiten.

Meistens vertrauten mir Schatten selbst dann, wenn sie mich noch nie gesehen hatten. Es war eine Gabe. Eine, dank der ich mit dem Licht des Himmels kommunizieren konnte. Dieses floss besonders stark durch die Begleiter von Engeln, aber so verwirrt, wie mich die Eule momentan musterte, war es fraglich, ob sie mir noch Zugang zu ihrem Bewusstsein erlauben würde.

Ich rief die Dunkelheit vor mein geistiges Auge, denn in dieser konnte ich nach der Essenz himmlischer Wesen suchen. Als weiße Sonnen, bunte Lichtstrudel oder funkelnde Sterne erhellten sie die lebendige Finsternis und waren gefüllt mit Emotionen oder Eindrücken, manchmal sogar mit klaren Bildern und Erinnerungen.

Mit dem festen Ziel, den Verstand der Eule zu finden, marschierte ich durch die endlose Finsternis und sandte sanfte Strahlen meiner eigenen Macht aus, die die Schwärze für einen Moment erhellten und wie weiße Vögel durch sie hindurchflatterten.

Nach wenigen Sekunden trafen sie auf ein kleines flimmerndes Etwas aus trübem Licht, das einsam in der Dunkelheit schwebte. Es war das Bewusstsein der Eule, das bereits reichlich ramponiert und durcheinander war. Voller verschwommener, blutiger und pechschwarzer Horrorszenarien. Ich berührte ihren Verstand, um sie aus ihrer Lethargie zu befreien, keine Sekunde zu früh, denn hinter uns schoss der Wolf mit einem markerschütternden Heulen nach vorne, das Maul weit aufgerissen, um mich oder die Eule in Stücke zu zerreißen. Doch er erwischte keinen von uns beiden, denn der Begleiter des toten Engels stürzte sich mit ausgestreckten Krallen auf den Dämonenfürsten und ermöglichte uns so die Flucht nach vorn.

Ich schickte einen Pfeil eiskalten, weißen Lichts durch meine Fingerspitzen, das den Wolf direkt zwischen den Augen traf und ihn quer über die blutige Treppe schleuderte.

Dann feuerte ich einen zweiten Pfeil in Richtung des verhüllten Mannes, doch mein Angriff ging ins Leere, weil dieser längst nicht mehr auf der obersten Stufe stand. Ich sah ihn nirgends und hatte auch keine Zeit, mir Gedanken darüber zu machen, denn der Wolf hatte sich bereits erholt und kam knurrend auf mich zu. Schritt für Schritt wich ich zurück. Da schossen über der Stadt plötzlich die Meteore am Himmel entlang. Ich suchte die Verbindung zur Eule und schickte ihr ein einziges, flehendes Wort.

Flieh!

Dieses kam mit so viel Nachdruck, dass sie überrascht von ihrem Opfer abließ und steil in den Himmel stieg.

Dort rasten wie magisch angezogen aus dem letzten Rest der Nacht Hunderte von Sternschnuppen über den rotorangenen Himmel, direkt auf die Sonne zu.

Ich hatte ein wunderschönes Naturspektakel erwartet,

doch stattdessen krampfte sich mein Herz beim Anblick der verglühenden Meteore zusammen. Das Bild erinnerte an Engel, die mit brennenden Flügeln zu Boden stürzten, während die Asche ihrer verglühten Federn im Morgenwind zerstob. Ich wusste nicht, woher dieser Gedanke kam, aber allein die Vorstellung davon, dass unzählige Bewohner Aeternitas' bei ihrem Fall genauso aussehen würden, nährte meine Albträume für die kommenden Nächte.

Ich schüttelte diese absurde Fantasie ab, denn Engel fielen nicht einfach so, und versuchte das funkelnde Wunder über mir zu ignorieren.

Die Sternschnuppen zogen meterlange Schweife aus Licht hinter sich her und durchschossen die Wolken am Horizont, sodass diese von Blitzen und violettblauem Wetterleuchten erhellt wurden.

Das lenkte sogar den Dämonenfürst und seinen Schatten für einen Moment ab und gab mir genug Zeit, meine Kräfte zu sammeln. Ich hob die Hände und entsandte zwei nicht besonders starke, aber ausreichend helle Blitze, die direkt vor den Füßen des Fremden in den Boden einschlugen. Er sprang überrascht zurück, während ich an ihm vorbeihuschte.

Treppen hinauf und wieder hinunter, über Mauern, Hügel, zwischen Hecken hindurch. Mal links, dann wieder rechts, ohne Plan, ohne Sinn und Verstand. Im Garten kannte ich mich nicht aus, aber solange ich den Berg im Rücken behielt, würde ich schon irgendwie hinausfinden.

Nachdem ich zweimal beinahe gestürzt war, ließ ich die Gartenanlage endlich hinter mir und erreichte die ersten Gebäude der Stadt, wo ich sofort in eine der Gassen abtauchte. Fast alle Wege wurden vom Licht der Mauern oder bunten Kristallen, die in den Boden eingelassen worden waren, erhellt. Nachts hatte man beinahe das Gefühl, durch die Milchstraße zu laufen.

Außerdem halfen die kantigen Steine hervorragend dabei, nicht auszurutschen, wenn man wie eine Wahnsinnige um die Ecke schlitterte.

Zurück zum Donnerturm konnte ich nicht. Sie würden sehen, wie ich dort hinaufkletterte, und dann säße ich in der Falle.

Die Viertel von Aeternitas waren unterschiedlich hoch angeordnet und durch architektonische Meisterleistungen miteinander verbunden. Aus Marmor geschlagene Korridore und Straßen führten meterhoch über Marktplätze hinweg, unter denen wiederum gläserne Brücken zu den verschiedenen Tempeln führten.

Ich rannte einen überdachten Korridor mit offenen Außenwänden entlang, der zu einem der gigantischen Versammlungshäuser führte. Anstatt hineinzulaufen – ich war schließlich nicht wahnsinnig –, kletterte ich auf einen der äußeren Strebebögen, die den Hauptteil des Gebäudes mit nebenstehenden Bauwerken verband. Ich balancierte darauf über schwindelerregende Höhen, bis ich die Wand erreichte, an der ich mich, dank der vielen Ornamente, wie an einer Kletterwand bis zum Dach hinaufhangelte.

Wenn ich auch nur zur Hälfte ein Engel war, konnte ich mich dennoch auf meine Sinne und physischen Kräfte verlassen. So schnell wie ein Dämonenfürst war ich nicht, aber ich war flink und wusste mich in Aeternitas auch ohne Flügel zu bewegen.

Ich sprang auf das Dach und wurde abrupt von den Füßen gerissen. Zwei riesige Tatzen drückten auf meine Brust, drohten meine Lungen zu zerquetschen und mir die Rippen zu brechen. Aschiger Speichel tropfte auf meinen Hals und verbrannte mir die Haut. Einen Wimpernschlag lang lag ich wie eingefroren da, starrte in die glühenden Augen des Schattenwolfs, der die Zähne bleckte. Wenn er mir damit die Kehle herausriss, würde mich selbst ein Erzengel nicht retten können. Diese Mühe würde sich ohnehin keiner machen.

Der Schatten schnupperte an mir und rieb seine feuchte Nase an meinem Gesicht. Ich verkrampfte, drehte den Kopf zur Seite und wartete darauf, dass er zubiss.

»Du bist schnell.«

Die Stimme des Dämonenfürsten bohrte sich hart in meine Ohren. Mit einem hochmütigen Lächeln im Gesicht stand er am anderen Ende des Daches. »Aber Hadar und ich haben Jahrhunderte in dieser Stadt gelebt. Wir kennen sie in- und auswendig.« Bei jedem Schritt, den er auf mich zukam, füllten sich meine Augen mit Tränen. Ich wollte nicht sterben. Nicht so. Nicht hier.

Der Dämonenfürst kniete sich neben mich und beobachtete mit sanfter Geduld, wie ich meine Schluchzer zu unterdrücken versuchte.

»Ruf ihn.« Der Befehl kam so unerwartet freundlich, dass ich erst nicht begriff, was die Worte überhaupt bedeuteten. Wen rufen? Den Schatten? Ich blinzelte verwirrt, regte mich unter dem Wolf, der sofort ein mahnendes Knurren ausstieß.

Er besaß keinen noch so kleinen Lichtschimmer des Himmels mehr in sich, weshalb ich es gar nicht erst zu versuchen brauchte, eine Verbindung zu ihm aufzubauen.

Die Finger seines Herrn geisterten über meine feuchte Wange, aber ich wagte nicht, das Gesicht abzuwenden. Heiße Energie sickerte durch meine Haut und schoss in Form von brennenden Funken durch mein kühles Blut. Ich presste die

Lippen aufeinander, unterdrückte ein Stöhnen, was ihm ein Lächeln ins Gesicht zauberte.

»Du hast gehört, wie er geschrien hat, und er wird hören, dass du ihn rufst.«

Wusste er von meiner Gabe? Von dem, was mich mit den Begleitern von Engeln verband?

»Niemals«, brachte ich erstickt hervor und sah ihn so entschlossen wie möglich an. Ich war der Eule nichts schuldig, wollte nicht für sie sterben, aber allein der Gedanke daran, sie in den Tod zu locken, riss mein Herz entzwei.

Der Dämonenfürst hob die Stirn in Falten, aber bevor er mich erneut berühren konnte, verschwanden die Tatzen des Wolfes plötzlich von meiner Brust. Er heulte gepeinigt auf, schnappte blindlings hinter sich, bekam aber nichts zu fassen, sodass seine mächtigen Kiefer aufeinanderschlugen. Ich rollte mich herum, von dem Dämonenfürsten weg, und sah erschrocken, dass die Eule ihre Krallen in den Rücken des Wolfes gebohrt hatte. In einer Mischung aus weißen Federn und schwarzem Rauch kugelten beide Schatten über das Dach und versuchten sich gegenseitig zu zerfleischen. Der Wolf buckelte wie ein Pferd, die Eule hackte mit dem Schnabel nach seinen Augen. Beide kamen dem Rand des Daches gefährlich nahe, als die Eule plötzlich ihre Krallen aus dem massigen Körper löste und in die Luft schoss. Der Wolf setzte ihr nach, drückte sich kraftvoll mit den Hinterläufen ab und erwischte die Eule im Flug. Ich schrie auf, als seine Reißzähne an ihrem Hals zupackten und beide wie ein Sack Steine in die Tiefe stürzten.

Den Dämonenfürsten für einen Moment vergessend, sprang ich auf und eilte an die Kante des Daches. Dort lag sie, fünfzehn, vielleicht zwanzig Meter unter mir. Regungslos.

Der Wolf hatte der Eule den Kopf halb abgerissen. Ihre Flügel waren unnatürlich verdreht, der Körper zerschmettert. Schatten waren unsterblich wie ihre Engel. Aber der Engel dieses Schattens war bereits tot. Und nun würde sie ihm doch noch folgen.

Mein Inneres wurde von Scherben zerfetzt, als sei meine eigene Seele in tausend Teile zerbrochen. Es gab keine Dunkelheit mehr, durch die ich die Eule hätte erreichen können. Die Verbindung war gerissen – ihr Verstand ausgelöscht. Ausgelöscht auf ungerechte, grausame Art, die ich am eigenen Leib gespürt hatte.

In meiner Kehle brauten sich Schmerz, Wut und Verzweiflung zu einer Mischung aus Schluchzen und Schreien zusammen.

Ich richtete mich auf, kaum stark genug, um auf eigenen Beinen zu stehen.

Der Dämonenfürst war mir nicht näher gekommen.

Sein Lächeln war verschwunden. Stattdessen sah er mich gelassen und vollkommen abgeklärt an, als sei all das hier nötig gewesen.

»Lauf heim, kleiner Halbengel.«

Und genau das tat ich. Ich rannte los, sprang vom Dach auf die nächste Brücke, hetzte durch die Straßen, blind von all den Tränen.

Über mir zischten die letzten Meteore hinweg, beflügelten meinen Willen und ließen mich mit ihnen um die Wette rennen. Ich wusste nicht, ob ich verfolgt wurde. Die Angst trieb mich an, das letzte bisschen Hoffnung gab mir Kraft. Ich musste es irgendwie ungesehen durch die Stadt und zurück zum alten Penemue schaffen. In seinem Laden am Rande der Stadt war ich sicher oder zumindest besser aufgehoben als hier draußen.

Aufgelöst kam ich dem schwebenden Stadtring immer näher. Nur noch wenige Straßen, eine letzte Brücke. Ich schlitterte mehr als dass ich rannte eine Treppe hinab, auf deren linker Seite einer der vielen Wasserfälle von weit oben in ein gut zehn Meter unter mir liegendes Becken schoss. Die Stufen waren glitschig, aber ich wurde nicht langsamer. Am Ende lag eine große, runde Plattform, von der aus mehrere Straßen ohne Geländer über die darunter liegenden Häuser führten. Ich erreichte sie, ohne einmal ausgerutscht zu sein, als sich über mir das Rauschen von mächtigen Schwingen mit dem des Wasserfalls vermischte. Mehr aus einem Reflex heraus drehte ich mich etwas nach hinten, blieb aber nicht stehen, was sich drei Schritte weiter als großer Fehler entpuppte. Mein Fuß traf nicht die erwartete Straße, sondern trat ins Leere. Ich brachte gerade noch ein überraschtes Japsen zustande, bevor ich in die Tiefe stürzte.

2.
Vom Regen in die Traufe

Zu fallen war nicht wie fliegen, denn der Gedanke an den Aufprall passte nicht zu dem schwerelosen Gefühl in meiner Brust.

Ich wusste längst nicht mehr, wo oben und unten war, als sich plötzlich starke Arme unter meinen Rücken und die Knie schoben. Ein sanfter Ruck ging durch meinen Körper und sofort hörte die Welt auf, an mir vorbeizusausen. Zwar drehte sich in meinem Kopf noch alles, aber wenigstens raste ich nicht mehr auf die Zinnen und Dächer unter mir zu. Stattdessen wurde ich an einen breiten Oberkörper gedrückt, der gleichzeitig hart und geschmeidig war. Ich fühlte weiche Baumwolle an meiner Wange und konnte nicht anders, als die Augen zu schließen und das Gesicht daran zu verbergen. Der Stoff roch nach Heimat. Nach den fruchtigen Trauben der Weinberge und endlosen Zypressen. Nach mediterranen Kräutern, trockener Erde und dem Harz der Bäume; nach kurzen Momenten der Geborgenheit und flüchtigen Träumen von einer Familie.

Die Hoffnung, doch nicht sterben zu müssen, würde ab heute und für immer nach dem Mann duften, der mich gerettet hatte. Ich schluchzte leise, vollkommen überfordert von diesem Wechselbad der Emotionen. Der heftige Adrenalinschub ließ abrupt nach und das Chaos aus Panik und Angst löste sich langsam auf. Die Erleichterung zog eine entsetzliche Müdigkeit mit sich und entspannte meine verkrampften Muskeln. Für den Augenblick fühlte ich mich sicher und beschützt, noch etwas aufgelöst und durcheinander, aber nicht länger wie ein gehetztes Tier.

Ein sanftes Lachen brachte die Brust, an der ich Schutz suchte, zum Vibrieren, was mir bewusst machte, dass ich lediglich von einem Problem in das nächste gestolpert war.

»Ich wusste, dass ich dich fangen würde, wenn du fällst.« Die Stimme war tief und ruhig, versüßt mit einem Hauch Spott, was mich augenblicklich den Kopf heben ließ.

Es war Raphael, der mich hielt. Erzengel Raphael. Der jüngste der drei Brüder. Als Heiler Gottes brachte er die Dinge in Ordnung, schenkte Einklang und Geborgenheit und half den Menschen zu finden, was sie brauchten, um gesund zu werden. Sowohl körperlich als auch seelisch.

Und ich hatte in beiderlei Hinsicht viel Pflege nötig.

Leider gehörte Raphael immer noch zum Chor von Aeternitas, und dieser hatte es mir strengstens verboten, allein durch die Stadt zu streifen.

Ich war erledigt.

Raphael landete mit mir auf einer der mittleren, runden Steinplattformen, die wie die Blätter einer Blume an einem mit cremefarbenen Mosaiksteinen verzierten Turm befestigt waren. Ein Nebelschweif war uns gefolgt, der sich verformte und die massive Gestalt eines monströsen Tigers annahm. Sein Fell schimmerte so weiß wie das aller Schatten, doch war von silbernen Streifen durchzogen.

So schnell wie möglich versuchte ich, mich aus den Armen des Erzengels zu befreien, was dieser amüsiert beobachtete, denn ich stellte mich dabei furchtbar ungeschickt an. Meine Muskeln zitterten, meine Beine hatten keine Kraft mehr und knickten, kaum belastete ich sie, unter mir weg.

Raphaels Hände, die mich noch an den Armen hielten, verhinderten, dass ich wie eine Marionette mit durchgeschnittenen Fäden zusammenklappte. Langsam ließ er mich zu Boden gleiten. Das fühlte sich schon einmal besser an. Und er besaß sogar die Güte, ein Knie zu beugen, und sich zu mir hinabzubegeben. So musste ich wenigstens nicht vor seiner fast zwei Meter großen Gestalt kauern, die dank der silbernen Flügel besonders eindrucksvoll wirkte. Er faltete die Schwingen zusammen, wobei sich Lichter wie Regentropfen von den Federn lösten. Zuletzt hatte ich ihn vor über zwanzig Jahren aus der Nähe gesehen. Alle Jubeljahre bestellte der Chor mich zu sich, um zu prüfen, ob ich schon »würdig« genug war, auch ohne Flügel in den Himmel eingelassen zu werden. Das war ich bis jetzt noch nie gewesen und würde es vermutlich bis in alle Ewigkeit nicht sein.

Ich erinnerte mich gut an Raphael.

In seinem rechten, gewittergrauen Auge, das silbrige Splitter durchzogen, lag stets dieser spöttische Funke.

Das linke hingegen war von einem milchigen Schleier durchzogen. Jophiel hatte mir erzählt, dass er damit nicht mehr sehen konnte, da er einst einen Teil seiner Macht verschenkt hatte. Seitdem war er auf dem linken Auge blind.

Seiner Schönheit tat das keinen Abbruch, vielmehr hatte sie den Charme der Unvollkommenheit, die wahren Kunstwerken etwas Magisches verlieh. Er strich sich das kastanienbraune Haar zurück, woraufhin ihm sofort wieder ein paar Strähnen ins Gesicht fielen.

Seine Miene verriet nicht, was er davon hielt, mich hier erwischt zu haben. Aber besonders glücklich machte es ihn bestimmt nicht.

»Was tust du hier, Elodie?«

Um mein Leben rennen? Das wäre die ehrlichste und dümmste

Antwort gewesen, um die ich irgendwie herumkommen musste. Engel konnten Lügen riechen, weshalb ich am besten gar nichts sagte. Raphael wartete geduldig und musterte mich mit einem Blick, der sowohl besorgt als auch bestimmt wirkte.

»Hat dir jemand wehgetan?« Die Frage traf mich unvorbereitet. Gerade eben war ich noch in die Arme des Todes gestürzt und ausgerechnet von denen eines Erzengels aufgefangen worden. Ich schüttelte hastig den Kopf und fühlte mich wie ein zerzaustes, aus dem Nest gefallenes Küken. Mein Haar hatte sich aus dem Pferdeschwanz gelöst und die dunkelbraunen Wellen fielen mir über die Schultern.

Raphaels Blick glitt tiefer. Eine steile Falte bildete sich zwischen seinen Augenbrauen, als hätte er etwas entdeckt, das ihn zutiefst verärgerte. Langsam hob er die Hand, was meinen Verstand für den Bruchteil einer Sekunde lahmlegte. Ehe ich es verhindern konnte, schlug ich seine Finger beiseite, bevor diese meinen Hals berühren konnten.

In einem eiskalten Moment der Erkenntnis gefangen, schnappte ich nach Luft und war mir sicher, damit meinen letzten Atemzug genommen zu haben.

Ich hatte einen Erzengel geschlagen.

Mein gesamter Körper erstarrte, als würde er nur noch darauf warten, für diesen Fehler bestraft zu werden.

Raphael hingegen runzelte verwundert die Stirn und schien meine selbstmörderische Gedankenlosigkeit auf unheimliche Art und Weise amüsant zu finden.

»Bedankst du dich so bei dem Mann, der dich vor dem Fall in die Tiefe gerettet hat?«

In seiner dunklen, tiefen Stimme klang unverhohlener Spott mit, der sich mir schmerzhaft in die Brust bohrte und ungeahnten Widerwillen weckte.

Ich öffnete den Mund, aber kein Ton kam über meine bebenden Lippen, weil die Angst stärker war als die Wut über seine Arroganz.

»So verängstigt?«, fragte er leise. Entspannt legte er einen Arm auf das gebeugte Knie und deutete wie nebenbei auf meinen Hals.

Erst jetzt erinnerte ich mich daran, dass dort noch der schwarze Sabber dieses riesigen Wolfes kleben musste. Hektisch wischte ich mir über die Kehle, traute mich aber nicht, Raphael dabei anzusehen.

»Es tut mir leid«, wisperte ich, weil mir sonst nichts Besseres einfiel.

Raphael stieß ein freudloses Lachen aus.

»Das glaube ich gern.«

Er klang beängstigend erheitert, dabei sollte er eigentlich fuchsteufelswild sein. Einen Erzengel auch nur zu berühren, konnte mich in den Kerker bringen. Aber ihn zu schlagen ... jeder andere seiner Brüder hätte mich für so eine Respektlosigkeit vermutlich grün und blau geprügelt.

Gemächlich richtete Raphael sich auf, als wollte er mich nicht mit zu hektischen Bewegungen erschrecken. Verstohlen schob ich meine klammen Hände unter meinen Kapuzenmantel, damit er das Blut des Wächterengels nicht auch noch entdeckte.

»Warum hetzt du wie von Dämonen verfolgt durch die Stadt, Elodie?« Das war das Stichwort, um ihm die Wahrheit zu erzählen, aber noch brachte mich nichts mit der Leiche im Garten in Verbindung – und es war wohl besser, wenn das so blieb. Also schwieg ich, auch wenn Raphaels Frage nach einem Befehl klang, den nur jemand mit sehr viel Geistesarmut ignorieren würde. Seufzend sah er gen Himmel, an dem im Sonnenlicht vereinzelte Nachzügler des Sternenschauers entlangzischten.

»Ich kann es mir schon denken«, murmelte er und betrachtete mich wie ein ungezogenes Kind, das mit der Hand in der Keksdose erwischt worden war. »Du wolltest den Meteorschauer sehen.« Laut ausgesprochen klang das Offensichtliche wie die schlimmste Straftat aller Zeiten.

»Allein, nehme ich an?« In seinen silberweißen Augen funkelte eine stumme Warnung. Erzengel ignorierte man nicht.

»Keiner von uns beiden will, dass ich dich zu einer Antwort zwingen muss, aber es gibt Mittel und Wege, mit denen zumindest ich einverstanden wäre«, sagte er trocken. »Also?«

Er konnte mich zwingen und er würde es tun. Die Mitglieder des Chors waren nicht gerade für ihre moralischen Bedenken bekannt. Also gab ich meine sinnlose Stummheit auf und nickte zaghaft.

»Ja. Allein«, war allerdings alles, was ich hervorbrachte. Mehr konnte ich ihm nicht verraten. Es würde mir nur noch schlimmere Probleme einhandeln.

»Verstehe«, murmelte er und fuhr sich mit einer Hand durchs Haar, während er die andere in der Hosentasche verstaute. Ihn zu lesen war fast unmöglich. Er wirkte missmutig und gelassen zugleich, selbstbewusst und dennoch unentschlossen, als er zum Berg sah und sich die Muskeln seines eleganten Halses anspannten.

»Was mach ich jetzt mit dir, hm?«

Ich biss mir auf die Zunge und starrte stur zu Boden, weil er meine Meinung dazu gewiss nicht hören wollte.

120 Jahre unter der Herrschaft von Engeln hatten mir jede Arglosigkeit genommen und mir beigebracht, unscheinbar

und folgsam zu sein; anders wurde ich in dieser Welt nicht akzeptiert.

»Irgendwelche Vorschläge, *passerotta*?«

Raphaels Stimme klang samtig weich, was die Warnung in ihr nicht verbergen konnte.

Und der Kosename machte es auch nicht unbedingt besser. »Kleiner Spatz« war wohl eine sarkastische Anspielung auf meinen ungeplanten Sturzflug, aber da Engel alle Sprachen der Welt beherrschten und Raphael wusste, dass ich aus Italien kam, wunderte es mich nicht weiter.

»Keinen, dem du zustimmen würdest«, murmelte ich, was Raphael ein leises Lachen entlockte, das tief in seiner Brust vibrierte. Er legte einen schlanken Zeigefinger unter mein Kinn und zwang dieses mit sanfter Gewalt höher.

»Die Wahrscheinlichkeit ist groß, ja.« Er zuckte mit den Schultern und schien sich über meine Furcht zu amüsieren. »Unglücklicherweise würden meine Brüder deine schlecht durchdachte Ungehorsamkeit recht hässlich bestrafen. Und da ich es gerade heute furchtbar lästig fände, mit Michael zu diskutieren oder Gabriel davon abzuhalten, dich auspeitschen zu lassen, bleiben uns nicht besonders viele Optionen.« Meine Eingeweide verknoteten sich, bis ich das Gefühl hatte, innerlich zu zerreißen.

Raphael klang vollkommen mitleidslos und auf eine Art gelangweilt, die sich schmerzhaft bis hinab in meine Knochen bohrte. Sein Blick glitt über mein Gesicht, um mich zu betrachten. An meinen zitternden Lippen blieb er hängen und spannte die Kiefer an. Ein Ausdruck von Ergriffenheit oder Verwirrung huschte über seine Züge, verschwand aber wieder so schnell wie die Meteore am Himmel über uns. Er schnaubte ungehalten und fuhr sich fahrig durchs Haar.

»Lass dich nicht noch einmal allein erwischen«, knurrte er streng und wandte sich von mir ab.

Mir klappte der Mund auf.

Hatte ich mich verhört?

Meine Gedanken begannen zu rasen, hin- und hergerissen zwischen Kopfschmerzen auslösender Verwirrung und naiver Hoffnung.

»Du lässt mich gehen?«

Das musste eine Falle sein. Das konnte nur eine Falle sein!

»Nur, wenn du dich beeilst«, sagte er und grinste mich über die Schulter hinweg an. Ich erschauderte.

Entweder er meinte das ernst, was völlig undenkbar war, oder er hatte Humor – was genauso grotesk klang.

»Damit du mich jagen kannst?«

»Glaub mir, ich habe Besseres zu tun, als kleinen, unartigen Halbengeln hinterherzujagen.« Gelassen richtete er sein Hemd, schloss die Knöpfe an den Ärmeln und zwinkerte mir selbstgefällig zu. »Obwohl es mir gewiss Spaß machen würde, ein flinkes Ding wie dich so lange durch die Straßen zu hetzen, bis du keinen Schritt mehr gehen kannst und keuchend vor mir auf die Knie sinkst.«

Ich versuchte krampfhaft die Gänsehaut und das Beben meines Körpers zu unterdrücken und die unerwünschten Bilder, die Raphael mit seinen arroganten Worten hervorgezaubert hatte, zu verdrängen.

»Warum?«, fragte ich und bohrte die Fingernägel in meine Handballen. Raphael runzelte die Stirn.

»Warum das Jagen oder warum das keuchend auf die Knie –«

»Warum du mich einfach so gehen lässt«, unterbrach ich ihn.

Das war dumm. Das war sehr, sehr dumm. Aber mein wilder Herzschlag dröhnte mir so laut in den Ohren, dass ich die Stimme meiner Vernunft längst nicht mehr hören konnte.

Raphaels Lächeln verblasste. Die Luft um uns herum zog sich knisternd zusammen und lud sich, wie bei einem Gewitter, mit elektrisierender Energie auf.

»Muss ich mich wirklich vor dir rechtfertigen, *passerotta*?«

Mit geschmeidigen Schritten kam er langsam auf mich zu. Wie ein Raubtier, kurz vor dem Sprung. »Oder wäre es eventuell ratsamer, wenn du meinen gnädigen Beschluss dankend akzeptieren würdest und ich dich ohne weitere Konsequenzen ziehen lasse?«

Genau das war der Punkt. In Aeternitas hatte *alles* Konsequenzen, weil Engel keine Seelen besaßen und deswegen gerne Götter spielten.

»Na komm«, forderte er mich auf, sein Blick bohrte sich in meinen. »Sag, was du zu sagen hast, denn ich werde dir gewiss nicht den Mund verbieten.«

Warum nicht?

Warum forderte er es förmlich heraus, dass ich ihm die Stirn bot? Warum gab er mir überhaupt die Chance, gegen ihn aufzubegehren, anstatt selbst den kleinsten Funken Renitenz mit aller Grausamkeit im Keim zu ersticken?

Aber ich würde Raphael nicht weiter reizen, egal wie unerklärlich sein Verhalten war.

»Danke«, sagte ich leise und senkte den Blick. »Für alles.«

Das Lächeln, das er mir daraufhin schenkte, war ehrlich und fast schon liebevoll. Es gab keine Anspannung mehr, keine knisternde Gefahr.

»Jederzeit wieder.« Er wollte sich mit der Andeutung einer Verbeugung verabschieden. Doch sein Schatten-Tiger trat zum ersten Mal näher und ich konnte nicht anders, als ihn voller Bewunderung anzustarren. Er bewegte sich geschmeidig und majestätisch und genauso bedacht wie sein Herr.

»Du erinnerst dich an Tobit?«, fragte Raphael, als ich wie hypnotisiert eine Hand ausstreckte und der Schatten sich ohne zu zögern den Kopf von mir kraulen ließ. Er war so groß, dass er diesen problemlos auf meiner Schulter ablegen konnte, aber weder seine Reißzähne noch die gigantischen Tatzen machten mir Angst.

»Natürlich«, flüsterte ich und lächelte, glücklich wie ein kleines Kind, als der Tiger sich so nah an mich drängte, dass ich beinahe zu Boden geschubst wurde.

»Nicht einmal mir gegenüber ist er so verschmust«, sagte Raphael und nickte anerkennend. »Das muss an deiner Gabe liegen.«

Ich wich seinem Blick verlegen aus, weil es sich eigentlich nicht gehörte, mit dem Schatten eines Erzengels zu kuscheln. Aber für heute hatte sich die Ordnung dieser Welt ohnehin eine Auszeit genommen und die Verbindung, die zwischen Schatten und mir bestand, konnte ich nur selten ignorieren.

Der Chor hatte es, als ich das erste Mal vor ihn getreten war, einen »Segen« genannt. Ein Phänomen, das bei Menschen – oder in meinem Fall eben Halbengeln, die von der Macht eines wahren Engels gerettet worden waren, in sehr unterschiedlicher Form auftrat. Manche wurden durch solch einen Segen besonders stark oder schnell. Andere entwickelten einen sechsten Sinn für gewisse Dinge oder erhielten plötzlich Visionen.

Solche Menschen hatten es gewiss nicht immer leicht, denn entweder wurden sie von ihresgleichen als Lügner bezichtigt oder als Heilige verkannt.

Ich konnte mich an so eine Rettung jedoch beim besten Willen nicht erinnern.

Und trotzdem besaß ich die Fähigkeit, in himmlischem Licht zu lesen.

Aus ihm wurden Engel und ihre Schatten geboren, weshalb ein Teil davon wie eine Seele in ihnen schlummerte, zu der ich eine Verbindung aufbauen konnte, wenn sie es zuließen. Obwohl ich es gerade bei Engeln noch nie gewagt hatte, einen metaphysischen Zugang zu ihnen zu suchen. Sie waren mächtiger und würden es gewiss nicht gutheißen, wenn eine Kreatur wie ich solch eine intime Annäherung wagte.

Dafür gelang es mir sogar bei Gegenständen, die auf besonders intensive Weise mit dem Himmel in Berührung gekommen waren. Diese Gabe machte mich nützlich und ermöglichte es mir, zumindest in der Stadt, im Laden des alten Penemue, zu arbeiten. Sonst war Aeternitas für mich tabu. Und genau dorthin sollte ich jetzt so schnell wie möglich zurückkehren.

»Du solltest heimgehen, Elodie«, sagte Raphael, als habe er meine Gedanken gehört. Er spreizte die schillernden Schwingen zu ihrer vollen Größe, was silberne Lichtschimmer über seine hohen Wangenknochen tanzen ließ. »Bevor ich es mir doch noch anders überlege und dich mit mir nehme.«

Ich schluckte schwer und bekam von Tobit ein aufmunterndes Maunzen geschenkt, ehe er sich in die funkelnde Nebelgestalt seiner himmlischen Form verwandelte.

Mit einem kräftigen Flügelschlag stieß Raphael sich ab, während ich vor Erleichterung aufatmete und mir zum ersten Mal die Frage stellte, wie er mich überhaupt hatte erwischen können, wenn doch alle Engel eigentlich im Berg gewesen sein sollten.

3.
Im Haus der Gefahren

Der alte Penemue betrieb seit über fünfhundert Jahren ein Antiquitätengeschäft, das voller unheimlicher Schönheiten und zeitlosem Schnickschnack war. Von magischen Artefakten, heiligen Reliquien und verfluchten Gegenständen war so ziemlich alles dabei. Und seit etwas mehr als einhundert Jahren arbeitete ich bei ihm. Das klang nach einer sehr langen Zeit, aber Engel maßen diese an der Ewigkeit und für Halbengel verging alles etwas ... *langsamer.*

Nachdem der Körper eines Halbengels wie der eines normalen Menschen geboren wurde, hörte er auf zu altern, sobald er ausgewachsen war.

Obwohl ich 1897 geboren wurde und bereits viel von der Welt gesehen hatte, kam ich mir noch immer wie ein verlorenes Waisenkind vor und fragte mich, wo meine Weisheit war, die doch angeblich mit dem Alter kommen sollte.

Was, wenn der Verstand sich zum eigenen Schutz an ein längeres Leben anpasste, weil ihn zu viel Zeit sonst zermürbte. Ich sah jedenfalls nicht viel älter aus als Anfang zwanzig, fühlte mich aber oft jünger – und hilfloser.

Das Antiquitätengeschäft lag am Rande der Stadt. Unweit davon markierte der in fünfzig Metern Höhe schwebende Steinring den Rand von Aeternitas. Er ähnelte einer Stadtmauer, nur dass man unter ihm hindurchgehen konnte und Flügel brauchte, um auf ihn zu gelangen. Dahinter gab es nicht mehr viel, außer Wolken.

Penemues kleines Häuschen aus verblichenem Sandstein lag am Ende einer Treppe, die hinauf zu den höheren Gebäuden führte. Darüber hing ein schiefes, furchtbar hässliches Schild, mit dem eingravierten Namen des Geschäfts. *Pericolosum domum.* Das gefährliche Haus. Treffender hätte Penemue seinen Laden nicht nennen können.

Dieser wirkte von außen sehr düster und nicht besonders einladend. Der Engel bevorzugte Kerzen oder Fackeln, weil ihm alles andere zu hell war. Der Schein der Stadt und die schimmernden Mosaiksteine in allen Gebäuden gingen ihm auf die Nerven.

Er sagte oft, er sei zu alt für dieses reine Licht, hatte er doch schon genügend Schmutz in seinem Leben sehen müssen.

Schwer atmend erreichte ich das Haus und öffnete eine der beiden großen Flügeltüren, in die theatralische Szenen von Mord und Totschlag geschnitzt waren. Fallende Engel, brennende Hexen, zerfleischte Dämonen. Alles sehr dramatisch.

Penemue wurde nicht müde, mir das Schicksal jeder einzelnen Figur zu erzählen, was mich anschließend immer mit Schrecken und Faszination zu Bett gehen ließ.

Er war ein ungewöhnlicher Engel. Etwas morbid, sehr verschroben und weit entfernt von himmlischer Perfektion.

Der Meteorschauer war ihm egal gewesen, die Versammlung im Berg zuwider, und trotzdem nahm er an dieser teil, da es von ihm verlangt wurde.

Ich schlüpfte durch den schmalen Spalt, schloss die Tür schnell wieder und lehnte mich erschöpft gegen das glatte Holz. Den Innenraum des Ladens erhellten Öllampen, was ihn warm und behaglich wirken ließ. Von der Decke hingen Dutzende unterschiedlicher Kronleuchter, die alle zum Verkauf standen. In den Regalen an den Wänden lag allerlei Ramsch herum, mancher magisch, das meiste aber einfach nur alt. Rot- und ockerfarbene Teppiche, über die schon Tausende von Schuhen getrampelt waren, bedeckten den Boden. Hier und da stapelten sich Berge von Büchern. Es gab Schränke mit altertümlichen Waffen, Phiolen voller undefinierbarer Flüssigkeiten und ein Arsenal aus Pflanzen, die nicht gegossen werden mussten. Hunderte von Reliquien hatte Penemue hier gesammelt. Gegenstände und Gebeine Heiliger oder solcher, die es gerne gewesen wären.

Es war ein Durcheinander aus übernatürlichem Trödel und ich liebte den Duft von altem Papier, Leder und Mottenkugeln.

Ich fand den alten Engel in einem Sessel auf der Galerie, die über eine Schneckentreppe hinter dem Verkaufstresen zu erreichen war.

Offensichtlich hatte er das Fest so schnell wie möglich wieder verlassen und sich zurück an seinen Lieblingsplatz begeben.

Er trug einen dunkelroten Morgenmantel aus Samt, der vermutlich ein Überbleibsel aus dem 18. Jahrhundert war. Neben ihm, auf dem Beistelltisch, entdeckte ich ein leeres Glas und ein angenagtes Sandwich. Ich seufzte. Penemue war vermutlich der einzige Engel, der zur Erde hinabflog, um sich einen Snack bei *Subway* zu besorgen.

Als er mich hörte, hob er die Nase aus dem dicken Buch, in dem er las, und sah mich misstrauisch an.

»Schon zurück?« Seine Stimme klang wie Sandpapier, das einen Stein glatt zu schmirgeln versuchte. Er war, neben Jophiel, der einzige Engel, der mir nicht das Gefühl gab, weniger wert zu sein.

Ich lehnte mich gegen das Geländer der Galerie und nickte stumm.

»Was ist passiert?«

Vielleicht war es Empathie oder einfach nur Erfahrung, Penemue konnte in den Gefühlen anderer lesen, wie in den Schriften, die er tagtäglich verschlang, vor ihm hatte ich noch nie etwas verbergen können. Langsam sank ich am Geländer der Galerie zu Boden, lehnte mich gegen die Holzstäbe und umschlang die Beine mit den Armen. Ich war müde. Unendlich müde. Und verängstigt. So verängstigt wie noch nie.

Penemue wusste nicht, wie man jemanden tröstete, aber er war ein aufmerksamer und respektvoller Zuhörer. Also erzählte ich ihm alles und begann ab der Hälfte meines Berichts zu schluchzen. Es waren leise Tränen, die sich nicht länger zurückhalten ließen.

Während ich sprach, schlich Omri, Penemues Schatten in der Gestalt eines weißen Marders, an mich heran. Er war fast so groß wie eine Bulldogge, schmiegte sich an mich und gab sanfte Laute von sich.

Als ich mit Reden fertig war, wischte ich mir verstohlen über die Wangen. Penemue hatte sein Buch zugeklappt und es auf den Schoß gelegt. Mit seinen faltigen Fingern fuhr er die Gravuren im Einband nach. Er war der einzige Engel, der wie ein alter Mann aussah. Einst hatte er eine verfluchte Halskette gefunden. Eine einzige Berührung und Penemues himmlische Jugend war gestohlen. Er hatte zu altern begonnen. Langsam, aber stetig. Nun durchzogen Falten sein Gesicht, das Blau seiner Augen war getrübt. Die grauen Haare glänzten noch gesund, wurden an den Schläfen aber immer dünner. Seine einst weißen Flügel hatten einen gelblichen Stich, wie die Seiten zerknitterter Schriftrollen. Wenigstens steckte noch genügend Kraft in seinen Knochen, denn er besaß die gerade Haltung eines Königs und bewegte sich mit der strengen Kraft des Generals, der er einst gewesen war. Zumindest wenn er wollte. Manchmal schlurfte er in seinen Pantoffeln auch einfach nur so herum, als würde es ihm Spaß machen, den Greis zu spielen.

»Und wo ist Jophiel?«

»Ich weiß es nicht.« Meine Stimme war heiser, meine Kehle rau und trocken. »Ich konnte schlecht zum Turm zurückkehren und dort auf sie warten.« Er brummte etwas, das sehr nach Zustimmung klang. »Was soll ich denn jetzt wegen diesen Dämonenfürsten machen? Die beiden haben etwas mit dem Mord zu tun, sonst hätten sie nicht so viel darangesetzt, den Schatten des Wächterengels zu beseitigen. Auch wenn sie ihn nicht selbst umgebracht haben, muss ich es dem Chor berichten.« Penemue würde wissen, was die klügste Entscheidung war. Einst war er der Anführer von Michaels Heerscharen gewesen, bevor er das Schwert gegen Bücher eingetauscht hatte.

»Unsinn«, murmelte er und angelte sich sein Sandwich. »Du hältst dich da schön raus.«

»Was?« War das alles, was er als Lösung anzubieten hatte?

»Jetzt sieh mich mit deinen Rehaugen doch nicht so verschreckt an. Jemand wird die Leiche bald finden, wenn das nicht schon längst geschehen ist, und sie dem Chor melden.« Mit zwei weiteren Bissen verschlang er das Sandwich und erhob sich ächzend. »Du verhältst dich weiterhin unauffällig. Offiziell hast du mit all dem nichts zu tun. Wir wissen beide, dass sie dir daraus einen Strick drehen würden. Nicht einmal ich kann mich daran erinnern, wann es in der Stadt zuletzt so etwas wie einen Mord gegeben haben soll. Das wird den Chor unruhig machen, wenn nicht sogar hysterisch, aber so wie ich ihn kenne, wird er das Problem hinter verschlossenen

Türen regeln wollen. Ein toter Engel ist schon heikel genug, aber diese Wunde … von so einer habe ich noch nie gehört.« Er schlurfte zu einem Regal auf der Galerie, wo seine persönliche Sammlung von Schriften ohne jedes System aufbewahrt wurde. Penemue hatte viele Interessen, so gab es neben diversen Kräuter-Lexika, uralten Nachschlagewerken und Atlanten auch stinknormale Kochbücher, den einen oder anderen Groschenroman und sogar einen Ratgeber mit dem Titel *Autoreparatur für Dummies*, weil er eine schräge Faszination für menschliche Vehikel pflegte. Er griff ins oberste Fach und zog ein dickes, in hellblaues Leder gebundenes Buch heraus.

»Ich kenne keine Waffe, die in der Hand eines Dämonenfürsten mächtig genug wäre, einen Engel zu töten. Außer Michaels Flammenschwert, aber das wird er wohl kaum diesen beiden Herrn ausgeliehen haben.« Sein freudloses Lachen klang mehr wie ein Knurren, als er die abgegriffenen Seiten durchzublättern begann. »Es gibt Flüche und Tränke, die uns schwächen können; Waffen, die Wunden für die Ewigkeit hinterlassen.« Er zeigte mir eine Ansammlung von verschnörkelten Zeichen mit der Überschrift *Zauber der verlorenen Sprache*, was eindeutig in die Welt der Hexen gehörte, und anschließend ein paar wunderschöne Bilder von einer Waffe, unter der in geschwungenen Lettern *Die heilige Lanze* stand. Angeblich hatten einst römische Dämonen Jesus Christus damit erstochen, als dieser bereits am Kreuz hing.

»Aber nur himmlisches Licht kann himmlisches Licht auslöschen. Und davon bleibt nicht einmal mehr der kleinste Schimmer übrig, wenn ein gefallener Engel sich dazu entscheidet, sein altes Sein im Höllenfeuer zu verbrennen.« Penemue zog die Nase hoch und schlug das Buch zu.

»Dann hat ihnen vielleicht ein Engel geholfen.«

»Das würde diese eigenartige Wunde aber nicht erklären.«

Er sah Omri missmutig an, der in meinen Armen zwar langsam schwer wurde, aber die beste seelische Betreuung war, die ich mir vorstellen konnte.

»Verweichlichtes Plüschtier«, grummelte Penemue, obwohl ich wusste, dass er es insgeheim schätzte, wenn Omri sich von mir streicheln ließ. Dann musste er das nicht übernehmen.

»So oder so: es ist besser, wenn der Chor nicht erfährt, dass du allein in der Stadt unterwegs warst.«

»Aber was ist mit Raphael?«

»Er wird dich nicht verraten.« Der alte Engel ließ sich schwerfällig in seinen Sessel plumpsen und wirkte so, als wolle er gleich ein kleines Nickerchen machen.

»Wie kannst du dir da so sicher sein?« Ich klang eine Spur zu verzweifelt, aber manchmal war Penemues Ruhe unerträglich. Er griff nach seinem Glas und stellte missmutig fest, dass es leer war. Schnell setzte ich Omri ab und nahm es entgegen. Neben der Tür, die nach hinten in den privaten Teil des Hauses führte, stand ein Weinschrank mit unzähligen Flaschen.

»Warum hätte er dich sonst gehen lassen sollen? Raphael war schon immer der ... hm, wie drücke ich das aus?« Er überlegte kurz, während ich den Schrank öffnete und mit all den Namen und Etiketten völlig überfordert war. »Der Unkonventionellste von ihnen. Ja, das beschreibt ihn vermutlich am besten. Schenk mir was vom dem *Petrus 1961* ein.« Ich tat wie verlangt und wunderte mich schon lange nicht mehr darüber, dass Penemue eine Schwäche für von Menschen gemachten Wein hatte.

»Unkonventionell?«, fragte ich argwöhnisch und reichte ihm sein Glas. Eigentlich war es eher ein Kelch. Ein sehr großer, bis an den Rand gefüllter Kelch. »Wie soll mich *unkonventionell* vor der Bestrafung der Erzengel retten?«

Penemue trank einen großen Schluck und wischte sich über die roten Lippen. »Stellst du meine Weisheit infrage, Mädchen?«

»Wenn sie einem Geist entspringt, der nicht vom zweiten, sondern vermutlich längst dritten Glas Rotwein getrübt wird, dann ja, definitiv.«

Der Alte verzog das Gesicht, konnte sich ein kleines Grinsen aber nicht verkneifen.

»Ich habe schon kosmische Probleme mit mehr Alkohol im Blut gelöst, als du zierliches Ding jemals vertragen könntest.«

Die Tür des Ladens ging auf, was mich erschrocken herumfahren ließ.

»Elodie?!« Das war Jophiels Stimme! Erleichtert eilte ich ans Geländer und sah den Engel mit zitternden Schwingen, zerzaustem Haar und gehetztem Blick durch den Laden hasten.

»Hier oben«, rief ich und rannte zur Treppe. Als Jophiel mich sah, wirkte sie, als habe mein Anblick ihr einen Sack voller Briketts von den Schultern fallen lassen.

»Dem Himmel sei Dank!«, rief sie erleichtert aus und kam mir entgegen. Anders als erwartet, schloss sie mich sofort in die Arme. Das war bereits die zweite Umarmung an einem Tag, doch diesmal schien sie mich gar nicht mehr loslassen zu wollen. Sie drückte mich an sich, bis ich kaum noch Luft bekam und leise protestieren musste.

»Bist du verletzt?«, fragte sie, tastete mich hastig ab und hielt erschrocken inne, als sie das Blut an meinen Händen sah. »Wer hat dir wehgetan?«

Jophiels Augen wurden noch eine Nuance heller. Die Sorge

um mich brachte ihre sonst so unerschütterliche Selbstbeherrschung ins Wanken. Um sie herum breitete sich eine elektrisierende, flimmernde Energie aus, die förmlich danach schrie, dem Verantwortlichen jeden einzelnen Knochen zu brechen.

»Das ist nicht meins«, beruhigte ich sie hastig, bevor sie mit ihrer himmlischen Macht noch Penemues Laden zerstörte. »Mir geht es gut, ehrlich.« Jedida rieb ihre weiche Fuchsschnauze an mir, bis ich sie endlich streichelte und meine Worte wiederholte.

»Das Mädchen hatte verdammtes Glück«, sagte Penemue und kam die Stufen hinter mir herunter.

»Glück?«, fragte Jophiel verächtlich und richtete sich kerzengerade auf. Sie und Penemue kannten sich schon sehr lange und hatten in all den Jahren so etwas wie eine Hass-Freundschaft aufgebaut. Er trieb sie mit seiner Eigenwilligkeit in den Wahnsinn und sie brachte ihn mit ihrem prätentiösen Verhalten um den Verstand. Aber die Achtung, die sie voreinander hatten, konnten auch Hunderte von Sticheleien nicht verbergen.

»Das nennst du *Glück*?« Jophiel strich mir das Haar aus der Stirn und schluckte schwer. »Du warst nicht mehr im Turm und ich habe mir das Schlimmste ausgemalt, bin die halbe Stadt auf der Suche nach dir abgeflogen. Einige Engel sind schon dabei, den Berg wieder zu verlassen und ich war mir sicher, dass dich irgendwer erwischt haben musste.«

Betreten rieb ich die Hände aneinander. Ich sollte sie mir endlich waschen, denn das getrocknete Gemisch aus Dreck, Schweiß und Blut war nicht besonders ansehnlich.

»Na ja. Das stimmt schon auch.«

»Was?« Jophiel packte meine Schultern.

»Schrei hier nicht so rum, sonst hol ich meine Beruhigungstropfen«, brummte Penemue und ging hinter den Tresen, wo auf einem Tablett ein Teeservice stand.

Er goss uns drei Tassen ein, während ich Jophiel so schnell wie möglich von den Geschehnissen berichtete – dabei wurde sie ganz still und wieder so kontrolliert, wie ich sie kannte.

»Ich sollte dich nach Hause bringen«, sagte sie leise, nachdem ich geendet hatte und bereits die zweite Tasse des zuckersüßen Chai Tees trank. »Von den Dämonenfürsten werde ich dem Chor erzählen. Kannst du genauer beschreiben, wie sie aussahen?«

»Nur den einen. Er hatte sehr helle, bernsteinfarbene Augen und dunkles Haar. Von der Statur her groß, aber nicht riesig. Seine Kleidung war schmutzig und vollkommen zerschlissen, als hätte er sie schon lange nicht mehr gewechselt.« Jophiel rieb sich die Stirn und dachte angestrengt nach.

»War sein Schatten bei ihm?«

»Ja. Ein unheimlicher Wolf mit rot glühenden Augen. Ich glaube, er hieß Hadar.«

Sie erstarrte und wurde so blass wie die Marmorsäulen der Stadt. Ihre Flügel öffneten sich ein Stück. Jede einzelne Feder schien vor Anspannung zu vibrieren, und im Raum breitete sich eine bedrohliche Kälte aus, sodass mir bereits nach wenigen Sekunden der Atem in kleinen Wolken entwich. Jedida stieß ein wildes Fauchen aus und Jophiel packte mein Handgelenk mit der Kraft eines Berggorillas.

»Bist du dir sicher?«

Verwirrt blinzelte ich und verstand nicht, wie dieser Name eine solch heftige Reaktion auslösen konnte.

»Ja«, antwortete ich. Kurz herrschte angespannte Stille. Da stießen plötzlich Omri und Jedida gleichzeitig ein feindseliges Knurren aus, kurz bevor die Flügeltüren aus den Angeln gerissen wurden und wie zwei gigantische Kanonenkugeln durch den ganzen Laden krachten. Dabei rissen sie Kronleuchter, Möbel und Regale mit sich, was einen ohrenbetäubenden Lärm aus berstendem Holz und zerspringendem Glas ergab.

Ich schrie erschrocken auf, blieb aber unversehrt, weil Jophiel sich blitzschnell mit mir herumgedreht hatte, sodass ihre gespreizten Schwingen uns wie ein Schutzschild umschlossen.

Hustend kauerte ich mich zusammen, als sie sich langsam von mir löste, und ich in all dem aufgewirbelten Dreck nicht mehr als ein paar Gestalten am Eingang entdecken konnte.

»Jemand zu Hause?«, rief eine Stimme belustigt. Ich erkannte sie sofort: Gabriel. Seine amethystfarbenen Flügel sausten durch die Luft, vertrieben den Staub und gaben uns die Sicht auf fünf Engel frei. Drei Wächterengel, die kurzerhand den Laden gestürmt und seinen Ausgang versperrt hatten, und zwei Erzengel, von denen der andere Raphael war.

Die Enttäuschung darüber, dass er mich doch verraten hatte, tat mehr weh, als es sollte.

Unsere Blicke kreuzten sich und ein düsterer Ausdruck huschte über sein Gesicht. Dieses Mal senkte ich nicht das Haupt und hob mein Kinn sogar noch etwas höher, obwohl ich am liebsten zusammengeschrumpft wäre. Er hatte verlangt, dass ich zu dem Risiko, das ich eingegangen war, stehen sollte, und genau das würde ich jetzt tun. Seine Mundwinkel zuckten und so etwas wie Überraschung blitzte in dem sturmgrauen Auge auf. Er machte Anstalten, sich in Bewegung zu setzen, doch da kam Gabriel ihm zuvor. Der Erzengel mit dem weißen Haar, das im Nacken zusammengebunden war, breitete selbstgefällig die Arme aus und lächelte freundlich.

»Es tut uns leid, hier so unversehens eingedrungen zu sein,

aber wenn wir geklopft hätten, wäre wohl niemand mehr da gewesen.«

»Blödsinn, ich bin immer hier«, grummelte Penemue, völlig unbeeindruckt von dem rüden Eindringen der Engel. »Und ihr schuldet mir jetzt eine neue Tür.«

Gabriel schürzte die Lippen. Diese waren voll und sinnlich und so bezaubernd, wie alles an ihm, auch wenn ich schon bei unserer ersten Begegnung gedacht hatte, dass seine Arroganz diese Schönheit eines Jünglings verdarb. Etwas, was man erst auf den zweiten Blick erkannte, wenn man hinter den makellosen Schein sah.

»Natürlich, alter Freund«, sagte er beschwichtigend. »Wir wollen dich auch nicht weiter behelligen, sondern nur kurz deine kleine Dienerin abholen.«

Ich hielt die Luft an und duckte mich noch weiter hinter Jophiel, die gar nicht daran dachte, Gabriel in meine Nähe zu lassen. Dieser wusste ganz genau, dass ich nicht Penemues Dienerin war, aber für ihn waren Halbengel nicht mehr als das.

»Sie gehört mir!«, zischte Jophiel und starrte ihn zornig an. »Und ihr habt einst geschworen, das zu respektieren.«

Gabriel stieß ein freudloses Lachen aus und ließ mit einer lässigen Handbewegung gleich zwei Wächterengel auf uns los, die Jophiel an den Armen packten und von mir wegzerrten.

»Mit Einschränkung«, kommentierte er trocken und betrachtete gelangweilt seine Fingernägel, während Jophiel sich gegen den Griff der Männer sträubte. »Das Mädchen untersteht noch immer den Gesetzen des Chors, genauso wie du, meine Schöne. Leider scheint dir das in letzter Zeit immer öfter zu entfallen.« Tadelnd schüttelte er den Kopf und trat dicht an sie heran. »Und uns geht langsam die Geduld mir dir aus,

Jophiel. Dabei solltest du dankbar dafür sein, dass dir Michael deinen ersten und hoffentlich auch einzigen Verrat vergeben hat. Ich persönlich wäre nicht so nachsichtig gewesen, also überleg dir gut, wie viel du hier und jetzt riskieren willst.« Jophiel biss die Zähne zusammen und atmete schwer, wobei sie aussah, als würde sie Gabriel gleich ins Gesicht spucken. Dessen Worte verstörten mich zutiefst. Jophiel hatte mir erzählt, dass sie letztes Jahr dem Arcanum-Zirkel geholfen hatte, aber galt das schon als Verrat?

Penemue regte sich hinter dem Tresen und sofort zog der dritte der Wächterengel sein Schwert, um damit mahnend auf ihn zu deuten. Leise fluchend blieb Penemue, wo er war, und erstarrte bis in die Flügelspitzen, als Raphael plötzlich vor mich trat. Ich wich verängstigt nach hinten aus, kam aber nicht weit, weil mein Rücken gegen den Tresen stieß. Raphaels Mundwinkel zuckte. Er stand so dicht vor mir, dass ich mir erneut seiner eindrucksvollen Statur bewusst wurde und den Kopf in den Nacken legen musste, um seinen Blick erwidern zu können. Dieser verriet nicht, ob er wütend war, aber seiner sonst so entspannten Miene fehlte jeder Zug von Freundlichkeit. Nichts Harmloses oder Sanftes war in seinem makellosen Gesicht zu finden, nur dieser charmante Spott, mit dem er der Welt bewies, wie lächerlich er selbst die schlimmsten Katastrophen fand.

»Du scheinst dich nicht besonders darüber zu freuen, mich wiederzusehen«, sagte er leise, die Stimme tief und durchdringend. »Wie schade.« Sein Atem strich wie eine kühle Brise über meine Wangen und brachte meinen Puls damit zum Rasen.

»Könnte daran liegen, dass wir nicht gerade in den vergnüglichsten Situationen aufeinandertreffen«, murmelte ich, obwohl es vollkommener Wahnsinn war, überhaupt etwas zu sagen. Raphael hob überrascht die Stirn in Falten und schenkte mir ein Lächeln, das arroganter nicht hätte sein können.

»Das hängt wohl ganz davon ab, was man unter vergnüglichen Situationen versteht.«

Trotz des bedrohlichen Ernstes, den er ausstrahlte, funkelten seine Augen belustigt. »Ich persönlich fand es recht unterhaltsam, dir das Leben zu retten.«

Mein Magen verkrampfte sich.

»Und dennoch bist du jetzt hier, um es zu zerstören«, wisperte ich und schmeckte bittere Enttäuschung auf der Zunge. Schlagartig verflog Raphaels provokative Gelassenheit und wich Verärgerung, als hätte ich ihn mit meiner Unterstellung zutiefst beleidigt. Aber momentan schüchterte mich das auch nicht weiter ein. »Du hättest mich gar nicht erst gehen lassen sollen.« Ich klang so verbittert und resigniert, wie ich mich fühlte.

»Nein«, sagte Raphael grimmig. »Das hätte ich nicht.« Seine Kiefermuskeln spannten sich. Knisternde Lichter zuckten wie Blitze durch seine Schwingen. »Es war ein dummer Flüchtigkeitsfehler – einer, den ich schnellstmöglich wiedergutmachen sollte.« Er überwand die letzte Distanz zwischen uns und beobachtete zufrieden, wie ich mich völlig überfordert gegen den Tresen presste. All meine Sinne, ob ich es wollte oder nicht, konzentrierten sich plötzlich auf ihn. »Ich habe mich ablenken lassen«, raunte er mir ins Ohr, während ich in eine Wolke seines würzigen, überraschend vertrauten Duftes gehüllt wurde, »aber keine Sorge: das wird mir kein zweites Mal passieren, *passerotta.*«

Bei jedem krampfhaften, fast schon schmerzhaften Atemzug berührte meine Brust die seine.

Raphaels Augen strahlten hell wie Sterne und bohrten sich

gnadenlos in mich. Ich bekam weiche Knie und drohte das Gleichgewicht zu verlieren. Eine kranke Mischung aus Angst und Aufregung riss mir beinahe den Boden unter den Füßen weg. Raphaels Hand schloss sich um meinen Oberarm und verhinderte, dass ich umkippte oder aber die Flucht ergriff. Dabei streifte der Stoff seines Baumwollhemdes meine glühende Haut, was sich viel zu intensiv anfühlte.

Ich starrte ihn an, als sei er ein alter Freund und nicht ein Fremder, dem ich zu früh vertraut hatte.

Als mir aus dem Augenwinkel Gabriels lauernder, misstrauischer Blick auffiel, entriss ich Raphael meinen Arm und war froh, dass Jophiel die Stimme erhob.

»Mit welcher Begründung wollt ihr sie mitnehmen?«, verlangte sie laut zu wissen, woraufhin Raphael ein Stück von mir abrückte, ohne mich aus den Augen zu lassen.

»Sie steht unter Verdacht, an dem Mord eines Engels beteiligt gewesen zu sein«, erklärte Gabriel und klang dabei so glücklich, als hätte heute Gott persönlich zu ihm gesprochen.

Mir wurde mit einem Schlag heiß und kalt zugleich.

»Ich kann dir versichern, dass sich diese Anklage mit nur einer Aussage von ihr dementieren lässt«, sagte Jophiel und richtete sich im Griff der Wächterengel so gerade wie möglich auf.

»Na wunderbar.« Gabriel klatschte lachend in die Hände und nahm mich ins Visier. »Diese kann sie dann gleich vor dem Chor von Aeternitas machen.«

»Erst verrätst du uns, wie ihr auf diese anmaßende Behauptung kommt. Sie ist lediglich ein Halbengel.« Jophiels Stimme war scharf wie eine Klinge und genau so eine schien sie Gabriel am liebsten in die Kehle rammen zu wollen.

»Das ist der Punkt.« Er musterte mich eingehend und kniff

lauernd die Augen zusammen. »Wir haben die Leiche eines Wächterengels im Treppengarten gefunden und Zeugen berichten davon, dort eine Gestalt ohne Flügel gesehen zu haben.« Er kam mir noch ein Stück näher, wobei Raphael ihm erst nach kurzem Zögern Platz machte.

»Glücklicherweise gibt es in der Stadt nur ein Wesen ohne Flügel, was die Suche sehr viel leichter gemacht hat.« Gabriel lächelte nachsichtig, aber ich wusste, dass das nur Theater war. Verstohlen linste ich zu Raphael, der vollkommen entspannt mit den Schultern zuckte. Dann hatte er mich doch nicht verraten?

»Was sagst du dazu, Elodie?«, fragte Gabriel und baute sich vor mir auf. Seine Nähe war nicht wie die von Raphael. Sie fühlte sich fremd, beunruhigend und angriffslustig an. »Warst du heute im Treppengarten, obwohl es dir strengstens verboten ist, allein durch die Stadt zu spazieren?«

Ich nickte langsam und schaffte es nicht, ihm direkt ins Gesicht zu sehen.

»Aber mit dem Mord hatte ich nichts zu tun«, sagte ich leise und streckte das Kreuz durch. »Ich war nur dort, weil ich den Schrei eines Schattens gehört habe.« Gabriels violette Augen flammten auf. Seine gute Laune änderte sich schlagartig, weil er roch, dass ich die Wahrheit sagte. Er packte meine Hände so grob, dass ich vor Schmerz aufkeuchte. Nicht nur Omri und Jedida regten sich, sondern sogar Raphaels Tiger, der hinter seinem Herrn stand, und plötzlich nicht weniger zornig wirkte als dieser.

»So schmutzige Fingerchen«, höhnte Gabriel, der gar nicht gemerkt hatte, wie die Schatten im Raum näher gekommen waren. Sein Adler war vermutlich draußen, aber zu diesem eine Verbindung aufzubauen, hatte ich noch nie gewagt.

»Ich habe die Leiche eines Wächterengels im Garten gefunden«, sagte ich schnell. »Er war bereits tot, aber sein Schatten war es noch nicht.« Nun lachte Gabriel aus voller Kehle, doch es klang alles andere als freundlich.

»Hör sich das einer an. Der Halbengel hat Fantasie.«

»Sie lügt nicht, das weißt du genauso gut wie jeder andere hier«, zischte Jophiel. »Der Mord an dem Wächter wurde nicht von Elodie begangen. Wie auch? Habt ihr euch die Leiche überhaupt schon angesehen? Ist euch an der Wunde nicht irgendetwas aufgefallen?«

»Und wie tief steckst du in der ganzen Sache mit drin?«, knurrte Gabriel. »Du scheinst ja bestens Bescheid zu wissen.«

»Sie weiß nicht mehr als ich«, sagte ich rasch. »Da waren zwei Dämonenfürsten.«

»Das wird ja immer besser!«

»Hör ihr verdammt noch mal zu, Gabriel! Einer von ihnen muss Danjal gewesen sein.« Unter normalen Umständen würde nicht einmal Jophiel es wagen, so mit einem Mitglied des Chors zu sprechen, aber ich fühlte ihre schwindende Geduld. Es wurde mucksmäuschenstill im Raum und das angespannte Schweigen bestätigte, was ich schon den ganzen Tag befürchtet hatte. Der Dämonenfürst war nicht irgendwer gewesen.

»Wie kommt ihr darauf?«, fragte Raphael schließlich und sah uns streng an, weil er offenbar erkannt hatte, dass weitaus mehr hinter dem Mord an dem Wächterengel steckte. Im Vergleich zu ihm besaß Gabriel die Stimmungsschwankungen eines pubertierenden Halbstarken.

»Sein Schatten hieß Hadar. Zumindest hat er ihn so genannt«, antwortete ich. Jophiel war auf diesen Danjal gekommen, weil sie den Namen seines Schattens kannte.

»Also schön.« Gabriels Griff um meine Handgelenke zog sich zusammen. »Diese nette kleine Geschichte werdet ihr beide dem Chor noch einmal in allen Einzelheiten erzählen können, während geprüft wird, ob Danjal tatsächlich aus seiner Zelle entkommen ist.«

Zelle? Ich sah Jophiel erschrocken an. War dieser Danjal etwa ein Gefangener gewesen? Ohne weitere Erklärungen zerrte man uns aus Penemues Geschäft heraus. Ich schaffte es gerade noch so, ihm einen verzweifelten Blick zuzuwerfen, dann packte Gabriel mich bereits grob am Genick und trieb mich vor sich her, auf die Straße hinaus.

»Selbst wenn stimmt, was du uns weiszumachen versuchst, heute war dein letzter Tag in Aeternitas«, knurrte er mir ins Ohr und schlang von hinten die Arme um meinen Oberkörper. Ich schnappte erschrocken nach Luft, als sich mein Rücken gegen seine Brust drückte und eisige Schmerzen meine Muskeln lähmten. Mit aller Kraft hielt ich ein erbärmliches Wimmern zurück und sah mich unwillkürlich nach Raphael um, der gerade aus dem Gebäude trat und auf der Türschwelle erstarrte. Die Hände zu Fäusten geballt, den Mund krampfhaft geschlossen, erwiderte er meinen Blick. In mir keimte die irrationale Hoffnung auf, dass er dazwischengehen würde, um mich selbst zu tragen. Er machte einen Schritt vor, doch da breiteten sich hinter mir Gabriels Schwingen aus und hoben uns beide in die Lüfte. Ihr Rauschen vermischte sich mit dem des Windes, der mir in die Wangen stach und Tränen in die Augen trieb. Schnell schloss ich diese und beraubte mich so eines letzten Blicks auf die Stadt. Vermutlich würde ich sie nie wieder sehen.

4.
Tote Männer lügen nicht

Sanft wie eine Feder landete der Erzengel auf einem der höchsten Balkone und sein fieses Lächeln ließ ihn wie einen Dämon wirken, absolut gnadenlos. Er schubste mich achtlos zwei Wächterengeln entgegen, die mich in ihre Mitte nahmen und ihm hinterherführten, als er geradewegs in den Berg marschierte. Ich linste über meine Schulter und entdeckte Jophiel, die sich kein zweites Mal anfassen ließ und jede Hand wegschlug, die nach ihren Armen zu greifen versuchte.

»Nehmt eure Finger von mir!«, zischte sie und baute sich zu ihrer vollen Größe auf. Auch wenn ihr dünner Körper im Vergleich zu den in Rüstungen gekleideten Engeln nicht besonders bedrohlich wirkte, schüchterte ihr feindseliger Blick selbst bewaffnete Männer ein. Raphael hielt die Wachen zurück, die Anstalten machten, Jophiel mit neuer Brutalität zu packen, und ließ ihr mit einem charmanten Lächeln den Vortritt. Sie schnaubte und stolzierte erhobenen Hauptes an ihm vorbei, um so schnell wie möglich zu mir aufzuschließen.

»Alles wird gut«, raunte sie mir von hinten zu. »Der Chor hat nichts gegen dich in der Hand.«

»Außer, dass ich allein in der Stadt unterwegs war.«

»Diesbezüglich fällt uns auch noch etwas ein. Egal, was Gabriel sagt: Noch ist es der Chor, der durch Mehrheitsbeschluss Entscheidungen trifft, und nicht er allein. Auch wenn er vermutlich feuchte Träume davon hat, wie ein Gott über die Stadt zu regieren.«

Ich atmete schockiert ein und starrte besorgt Gabriels Rücken an, doch der schien nichts gehört zu haben oder Jophiels Frechheit mit Absicht zu ignorieren. Für solch eine Beleidigung könnte er sie einsperren lassen!

Ich versuchte mich zu konzentrieren und das Innere des Berges als Karte in meinem Kopf anzulegen. Es war zwar schon einige Jahre her, dass ich zuletzt hier gewesen war, aber ich glaubte, mich an gewisse Details zu erinnern. An Ornamente in den milchweißen Wänden; an gläserne Vasen, Bögen und Säulen.

Meterhohe Skulpturen, in Gestalt androgyner Engel, dienten als Stützen für breite Bogen- und Podesttreppen. Alles war verziert mit himmelblauen, glänzenden Steinen und einer üppigen Vielfalt exotischer Pflanzen. Prächtige Blumen erblühten an Geländern und verströmten einen frischen, süßen Duft. Hier und da wuchsen Sträucher, Hecken und sogar Bäume aus dem weißen Gestein.

Das Innere war wie ein Atrium aufgebaut, mit breiten Laufgängen, Galerien und offenen Korridoren, von denen man hinab in den Innenhof und hinauf bis zum obersten Stockwerk blicken konnte. Dort war im Krater des Berges ein paradiesischer Dachgarten angelegt worden, der genug Platz für alle Engel Aeternitas' bot.

Stimmen und Gelächter, Gläserklirren und liebliche Musik hallten durch lichtdurchflutete Hallen. Das mussten die anderen Bewohner der Stadt sein, die nach dem Meteorschauer noch geblieben waren, um gemeinsam diesen besonderen Tag bis zum letzten Sonnenstrahl zu zelebrieren.

Hier und da streiften Engel in luftig leichten Seidengewändern durch die Gänge. Ich sah mich besorgt nach Jophiel um. Freunde und Bekannte, mit denen sie vor wenigen Stunden noch gemeinsam gefeiert hatte, konnten jetzt dabei zusehen, wie sie wie eine Verbrecherin vor den Chor geführt wurde. In der Gesellschaft der Engel war nichts so bedeutend wie der soziale Status. Wer in Ungnade fiel, verlor an Macht und Einfluss.

»Jophiel?« Eine glockenhelle Stimme ließ mich zusammenfahren. Im Korridor, der parallel zu dem lag, durch den wir gerade geführt wurden, stand eine kleine Gruppe beneidenswert schöner Frauen. Ihre grazilen Körper waren in papierdünne Kleider gehüllt, die farblich zu ihren Flügeln passten. Vermutlich hatte die mit den weißblonden Korkenzieherlocken nach Jophiel gerufen, denn sie winkte ihr fröhlich zu, hielt jedoch im nächsten Moment wie eingefroren inne. Unsere Eskorte aus Wächterengeln, die schnellen Schrittes von Gabriel angeführt wurde, warf in Verbindung mit mir gewiss einige Fragen auf. Jophiel ignorierte die Frau und spazierte mit erhobenem Haupt weiter. Ihr stolzer Abgang wurde von dem Raunen der kleinen Gruppe begleitet, in der alle sofort die Köpfe zusammensteckten, um neugierig miteinander zu tuscheln. Selbst wenn ich kein Wort verstand, verrieten die Blicke, was für hämische Lästereien sie sich über Jophiel erzählten. Dass sie mit einem Halbengel verkehrte, sorgte ohnehin schon für unschöne Gerüchte und strafende Missachtung der anderen Engel. Aber nun war sie mit mir zusammen festgenommen worden.

Solch eine Demütigung hatte sie nicht verdient und ich bereute es erneut, sie in diese Situation gebracht zu haben.

Glücklicherweise erreichten wir nur wenige Meter weiter ein gigantisches Portal, dessen mit Gold verzierte Doppeltüren langsam aufschwangen und die Sicht auf den Raum dahinter freigaben. Ich hatte erwartet, dass man uns in den Audienzsaal bringen würde, in dem ich auch die letzten Male vor den Chor geführt worden war. Ein würdevoller Raum, der einen bereits nach den ersten Schritten zu Ehrfurcht und Demut zwang.

Dieser Raum hier war nicht nennenswert kleiner, erinnerte in seiner Schmucklosigkeit aber mehr an ein Büro. Es musste eine Art Beratungszimmer sein, denn am anderen Ende stand ein runder Tisch mit sieben Stühlen, auf denen bereits vier Mitglieder des Chors von Aeternitas Platz genommen hatten. Über ihnen schwebte ein maßstabgetreues Modell der Stadt.

Hatte ich es bis gerade eben noch geschafft, meine Nervosität im Griff zu halten und mich mit der imposanten Architektur des Berges abzulenken, erwischte mich jetzt das Gefühl der absoluten Hilflosigkeit mit voller Wucht. Mir wurde schwindelig. Ich taumelte nur noch einen Schritt vor den anderen und war froh, als wir kurz vor dem Tisch zum Anhalten gezwungen wurden.

Gabriel ließ sich schwungvoll auf einen der Marmorstühle fallen, die so beeindruckend aussahen, wie sie unbequem sein mussten. Doch er schaffte es, sich so zu positionieren, dass er erhaben und gleichzeitig entspannt aussah. Die diabolische Vorfreude in seiner Miene galt allein mir.

Neben ihm saßen die Vier, die durch das Volk von Aeternitas in den Chor gewählten Engel. Samael, dessen schwarze Augen im starken Kontrast zu seiner weißen Federpracht standen, Forfax, der die angespannten Schwingen leicht gespreizt hatte, sodass ich gut sehen konnte, wie deren unterschiedliche Blautöne ineinander übergingen, Ezechiel, dem zu lächeln vermutlich physische Schmerzen bereitete, so ernst wie er meistens dreinblickte, und Uriel, der kein Erzengel war, obwohl sich seine Macht alt und endlos wie der Himmel selbst anfühlte.

Seine feuerroten Schwingen waren größer als die von Michael, was zu seiner hochgewachsenen Statur passte. Er hatte kurzes, schwarzes Haar und ein markantes Gesicht, das ernst und bedacht wirkte. Auf den ersten Blick strahlte er die Autorität eines erfahrenen Generals aus, dessen trockene Art durch den spöttischen Schimmer in seinen Augen unterstrichen wurde. Was andere vermutlich zu Tode ängstigte, brachte jemanden wie ihn gerade mal zum Schmunzeln.

Ich schluckte schwer und erspähte im Raum die unterschiedlichen Schatten der Engel. Adler, Raubkatzen und andere mächtige Tiere, die mich neugierig anstarrten, aber blieben, wo sie waren. Nur Uriels kleiner Schakal kam auf mich zugetrabt, was der Erzengel mit einer hochgezogenen Augenbraue schweigend hinnahm. Ihn konnte ich am allerwenigsten einschätzen. Er war stets höflich, aber sehr zurückhaltend und reserviert.

Sein Schatten setzte sich vor mich hin und legte den Kopf schief, wobei eines seiner Ohren halb einknickte. Obwohl er fast so groß war wie ein ausgewachsener Rottweiler und die scharfen Zähne eines gefährlichen Fleischfressers besaß, hatte er etwas unverkennbar Niedliches an sich. Es juckte mir in den Fingern, sein weiches Fell zu kraulen, aber so unüberlegt war ich doch noch nicht. Diese Situation würde nicht besser werden, wenn ich den Schatten eines Erzengels wie ein gewöhnliches Hündchen behandelte.

Als er leise zu fiepen begann, presste ich panisch die Lippen aufeinander und hoffte, dass Uriel nicht mir die Schuld daran geben würde.

Raphael lachte, klopfte Uriel freundschaftlich auf die Schulter und setzte sich neben ihn.

»Scheint, als habe unser Gast deinen Begleiter genauso

schnell um den kleinen Finger gewickelt wie meinen – und dafür hat sie die Hand nicht einmal rühren müssen.« Er goss aus einer mit Diamanten verzierten Karaffe Wein in einen nicht weniger kostbar aussehenden Kelch und lehnte sich zurück.

»Sehr beunruhigend«, brummte Uriel mit tiefer Bassstimme, wobei sein Mundwinkel leicht zuckte.

»In der Tat.«

Alle Köpfe hoben sich und sahen zum Eingangsportal.

Ich erschrak und spürte, dass auch Jophiel sich neben mir versteifte. Ohne mich umdrehen zu müssen, wusste ich, wer den Saal betreten hatte.

Es war Michael. Der älteste Erzengel. Selbst wenn er kein Wort gesagt hätte, hätte ich ihn sofort an seiner mächtigen Präsenz erkannt. Sie war kalt, raumeinnehmend und erdrückend. Allein seine Anwesenheit im Rücken zu spüren, lähmte meine Gedanken, sodass die Instinkte des Engels in mir mich zur Unterwürfigkeit zwangen.

Was bei Raphael Respekt einflößend wirkte, machte mir bei Michael einfach nur Angst. Er schritt an uns vorbei und hielt auf den Tisch zu, selbstbewusst, aber nicht arrogant. Sein Äußeres war gepflegt, das goldene Haar gut frisiert, aber nichts an ihm wirkte künstlich oder gezwungen. Sein gigantischer, schneeweißer Adler namens Abdian flog durch den Raum, was mir einige Strähnen ins Gesicht wehte und eine unheimliche Gänsehaut über meine Arme schickte. Er landete auf einem der hohen Dachbalken und starrte hoheitsvoll auf uns hinab.

Ich senkte den Kopf und biss die Zähne zusammen, weil ich schweigen musste, bis man mir eine Frage stellte.

»Jophiel«, sagte Michael ruhig. »Würdest du uns bitte erklären, was hier vor sich geht?« Ich linste zu Jophiel, die ein sanftes Lächeln aufgesetzt hatte und ergeben nickte.

»Natürlich.« Sie klang so liebreizend und gefasst, als hätten wir beide nicht das Geringste zu befürchten. Michaels brutale, eiskalte Macht klang etwas ab. Noch schien er Jophiel gegenüber wohlgesonnen zu sein. Mit schnellen, deutlichen Worten erklärte sie, was geschehen war, bis Michael bei dem Teil, an dem es um Danjal ging, die Hand hob. Sofort verstummte sie.

»Samael«, wandte er sich an den Engel mit den weißen Schwingen, »geh bitte nachsehen, ob es Danjal tatsächlich gelungen ist, sein Zimmer zu verlassen, und wenn ja, bring den Wächter her, der vor diesem positioniert gewesen ist.«

Zimmer war ein sehr seltsamer Begriff für die Gefängnisse unter dem Berg, aber die ganze Stadt wusste, wohin der Chor die gefährlichsten Verbrecher des Himmels sperrte. Es waren angeblich kleine, leere Räume, in denen keine Zeit existierte. Die Gefangenen bekamen keinen Hunger oder Durst, sie wurden nicht müde und vegetierten in ihrer einsamen Ewigkeit vor sich hin. Da die Türen sich nur von außen öffnen ließen, war eine Flucht ohne Hilfe unmöglich. Niemand musste diese »Zimmer« betreten, um Essen oder Trinken zu bringen oder um nach der Gesundheit der Insassen zu sehen, weil diese nichts mehr brauchten und es ihnen daher – theoretisch – an nichts fehlte.

Wenige Wächter genügten, um sie zu bewachen.

Hatte der Engel auf den Stufen vielleicht zu ihnen gehört? Ich öffnete den Mund, holte Luft und wandte mich an Jophiel, fand aber nicht den Mut, ihr etwas zuzuflüstern.

»Elodie.«

Ich verkrampfte mich bis in die Zehenspitzen und wandte mich zögernd Michael zu, während Samael den Raum verließ.

»Was hast du dazu zu sagen?« Obwohl er mich bis gerade eben kaum beachtet hatte, war ihm nicht einmal mein kurzes Luftholen entgangen.

»Der Wächterengel, den ich im Treppengarten gefunden habe … vielleicht war das der, der vor Danjals … *Zimmer* Wache halten sollen«, sagte ich und schaffte es, das Zittern in meiner Stimme zu kontrollieren.

Gabriel schnalzte verächtlich mit der Zunge, als missfiele es ihm, dass ich überhaupt atmete.

»Und wie hat sein Leben dann auf den Stufen ein so hässliches Ende finden können?«, fragte er mich lauernd.

Ich rieb die feuchten Hände an meiner Kleidung ab und fing Raphaels Blick ein, der unauffällig nickte.

»Vielleicht hat er versucht, ihn aufzuhalten, als er seine Flucht bemerkt hat.«

»Dann hätte er Alarm geschlagen«, sagte Uriel, klang aber nicht schroff, sondern nachdenklich. Glaubte er mir?

»Er muss Hilfe von außen bekommen haben«, überlegte Raphael laut. Ich erkannte ihn kaum wieder. Seine Stimme war streng, sein Lächeln gänzlich verschwunden. Er hatte es nicht nötig, sich hinzusetzen, weil selbst seine entspannte Haltung Anmut ausstrahlte. »Elodie sagte, es seien zwei Dämonenfürsten gewesen.«

»Na, wenn der kleine Halbengel das gesagt hat, muss es ja stimmen«, höhnte Gabriel. Raphael beachtete ihn kaum.

»Es könnte Kasdeja gewesen sein.«

»Zwei entflohene Dämonenfürsten? Unmöglich. Wir haben die beiden nicht ohne Grund so weit voneinander entfernt untergebracht.« Nun ließ sich Raphael doch dazu herab, seinen älteren Bruder anzusehen, obwohl diese Bezeichnung mehr im übertragenen Sinne zu verstehen war, weil alle Engel aus himmlischem Licht geboren wurden und daher keine Geschwister hatten.

»Es sind heute schon so einige angeblich unmögliche Dinge geschehen. Ein Engel ist tot und bis jetzt sieht es so aus, als sei er *nicht* von einem anderen Engel ermordet worden.«

»Wenn man den Worten des Mädchens Glauben schenkt«, knurrte Gabriel. »Was nur ein Trottel tun würde.«

Raphael seufzte und legte einen Ellbogen auf die Lehne seines Stuhls.

»So so.« Er lächelte, aber es hatte nichts Freundliches an sich. »Du denkst also, dass ein Halbengel in der Lage ist, *dich* zu belügen, Bruder?« Ein lauerndes Lächeln umspielte seine schönen Lippen. »Das Elodies Kräfte stark genug sind, um den Duft von Wahrheit zu fälschen? Erstaunlich, wirklich.« Raphael lehnte sich entspannt zurück und machte eine vage Handbewegung in die Runde. »Wer hätte gedacht, dass sich die mächtigsten Engel des Himmels so leicht hinters Licht führen lassen – von einem kleinen Mädchen. Da ist es natürlich nur verständlich, dass du dich in deiner Männlichkeit dermaßen gekränkt fühlst.«

Die Wut, die in Gabriel explodierte, erfüllte den ganzen Raum und malte rote Flecken auf seinen Hals. Die Knöchel seiner geballten Faust traten weiß hervor, als wolle er sich mit Raphael am liebsten in eine handfeste Prügelei stürzen. Dieser war so entspannt, wie man nur sein konnte und strahlte trotz seiner lässigen Haltung eine Bedrohlichkeit aus, die ruhig und geduldig war, elegant und geschmeidig, wie die eines Raubtiers, das beobachtete, bevor es angriff.

Anstatt sich auf seinen Bruder zu stürzen, wie ich einen Moment lang befürchtete, erhob sich Gabriel so schwungvoll, dass sein Stuhl beinahe umkippte.

Er trat um den Tisch herum, direkt auf mich zu. Raphael kniff unmerklich die Augen zusammen. Er spannte die Kiefer an, als Gabriel um mich herumschlenderte und meine Nervosität mit seiner Nähe auf die Spitze trieb.

»Du hast recht, Raph«, seufzte er mit gespieltem Verständnis. »Jemand wie sie hier«, er blieb direkt neben mir stehen und musterte mich angewidert, »könnte uns niemals täuschen.« Aus dem Augenwinkel sah er zu Jophiel, als wartete er nur darauf, dass sie sich einmischte. Aber sie presste schweigend die Zähne zusammen und funkelte Gabriel hasserfüllt an.

»Aber ist es wirklich so unwahrscheinlich, dass dieses Mädchen etwas mit dem Mord an einem der Unsrigen zu tun hat?« Erwartungsvoll sah er in die Runde. »Sicher, sie mag unschuldig und schwach wirken. Und ich gebe zu, dass sie in den letzten Jahren bewiesen hat, wie gehorsam sie sein kann.« Er beugte sich zu mir hinab, während ich versuchte, den Hohn und die Missachtung in den Gesichtern der Männer nicht zu nah an mich heranzulassen. Das hier würde gleich vorbei sein. Ich musste es nur schweigend über mich ergehen lassen, so wie immer.

»Aber trotzdem ist es ein kurioser Zufall, dass dieser Halbengel, der noch nie gegen irgendwelche Regeln verstoßen hat, ausgerechnet dann in der Nähe des Berges gesehen wird, als dort ein Mord geschieht?«

Auf der Suche nach Halt blieb mein verzweifelter Blick an Raphael hängen.

Er lehnte noch immer in seinem Stuhl und beobachtete mich mit düsterer Wachsamkeit, während seine Finger rhythmisch auf der Armlehnte trommelten. Nichts in seiner kühlen Miene verriet, was er dachte, doch als ich ihm direkt in die Augen sah, fuhr ein Schaudern durch seine von grauen Nebelschwaden umwölkten Schwingen.

Ich hörte Tobit leise brummen, aber Raphael hob minimal die Hand und brachte seinen Schatten damit zum Schweigen.

»Du sagst, du hättest den Schrei des Schattens gehört. Wie praktisch, dass das alles Mögliche bedeuten kann, nicht wahr, liebe Elodie?«, raunte Gabriel mir zu und lenkte mich damit von Raphael ab.

»Das reicht, Gabriel«, sagte Michael wie nebenbei. Er schien sich weder für Gabriels Einschüchterungsversuche noch meine daraus resultierende Angst zu interessieren. Ich kannte niemanden, dessen Verhalten so unerträglich ruhig und kalkulierend war. Was es brauchte, um Michael seine Contenance verlieren zu lassen, würde vermutlich auch den Himmel zum Einsturz bringen können.

Plötzlich krachten die Tore zum Saal auf und Samael stürmte herein.

»Er ist weg! Danjal ist weg!«

Das alarmierte Knurren und Krächzen der Schatten traf mich innerlich und brachte meinen gesamten Körper zum Vibrieren. Gabriels Schwingen fuhren auseinander, was mich so erschrocken zurückfahren ließ, dass ich beinahe über meine eigenen Füße stolperte und gerade noch so von Jophiel aufgefangen wurde.

»Und sein Wächter?«, fragte Michael kalt.

»Verschwunden. Die Ablösung war erst bei Sonnenuntergang befohlen. Niemand hat bemerkt, dass ein Wächter vor Danjals Zimmer fehlte.«

Ich nickte Jophiel dankend zu und zuckte erschrocken zusammen, als mir auffiel, dass alle Engel im Raum mich anstarrten.

»Scheint so, als würde Elodie recht behalten. Zeichen und Wunder geschehen also doch noch«, murmelte Raphael belustigt und schwenkte dabei seinen Kelch. Gabriel knurrte widerwillig, verbiss sich aber einen Kommentar. Mit einem letzten, tödlichen Blick setzte er sich schmollend auf seinen Platz zurück.

»Ja, es scheint so«, murmelte Michael und überlegte kurz. »Holt seinen Wächter. Sofort!«, befahl er nach einigen Sekunden und nahm mich ins Visier.

Den Toten?! Ich wandte mich an Jophiel, die jedoch Michael anfunkelte.

»Was hast du vor?«, fragte sie leise. Er erwiderte ihren Blick vollkommen ungerührt und ohne jede Spur von Aufregung.

»Ich gebe deinem Schützling die Chance, uns zu beweisen, wie nützlich sie wirklich ist.«

Als sich die Tore ein weiteres Mal öffneten, trugen zwei Engel einen dunklen Sack herein und legten ihn wortlos auf dem Tisch ab. Mit schnellen, mechanischen Bewegungen öffneten sie ihn und präsentierten die Leiche des Wächterengels. Ich wich einen Schritt zurück, obwohl ich gewusst hatte, dass das Wiedersehen mit dem Toten kein Vergnügen werden würde.

Er hatte sich verändert. Seine Haut war blasser geworden, sein Körper steif. Er sah aus wie eine Wachsfigur, irgendwie unecht. Die Leichenstarre hatte bereits eingesetzt. Das Blut war getrocknet, dunkel und bräunlich geworden. Um ihn leichter transportieren zu können, hatte man ihm die Flügel zusammengebunden, was ihm den letzten Hauch von Würde geraubt hatte. Engel gingen anders mit dem Tod um. Für sie war das da vor ihnen nur eine Hülle, der es egal sein konnte, wie man sie behandelte. Der Engel, der einst in ihr gelebt hatte, war ins Licht zurückgekehrt, aus dem er geboren worden war. Für fleischliche Überreste interessierte man sich nicht.

Seinen Schatten hatten sie gewiss nicht gefunden. Entweder war dieser gänzlich verschwunden, so wie er es eigentlich bereits nach dem Tod des Wächters hätte tun sollen, oder der Wolf hatte ihn gefressen.

»Wenn seine Mörder keine Engel waren, muss es dennoch himmlisches Licht gewesen sein, das ihn getötet hat«, erklärte Michael und winkte mich zu sich. »Etwas davon hängt vielleicht noch in dem Körper oder der Rüstung fest. So wie Penemue es mir einmal erklärt hat, bist du in der Lage, sogar in Gegenständen, die mit unserem Licht in Berührung gekommen sind, lesen zu können.« Mein Herzschlag beschleunigte sich, bis ich das heftige Hämmern schmerzhaft im Hals spürte. Michaels Idee war brillant. Die Rüstung war mit der Waffe, vermutlich einem Dolch, durchbohrt worden, was einen immensen Kraftaufwand erfordert hatte. Der Tod war mit der Klinge im Herzen gekommen. Die Klinge musste einige Sekunden in der Brust stecken geblieben sein, bevor der Täter sie wieder herausgezogen hatte. Wenn sie lange genug mit dem Metall in Berührung gewesen war, könnten in diesem noch Fasern des Lichts festhängen. Ich zögerte und rieb die Finger aneinander. Das hier war etwas anderes, als bei Penemue in kaputten Teetassen, altmodischem Schmuck oder verbogenen Kerzenständern lesen zu wollen. Dort tat ich es, damit der Alte etwas über ihre Vergangenheit erfuhr, um sie einordnen und katalogisieren zu können.

Nun suchte ich nach den Spuren eines Mörders.

Und der gesamte Chor sollte mir dabei zusehen.

»Na los«, herrschte mich Gabriel an.

Ich presste die Lippen zusammen und kämpfte mit mir selbst, denn meine Instinkte sträubten sich dagegen, diesem toten Engel zu nahe zu kommen.

Als Gabriel sich langsam erhob, wich ich ein Stück zurück.

»Willst du dich unserem Befehl widersetzen?«, fragte er angriffslustig. Michael hob eine Hand, damit er still war, und sah mich mit kühler Geduld an.

»Es ist eine simple Aufgabe, Mädchen«, sagte er, ohne zu ahnen, wie falsch er damit lag. »Wenn es dir gelingt, wissen wir vielleicht mehr. Wenn nicht, werden wir anders herausfinden, was heute geschehen ist. So oder so: du wirst diesen Raum nicht verlassen, bevor du es nicht versucht hast.« Damit machte er klar, dass ich weder das Zünglein an der Waage war noch irgendeine Entscheidungsfreiheit besaß. Ich sah zu Raphael – aus welchem Grund auch immer.

Auch er hatte sich erhoben, die Arme lässig vor der Brust verschränkt. All seine Emotionen lagen hinter einer Maske aus Langeweile verborgen. Doch dann wandte er sich langsam mir zu und etwas, ein wilder Funke, blitzte in seinem sturmgrauen Augen auf.

Raphaels Neugierde war geweckt.

Und sie wuchs mit jeder Sekunde, in der ich den Blick nicht von ihm abwenden konnte.

Ruckartig drehte ich mich von ihm weg, überwand meine Furcht und den Drang, einfach davonzurennen. Weit wäre ich ohnehin nicht gekommen.

Zögerlich trat ich an den Tisch heran. Alle Engel hatten sich erhoben und machten mir Platz. Uriel stand links neben mir, Jophiel drängte sich an meine rechte Seite. Ich hob meine Hände, an denen noch das getrocknete Blut des Wächterengels klebte, den ich jetzt ein weiteres Mal berühren musste. Es graute mir davor, eine Leiche anzufassen, aber schlimmer, als sie gefunden zu haben, konnte es auch nicht sein. Wenigstens wusste ich jetzt, worauf ich mich einließ. Das glaubte ich zumindest, bis ich die Finger an den Brustharnisch legte, genau dort, wo das Metall aufgerissen und nach innen verbogen war. Ich atmete tief durch, schloss die Augen und verbannte die Stimme des Zweifels aus meinem Kopf. Es gab nur noch mich und die Dunkelheit. Dieses Mal suchte ich keinen anderen Verstand, sondern schickte meine gleißend hellen Strahlen durch die Finsternis, in der Hoffnung, dass sie auf etwas trafen. Etwas Licht, das von der Waffe auf die Rüstung übergegangen war, als sie sie durchbohrt hatte.

Durch meine Fingerspitzen schoss ein scharfer Schmerz, aber ich ignorierte ihn, denn er zuckte so weit am Rande meines Bewusstseins entlang, dass er für mich nicht mehr als ein fernes Gewitter war.

Vor mir sah ich meine hellen Strahlen durch die Dunkelheit wandern, vorbei an den Lichtern der Engel und ihrer Schatten, die wie Lampions über einem schwarzen Meer schwebten. Von denen musste ich mich fernhalten, also lenkte ich meine kleinen weißen Bahnen geschickt an ihnen vorbei.

Ein Zucken, ein lautloser Knall aus Funken.

Etwas, vielleicht ein Moment, vielleicht ein Gefühl, hatte sich dem letzten meiner Gesandten in den Weg gestellt. Ich rannte der Spur meines Lichtstrahls hinterher, kämpfte mich durch die zähe Schwärze und fiel in die Arme eines Augenblicks, der kurz und ruhig war.

Kalter Stein, schwere Luft. Der Geruch nach Kerzenwachs. Dunkelblauer Nachthimmel und goldene Sterne … die zu einer gigantischen Kuppel gehörten. Ein Altar aus Bronze, marmorweiße Statuen und das Gefühl, heiliger, uralter Geschichte.

»Da sind mehrere Statuen«, dachte ich und begriff erst durch den weit entfernten Druck von Jophiels Hand auf meiner Schulter, dass ich laut gesprochen hatte.

»Rom«, flüsterte ich. Das musste Rom sein! Ich hätte mein zu Hause in jedem Traum wiedererkannt.

In Aeternitas war ich nicht willkommen, aber Rom – die ewige Stadt – hatte in ihrer endlosen Geschichte einen Platz für mich gehabt.

»Die Waffe«, fasste ich meine Gedanken laut zusammen, »muss aus Rom gestohlen worden sein. Aus einer der Basiliken oder Kirchen.« Nur leider hatte die Stadt Dutzende von diesen und die Bilder waren zu verschwommen, um Genaueres zu erkennen.

»Na, was für ein Zufall. Die Heimatstadt des Mädchens, wenn mich nicht alles täuscht?« Gabriel. Das war Gabriels höhnisches Knurren.

»Was ist es für eine Waffe?« Michael.

»Ich weiß es nicht«, murmelte ich und zuckte zusammen, als das Gewitter aus Schmerzen plötzlich nicht mehr am Rande meines Bewusstseins war, sondern von oben herab tief in mich eindrang.

Mein Lichtstrahl stob auseinander, verglühte in der Dunkelheit und ließ mich in tiefer Finsternis zurück. Ich atmete hektisch ein und aus, versuchte mich zu orientieren, obwohl ich mich bereits hoffnungslos verloren fühlte. Weit weg von mir sah ich den sanften Schimmer eines weißen, schwindenden Lichts. Vielleicht war das einer meiner Strahlen oder ein weiterer Moment, der mir helfen konnte. So oder so war es besser als diese Nacht in meinem Geist. Ich rannte los, bewegte Füße, die ich nicht hatte, keuchte durch Lippen, die ich nicht spürte.

Das Licht kam näher und ich wurde langsamer, denn irgendetwas stimmte damit nicht. Es fühlte sich grob und chaotisch an, ungezähmt und schwindend. Ein verwundetes Tier, das nicht sterben wollte, dem Tod aber schon zu weit gefolgt war.

Dann raste es wie ein Blitz auf mich zu und tausend Gefühle, Eindrücke, Stimmen und Sekunden eines Lebens überspülten mich.

Eine Frau, eine menschliche Frau mit wildem, schwarzem Haar und dunklen Augen, nahm meine Hand und lächelte traurig.

»Nauel«, wispert sie. Mein Name.

Nein, der Name des Engels, in dessen Verstand ich mich plötzlich befand.

Nauel, Nauel, immer wieder *Nauel.* Die zarte Stimme war voller Hoffnung, das junge Gesicht verschleiert von Trauer.

»Es wird alles gut«, verspreche ich ihr. Aber ich bin mir nicht sicher, wie sehr ich an meine eigenen Worte glaube. Ein Mann ist bei mir gewesen. Ein Mann ohne Namen, ein Mann ohne Gesicht. Er weiß von dir. Von dir, geliebte Wilana. Er hat gedroht, es dem Chor zu verraten, wenn ich ihm nicht helfe. Und ich wollte ihm helfen. Für dich und mich. Für unsere Welt, die er versprochen hat zu verändern. Wir würden zusammen sein können, in unserem Himmel.

Aber … er hat gelogen …

Der entsetzliche, ruckartige Schmerz riss mich aus dem Bewusstsein des toten Engels. Es mussten die letzten, langsam erlöschenden Reste seiner Existenz sein. Ein Funke von Licht war noch in ihm gewesen und ich hatte ihn erwischt. Hatte zum ersten Mal in meinem Leben eine Verbindung zu einem Engel aufgebaut.

Ich spürte eine Klinge in meiner Brust. Ein raues, widerliches Etwas. Grob und brutal, scharfkantig und voller Niedertracht. Es bohrte sich in mein Herz, dann in meine Seite. Aber warum? Der Engel hatte nur einen Stoß erlitten. Wen hatte dieser Dolch davor schon umgebracht? Wie alt war er? Von wem war er geführt worden?

»Elodie!« Jemand schrie meinen Namen, aber dieser war bedeutungslos geworden. Alles war bedeutungslos geworden. Nur Schmerz war wichtig. Nur noch dieser Schmerz.

Ich kippte zurück, die Brust voller Qualen. Haut, Fleisch und Muskelgewebe waren zerfetzt. Blut sickerte mir warm und klebrig über den Körper. Befiel mich wie eine Seuche, legte sich auf meine Zunge, füllte meine Lungen. Ich erstickte, ertrank in roter Verdammnis.

Starke Hände packten mich und sandten eiskalte Schauer durch meine erhitzten Gliedmaßen. Mein Hirn wurde aus diesem brennenden Durcheinander in eine sehnsuchtsvolle Ruhe katapultiert. Heimat, dachte ich und roch Zypressen, warme Erde, vermischt mit dem Geruch von Harz.

Ich riss die Augen auf und der Albtraum war schlagartig vorbei.

»Es wird wohl langsam zur Gewohnheit, dass ich dich fange, wenn du fällst, *passerotta.*« Es war Raphael. Raphael, der neben mir kniete, einen Arm unter meinem Rücken, damit ich nicht gänzlich am Boden lag. »Sehr unpassend für jemanden, der doch eigentlich dein Leben zerstören will, meinst du nicht auch?«

Darauf zu antworten war ohnehin keine Option, also blieb ich stumm und blinzelte verwirrt, als er mir behutsam das wirre Haar aus der Stirn strich.

Raphael war es völlig egal, dass uns alle anstarrten, und

mir war es das in diesem Moment auch. Ich hob die Hände, weil meine Finger schmerzten. Frisches Blut tropfte auf meine Kleidung. Ich hatte mir die Haut an der zerstörten Rüstung aufgeschnitten. Aufgewühlt und verängstigt sammelte ich die Reste meiner Kraft zusammen, damit sich die Wunden schlossen, doch Raphael kam mir zuvor. Er half mir in eine aufrechte Haltung, verflocht seine Finger vorsichtig mit den meinen und lachte leise, als ich stumm nach Luft schnappte. Ein Teil seiner Macht floss auf mich über, suchte sich ihren Weg durch meinen Körper, fand die Wunden und schloss sie zärtlich.

Es fühlte sich intimer an, als es sollte. Raphael zog langsam seinen Arm zurück und achtete sorgfältig darauf, ob ich mein Gleichgewicht allein halten konnte. Es gefiel mir nicht, dass er mir die Nähe nahm, dank der ich mich gerade eben noch so geborgen gefühlt hatte. Während ich noch versuchte, die überwältigende, prickelnde Wirkung seiner Heilung zu verarbeiten, erhob er sich wieder. Jophiel half mir auf die wackeligen Beine und zog mich von Raphael weg, als wolle dieser jeden Moment nach mir schnappen, dabei schob er lediglich die Hände in die Hosentaschen und wirkte verdammt zufrieden mit sich selbst.

»Sie hat offensichtlich den Verstand verloren«, kommentierte Gabriel ungefragt in die angespannte Stille hinein. Er hatte sich als Einziger wieder hingesetzt und betrachtete gelangweilt seine Nägel. »Es gibt keine Waffe, abgesehen von dem Flammenschwert, die stark genug wäre, einen Engel zu töten. Schon gar nicht, ohne dass sein Schatten mit ihm stirbt.«

»Deine Fantasielosigkeit geht mir langsam auf die Nerven, Bruder«, knurrte Uriel, dessen Schatten sich wieder neben mich setzte, kaum dass er die Chance bekam. Tobit, Raphaels Tiger, schien das gar nicht zu gefallen, denn so hatte er keinen Platz mehr.

»Es ist ein Dolch«, krächzte ich. »Oder etwas Ähnliches. Er wurde irgendwo aus einer der Kirchen in Rom gestohlen. Jemand hat schon einmal mit ihm getötet. Vor langer Zeit. Wer ihn jetzt besitzt, weiß, dass der Wächterengel eine menschliche Geliebte hatte, und hat ihn damit erpresst, um Danjal zu befreien.« Ich japste nach Luft.

Michael spannte die Schultern an und glättete seine Miene.

»Jophiel«, sagte er und wandte sich ihr zu. »Du wirst Azazel und Juniper aufsuchen. Sie sollten von Danjals Flucht erfahren, bevor er womöglich noch bei ihnen auftaucht.« Dann sah er mich an und nickte jovial. »Das hast du gut gemacht, Elodie.« Mehr Lob oder Anerkennung hatte ich noch nie von einem Engel bekommen. Es beunruhigte mich zwar, dass Jophiel wieder als Botschafterin unterwegs sein musste, aber wenigstens war es für einen guten Zweck. Was auch immer dieser Danjal angestellt hatte, die Wesen, denen er gefährlich werden könnte, mussten gewarnt werden.

»Jemand anderes wird das Mädchen nach Hause bringen.« Michael wandte sich ab, als sei damit alles gesagt. Nach Hause? Er musste von Rom sprechen, denn Penemues Laden hätte er niemals als mein Zuhause akzeptiert. Egal, wie sehr ich mir das auch wünschte.

»Was ist mit der Tatsache, dass sie allein in der Stadt unterwegs war?«, fragte Gabriel gelassen, obwohl er die Antwort auf diese Frage vermutlich kaum abwarten konnte.

»Ich denke, ihre heutige Hilfe hat das mehr als wett gemacht«, erwiderte Uriel, der das Interesse an der aktuellen Situation längst verloren hatte.

»Regeln sind Regeln.« Gabriel erhob sich und schenkte mir ein säuerliches Lächeln. »Und wer sie bricht, wird bestraft.«

Ich wich zurück und klammerte mich an Jophiel fest, die ihre Flügel ausbreitete und mich hinter sich schob.

»Wag es ja nicht, Gabriel.«

»Willst du mir Befehle geben?«

»Ohne Elodie wüsstet ihr rein gar nichts!«

»Das eine hat nichts mit dem anderen zu tun.«

»Genug«, sagte Michael streng und deutete auf den Ausgang. »Ich sagte, dass jemand das Mädchen nach Hause bringen soll. Es war ihre Pflicht, uns zu helfen und Gabriel hat recht: Regeln sind Regeln. Elodie hat eine davon gebrochen und das muss Konsequenzen haben. Sie wird Aeternitas nicht mehr betreten, bis Jophiel wieder zurück ist. Danach werden wir entscheiden, wie ihre Ungehorsamkeit bestraft werden soll.«

Mein Herz sank in einen bodenlosen Abgrund. Ich wusste nicht, was ich sagen sollte, aber von mir verlangte man ohnehin, den Mund zu halten. Ich hatte gehofft, mit meiner Hilfe etwas beweisen, etwas verändern zu können. Aber Michaels Wort dazu war das letzte, denn er drehte sich um und verließ mit ausholenden Schritten den Saal. Zufrieden grinsend warf Gabriel Jophiel einen letzten, hämischen Blick zu und beachtete mich nicht weiter, als auch er ging.

Ausgelaugt und völlig betäubt stand ich da, nicht einmal mehr dazu in der Lage, Tränen zu vergießen.

Es war keine Verbannung, sondern der Beweis dafür, dass sie mich niemals akzeptieren würden. Egal was ich tat, egal, wie demütig ich mich gab oder wie viel ich ihnen half. Ich würde niemals genug sein, niemals dazugehören.

»Ich bring sie heim«, entschied Raphael ernst und unterbrach damit die erdrückende Stille. Langsam sah ich auf. Auch dagegen konnte ich nicht protestieren, weil mir das nur noch mehr Ärger eingehandelt hätte. Jophiel knirschte mit den Zähnen und griff nach meiner Hand, um sie fest zu drücken.

»Ich beeile mich«, versicherte sie und betastete besorgt meine noch feuchten Fingerspitzen. Sie musste nicht mehr sagen, aber ich spürte ihre unterdrückte Wut. Einst war sie dem Chor vielleicht treu ergeben gewesen, aber der bedingungslose Glaube in ihn schien endgültig zerstört zu sein.

»Kann ich darauf vertrauen, dass du sie unbeschadet und ohne Umwege nach Hause bringst?«, fragte sie Raphael mit einem Tonfall, der dem Erzengel Todesqualen versprach, sollte mir etwas passieren. Er runzelte überrascht die Stirn und schenkte Jophiel ein charmantes und doch unheimliches Lächeln.

»Das klingt fast so, als hättest du Angst, ich würde sie behalten.« Sein blindes Auge wurde wie immer von schneeweißen Schleiern getrübt, während das silbergraue eine geheimnisvolle, düstere Belustigung ausstrahlte. »Keine Sorge.« Er sah zu Gabriel, der uns wie ein lauerndes Raubtier beobachtete, und anschließend auf mich hinab. »Warum sollte ich mich mit deinem Halbengel vergnügen wollen, wenn eine Schar von himmlischen Frauen an meinem Hof wartet?«

Die anderen Männer des Chors lachten, während ich die Lippen aufeinanderpresste und schweigend zu Boden starrte, weil ich nicht wollte, dass irgendjemand erkannte, wie tief mich seine Worte trafen.

Raphael hielt sein Versprechen, was mich nach seiner Beleidigung nicht überraschte.

Er hatte kein Interesse an mir, wofür ich dankbar sein sollte. Trotzdem schmerzte das, was er über mich gesagt hatte.

Mit mir in den Armen landete er auf der kleinen Dachterrasse meines Apartments. Während des Fluges hatte ich es nicht gewagt, etwas zu sagen, geschweige denn, ihn anzusehen. Glücklicherweise hatte er selbst ebenfalls geschwiegen.

Vorsichtig setzte er mich ab und behielt seine Hände noch ein paar Atemzüge lang an meinen Schultern, als habe er Angst, dass ich sofort zusammenklappte. Ich musste erbärmlich aussehen. Schwach und zitterig. Dumpfe Leere herrschte in meinem Kopf, in meinem Herzen mahlte es. Als er mich langsam losließ, zog ich mich einen Schritt zurück und schlang die Arme um meinen Oberkörper.

»Danke schön«, murmelte ich abwesend, denn meine Gedanken waren längst bei meinem Bett, auch wenn es in Rom erst Nachmittag war und die Sonne noch heiß vom Himmel brannte.

Das Gebäude, in das ich vor fünf Jahren eingezogen war, lag im *Centro Storico,* einem der ältesten und historischsten Viertel der Stadt. An dem Eck, wo die Straßen *Via del Teatro Pace* und *Via di Tor Millina* aufeinandertrafen, befand sich im obersten Stockwerk meine Dachgeschosswohnung. Direkt über der kleinen Café-Bar, die ich mehr schlecht als recht nebenbei zu führen versuchte.

»Gemütlich«, sagte Raphael und linste an mir vorbei. Ich hatte den bescheidenen Platz auf dem Dach in einen Garten mit unzähligen Kräutern, Tomatensträuchern, wildem Wein und Orangenbäumen verwandelt. Dazwischen standen ein rundes Tischchen und zwei aus verwitterten Holzpaletten gebaute Bänke, die dank der Polster überraschend bequem waren.

»Ich würde dich ja auf einen Tee einladen, aber das dürfte nicht ganz nach deinem Geschmack sein«, sagte ich tonlos und starrte auf meine schmutzigen Hände. Ich musste wirklich vollkommen übermüdet sein, wenn ich all meine Vorsicht vergaß und Raphael zum Abschied mit Sarkasmus kam.

»Das ist lieb, aber du siehst aus, als könntest du einen kleinen Nachmittagsschlaf gebrauchen und ich bin nicht gerade ein leidenschaftlicher Teetrinker.« Natürlich war er das nicht. »Aber auf einen Kaffee lasse ich mich das nächste Mal sehr gerne von dir einladen.« Verwirrt sah ich in sein lächelndes Gesicht, das mal wieder nicht verriet, ob er seine Worte ernst meinte.

»Sicher«, murmelte ich. Plötzlich war mir alles egal. Ich war zu erschöpft, um mich zu sorgen – um darauf zu achten, wie ich mich vor einem Erzengel verhielt. Es machte keinen Unterschied mehr. Sie würden mich niemals in Aeternitas aufnehmen.

»Elodie«, sagte Raphael sanft und widerwillig hob ich den Kopf. Der Spott in seinen Zügen war verschwunden und ruhiger Freundlichkeit gewichen. »Du hast dich heute wacker geschlagen.« Es sollte wohl so etwas wie ein Lob sein, doch nichts konnte die Taubheit in mir zerstreuen.

»Warum hast du es ihnen nicht erzählt?«, fragte ich und drückte das Kreuz durch. Wenn ich ihn das jetzt nicht fragte, würde ich vielleicht niemals wieder die Chance dazu bekommen. »Warum hast du mich nicht verraten?«

»Warum hätte ich das tun sollen?«

»Weil du ein Erzengel bist und ein Mitglied des Chors. Es wäre deine Pflicht gewesen.«

»Hm, das hört sich fast so an, als seist du enttäuscht von mir.« Seine Stimme klang belustigt und gleichzeitig bedrohlich, was zu dem Blick passte, den er mir schenkte.

»Nicht enttäuscht«, gestand ich heiser. »Nur etwas ... verwirrt.« Raphael lächelte düster.

»Das beruht durchaus auf Gegenseitigkeit.« Er kam einen Schritt auf mich zu, was mich zurückweichen ließ, bis die Kante des Tischchens meine Flucht nach hinten abrupt stoppte. Raphaels körperliche Präsenz besaß die Macht eines nahenden Sturms.

»Alles an dir hat mich heute verwirrt. Was du getan oder nicht getan hast. Du bist zum ersten Mal aus der Reihe getanzt und glaub mir, das war ein sehr reizvoller Anblick. Ich weiß nur noch nicht, ob es mich eher beunruhigen oder amüsieren sollte, dass du plötzlich aufbegehrst.« Er musterte mich nachdenklich, die Stirn erwartungsvoll in Falten gelegt. Hinter ihm erhellte die Nachmittagssonne seine große Gestalt und zauberte kastanienfarbene Reflexe in sein dunkelbraunes Haar.

»Lass es mich wissen, wenn du zu einem Entschluss gekommen bist«, erwiderte ich leise, »damit ich rechtzeitig die Flucht ergreifen kann, sollte ich bei dir in Ungnade fallen.«

Raphael blinzelte überrascht, fing sich aber schnell wieder und stieß ein düsteres Lachen aus.

»Sieh einer an. Doch ein tapferes kleines Vögelchen.« Er beugte sich zu mir hinab, aber dieses Mal zuckte ich nicht zurück, auch wenn Schatten seine Züge verdunkelten und ein wilder Glanz in seinen Augen lag. Ich würde nicht zu seinem Vergnügen *tanzen*, während er und seine Brüder mir meinen Lebenstraum zerstörten.

»Keine Sorge, du erfährst es als Erste, aber ob ich dich ein zweites Mal gehen lasse, muss ich mir noch überlegen.«

»Willst du mich damit einschüchtern?«

Raphaels Mundwinkel zuckte.

»Ein bisschen vielleicht«, gestand er, als hätte ihn meine Frage gerade erst auf diese grandiose Idee gebracht. »Nicht, dass du noch denkst, ich sei harmloser als meine Brüder, nur weil ich um Längen charmanter und attraktiver bin als sie.«

»Du hast bescheidener vergessen«, platzte es aus mir heraus, aber Raphael winkte nur gelassen ab, anstatt mich für solch einen sarkastischen Seitenhieb vom Balkon zu werfen.

»Ganz und gar nicht. Bescheidenheit gehört zu einer der Tugenden, die ich geflissentlich zu umgehen versuche.«

Und das mit Erfolg.

Ich schnaubte ungläubig, ließ mich von seinen Scherzen aber nicht zu einem weiteren Kommentar hinreißen. Raphael besaß vielleicht nicht die gleiche sadistische Ader wie Gabriel, dafür aber noch immer die Macht, ganz Rom dem Erdboden gleichzumachen, sollte er spontan Lust bekommen, die Erde etwas umzudekorieren.

»Du solltest zu den Frauen zurückkehren, die an deinem Hof auf dich warten.«

Er schmunzelte belustigt und zog sich langsam zurück.

»Ja, vermutlich sollte ich das.«

Sehr gut.

Und mir sollte egal sein, mit was für wunderschönen Engeln er sich heute noch in seidigen Bettlaken wälzen würde, aber als er neugierig beobachtete, wie ich versuchte, jedes verräterische Gefühl aus meinem Gesicht zu verbannen, wusste ich, dass mich die Röte auf meinen Wangen längst verraten hatte. Er brummte ein leises Lachen, fuhr sich durchs Haar und zwinkerte mir gut gelaunt zu.

»Träum schön, Elodie.«

Das würde ich bestimmt nicht, auch wenn der Klang meines Namens durch seine Stimme die Sanftheit einer Berührung bekam. Eine, die einen problemlos in den erholsamsten Schlaf streicheln konnte.

Raphael spreizte die silbrigen Schwingen und obwohl ich mir fest vornahm, ihm nicht hinterherzusehen, konnte ich nicht anders, als seinen eleganten Abflug zu beobachten. Und er wusste es. Oh, ich war mir sicher, dass er es wusste.

Wütend, verwirrt und mit den Nerven am Ende, riss ich meine Balkontür auf. Abschließen tat ich sie fast nie, denn Jophiel setzte mich meistens hier oben ab. Ich hastete zu meinem Bett, riss die Schublade des kleinen Beistelltisches auf und zog ein ledernes Notizbuch heraus. Schnell blätterte ich die vollgekritzelten Seiten durch und fand weiter vorne endlich, wonach ich suchte. Eine Nummer, die ich niemals hatte kontaktieren wollen. Sie war ein Fetzen aus meiner Vergangenheit. Ein Anker, der mich mit schmerzhaften Erinnerungen und wunderschönen Momenten verband.

Ich tippte sie in mein Handy ein und schrieb einen einzigen Satz dazu. Vier einfache Worte. Die ersten vier Worte, nach zwanzig Jahren.

Ich brauche deine Hilfe.

Er hatte versprochen, immer für mich da zu sein, sofort zu kommen, wenn ich in Schwierigkeiten steckte.

Nun würde sich zeigen, ob der Mann, den ich einst über alles geliebt hatte, sein Wort auch hielt.

5.
Kommt ein Halbengel in eine Bar ...

Das Sonnenlicht des neuen Tages weckte lediglich einen Schatten meiner selbst. Alles tat weh, alles fühlte sich unwirklich und trüb an.

Unzufrieden strampelte ich das dünne Bettlaken weg, da es für eine richtige Decke auch nachts bereits zu warm war. Ich tapste barfuß zu den schiefen Fensterläden aus Holz und öffnete sie, um frische Luft hereinzulassen.

In meiner Straße war es relativ ruhig, auch wenn Rom keine wahre Stille kannte. Unten hörte ich bereits Frauen miteinander quatschen, röhrende Motorroller durch die engen Gassen sausen und Kinder lachend in den Hinterhöfen spielen. Es roch nach frischem, starkem Kaffee, den ich jetzt besser gebrauchen konnte als alles andere. Da ich es gestern nicht einmal mehr geschafft hatte zu duschen, wusch ich mich rasch und zog ein burgunderrotes Sommerkleid an. Meine dunklen, noch feuchten Strähnen hielt ich mit einem Haarreif aus dem Gesicht, welches im Spiegel ungewohnt blass aussah. Sonst hatte ich einen gesunden, sanft gebräunten Teint mit olivfarbenem Unterton. Jetzt erinnerte meine Haut an die vor langer Zeit gestrichenen Außenwände der Sandsteinhäuser. Das Braun meiner glasigen Augen wirkte dunkel und glanzlos. Gedankenverloren strich ich über das kleine Muttermal auf meinem linken Wangenknochen. Ein unbewusster Tick, denn jedes Mal, wenn ich mich im Spiegel betrachtete, überkam mich die Frage, ob ich meiner

Mutter ähnlich sah. Ob ich diesen kleinen Fleck von ihr hatte.

Genervt schüttelte ich mich, spritzte mir noch einmal kaltes Wasser ins Gesicht und hoffte, dass ein kleines Frühstück Wunder wirken würde. Hunger hatte ich nicht, aber irgendetwas musste ich in den Magen bekommen. Ich war so dünn wie Jophiel, doch mir stand es lange nicht so gut wie ihr. Es ließ mich zerbrechlich wirken, was ich verabscheute.

Ich sollte zufrieden sein mit meinem Äußeren, das dank des himmlischen Blutes in mir gewiss nicht unansehnlich war, aber Selbstzweifel befielen sogar die Unsterblichen.

Etwas neben der Spur verließ ich meine Wohnung und schloss hinter mir ab, wobei ich die Tür leicht anheben musste, weil sich der Rahmen verzogen hatte. Das Haus war alt, so wie alle Häuser in diesem Viertel, doch für mich versprühten sie dadurch den behaglichen Charme antiker Zeiten. Ich stieg die Treppe hinab und öffnete die Tür, die zum Hinterraum der kleinen Bar führte. Hier standen die große Tiefkühltruhe, Weinkisten und andere Getränke, ein paar Konserven und Lebensmittel, die man im Schatten lagern musste. Einen Koch hatte ich nicht, denn es gab tagsüber nur Gebäck und ein paar Tramezzini-Sandwiches. Die wenigen Gäste, die abends kamen, hatten meistens schon gegessen und wollten lediglich einen letzten Umtrunk vor dem Schlafengehen zu sich nehmen. Ich war froh, dass das *Montalcino* so lief, wie es lief, denn die Arbeit beim alten Penemue nahm bereits meine ganze Woche in Anspruch. Die Bar öffnete ich nur samstags und sonntags. An ihrer Glastür hing nicht einmal ein Schild, denn manchmal machte ich auch gar nicht auf.

Heute musste ich mich beschäftigen, also putzte ich den überschaubaren Innenraum, warf die Kaffeemaschine an und bereitete die Sandwiches für die Auslage vor. Ich schob frische Cornetti in den Ofen, ein italienisches Croissant, das besonders fluffig war und nach Vanille schmeckte, und schloss draußen das kleine Tor auf, das den von Weinreben überwucherten Eisenzaun unterbrach. Dann machte ich mich daran, die Ketten von den Stühlen und Tischen zu lösen, mit der in einer Stadt wie Rom so ziemlich jede Außengarnitur angeleint werden musste, wenn diese über Nacht nicht auf wundersame Weise Beine bekommen sollte.

Drinnen goss ich mir meine zweite Tasse Kaffee ein, der nur bedingt half, meine Müdigkeit zu vertreiben, und lehnte mich mit geschlossenen Augen gegen die Küchentheke. Am liebsten wäre ich jetzt bei Penemue, um mit ihm über alles zu reden. Ob er sich Sorgen machte? Vermutlich nicht. Dafür war er zu ... abgehärtet.

»Ich hoffe, ich störe nicht?«

Erschrocken sah ich auf und hätte beinahe die Tasse fallen lassen, als mich die Stimme eines fremden, jungen Mannes aus meinen Gedanken riss. Er stand in der geöffneten Eingangstür, die Hände lässig in den Taschen seines cremefarbenen Sommersakkos vergraben.

»Natürlich nicht«, sagte ich schnell und stellte den Kaffee hinter mir ab. »Was kann ich dir bringen?«

Der Mann trat von der Türschwelle in den schattigen Innenraum und sah sich neugierig um.

»Oh, ich bin nicht wegen der überteuerten Getränke hier.«

Ich blinzelte überrascht. Mit so viel Unhöflichkeit hatte ich bei seinem freundlichen Lächeln gewiss nicht gerechnet.

Er kam auf die Bar zu und unwillkürlich richtete ich mit kerzengerade auf. Das war kein normaler Gast.

Nah vor mir blieb er stehen, sodass uns nur noch der Tresen voneinander trennte. Und da traf es mich. Ein bekanntes, eisiges Gefühl – die Kälte des Himmels, was nicht weiter verwunderlich war, denn in Rom gab es viele von uns Halbengeln. Doch etwas an der Art, wie er mich musterte, gepaart mit seiner selbstgefälligen Haltung, als gehöre diese Bar ihm, versetzte mich in Alarmbereitschaft.

»Wie kann ich dir dann weiterhelfen?«, fragte ich möglichst ruhig. Er stützte einen Ellbogen auf der Theke ab, legte sein Kinn in die Hand und sah mir geradewegs in die Augen. Die seinen waren dunkel, beinahe schwarz, was sie tief und unergründlich wirken ließ. Er hatte schwarzes, lockiges Haar und ein hübsches, scharf geschnittenes Gesicht. Sein Italienisch verriet, dass er nicht aus dieser Gegend stammte. Ich hatte meinen toskanischen Dialekt nach Jahren in Rom gänzlich abgelegt, während in seinen Worten Spuren von Sizilianisch zu hören waren.

»Mein Name ist Salvatore«, sagte er, als mache er mir damit ein Geschenk, und kippte spielerisch den Kopf ein Stück zur Seite. »Und du bist Elodie D'Alba, nicht wahr?«

Es gefiel mir nicht, dass er meinen vollen Namen kannte. Und noch weniger gefiel mir die Art und Weise, mit der er ihn aussprach. Als wüsste er, was für eine Bedeutung dahintersteckte.

»Elodie« hatte mich eine der französischen Nonnen im Waisenhaus genannt. Er bedeutete so viel wie *die Fremde*, weil meine Mutter ihren eigenen Namen nicht genannt hatte und mir keinen geben wollte, nachdem sie hochschwanger vor den Toren eines Klosters in *Montalcino* zusammengebrochen war. Sie starb bei meiner Geburt im Morgengrauen, weshalb die Schwestern einfach noch *D'Alba* hinten drangehängt hatten. Das italienische Wort für Sonnenaufgang. Alles sehr dramatische Details einer bedrückenden Geschichte, die dieser Fremde nicht kennen konnte.

»Danjal schickt mich.«

Ich erstarrte, klammerte mich an der Anrichte hinter mir fest und starrte Salvatore entgeistert an.

»Ich wusste nicht, dass Halbengel neuerdings mit Dämonenfürsten verkehren«, flüsterte ich heiser. Der Mann zuckte nur mit den Schultern und richtete sich auf, um sein Sakko gerade zu ziehen.

»Das glaub ich gerne. Du warst ja auch die letzten Jahrzehnte damit beschäftigt, dem Chor willfährig zu sein. Aber vielleicht solltest du dich etwas mehr mit der Vergangenheit deiner eigenen Leute auseinandersetzen, dann wüsstest du, dass unsere Interessen und die manch eines Dämonenfürsten nicht so unterschiedlich sind.«

Ich presste die Kiefer zusammen und funkelte ihn erbost an.

»Ich würde mich sehr dafür schämen, die gleichen Interessen wie ein Mörder zu haben«, sagte ich angespannt und linste verstohlen nach links. Der Bereich hinter der Bar war von beiden Seiten betretbar, doch Salvatore stand an dem Ende der langen Kirschholztheke, die der Eingangstür am nächsten lag. Mir blieb für den Notfall nur die Flucht zum Lagerraum. »Und wenn Danjal dich geschickt hat, nur um mir das mitzuteilen, dann dürfte der fragliche Grund für deinen Besuch hiermit erfüllt sein.«

Salvatores Augenbrauen schossen nach oben und ein gefährliches Grinsen verdunkelte seine Miene.

»Hör sich das einer an. So widerspenstig. Dabei hat er behauptet, die Erzengel hätten dir selbst das letzte bisschen Ungehorsam schon vor langer Zeit ausgetrieben.« Mein Magen verkrampfte sich, mehr durch Wut und Scham als wegen echter Furcht. *Er?* Meinte er damit Danjal? Was wusste dieser schon über mich?

»Wenn dir die Getränke zu teuer sind«, zischte ich, »und Danjal keine weiteren Botschaften für mich hat, dann würde ich dich höflichst bitten, meine Bar –«

»Was hast du ihnen erzählt?«, unterbrach er ernst.

»Wie bitte?« Ich schüttelte irritiert den Kopf. Salvatore schnalzte verächtlich mit der Zunge.

»Dem Chor. Was hast du ihnen über Danjal erzählt?« Am liebsten hätte ich laut aufgelacht, denn es war absurd, wie dreist er mich danach fragte. Ich verschränkte die Arme vor der Brust, was selbstbewusst wirken sollte, dabei war es mehr eine Abwehrhaltung.

»Dass er kein besonders freundlicher Zeitgenosse war.«

Salvatore senkte lauernd den Blick.

»Wir sind wohl zu Späßen aufgelegt.«

»Ganz gewiss nicht.« Erneut sah ich aus dem Augenwinkel nach links, wo ich an der Bar vorbei zum Hintereingang gelangen könnte. Salvatore schnaubte verächtlich und zog meine Aufmerksamkeit wieder auf sich.

»Denk gar nicht erst daran, meine Hübsche.« Er schob eine Hand zurück in die Hosentasche und zuckte demonstrativ mit den Schultern, wirkte aber angespannter als zuvor. »Ich soll dich warnen.«

»Wovor?«

»Davor, dem Chor zu helfen.«

»Helfen bei was?« Dieses Gespräch zog sich wie ein zäher Kaugummi in die Länge, denn anders als ich, schien er es nicht eilig zu haben, auf den Punkt zu kommen.

»Ich glaube, wir wissen beide, was ich damit meine. Du bist

lange nicht so einfältig, wie andere dich gerne hätten. Und so harmlos, wie du aussiehst, erst recht nicht.«

Noch nie war mir so viel Arroganz begegnet. Selbst Gabriel besaß bessere Manieren als dieser wie aus dem Ei gepellte Halbengel.

»Nach deinen letzten Worten bezweifle ich, dass du so eine gute Menschenkenntnis besitzt«, sagte ich und bemühte mich nicht länger um einen beherrschten Tonfall.

»Wie gut, dass du kein Mensch bist«, sagte er und beobachtete mich lauernd.

»Zur Hälfte schon, genauso wie du.«

»Vollkommen richtig. Wir beide sind vom gleichen Schlag, also vertrau mir, wenn ich dir rate, dich rauszuhalten.«

Einen Moment lang starrten wir uns schweigend an. Er schien nur darauf zu warten, dass ich Widerworte gab.

»Warst du es?«, fragte ich leise. »Warst du der Mann, der ihn aus dem Berg befreit hat?«

Ich hatte angenommen, dass die vermummte Gestalt auf der Treppe im Garten ebenfalls ein Dämonenfürst wie Danjal gewesen war. Aber was, wenn ich mich geirrt hatte? Er war zu weit weg gewesen, um seine Essenz zu spüren. Nur, dass er keine Flügel gehabt hatte, war mir aufgefallen.

Salvatore grinste breit, was Antwort genug war.

»Das war nicht besonders klug«, murmelte ich. »Sie werden Danjal finden und wieder einsperren. Und dich gleich mit.« Ich spürte so etwas wie Besorgnis, was noch viel weniger Sinn ergab als alles, was unsere kleine Konversation bis hierher am Laufen hielt. Salvatores Schicksal sollte mir egal sein, aber er war ein Halbengel – genau wie ich. Und auch wenn er ein arroganter Mistkerl war, wollte ich nicht, dass der Chor ihn brutal bestrafte.

»Wie niedlich«, kommentierte er und kam plötzlich um den Tresen herum. »Du scheinst ja doch so etwas wie Solidarität zu besitzen.«

»Ich meine es ernst!« Jeden Schritt, den er auf mich zu machte, wich ich weiter zurück, als hätten wir einen absurden Tanz begonnen. »Warum auch immer du Danjal befreit hast: belass es dabei.«

»Das geht leider nicht.« Salvatore richtete gelangweilt seine Manschettenknöpfe und lachte leise, als ich am Ende der Bar gegen die unverputzte Steinwand stieß. Rechts neben mir war die Küchenanrichte, links die letzte Möglichkeit, Richtung Ausgang zu fliehen. Also zögerte ich nicht länger, denn die Macht, die sich um diesen ungebetenen Gast zusammenzog, verriet mir, dass er jeden Moment angreifen würde. Ich sprang zur Seite und hechtete Richtung Lagerraum, wurde aber bereits nach wenigen Metern gepackt und mit voller Wucht zurückgeschleudert. Erneut stieß ich mit dem Rücken gegen eine Wand, dieses Mal gegen die auf der anderen Seite des Eingangs. Der Aufprall war so hart, dass es mir die Luft aus der Lunge presste. Salvatores Hand packte meine Kehle und drückte gnadenlos zu. Ich krallte meine Fingernägel in seine Haut und sah verängstigt zu ihm hinauf. Seine Bewegungen waren schnell, präzise und unvorhersehbar gewesen. Er war ein Kämpfer, der seine Fähigkeiten vermutlich über Jahrzehnte hinweg perfektioniert hatte. Alles, was ich konnte, hatte ich aus Büchern gelernt. Meine Reflexe waren gut, aber ungeübt, und meine Verteidigungskünste eher dürftig.

»Du wirst es bald verstehen«, raunte er mir leise zu, sein Gesicht dicht vor meinem. »Was wir vorhaben, ist auch in deinem Interesse. Deshalb rate ich dir ein letztes Mal: Halt dich raus.« Er lockerte seinen Griff, ließ mich aber nicht los. Stattdessen fuhr er mit dem Daumen meinen Unterkiefer entlang und betrachtete mich versonnen. »Es wäre schade, dich beseitigen zu müssen.«

Bei diesen Worten kehrte neues Leben in mich zurück. Vielleicht war ich keine Kämpferin, aber den einen oder anderen Kniff kannte sogar ich. Und dafür brauchte ich nicht einmal die Macht eines Halbengels. Ich nutzte seine Gewissheit, in mir ein leichtes Opfer gefunden zu haben, holte mit beiden Händen aus und donnerte sie ihm mit voller Wucht gegen die Ohren. Er fluchte, ließ meinen Hals los und taumelte wie vom Blitz getroffen zurück.

Ich rannte auf den Hinterausgang zu, spürte noch, wie seine Finger mein Kleid zu fassen bekamen und scharfe Nägel meine Haut aufkratzten, doch er konnte mich kein zweites Mal halten. Da fegte plötzlich ein eiskalter Wind durch die Bar, gleich einem Wintersturm, und riss uns beide von den Füßen. Ich schlitterte über den Boden und wurde von einem der runden Holztische nicht besonders sanft aufgehalten. Benommen drehte ich mich herum und entdeckte einen zweiten Mann, der über dem zusammengesackten Salvatore stand. Er packte ihn am Kragen, riss ihn hoch und donnerte ihm die Faust direkt ins Gesicht. Blut spritzte aus der Nase des Halbengels und befleckte den Kragen seines feinen Sakkos.

»Wenn du ihr jemals wieder zu nahe kommst, breche ich dir jeden Knochen in deinem Körper und nagel ihn mit den Resten deines Gerippes an die Mauern dieser Stadt.«

Ich erkannte die Stimme sofort, auch wenn ich sie noch nie so zornig und brutal gehört hatte.

An so vielen Abenden hatte sie mich in den Schlaf begleitet, mir nächtelang die schönsten Geschichten erzählt. Morgens hatte sie zu der Musik aus dem Radio gesummt und mich zusammen mit dem Duft von frischen Brötchen geweckt.

Es war Valerio. Valerio, der Salvatore mit eiskalter, beherrschter Wut am Schopf packte und ihn hinaus auf die Straße zerrte. Ich hörte ihn noch etwas sagen, dann wurde es plötzlich still. Meine Sicht war verschwommen, meine Kehle rau und ausgetrocknet. Ich versuchte mich in eine aufrechte Position zu hieven und den Schwindel abzuschütteln, als Beine in dunklen Jeans vor mich traten. Valerio ging in die Hocke, griff behutsam nach meinen Schultern und half mir auf die Knie. Ich blinzelte und spürte die sanfte, so vertraute Berührung seiner schlanken Finger überdeutlich auf meiner nackten Haut.

»Bist du verletzt?« Vorsichtig strich er mir ein paar Strähnen aus der Stirn. Mein Haarreif lag unter einem der Tische und war mir vermutlich bei Salvatores Angriff oder Valerios Eingreifen vom Kopf gefegt worden.

»Alles gut«, krächzte ich und schaffte es auf die wackeligen Beine. Sofort ließ mich Valerio los. Er hatte mich wie eine Fremde berührt. Wie jemanden, den man nicht anfasste, weil das unhöflich oder übergriffig gewesen wäre. Er wartete einige Sekunden, versicherte sich, dass ich allein stehen konnte und nahm sofort Abstand. Seit er mich verlassen hatte, hatte ich versucht, zwischen uns Distanz zu schaffen, um mich selbst zu schützen, und nun hasste ich es, dass er genau das respektierte.

»Zum Glück habe ich darauf verzichtet, irgendwo noch Blumen für dich zu kaufen«, sagte er trocken und strich sich die schwarzen Locken aus der Stirn. Sie waren länger geworden und fielen ihm gleich wieder über die dunkelgrünen Augen mit den beneidenswert langen Wimpern.

»Stimmt«, krächzte ich heiser. »Mit gebrochenem Genick hätte ich mich nur schwer für sie bedanken können.«

Valerio grinste schief. Selbst für einen Halbengel war er schon immer ungewöhnlich attraktiv gewesen. Auf eine etwas klischeehafte und dennoch einnehmende Art. Auch ich war seinen strahlenden Augen und der athletischen Statur verfallen, wobei mich letzten Endes sein sonniges Lächeln dazu überredet hatte, mit ihm bei unserer ersten Verabredung ins Museum zu gehen. Valerio liebte Geschichte und hatte sogar in meiner Wohnung die Regale mit alten, kunsthistorischen, entsetzlich dicken Büchern gefüllt, die genauso rochen wie er. Nach altem Leder und Pergament. Nach unserer gemeinsamen Zeit war mir sein Geruch sehr vertraut.

»Als du mir geschrieben hast, dass du Hilfe brauchst, hatte ich nicht damit gerechnet, dass ausgerechnet du in Schwierigkeiten himmlischen Ursprungs stecken würdest.«

»Sondern?«, fragte ich und ging langsam zur Bar, um mir ein Glas Wasser einzuschenken. Valerio schloss die Tür und setzte sich an die Theke.

»Geldprobleme? Stress mit den Nachbarn?«

»Das wäre mir tatsächlich lieber. Leider ist es ernster.«

»Was ist passiert?« Auch wenn er versuchte, locker zu wirken, sah ich ihm an, wie unsicher ihn meine Nähe machte. Schämte er sich?

»Es gab einen Mord in Aeternitas.« Seine Gesichtszüge entgleisten und jeder Versuch, diese Situation mit seinem altbewährten Charme zu entschärfen, zerstob wie Staub im Wind. Ich erzählte ihm so nüchtern wie möglich von Danjal und dem toten Wächterengel, dem Chor und dieser bestialischen Waffe. Währenddessen schenkte ich ihm eine Orangen-Limonade ein, was zumindest vor zwanzig Jahren sein Lieblingsgetränk gewesen war. Als ich ihm das Glas entgegenschob, grinste er mich verschmitzt an.

»Daran erinnerst du dich noch?«

»Manche Dinge vergisst man nicht. Schon gar nicht, wenn sie jemand literweise in sich hineinschüttet.« Er brummte ein leises Lachen und trank einen großen Schluck.

»Kennst du diesen Salvatore?«, fragte ich und rieb mir über den Hals. Als ich Valerio kennengelernt hatte, hatte er, mit Unterbrechungen, bereits fünfzig Jahre in Rom gelebt und einige, wenn nicht sogar alle Halbengel dort schon einmal getroffen.

»Ja«, gestand er und griff das Glas fester, sodass seine Fingerknöchel weiß hervortraten. »Ich bin ihm das ein oder andere Mal begegnet. Ein hochmütiger, von sich selbst überzeugter Idealist. Soweit ich weiß, hatte er sich Claudius angeschlossen und dessen Taten durchaus befürwortet.« Claudius, der vor knapp zwanzig Jahren die Stadt der Hexen und Dämonen eingenommen hatte, bevor die Kinder des ersten Arcanum-Zirkels ihn besiegt hatten, war für viele Halbengel so etwas wie ein lang ersehnter Held gewesen. Einer, der ihnen das Blaue vom Himmel versprochen hatte. Freiheit, Gleichheit und neue Chancen. Dass es ihm lediglich um die Vernichtung der Hexenwelt gegangen war, hatten die meisten geflissentlich ignoriert oder nicht einmal geahnt.

»Und dieser Danjal?«, fragte ich und holte aus dem Kühlfach eine Flasche Bardolino Rosé. Es war zwar erst Mittag, aber ich konnte einen Schluck Wein trotzdem gut vertragen. »Weißt du etwas über ihn?«

Valerio schenkte ich kein Glas ein, weil er Alkohol noch nie besonders hatte leiden können.

»Hat dir Jophiel nicht von dem erzählt, was letztes Jahr in Arcanum und der Hölle geschehen ist?«, fragte er.

»Nur sehr wenig.« Ich nippte an meinem Wein und schwenkte das Glas gedankenverloren in der Hand.

Das, was letztes Jahr geschehen war, waren die Folgen der Tragödie von Arcanum gewesen. Diese Geschichte wiederum kannte ich so, wie sie jeder kannte. Sie war so alt wie die Welt.

Luzifer, der Morgenstern, war nach seinem Fall von Lilith, Adams erster Frau, gefunden worden. Sie war aus dem Paradies geflohen und beide verliebten sich ineinander.

Damit Lilith auf ewig frei sein konnte, ging sie mit Luzifer einen Pakt ein.

Sie schenkte ihm ihre ewige Liebe und er ihr einen Teil seiner Macht, aus der sie Magie formte und somit zur allerersten Hexe wurde.

Trotz seines Sturzes hatte Luzifer weder seine Flügel noch sein Licht verloren, weil er der erste und mächtigste der Erzengel gewesen war. Zusammen mit Lilith herrschte er als Teufel über die Hölle und machte diese zu einem Zufluchtsort für alle Engel, die noch fallen würden, weil sie dem Himmel nicht mehr gehorchen wollten.

Dreizehn Kinder brachte Lilith während ihrer langen Herrschaft zur Welt. Diese wiederum schlossen sich zu einem Zirkel zusammen und erschufen, nachdem die älteste Tochter von Menschen getötet worden war, die Stadt Arcanum. Eine Heimat für Hexen, Dämonen und magische Wesen.

Dann kam Claudius mit seiner Armee aus Halbengeln.

Er besiegte Luzifer und löschte den Arcanum-Zirkel aus. Nur Lilith und ihren Enkelkindern, zwölf jungen Hexen, gelang die Flucht in die Menschenwelt.

Da Luzifers Licht so stark war, dass es selbst nach seinem Tod nicht erlosch, konnten seine und Liliths Nachfolgerinnen es achtzehn Jahre später nutzen, um Claudius zu besiegen und die Stadt zu befreien. Sie gründeten einen neuen Zirkel, der seither Arcanum regierte.

»Was genau hat Danjal mit dem zu tun, was letztes Jahr geschehen ist?«, fragte ich.

»Nach der Befreiung der Stadt und Claudius' Tod, haben Michael und Gabriel den neuen Arcanum-Zirkel dazu aufgefordert, Luzifers Licht dem Himmel zurückzugeben.«

Davon hatte mir Jophiel erzählt. Der Chor war der Meinung gewesen, dass das Licht des Morgensterns nicht in Hexenhände gehörte, auch wenn sie die Enkelkinder des einst mächtigsten Engels waren. »Luzifer hatte es an seine jüngste Nachfahrin, Juniper Deshayes, vererbt.«

Juniper ...

Ihr Name kam in vielen unterschiedlichen Geschichten vor, die sich die Engel von Aeternitas entweder mit Abscheu oder Ehrfurcht erzählten, aber jeder kannte die Himmelsbluthexe, die dem Teufel sein verbranntes Herz gestohlen hat.

Azazel, der Luzifer auf den Thron gefolgt war, herrschte seither mit ihr an seiner Seite über die Hölle.

»Der Chor und auch einige Dämonenfürsten verlangten, dass sie sich in drei Prüfungen als Erbin von Luzifers Licht würdig erweist. Aber da ist wohl einiges schiefgegangen. Der Halbengel Nicolai, Claudius' damalige rechte Hand, hatte sich mit Danjal und einem weiteren Dämonenfürsten namens Kasdeja zusammengetan, um das Licht zu stehlen und den Teufel vom Thron zu stürzen. Das ist den beiden jedoch nicht gelungen und sie wurden vom Chor im Berg *Tabbur* eingesperrt.«

»Und was ist mit diesem Nicolai passiert?« Valerio schnaubte verächtlich und lehnte sich ein Stück zurück.

»Tot. So wie viele Halbengel, die in der letzten Schlacht gegen die Hexen gestorben sind.«

Ich erschauderte. Unser Ruf war von Claudius und seinen Anhängern ordentlich beschädigt worden.

»Und jetzt hat wieder ein Halbengel Danjal befreit, um was zu tun? Noch einmal die Hölle angreifen? Den Arcanum-Zirkel?« Valerio schüttelte den Kopf und rieb sich nachdenklich die Stirn.

»Das wäre Wahnsinn. Juniper hat Luzifers Licht mit ihren Cousinen, den anderen Enkelkindern von Lilith und Luzifer, geteilt, um den Chor milde zu stimmen. So liegt diese unbeschreibliche Macht nicht mehr in den Händen einer einzigen Hexe, sondern wird von dem neuen Zirkel Arcanums beschützt. Außerdem haben Juniper und Azazel den Pakt zwischen Hexe und Teufel erneuert. Sie herrschen gemeinsam über die Hölle, was diese so gut wie unangreifbar macht.«

»Und damit haben sich Michael und die anderen zufriedengegeben?«

»Offensichtlich.« Er lachte freudlos, wurde aber gleich wieder still und sah mich ungewöhnlich ernst an.

»Was du mir da erzählt hast, dieser Mord an dem Wächterengel ... das kann nur der Beginn von etwas sehr Üblem sein.« Ich biss mir auf die Unterlippe und trommelte mit den Fingern nervös auf der Theke herum.

»Ich werde mich etwas umhören«, versprach Valerio. »Ein paar alte Bekannte aufsuchen. Bücher durchblättern. Vielleicht finde ich irgendetwas über diese dubiose Waffe heraus. Du sagtest, du hättest eine blaue Kuppel mit Sternen gesehen?«

»Ja. Vielleicht wurde sie als heilige Reliquie in einer der Kirchen aufbewahrt.«

»Das würde die Suche auf jeden Fall eingrenzen. Auch wenn es immer noch schwer vorstellbar ist, dass es hier in Rom eine Waffe gegeben hat, mir der man Engel töten kann.«

»Wenn einer etwas darüber herausfinden kann, dann du«, sagte ich und lächelte vorsichtig. Valerio hatte in seiner langen Zeit auf der Erde unzählige Fächer studiert. Archäologie, Theologie, Kunstwissenschaft, antike Kulturen und so weiter. Er war ein wandelndes Nachschlagewerk. Früher hatte mich seine Neugierde und Leidenschaft für alles, was alt, verborgen und historisch war, schlichtweg verzaubert. Und auch heute hatte sie ihren Reiz nicht eingebüßt.

Wir sahen uns einen Moment zu lange an, sodass ich mich verlegen räusperte und zur Spüle umwandte, um mein Glas hineinzustellen.

»Ich bin froh, dass du mir geschrieben hast, Ellie.«

Niemand außer ihm nannte mich so, und es tat weh, wie traurig er dabei klang.

Ich klammerte mich am Holz der Küchenzeile fest, den Rücken noch immer ihm zugewandt, weil meine Augen plötzlich brannten.

Er war gegangen und hatte mich mit gebrochenem Herzen zurückgelassen. Mit beißender Sehnsucht, die zu einem allgegenwärtigen Kummer geworden war. Meine schönsten Gefühle waren zu meinem ärgsten Feind geworden.

Niemals wieder wollte ich mich so fühlen; mich so von etwas beherrschen lassen, das nur langsam durch die Zeit verschwand, wie ein Stein, der von Wasser glatt geschliffen wurde. Wochenlang hatte nichts mehr einen Sinn ergeben.

Wenn man sich hoffnungslos verloren fühlte, schienen die Wege der Welt nirgendwo mehr hinzuführen.

Doch das Leben ging einfach weiter und ließ die Scherben

zurück, sodass nichts außer einer kleinen Narbe blieb, die nur noch in den dunkelsten Nächten schmerzte.

»Ich wusste nicht, an wen ich mich sonst wenden soll«, gestand ich möglichst gefasst.

Das Problem an Valerio war seine Selbstlosigkeit.

Auch jetzt bot er mir ohne zu zögern seine Hilfe an, war im Kopf vermutlich schon drei Schritte weiter und auf der Suche nach einer Lösung.

Deswegen hatte es mich wie aus dem Nichts getroffen, als er vor zwanzig Jahren gegangen war, ohne mir zu sagen warum.

Langsam wandte ich mich ihm wieder zu. Er spannte die Schultern an und presste die Lippen zu einer harten Linie zusammen, als er mir wieder ins Gesicht sah. Vor jedem konnte ich verbergen, was ich fühlte. Vor jedem, außer vor ihm. Auch wenn es nicht meine Absicht war, ihm Schuldgefühle einzureden. Zwanzig Jahre waren viel Zeit, um über jemand anderen nachzudenken.

Er hatte mich geliebt, so wie ich ihn geliebt hatte und inzwischen konnte ich akzeptieren, es vielleicht sogar verstehen, dass der Grund für sein Verschwinden einfach wichtiger als diese Liebe gewesen war.

Valerio war kein grausamer Mann, der die Gefühle anderer missachtete. Und ihn jetzt so zu sehen, bewies mir, wie schwer ihm die Entscheidung damals gefallen war – aus welchem Grund er sie auch immer getroffen hatte.

»Es tut mir leid, Ellie.« Seine Stimme klang rau, aber er senkte nicht den Blick, sondern besaß den Anstand, mir direkt in die Augen zu blicken. Auch ich hatte Fehler gemacht. Auch ich hatte ihn verletzt, indem ich keinen seiner vielen Briefe beantwortet hatte. Wie stur ich gewesen war. Wie verbohrt, fast schon verbittert.

»Mir auch«, murmelte ich.

Er erhob sich langsam und holte seinen Geldbeutel heraus, was mich abrupt zum Lachen brachte.

»Wenn du nicht vorhast, ein Foto oder ein Souvenir aus dem Portemonnaie herauszuziehen, rate ich dir, es lieber ganz schnell wieder wegzustecken.« Valerio hielt perplex inne, doch dann gehorchte er und grinste mich schief an.

»Dann werde ich mich als Gegenleistung gleich an die Arbeit machen und mich melden, sobald ich etwas herausgefunden habe«, versprach er und öffnete die Glastür. »Es sei denn, du möchtest ... ich meine ... ich könnte bleiben. Sollte dieser Salvatore zurückkommen ...« Er ballte die Hände zu Fäusten und brauchte eine Sekunde, um sich von den Gedanken an den Halbengel nicht in Rage bringen zu lassen.

»Ist schon gut«, sagte ich und strich mir verlegen das Haar hinters Ohr. »Ich werde aufpassen und einfach darauf achten, nirgends allein hinzugehen.« Das war eine erbärmliche Methode, aber das Letzte, was ich wollte, war Valerio zu lang in meiner Nähe zu haben. Das wäre wie eine Überdosis, nachdem ich zwanzig Jahre lang auf Entzug gewesen war.

»Bist du sicher?« Er stand im warmen Schein der Mittagssonne, die seine Augen in zwei lichtdurchflutete Seen verwandelte.

»Absolut sicher«, gab ich zurück und begleitete ihn bis zu dem kleinen Eisentor. Dort verharrte er einen Moment, kontrollierte die Straße zu beiden Seiten und wandte sich erst wieder mir zu, als er keine potenziellen Gefahren entdecken konnte.

»Pass auf dich auf, Elodie.« Er hob zögerlich die Hand und strich mit seinen schlanken Fingern über meine Wange. Es war nur der Hauch einer Berührung, der wie eine kühle Brise über meine Haut fuhr und kaum eine Erinnerung an sie zurückließ. Ich zuckte nicht zurück, gewährte ihm diesen Moment der Nähe.

Als er ging, rieb ich mir die fröstelnden Arme und sah ihm nach, bis er am Ende der Straße abbog und aus meinem Sichtfeld verschwand. Mein Herz fühlte sich schwer an, doch der Schmerz, der einst von Valerio hineingeschnitten worden war, blieb aus. Vielleicht bekamen wir es hin, so etwas wie Freunde zu werden. Ich ging zurück zur Bar und hatte die Glastür noch nicht einmal erreicht, als mich der Duft nach Zypressen, Harz und warmer Erde herumfahren ließ.

»Interessante Freunde, die du da hast.«

6.
Kein Gast wie jeder andere

Der Erzengel besaß die fragwürdige Fähigkeit, allein durch sein Lächeln sowohl den Charme eines Fünfzigerjahre-Gentlemans als auch die Bedrohlichkeit eines erfolgreichen Mafioso auszustrahlen, was ich deshalb so gut beurteilen konnte, weil mir beide Sorten von Mann schon über den Weg gelaufen waren – und jede war auf ihre Art nervenaufreibend.

»Valerio Segreto, wenn ich mich nicht irre. Ein kluger Halbengel, nicht wahr?«, fragte er, eine Hand lässig in die Hosentasche seiner dunkelblauen Chinos geschoben.

Entgeistert starrte ich ihn an. Der Ausbruch einer der zehn Plagen oder Gott persönlich hätten mich nicht so sehr überraschen können, wie Raphaels Erscheinen. Bekleidet mit einem luftigen, sandfarbenen Leinenhemd und sündhaft teuren Lederschuhen betrat er die Terrasse. In diesem Aufzug sah er unverschämt gut aus, aber auch ungewöhnlich menschlich, denn ihn umgab nicht wie sonst dieser silbrige Schimmer seiner Flügel. Diese waren verschwunden, was lange nicht so erstaunlich war, wie sein sommerlicher Look.

Jophiel war oft mit mir durch Rom spaziert und hatte dafür ihre Schwingen mit einem besonderen Glanz verborgen. Sie waren noch da, aber für das Auge nicht länger sichtbar. So konnten sich Engel unbemerkt unter Sterbliche mischen, denen trotzdem nicht entging, dass an dem ein oder anderen vermeintlichen Menschen etwas *anders* war.

Diese außergewöhnliche Präsenz und unverfälschte Schönheit verrieten die Geschöpfe des Himmels und leider hatte der Glanz auch Raphaels Auftritt nicht weniger beeindruckend gemacht.

»Warum bist du hier?«, brachte ich schließlich hervor, völlig vergessend, was für einen Ton ich besser anschlagen sollte.

»Dir auch einen wunderschönen guten Tag.« Gemütlich schlenderte er auf den vordersten der kleinen Tische zu, zog sich einen Stuhl zurecht und nahm wie selbstverständlich Platz. Ich stand noch immer an Ort und Stelle, nicht sicher, was ich tun sollte.

»Ich bin wegen meines Kaffees hier.«

»Welcher Kaffee?«, fragte ich und kam mir noch einfältiger vor.

»Auf den du mich gestern eingeladen hast.«

Das hatte ich anders in Erinnerung.

Raphael öffnete die Karte, die auf dem Tisch lag und las mit skeptischer Miene das Angebot an warmen Getränken durch.

»Wie wär es mit einem *White Chocolate Mocha*? Was auch immer das ist, ich bin neugierig. Und es riecht köstlich nach frischem Gebäck. Gibt es Kekse? Cantuccini vielleicht?«

Nein, es gab keine Kekse! Und auch keinen *White Chocolate Mocha*! Das hier war nicht *Starbucks* und ich konnte mich beim besten Willen nicht daran erinnern, so ein albernes Getränk jemals auf die Karte gesetzt zu haben.

»Willst du dich lustig machen?«, fragte ich leise, knetete nervös meine Finger und trat vor seinen Tisch.

»Über wen?«

»Über Menschen.«

Er lachte leise, lehnte sich entspannt zurück und streckte die langen Beine aus, als wolle er es sich für den restlichen Nachmittag gemütlich machen.

»Warum sollte ich? Ihnen hat die Welt die tollsten Erfindungen zu verdanken und da rede ich noch nicht einmal von Computern, Waschmaschinen oder dem Waffeleisen.«

»Waffeleisen?«, fragte ich ungläubig. Er nickte ernst.

»Tolles Produkt.«

Ob er das sarkastisch meinte oder nicht, hätte selbst ein Psychologe nicht erkennen können. Raphaels Gesicht zeigte stets nur das, was er der Außenwelt zeigen wollte.

Müde rieb ich mir die pochenden Schläfen, um die nahenden Kopfschmerzen fortzumassieren.

»Warum bist du hier, Raphael?« Ich klang erschöpfter, als ich hatte preisgeben wollen, doch der Tag war bisher anstrengend genug gewesen. Er antwortete nicht sofort, sondern beobachtete mich mit unheimlich ruhiger Geduld.

»Natürlich wegen des Kaffees«, sagte er, als sei das das Logischste der Welt. »Ich bin ein Gast wie jeder andere auch.« *Nicht einmal annähernd!* »Und möchte bedient werden.« Das klang schon eher nach einem Erzengel. »Überzeug mich und ich verspreche, nicht mehr als nötig von deiner kostbaren Zeit in Anspruch zu nehmen.«

Herausfordernd hob er eine Augenbraue und verschränkte die Hände miteinander, um mir zu demonstrieren, dass er so schnell nicht gehen würde.

Mit einem schweren Seufzen gab ich mich geschlagen und verschwand in der Bar, um ihm seine lächerliche Bestellung zu bringen. Dazu stellte ich ein Glas Wasser auf den Tisch, so wie es sich gehörte, und servierte ihm sogar ein paar Cantuccini, in der festen Überzeugung, dass er diese gewiss nicht anrührte.

Erzengel behandelten ihre elysischen Körper wie Tempel und würden sie niemals mit so etwas wie menschlicher Nahrung verunreinigen.

»Vielen Dank«, sagte er höflich und verspeiste den ersten Keks mit einem Bissen.

Tja, eins zu null für ihn.

»Etwas trocken, aber essbar«, befand er ungefragt und strich sich elegant die Krümel vom Hemd.

Ich verkniff mir eine Antwort und wollte an ihm vorbeigehen, um zurück nach drinnen zu fliehen, als sich seine Hand blitzschnell um meinen Unterarm schloss.

Nicht fest, aber unmissverständlich.

»Das war noch nicht alles.«

Mein Puls schoss in die Höhe und ich war mir sicher, dass Raphael es spüren konnte. »Setz dich.«

Er deutete auf den Stuhl ihm gegenüber, ohne mich dabei anzusehen. Das musste er auch nicht, denn der Befehlston in seiner Stimme genügte, um mich jeden weiteren Widerspruch vergessen zu lassen.

»Fünf Minuten«, fügte er hinzu, als ich mich nicht rührte.

»Ich habe zu tun«, flüsterte ich erstickt.

Abgesehen von Raphael war weit und breit kein potenzieller Gast zu entdecken und diese offensichtliche Tatsache war ihm vermutlich genauso aufgefallen wie mir.

Er schmunzelte und streichelte mit dem Daumen die Innenseite meines Handgelenks. Heiße und kalte Schauer jagten mir über die Haut und ebbten nicht ab, als er mich losließ.

»Denkst du wirklich, es ist besonders ratsam, meine Bitte abzuschlagen?« Eine unheimliche Vorfreude, gerade so, als sei das hier lediglich ein Spiel führ ihn, lag in seinen glatten Zügen.

»War es eine Bitte oder ein Befehl?«, fragte ich mit zitteriger Stimme. Warum gehorchte ich nicht einfach? Warum riskierte ich, seine Wut auf mich zu ziehen?

»Ist das wichtig?«

Raphael neigte den Kopf ein Stück zurück und sah mir fest in die Augen. Obwohl er saß, verlieh seine Autorität mir das Gefühl, vor ihm zu knien.

»Vermutlich nicht«, murmelte ich und biss mir so fest auf die Zunge, dass ich Blut schmeckte. Mein Verhalten war absolut unangebracht und sehr gefährlich.

»Na also«, sagte Raphael und zwinkerte mir charmant zu. »Für gewöhnlich lege ich es nur ungern darauf an, jemand anderem keine Wahl zu lassen und ich hoffe sehr, dass das auch in diesem Fall nicht nötig sein wird.« Sein Blick fiel auf meine nackten Arme, die von einer dünnen Gänsehaut überzogen wurden. »Darf ich dich also daran erinnern, dass du mir noch einen Gefallen schuldig bist, dafür, dass ich dir das Leben gerettet habe.«

Ich atmete scharf ein und hielt die Luft an, innerlich so angespannt wie noch nie. Natürlich verlangte er etwas als Gegenleistung. Wie naiv war ich gewesen, zu glauben, dass ein Engel etwas aus reiner Nächstenliebe machen würde.

»Und hinzu kommt«, sprach er weiter und schenkte mir ein Lächeln, das so schön war, wie es einschüchternd wirkte, »dass ich dich gerade eben wortwörtlich in der Hand habe.« Sein Griff wurde fester, aber nicht schmerzhaft. Es war mehr die Arroganz in seiner Stimme, die in mir den Wunsch weckte, ihn einfach zu beißen.

»Sag mir wenigstens, worum es geht.« Ich sollte keine Machtspielchen mit Erzengeln beginnen, aber irgendetwas ließ mich in seiner Nähe mutiger werden.

»Wir beide müssen etwas miteinander besprechen«, sagte er und deutete auf den Stuhl ihm gegenüber. »Etwas Wichtiges. Also bitte, Elodie: Setz dich.«

Zwar klang er noch immer ruhig und freundlich, aber die Schatten in seinem silbergrauen Auge verrieten mir, wie ernst es ihm war. Es wäre unklug und riskant, Raphaels Geduld noch länger zu strapazieren und bei ihm plötzlich meine Grenzen anzukratzen, nur weil dieser mich nicht ganz so übel behandelte, wie seine Brüder es taten.

Also ließ ich mich auf den Stuhl ihm gegenüber fallen und drückte die Hände in den Schoß. Meine Finger zitterten. Dort, wo er mich berührt hatte, prickelte noch seine Macht – verwirrend intensiv, aufregend und leider kein bisschen unangenehm.

»Also?«, fragte ich vorsichtig und spielte mit dem Saum meines Kleids.

»Ich brauche deine Hilfe, Elodie.«

Ruckartig fuhr mein Kopf hoch. Damit hatte ich beim besten Willen nicht gerechnet. Allein solche Worte aus seinem Mund zu hören, widersprach der Ordnung der mir vertrauten Welt.

»Wobei?« Ich wagte es nicht, ihm einen weiteren Scherz zu unterstellen, denn dieses Mal war es definitiv keiner.

»Bei der Suche nach Danjal und der Waffe, die er gestohlen hat.« Er trank einen Schluck und sah mich über den Rand der Tasse hinweg an.

»Warum brauchst du dafür ausgerechnet *meine* Hilfe? Dem Chor stehen die Heerscharen des gesamten Himmels zur Verfügung.« Raphael fuhr sich mit der Hand elegant über die Lippen und nickte langsam.

»Das mag sein, aber zum einem bin ich nicht im Auftrag des Chors hier und zum anderen habe ich nicht vor, in die offene Schlacht zu ziehen. Tausende von Soldaten sind nutzlos, wenn man nach etwas sucht, von dem bis jetzt niemand gewusst hat, dass es überhaupt existiert. Dafür brauche ich lediglich die Hilfe eines sehr *begabten* Mädchens.«

»Und wo willst du dieses finden?«

Raphael hielt perplex inne, öffnete den Mund, schien meine Frage noch einmal in Gedanken durchzugehen und zu begreifen, dass ich sie nicht ernst gemeint hatte.

»Schau an, da hat ja jemand doch Humor.« Er grinste anerkennend und das kurze Gefühl von Genugtuung stärkte meinen Mut. Ein paar Atemzüge lang sagte ich nichts und versuchte einzuschätzen, worauf das Ganze hier hinauslaufen sollte.

»Der Chor hat gestern klargemacht, dass er meine Hilfe nicht weiter benötigt.«

Unbeeindruckt zuckte Raphael mit den Schultern.

»Wie gesagt: ich bin nicht im Auftrag des Chors hier.« Er senkte die Stimme und lächelte mysteriös.

»Keiner von ihnen weiß, dass du hier bist?«, fragte ich ungläubig. Raphael ließ sich Zeit mit der Antwort und spielte in aller Seelenruhe mit dem Löffel in der Tasse.

»Meine Brüder können manchmal sehr ... engstirnig sein. Sich einzugestehen, dass die Unterstützung durch einen Halbengel von Wert ist und möglicherweise weitere Gräueltaten verhindern könnte, geht gegen ihre Prinzipien.«

»Um ihre Prinzipien zu schützen, würden sie einen weiteren Mord in Kauf nehmen?«

Raphael lehnte sich ein Stück vor.

»Um ihre Prinzipien zu schützen, würden die meisten Engel alles in Kauf nehmen.« Er ließ den Blick über mein Gesicht wandern, als suche er in diesem nach einer bestimmten Reaktion. »Die Grundwerte, auf denen der Himmel erbaut ist, sind meiner Meinung nach schrecklich veraltet. Rechtschaffenheit, Ergebenheit und Beständigkeit führen viel zu leicht zu Bigotterie, Gedankenlosigkeit und Ignoranz.

Auch die Stadt der Ewigkeit muss sich verändern und du könntest einen entscheidenden Beitrag dazu leisten.«

»Wie meinst du das?«

»Hilf mir, diese Waffe zu finden und Danjal aufzuhalten. Ich bezweifle, dass er seine zurückgewonnene Freiheit für den Ruhestand nutzen wird. Nicht, wenn er die Macht besitzt, Engel zu töten. Haben wir Erfolg, wird der Chor deinen Wunsch, in Aeternitas leben zu dürfen, nicht länger ignorieren können. Die ganze Stadt wird erfahren, dass es einem Halbengel gelungen ist, sie vor einem Mörder zu beschützen. Du könntest für dich und deinesgleichen etwas verändern. Und ich verspreche dir, dass ich mit meinem Wort für dich einstehen werde.«

Ich rieb mir die pochenden Schläfen, denn das alles ging mir viel zu schnell. Gestern hatte ich noch damit gerechnet, für immer verbannt zu werden und heute sprach Raphael von einer Gelegenheit, auf die ich schon seit Jahrzehnten wartete.

»Warum?«, fragte ich völlig durcheinander, denn all die schönen Aussichten erklärten nicht, warum sich ausgerechnet er so sehr für mich einsetzen wollte.

»Weil ich will, dass wir uns nicht länger von einem alten Glauben leiten lassen und aufhören, jenen unrecht zu tun, die die gleiche Freiheit verdienen wie wir. Ich habe einige Gesetze nicht verhindern können, aber ich werde alles dafür tun, sie nun zu ändern«, sagte Raphael. Er log nicht. Auch wir Halbengel konnten das riechen.

Nur wie ich all das einschätzen sollte, wusste ich noch nicht genau. Raphael klang beinahe schon … rebellisch. Der letzte rebellische Erzengel hatte dafür mit seinen Flügeln bezahlt. Allerdings war Luzifer in eine Schlacht gezogen, was

Raphael, seinen eigenen Worten zufolge, nicht vorhatte. Er wollte die Dinge verändern. Auf möglichst friedliche Weise.

Und dass Danjal aufgehalten werden musste, weil er diese mächtige Waffe gewiss nicht ungenutzt lassen würde, war selbst mir klar.

»Warum?« Solch heroische Vorsätze weckten mein Misstrauen, vor allem, wenn sie von einem Mitglied des Chors kamen.

Raphaels Mundwinkel zuckte, aber er blieb ernst, was mich durchaus überraschte.

»Weil ich schon lange nicht mehr stolz darauf bin, dem Himmel zu dienen.« Er lehnte sich ein Stück vor und sah mir fest in die Augen. »Ich verrate dir dieses persönliche Detail, mit der Warnung, es besser für dich zu behalten.«

Das war eindeutig eine Drohung. »Du kannst mir vertrauen, Elodie, und ich hoffe, dass das auf Gegenseitigkeit beruht.«

Ich schluckte schwer, weil mir die Tragweite dieses Gespräches langsam bewusst wurde. Ich vertraute ihm gewiss nicht, aber den Duft der Wahrheit konnte ich nicht leugnen. Außerdem: wenn wir Erfolg hatten, würde ich Aeternitas endlich mein Zuhause nennen dürfen.

»Okay«, sagte ich und straffte die Schultern, um mich nicht länger so klein zu fühlen. »Ich werde helfen, so gut ich kann.«

Raphael neigte den Kopf zur Seite und sah mich lange an, ein unergründliches Lächeln auf den Lippen. Hatte er damit gerechnet? Von Anfang an gewusst, wie ich mich entscheiden würde. Vermutlich.

»Sehr gut«, sagte Raphael und erhob sich elegant. »Dieses Mocha-Zeug war köstlich. Könnte mein neues Lieblingsgetränk werden.«

Großartig. Hieß das, er würde öfter kommen, um sich diesen von mir servieren zu lassen?

Als hätte er meine Gedanken gehört, lächelte er mich wissend an, richtete den Kragen seines Hemdes und legte drei Silbermünzen auf den Tisch. Es waren Cubin-Münzen. Die Währung, mit der nicht nur in Aeternitas, sondern auch in allen überirdischen Reichen bezahlt wurde.

»Ich hatte dich eingeladen, schon vergessen?«, fragte ich und stand ebenfalls auf. »Außerdem ist das viel zu viel.«

»Dann sieh es als kleines Trinkgeld an und als Entschädigung dafür, dass ich dich vom Arbeiten abgehalten habe.« Noch immer war keine Menschenseele zu sehen, was Raphael mit einem frechen Augenzwinkern kommentierte.

Sehr witzig.

»Ich hol dich morgen Abend ab. Bei Sonnenuntergang«, sagte er und schlenderte auf das kleine Eisentor zu.

»Wozu denn abholen?«, fragte ich irritiert und eilte ihm nach. Er drehte sich abrupt um, sodass ich beinahe in ihn hineingelaufen wäre. Amüsiert blickte er auf mich hinab und genoss es sichtlich, dass ich ihm nicht einmal bis zum Kinn ging.

»Kennst du das *Finem mundi*?«

»Das Ende der Welt? Tut mir leid, nein.«

»Wunderbar.« Sein Lächeln wurde noch eine Spur breiter und ließ mich Übles ahnen. »Keine Sorge, um deine Garderobe kümmere ich mich.«

Das wurde ja immer bunter! Aber bevor ich weitere Fragen stellen konnte, verdunkelte sich schlagartig sein Blick. Er hob die Hand und berührte den linken Träger meines Kleides. Ich konnte nicht einmal zurückweichen, weil mich der Zorn in seinen Augen zum Stillhalten verdammte.

»Wer war das?« Raphaels Stimme war nur ein angriffslustiges Knurren. Er rieb den Stoff zwischen seinen Fingern, wodurch er erneut meine Haut berührte. Die Wunde war zwar längst verheilt, aber der Träger meines Kleides angerissen und das Blut klebte noch auf meinem Schlüsselbein.

»Niemand«, log ich, was dumm war, weil Raphael es riechen konnte.

»Valerio?«, fragte er heiser vor Wut.

»Was? Nein!« Ich schob seine Hand beiseite, schlang die Arme um den Oberkörper und trat einen Schritt zurück.

»Das war nur ein Kratzer.« Keine Lüge. Nur nicht die ganze Wahrheit. Was würde es ändern, wenn ich ihm von Salvatores Angriff oder Danjals Warnung erzählte?

Er atmete angestrengt ein, presste die Kiefer zusammen und beließ es dabei. Das schien ihn zwar viel Kraft zu kosten, aber wenigstens respektierte er, dass ich nicht weiter darüber sprechen wollte. Wie er mich ansah, mich behandelte, gab mir das Gefühl, ein Teil seiner Welt zu sein, den er beschützen wollte.

»Bei Sonnenuntergang«, seufzte er schließlich und entspannte die Schultern.

»Bei Sonnenuntergang«, bestätigte ich und schimpfte in Gedanken mit mir selbst, weil mein Herz nicht aufhören wollte, wie das eines kleinen Vogels zu hämmern.

7.
Am Ende der Welt

»Das ist ein gefährlicher, himmlischer und leider auch höllischer Club«, sagte Valerio am anderen Ende der Leitung. Ich hatte ihm noch gestern, direkt nach Raphaels Besuch, diesen dubiosen Namen geschrieben. Anders als erwartet oder erhofft, hatte er sich erst jetzt zurückgemeldet. Besorgt warf ich einen Blick aus dem Fenster, denn die Sonne ging bereits unter.

»Ein Club?«, fragte ich, als hätte ich mich verhört.

»Ja. Ein Underground-Club in Aeternitas.«

»Das ist ein Scherz, oder?«

»Keineswegs.« Valerios breites Grinsen war förmlich durch die Leitung zu hören. Mir war schwindelig und schlecht, also ließ ich mich aufs Bett fallen und starrte die grob verputzte Zimmerdecke an.

»Ich war ein paar Mal dort, aber das ist sicher schon 200 Jahre her.«

Verwirrt schüttelte ich den Kopf und versuchte, das Chaos in ihm neu zu sortieren.

»*Du* warst schon mal dort? In einem Club in Aeternitas?«

»Ja. Der Besitzer, ein Engel namens Harviel, heißt jeden willkommen, der nicht vorhat, Ärger zu machen. Halbengel, Hexenwesen, sogar Dämonenfürsten und andere Bewohner der Hölle gehen dorthin, um Spaß miteinander zu haben. Davon weiß der Chor natürlich nichts.«

»Offensichtlich schon«, murmelte ich. Mir gefiel die ganze

Sache immer weniger, außerdem klang es völlig abstrus und fast schon unmöglich, dass Wesen aus so verschiedenen Reichen miteinander feierten. Wenigstens wusste ich dank Valerio, worauf ich mich da eingelassen hatte. Es fühlte sich seltsam und gleichzeitig gut an, mit ihm zu reden. Als sei nie etwas geschehen. Als sei das hier eines unserer vielen Telefonate, die wir selbst dann noch stundenlang hatten führen können, wenn wir bereits den gesamten Tag miteinander verbracht hatten.

»Im *Finem mundi* gelten andere Regeln, Elodie. Dort verschwimmen die Grenzen zwischen Himmel und Hölle, was es verdammt schwer macht, andere, aber auch sich selbst einzuschätzen«, sagte Valerio nach einigem Zögern. »Ich weiß nicht, ob es ein so kluger Plan ist, sich von einem Erzengel an ausgerechnet diesen Ort bringen zu lassen.«

»Klug? Nein, bestimmt nicht. Aber wenigstens ist es ein Plan und Raphael hat mich bis jetzt noch nicht belogen.« Am anderen Ende war es einige Sekunden lang still.

»Das heißt nicht, dass du ihm vertrauen kannst.«

»Ich weiß«, versicherte ich ihm. »Das habe ich auch nicht so leichtfertig vor. Aber er will etwas verändern und genau das haben wir uns doch gewünscht.«

»Will er das wirklich, Elodie? Oder ist ihm lediglich aufgefallen, dass er jemanden wie dich für die Verwirklichung *seiner* Wünsche gut gebrauchen kann?« Misstrauen schwang in seiner Stimme mit, das meine Entschlossenheit langsam ins Wanken brachte. »Die Erzengel werden ihre alten Gesetze nicht einfach über den Haufen werfen, nur weil einer von ihnen plötzlich ein Bewusstsein für Moral und Gleichberechtigung entwickelt hat. Was ich übrigens auch ziemlich suspekt finde. Warum war Raphael zufälligerweise genau zu dem Zeitpunkt in der Stadt, als du vor diesem Danjal geflohen bist? Und warum sollte ausgerechnet er der eine sein, der sich für Halbengel einsetzt?«

»Wenn ich Zeit habe, werde ich ihn das alles fragen«, sagte ich und schluckte schwer, weil ich solch ein Gespräch lieber persönlich geführt hätte.

Valerio hatte meinen größten Wunsch schon lange vor mir gehabt, was bedeutete, dass er schon sehr viel früher enttäuscht worden war. Und trotzdem hörten wir nie auf zu hoffen, weil sich unser Blut, unser Herz, unser gesamtes Sein nach dem Himmel sehnte. Es war wie ein Instinkt, eine innere Stimme, die uns sagte, dass wir dort hingehörten. Wir waren mehr Engel als Mensch, denn unsere Unsterblichkeit machte uns auf der Erde zu ruhelosen Fremden. Hier durften wir nicht zu lange an ein und demselben Ort bleiben, weil es sonst auffallen würde, dass wir nicht alterten. Was wir wirklich waren, verstand kein Sterblicher, weshalb enge Beziehungen mit ihnen nur selten zustande kamen.

Mir graute jetzt schon vor dem Gedanken, meine kleine Wohnung und die Bar bald aufgeben zu müssen, um wieder in einen weit entfernen Stadtteil zu ziehen oder Rom ganz den Rücken zu kehren. Ein paar Jahre gingen vielleicht noch, doch dann würde es Nachbarn und Bekannten auffallen, dass ich mich kein Stück veränderte.

Dabei war ich es so leid, ständig herumziehen und Vertrautes aufgeben zu müssen. Seit ich mit sechzehn das Waisenhaus verlassen hatte, war ich nicht mehr richtig zur Ruhe gekommen.

Aeternitas könnte das endlich ändern und meine Heimat werden. Eine Heimat für uns alle.

»Tut mir leid«, murmelte Valerio, nachdem ich einige Sekunden lang still gewesen war. »Ich mache mir nur Sorgen. Um dich. Es ... es wäre mir lieber, wenn du nicht gehen würdest. Das Ganze klingt riskant, Elodie. Und riskant war noch nie deine Sache.« Nein, war es nicht. Aber vielleicht wurde es Zeit, sie zu meiner Sache zu machen.

»Ich ruf dich morgen an«, sagte ich und versuchte, das schlechte Gewissen zu unterdrücken. Valerio machte sich Sorgen, weil wir beide ganz genau wussten, dass ich mich in Gefahr begab und er nicht die Möglichkeit bekam, mich zu beschützen.

Das war nicht fair von mir, aber wir waren eben nicht mehr zusammen.

»Okay. Wann immer du willst.«

Es klopfte und ich fuhr erschrocken hoch. Das Handy polterte zu Boden, was ich nicht weiter beachten konnte, denn Raphael stand vor der Glastür meines Balkons und winkte mir fröhlich zu.

»Elodie?!«, hörte ich Valerios blecherne Stimme. »Ist was passiert?«

»Nichts, alles okay«, rief ich rasch und hob das Handy auf. »Ich ruf dich morgen zurück, bis dann!«, würgte ich weitere Fragen ab und beendete den Anruf. Schnell öffnete ich Raphael die Tür.

»Bin ich so Furcht einflößend?«, kam es belustigt zur Begrüßung. Ich schnaubte und wollte etwas erwidern, als ich Uriels stattliche Gestalt zwischen meinen Kräutertöpfen entdeckte.

Warum war er hier? Ich wich erschrocken von der Tür zurück, ins Zimmer hinein. Hatte Raphael seine Meinung geändert? Hatte der Chor befohlen, mich wieder festzunehmen?

Uriels Miene blieb unverändert, vielleicht eine minimale Spur überrascht, während Raphael beruhigend auf mich einredete.

»Kein Grund zur Panik. Ich habe Uriel gebeten, mit uns zu kommen. Du kannst ihm vertrauen.«

»Ich vertraue ja nicht einmal dir so richtig«, antwortete ich erstickt, was Raphael ein düsteres Lächeln entlockte.

»Das macht es ja so interessant.« Langsam trat er in mein Zimmer, was mich reflexartig noch weiter zurückweichen ließ, weil ich nicht verhindern konnte, dass die Eleganz seiner großen Gestalt mich einschüchterte.

»Keine Sorge, kleines Mädchen«, brummte Uriel und grinste mich verschwörerisch an. »Selbst wenn Raphael nicht seine Hand für dich ins Feuer gelegt hätte, müsstest du dich vor mir nicht fürchten. Es zeugt von Charakterstärke, uns zu helfen, obwohl der Chor dich seit Jahrzehnten so respektlos behandelt.« Er sprach vom Chor, als gehörte er selbst nicht dazu, was mich die vorsichtige Vermutung anstellen ließ, dass er mit den anderen Mitgliedern nicht immer einer Meinung war.

»Danke«, brachte ich leise hervor und beobachtete neugierig, wie er etwas von seiner Schulter zog, das nach einem schwarzen Umhang aussah.

»Meine Gefährtin hat sich um deine Garderobe für den heutigen Abend gekümmert. Sie meinte, es wäre genau das Richtige für dich. Ihrem Geschmack kann man für gewöhnlich vertrauen, auch wenn sie sich mich ausgesucht hat.« Er zwinkerte mir zu und legte den Umhang auf meinem Bett ab. Erst nach kurzem Zögern schlug ich den Stoff auseinander und hielt überrascht den Atem an, als ich das Gewand darunter sah. Auf diesem lagen zierliche Riemchensandalen mit metallisch rotbraunem Glanz und kunstvoll gedrehte, goldene Oberarmreifen, deren Enden in die Form einer Feder übergingen.

In diesem Outfit würde ich definitiv mit der auffälligen Kleidung der beiden Engel mithalten können. Während Uriel sich in schwarzen Brokat gehüllt hatte, auf dem schwungvolle Ornamente schimmerten, sobald Licht darauf fiel, trug Raphael ein mitternachtsblaues Seidenhemd, über welches er eine silberdurchwirkte Weste gezogen hatte.

»Gehen wir auf eine Party?«, fragte ich, als wüsste ich von nichts.

»Mehr oder weniger«, sagte Raphael kryptisch. »Das *Finem mundi* ist ein Underground-Club in Aeternitas. Er gehört Harviel, dem einst begabtesten Waffenschmied des Himmels.«

»Aber ich darf nicht zurück in die Stadt, bis Jophiel wieder da ist.« Raphael und Uriel grinsten einander an wie zwei Rotzbengel, die es gar nicht erst erwarten konnten, etwas Verbotenes zu tun, während mir auffiel, was für einen passenden Wortwitz ich da gerade gefunden hatte.

»Keine Sorge, du hast unsere Erlaubnis.« Raphael schien es sichtlich zu genießen, diesen Umstand noch einmal laut auszusprechen. »Außerdem wird niemand dem Chor verraten, dass er dich dort gesehen hat, denn dafür müsste er ja selbst dort gewesen sein. Was mehr oder weniger verboten ist. Offiziell gibt es den Club gar nicht und die wenigsten wissen, wo er sich befindet.«

»Lass mich raten: ihr beide seid dort gern gesehene Stammgäste?«, fragte ich misstrauisch. Ein wilder Funke stahl sich in Raphaels Augen, der gefährlich und anziehend zugleich wirkte.

»Schockiert dich das, *passerotta*?« Er machte einen Schritt auf mich zu, sodass ich den Kopf in den Nacken legen musste, um zu ihm aufsehen zu können.

»Wir sind nicht ganz so prüde wie der gute Michael und lange nicht so pingelig wie unser Streithahn Gabriel.« Sein Mundwinkel zuckte, weil ihm gefiel, wie nervös mich seine Nähe machte. »Der Club ist eine willkommene Abwechslung für jeden, der die Regeln gerne umgeht oder sie zumindest etwas *freier* auslegt.«

»Klingt illegal«, warf ich ein. Er zuckte mit den Schultern und strich wie nebenbei eine Haarsträhne über meine Schulter.

»Ist es auch. Aber keine Sorge, du hast ja uns.«

Mein Blick zuckte zu Uriel, der uns mit einem geheimnisvollen Lächeln auf den schönen Lippen beobachtete. Ein heißer, sehr verwirrender und für diese Situation unangebrachter Schauer rieselte durch meinen Körper. Schnell wandte ich mich ab und nahm vorsichtig das in rotorangenen und goldenen Farben schimmernde Kleid an mich, um damit im Bad zu verschwinden.

Raphael in meinem kleinen Zimmer zu haben, stellte die Kontrolle über meine Gefühle auf eine harte Probe.

Ich trug etwas kupferfarbenen Lidschatten auf, kämmte mir die dunklen Wellen durch und zog mich rasch um. Der schillernde Seidenstoff schmiegte sich angenehm an meine Haut und floss wie ein Wasserfall aus Sonnenlicht an meinem Körper hinab. Ein langer Schlitz im Rock sorgte für mehr Bewegungsfreiheit und verlieh der klassischen Grazie einen Hauch von Sinnlichkeit. Schultern und Arme waren unbedeckt und auch das Dekolleté wurde großzügig präsentiert. Wenigstens war der V-Ausschnitt vorne nicht ganz so tief wie hinten, denn dort endete er knapp über meinem Steißbein.

Es war das schönste Kleid, das ich jemals hatte tragen dürfen; elegant und verführerisch, aber nicht übertrieben oder obszön.

Ich atmete tief durch und strich gedankenverloren über das Muttermal an meinem Auge.

Zwei Tage zuvor hatte ich noch alles darangesetzt, nicht weiter aufzufallen und jetzt hüllte ich mich in schillernde Seide, während zwei Erzengel in meinem Schlafzimmer darauf warteten, mit mir gemeinsam eine illegale Party im Untergrund von Aeternitas zu besuchen, um dort Hinweise auf einen Mörder zu finden.

Ich verließ das Bad und bekam eine Gänsehaut, weil mein nacktes Bein bei jedem Schritt durch den Schlitz im Rock von kühler Luft gekitzelt wurde und der Stoff so fein gewebt war, dass er wie eine sanfte Berührung über meine erhitzte Haut strich.

Uriel wartete bereits auf meinem Balkon und studierte neugierig meine etwas außer Kontrolle geratene Obsession für Pflanzen.

Raphael stand vor meiner Kommode, das einzige Foto in der Hand, das ich aus der Vergangenheit mitgenommen hatte. Es war kein spektakuläres Bild, sondern zeigte lediglich die von Zypressen und Olivenbäumen umringten Weinberge im Schein eines sommerlichen Sonnenuntergangs.

»Wo ist das?«, fragte er, ohne sich zu mir umzudrehen.

»Montalcino«, antwortete ich tonlos. »Mein Geburtsort.« Er wandte sich mir zu, den Mund bereits für eine Antwort geöffnet, doch es kam kein Wort über Raphaels Lippen, als sein Blick sich auf mich legte und er in der Bewegung erstarrte.

Langsam ließ er die Hand mit dem Bilderrahmen sinken und schüttelte kaum merklich den Kopf. Hinter ihm ging die

Sonne unter, genau wie auf dem Foto, sodass wir gemeinsam im weichen Licht der goldenen Stunde standen, das mein Schlafzimmer durchflutete.

Raphaels sonst so süffisante Unverschämtheit war einem Ausdruck hungrigen Verlangens gewichen, das ich heraufbeschworen zu haben schien.

Verlegen strich ich das Kleid glatt und wusste beim besten Willen nicht, wo ich hinsehen sollte.

Raphael nahm mir diese Entscheidung ab, als er den Bilderrahmen zurück auf die Kommode stellte und zielstrebig auf mich zukam, sodass ich ihn nicht aus den Augen lassen konnte.

Ich zählte jede Sekunde mit und straffte das Kreuz, als er direkt vor mir stehen blieb. Erneut wurde ich mir seiner Größe bewusst, denn so nah, wie er mir war, hätte es nicht einmal etwas gebracht, mich auf die Zehenspitzen zu stellen, um ihm überhaupt bis zum Kinn zu reichen. Er studierte mein Gesicht, als sei es ein Kunstwerk, das bestaunt werden musste, und verzog die Lippen zu einem sinnlichen Lächeln.

»Vielleicht hat Afril meine Bitte nach einem passenden Kleid etwas zu ernst genommen«, murmelte er. »Nicht, dass mich das stören würde, aber jetzt darf ich dich keine Sekunde mehr aus den Augen lassen.«

Die Vorfreude, die Raphaels Züge erhellte, schickte prickelnde Schauer über meine nackten Arme, denn sie war nur allzu leicht mit dem zu verwechseln, was ich in diesem Moment empfand. Sehnsucht. Irrationale, aufregende Sehnsucht, die meine sonst so graue Fantasie in wunderschöne Farben tauchte. Sie malte Bilder von uns beiden – von Haut, die Haut berührte, suchenden Händen und hungrigen Mündern.

Meine Brust hob und senkte sich zu schnell. Mir war heiß

und schwindelig, dabei hatte er mich noch nicht einmal berührt.

Für jemand, der sich selbst als eher prüde einschätzte, hatte ich eine sehr explizite Vorstellung von dem, was ich mir niemals erlauben durfte.

»Aber eine Sache fehlt noch.« Raphael griff in die Tasche seiner Weste und zog eine hauchdünne Kette hervor, an der ein goldener Vogel hing, der nicht größer als mein Daumennagel war. »Ich habe sie gesehen und musste an dich denken. Eigenartig, nicht wahr?«

Die selbstgefällige Zufriedenheit, die er so unverhohlen zur Schau stellte, übertraf dieses Mal alles. Es war nicht schwer zu erraten, dass das vermutlich ein kleiner Spatz sein sollte. Am liebsten hätte ich ihm für diesen Scherz ins Gesicht gelacht, kam aber nicht umhin, die filigrane Schönheit des Anhängers zu bewundern.

»Wenn du erlaubst?«, fragte Raphael und wartete lauernd auf meine Reaktion. Ich schluckte schwer und nickte stumm, während meine Wangen zu glühen begannen.

Was hätte ich auch groß sagen sollen? Nein, danke?

Anstatt hinter mich zu treten, stellte Raphael sich direkt vor mich und strich mir mit sanften, geschickten Fingern das Haar über die Schultern, um Zugang zu meinem Nacken zu haben. Ich erschauderte, als das kühle Metall meine Haut berührte und die dünne Kette über mein Schlüsselbein glitt.

Raphael war mir so nahe, dass er bestimmt bemerkte, wie sich mein Atem beschleunigte. Sein Gesicht war konzentriert und ich nahm mir die Zeit, mit dem Blick seine markante Kinnlinie nachzufahren, die elegant geschwungen in den Hals überging. Ich betrachtete die wohlgeformten Muskeln seiner Oberarme, für die sich kein junger Gott hätte schämen müssen und studierte neugierig jedes Detail seines Körpers, den ich in dieser Position heimlich bestaunen konnte.

Raphael war noch immer ein Erzengel, also sollte ich nicht überrascht davon sein, was für eine Wirkung er auf mich ausübte. Allerdings beschlich mich das beunruhigende Gefühl, dass es sehr viel mehr als nur sein Aussehen und der Charme eines himmlischen Wesens war, das mich wider besseres Wissen so unglaublich stark anzog.

»Lässt du dir absichtlich viel Zeit?«, fragte ich heiser, nachdem einige Sekunden der absoluten Stille vergangen waren.

»Natürlich.« Ein leises, zufriedenes Lachen vibrierte durch Raphaels Brust, was mir die Knie weich werden ließ. Er versäumte es nicht, mir durchs Haar zu fahren und mit den Fingern federleichte Berührungen auf meinen Schultern zu hinterlassen, als er sich langsam zurückzog.

»So«, sagte er, schob lässig eine Hand in die Hosentasche und betrachtete mich zufrieden. »Du hast so angespannt gewirkt. Da dachte ich, ich lenke dich etwas ab.«

»Mit deiner verwirrenden Nähe, nehme ich an?«

»Mit meiner verwirrend göttlichen Nähe, ja.«

»Geniale Taktik.«

»Hat sie funktionier?«

Ich seufzte schwer.

»Bedingt. Zumindest bin ich nicht mehr wegen der Party so nervös.«

»Weswegen dann?«

Das ging ihn gar nichts an!

Raphael beugte sich ein Stück nach vorne, sodass sein gleichmäßiger Atem über meinen Hals strich. »Ich kann dein Herz noch immer wie das eines kleinen Vogels schlagen hören und ich würde jede Wette eingehen, dass ich dafür verantwortlich bin«, raunte er mir ins Ohr und verharrte einen Moment, um meinen Duft tief einzuatmen. »Willst du mir nicht widersprechen, *passerotta?*«

Nein, danke.

Zum einen musste ich nicht das letzte Wort haben und zum anderen würden nichts als Lügen aus meinem Mund kommen. Diesen Sieg wollte ich ihm nicht auch noch geben, also schüttelte ich den Kopf und versuchte mich daran zu erinnern, dass jemand wie Raphael niemals ein ernstes Interesse an mir haben würde. Er spielte nur mit mir und das war okay, weil ich dadurch zumindest wusste, woran ich bei ihm war.

»Danke für die Halskette«, sagte ich möglichst gelassen. Er blinzelte überrascht, doch dann stahl sich ein süffisantes Lächeln auf seine Lippen, nach denen ich mich vor wenigen Sekunden fast schon gesehnt hatte.

»Es gibt auch noch passende Ohrringe dazu, aber die werde ich dir glaube ich erst schenken, wenn wir einander mehr vertrauen.« Er strich über den kleinen Anhänger, ohne meine Haut zu berühren, was fast noch nervenzerreißender war. »Vielleicht bricht dieses Wissen ja deine reizvolle Selbstbeherrschung.«

Unwahrscheinlich ...

Ich schnaubte geräuschvoll und schob mich rasch an ihm vorbei, um dieser viel zu intimen Situation zu entkommen. Raphael war wie ein Sturm, der Mauern einzureißen drohte, die sonst jeder Herausforderung standgehalten hatten und meine Emotionen vor der Verführung des Verbotenen beschützen.

Sein Blick brannte in meinem Rücken, als ich schnell die Schuhe anzog und nach dem dunklen Umhang griff.

War es in meinem Schlafzimmer schon immer so warm gewesen? Bestimmt nicht. Ich brauchte frische Luft. Alles in mir kribbelte, was nicht besser werden würde, wenn ich noch länger mit Raphael in diesem kleinen Raum verharrte. Ich zog mir den Umhang über, eilte nach draußen, wo Uriel entspannt am Balkongeländer lehnte und sich offensichtlich einen Spaß daraus gemacht hatte, uns beiden zuzusehen. Überrascht stellte ich fest, dass auch die beiden Schatten der Erzengel mitgekommen waren. Tobit versuchte es sich mit seinem massigen Körper auf einer der kleinen Bänke bequem zu machen, die dabei gefährlich knarzte, während Uriels schneeweißer Schakal sich eine Frucht von meinem Orangenbaum stibitzt hatte.

»Es kann riskant werden, das Zentrum unserer Aufmerksamkeit zu sein. In mehr als nur einer Hinsicht«, sagte Uriel, ohne mich anzusehen, ein undurchschaubares Schmunzeln auf den Lippen.

»Wie bitte?«, fragte ich überrascht.

Er zuckte gelassen mit den Schultern und spreizte die feuerfarbenen Schwingen, sodass ich in ihren Schatten gehüllt wurde.

»Raphael mag der Rücksichtsvollste und Ehrlichste von uns sein, aber wenn er etwas gefunden hat, das ihm gefällt, wird er nicht aufgeben, bis er es bekommt. Solltest du also nicht wollen, dass es sich dabei um dein Herz handelt, würde ich dir raten, ihn weniger neugierig zu machen. Gehört es nämlich erst ihm, wird er es niemals wieder hergeben.«

Weder konnte ich über seine Warnung lachen noch war ich schockiert von ihr. Uriel meinte es todernst.

»Erzählst du unschöne Dinge über mich?«, rief Raphael und gesellte sich zu uns auf den Balkon. Uriel verdrehte die Augen und zog mich sanft an seine Seite.

»Natürlich. Ich habe dem kleinen Mädchen gerade verraten,

was für ein arrogantes Großmaul du bist und sie davon überzeugt, mit mir zu fliegen.«

»Warum lügst du mir so dreist ins Gesicht, Bruder?«, fragte Raphael mit gespielter Bestürzung. »Außerdem ist sie es bereits gewöhnt, von meinen starken Armen getragen zu werden.«

»Dann gönn ihr doch mal eine kleine Abwechslung«, sagte Uriel und gab Raphael keine Gelegenheit mehr, weiter zu diskutieren. Stattdessen schob er mir behutsam die Arme unter Rücken und Knie und hob mich von den Füßen.

»Meinetwegen, aber lass sie ja nicht fallen«, lachte Raphael, der einmal kräftig mit den Flügeln schlug und sich majestätisch in die Lüfte hob. »Sonst müsste ich dir den Krieg erklären.«

So wie Dämonen und Hexenwesen, konnten auch Engel Portale benutzen. Nur ging das nicht überall. Hexen, das wusste ich, brauchten dafür Orte, an denen Magie besonders stark floss. Meistens wurden diese durch Altäre oder Grabstätten gekennzeichnet.

In Aeternitas hingegen wurden diese speziellen Eingänge aus Wolkensalz erschaffen. Es war kein echtes Salz, sondern kleine metallische Tropfen, die in dem Wolkenmeer schwammen, auf dem Aeternitas errichtet worden war. Man konnte sie entweder einschmelzen und Tore daraus gießen, oder sie zu besonders feinem Staub verarbeiten und in Form von Nebelstrudeln in die Luft hängen.

Da sich sowohl Himmel und Hölle als auch das dazwischen liegende Arcanum in einer Welt befanden, die von der irdischen getrennt war, brauchte man zwei Portale. Im irdischen Himmel hatten Engel dafür an vielen verschiedenen

Orten die Wolkensalz-Strudel verteilt. Man brauchte Flügel, um sie zu erreichen. Nachdem ich mit Jophiel schon oft von Rom aus nach Aeternitas geflogen war, wusste ich, wo fast jeder dieser Eingänge lag. Für den Notfall hatte sie sogar nur für mich ein Portal in der nahe gelegenen Kirche *Sant'Agnese in Agone* erschaffen, damit ich auch ohne sie zum alten Penemue gelangen konnte.

Uriel trug mich durch einen der Nebelstrudel, die direkt über der Engelsburg lagen, und ich hielt reflexartig die Luft an, als wir in den dichten Dunst eintauchten. Ein elektrisierendes Gefühl schoss durch meinen Körper. Fest klammerte ich mich an Uriels Schulter und barg mein Gesicht an seiner Brust, weil mir der Gegenwind eiskalt in die Wangen stach. Wir flogen durch eine sturmgraue Wolkenspirale, um die ein Unwetter tobte. Donner begleiteten die Flügelschläge der Engel und Blitze erhellten die düsteren Watteberge mit violettblauem Licht.

Ich rechnete schon damit, dass ich jeden Moment aus Uriels Armen gerissen und schonungslos zerfetzt werden würde, als das Chaos um uns herum schlagartig abbrach. Vorsichtig blinzelte ich, spürte warmen Stoff über meine Haut streicheln und sah mich verwirrt um. Uriel trat mit mir durch einen funkelnden Vorhang, hinaus auf einen schummerig erleuchteten Flur. Ich reckte neugierig den Kopf, als auch schon die beiden Schatten und Raphael hinter uns durch das weiße, aus Wolkensalz gegossene Portal traten. Wir waren nicht die Einzigen, die so ihr Ziel erreicht hatten, denn der gesamte Korridor war mit Portalen in unterschiedlichen Farben und Formen ausgestattet. Und alle paar Minuten kam durch eines von diesen ein Wesen mit oder ohne Flügel. Uriel setzte mich ab und so schnell wie möglich drückte ich mich hinter ihm an die

Wand. Da waren Wesen mit Hörnern und Fangzähnen, ledrigen Schwingen, Klauen und wilden Augen. Aber auch Engel in ähnlichen Gewändern, wie ich sie trug. Dazwischen liefen, wie selbstverständlich, Hexen und Hexer durch die verzweigten Flure und schienen sich nicht an den Himmelsbewohnern oder ihren tierischen Schatten zu stören.

Raphael und Uriel nahmen mich in ihre Mitte, wofür ich mehr als dankbar war, denn ich wollte sie auf keinen Fall in diesem immer dichter werdenden Strom aus fremden Gestalten verlieren. Endlich weitete sich der Flur und führte uns auf eine gigantische Galerie, von der aus wir freien Blick auf die Tanzfläche unter uns hatten.

Links und rechts konnte man entweder über breite Treppen hinabsteigen, oder weiter durch die offenen Außenflure gehen, um zu irgendwelchen dubiosen, privaten Räumen zu gelangen.

Noch nie hatte ich so viele unterschiedliche Kreaturen auf einem Haufen gesehen. Ich war so gefesselt von dem Durcheinander aus schillernden Kleidern und feurigen Lichtspielen, dass ich zunächst gar nicht bemerkte, wie Raphael hinter mich trat.

»Gefällt es dir?«, raunte er in mein Ohr und zog mir behutsam den Umhang von den Schultern. Ich konnte nur stumm nicken. Er lachte leise, was ich durch die Nähe seiner Brust an meinem Rücken überdeutlich spüren konnte.

Wir betraten die Treppe und folgten einer Gruppe von lachenden weiblichen Dämoninnen in freizügigen Gewändern, deren Haut an die Rinde eines Kirschbaums erinnerte. Sie gehörten zu der Rasse der Shedim, deren Essenz aus reinem Feuer bestand.

Als wir die letzte Stufe erreichten und im Getümmel einer

längst angeheizten Party standen, wurde ich von einer Welle aus unterschiedlichen Auren und Eindrücken erfasst. In dem weitläufigen Saal schwebten brennende Messingschüsseln, Kerzen, Funkenpulver und goldene Sterne. Dicke Wurzeln und Blumen, die aus Edelsteinen gemacht zu sein schienen, wucherten unter der Decke. Es gab zwei große Bars und unzählige Sitzgelegenheiten, die teilweise hinter seidigen Schleiern verborgen waren. Für Privatsphäre war also gesorgt. Musik, wie ich sie noch nie gehört hatte, dröhnte aus allen Ecken. Eine Mischung aus mittelalterlichen Instrumenten, harten Bässen und ätherischen Klängen.

Aber das Erstaunlichste waren die Wände des Clubs, denn sie bestanden vollständig aus Glas. Und dahinter lag das Wolkenmeer. Aber nicht die watteweiche, weiße Oberfläche, die Aeternitas in sanften Strudeln umschloss, sondern der düstere, unbeherrschbare Kern. Durch die Panoramafenster konnte man dabei zusehen, wie sich das Wetter veränderte, Blitze gegen die Scheiben zuckten und Donner mit den Bässen im Takt vibrierten.

»Sind wir im lichtlosen Viertel?«, fragte ich überrascht, denn dieses hatte nicht einmal Jophiel mit mir zusammen betreten wollen. Es war der Untergrund von Aeternitas. Das Elendsviertel, wenn man so wollte.

»Ja«, knurrte Raphael, der mich trotz der Lautstärke verstanden hatte. »Diese Glaskuppel gehört, wie viele andere Gebäude der Stadt, die im Wolkenmeer verschwinden, zum lichtlosen Viertel. Das ist der Teil von Aeternitas, in dem nicht mehr alles weiß und wunderschön ist, sondern Unwetter durch die Gassen ziehen und der Himmel verborgen ist«, sagte er und blickte mit ernster Miene über das Durcheinander hinweg. »Hierher schiebt der Chor Unruhestifter ab, deren Vergehen noch nicht mit einer Zelle oder Verbannung bestraft werden müssen.« Ich beobachtete, wie sich seine Kiefermuskeln anspannten und düstere Nebelschwaden seine Flügel einzuhüllen begannen. »Wobei Vergehen vermutlich das falsche Wort ist. Es sei denn natürlich, man bezeichnet Fragen und Kritik bereits als Vergehen.« Er war wütend. Nein, mehr noch: er war verzweifelt. Ich hörte es deutlich an seiner gepressten Stimme, sah es in den dunklen Schleiern, die sich um die Schwingen legten.

»Raph«, brummte Uriel. Sein Bruder schüttelte seine Flügel und sofort erstrahlten sie wieder in ihrem silbrigen Glanz.

»Ist ja auch nur meine Meinung«, sagte er und sah auf mich hinab. »Du bleibst an meiner Seite, versprochen?« Bei seinem Lächeln erfasste mich neuer Mut.

»Wenn du an meiner bleibst.«

Ich versuchte so selbstbewusst wie Raphael und Uriel aufzutreten, als sich die beiden einen Weg durch den Club bahnten. Aufmerksamkeit hätten zwei Mitglieder des Chors so oder so erregt, aber die subtile, unmissverständliche Überlegenheit ihrer Essenz fiel in diesem Wirrwarr aus unterschiedlichen Wesen besonders auf. Ihnen haftete eine natürliche Stärke und greifbare Autorität an, die sich in jeder ihrer Bewegungen widerspiegelte. Was mich allerdings überraschte, war, dass ihnen die meisten mit Respekt und nicht mit Demut oder Angst begegneten.

»Was genau soll ich eigentlich tun?«, fragte ich, als ich mich neben Raphael auf ein dunkelblaues Samtsofa fallen ließ. Uriel nahm uns gegenüber Platz, während ein Engel im weißen Spitzenkleid drei Kelche auf den runden Tisch in der Mitte stellte.

»Das Übliche«, sagte sie mit bezauberndem Wimpernaufschlag. Keiner der beiden Männer beachtete sie, was ihr aber nicht weiter die Laune zu verderben schien.

»Wir werden Harviel um ein kleines privates Treffen bitten, sobald er hier auftaucht«, erklärte Raphael, nachdem die Frau mit schwingenden Hüften wieder gegangen war. »Er kommt jeden Abend zur selben Zeit, dreht seine Runde, unterhält sich mit Stammgästen und verbringt dann den Rest des Abends im erlesenen Kreis seiner engsten Vertrauten. Die Bitte um ein Gespräch wird er uns nicht abschlagen können.« Raphael ließ den Blick aufmerksam durch die wogende Menge wandern, wobei er immer wieder zur Galerie schielte. »Wenn wir ihn über die Waffe befragen, will ich, dass du versuchst, so diskret wie möglich eine Verbindung zu seinem Schatten aufzubauen.« Er griff nach einem der Kelche und reichte ihn mir nach kurzer Überlegung. »Natürlich möchte ich dir den Spaß am heutigen Abend nicht verbieten, aber bitte mach langsam. Elysion-Wein schmeckt gefährlich gut und wirkt auch doppelt so stark.« Ich lächelte schief, denn mich heute Abend zu betrinken, war definitiv nicht mein Plan.

»Wenn es dir gelingt, eine Verbindung zu seinem Schatten aufzubauen, findest du in seinem Verstand vielleicht mehr Informationen, als er uns geben will«, warf Uriel ein.

»Ihr glaubt, er wird nicht ehrlich sein?«, fragte ich.

»Nein. Aber Harviel wäre nicht Harviel, wenn er seine Informationen leichtfertig hergeben würde«, erklärte Raphael. »Wenn er überhaupt welche hat. So oder so wird er verhandeln wollen, selbst wenn er nichts weiß. Er ist gerissen und versucht schon seit Jahren gewisse Privilegien für sich und seinen Club herauszuschlagen. Dass wir plötzlich etwas von ihm wollen, wird ihm äußerst gelegen kommen.«

Ein Engel mit schwarzer Löwenmähne und eisblauen Flügeln umschlang Uriel wie aus dem Nichts von hinten.

Ich zuckte erschrocken zurück, doch die Frau schien keine bösen Absichten zu hegen, denn sie verpasste dem Erzengel einen dicken Kuss auf die Wange.

»Ihr seid zu spät, aber ich vergebe euch.« Uriel verschränkte seine Finger mit den ihren und erwiderte ihr liebevolles Lächeln.

»Dein Kleid hat für einige *Ablenkung* gesorgt.«

Sie blinzelte überrascht und sah mich an, wobei sich ihre schwarzgeschminkten Augen weiteten.

»Ist sie das?«, fragte sie erwartungsvoll. Ihre Stimme klang so hell und aufgeregt wie die eines kleinen Mädchens. Sie löste sich von Uriel, eilte um den Tisch herum und ließ sich neben mir auf das Sofa fallen.

»Es freut mich so sehr, dich persönlich kennenlernen zu dürfen. Und das Kleid steht dir noch besser, als ich gehofft hatte. So eine hübsche junge Frau! Ich wusste, dass Kupferrot deine Farbe ist. Es passt perfekt zu deinem Teint.« Sie betrachtete mich von allen Seiten und seufzte schwer. »Schau sich einer dieses zarte Gesicht an. Mit oder ohne Flügel, es ist eindeutig, dass Engelsblut durch deine Adern fließt. Habe ich nicht recht?«, wandte sie sich an Uriel, der entspannter nicht hätte wirken können.

»Sicher, mein Herz«, brummte er belustigt und nippte an seinem Getränk. Ich räusperte mich verlegen.

»Vielen Dank für das Kleid.«

Mit einem Kichern griff sie nach meinen Händen. Es war ungewöhnlich, von einem Engel so selbstverständlich berührt zu werden, denn die meisten ließen sich noch nicht einmal dazu herab, mich anzusehen.

»Dafür doch nicht! Es steht dir ohnehin viel besser als mir. Außerdem habe ich noch genügend andere. Du musst uns unbedingt besuchen kommen, dann kannst du dir gerne welche aussuchen. Uriel behauptet, ich müsste dringend ausmisten, aber ich kann mich so schwer von Dingen trennen. Also verschenke ich sie lieber an Freundinnen. Und ich hoffe, dass wir das bald werden, Elodie. Es ist so ungerecht und dämlich, dass Michael und ein paar andere dieser konservativen Spießer euch nicht in der Stadt haben wollen. So ein veraltetes, sinnfreies Gesetz. Ich meine, letzten Endes sind wir alle Teil des Himmels.« Sie plapperte wie ein Wasserfall, aber ich kam nicht umhin, mich von ihrer guten Laune anstecken zu lassen. Und was sie sagte, machte sie noch sympathischer.

»Du musst Afril verzeihen«, raunte Raphael mir mit einem verschmitzten Grinsen zu. »Ihr Enthusiasmus kann einem schnell mal die Luft zum Atmen nehmen, aber eigentlich ist sie harmlos.«

Afril schnaubte empört und schnipste Raphael gegen die Stirn.

»Ich habe halt noch wahre Freude am Leben und kein so großes Problem mit Zynismus wie du.«

»Von einem Problem kann kaum die Rede sein. Mein Zynismus und ich verstehen uns prächtig.« Raphael schlug entspannt ein Bein über das andere und platzierte seinen Arm auf der Sofalehne hinter mir. Wie nebenbei strich er durch mein Haar und wickelte sich spielerisch eine Strähne um den Finger.

»Nicht so nervös, *passerotta*«, murmelte er, als ich erschauderte, und beobachtete wachsam das glitzernde Durcheinander auf der Tanzfläche. »Dir gehört bereits die Aufmerksamkeit einiger sehr einflussreicher Gäste und dein wildes Herzklopfen macht sie nur noch neugieriger.«

»Warum sollte ausgerechnet mich hier jemand beachten?« Ich war verwirrt. Im *Finem mundi* gab es viele Halbengel und ein ganzes Potpourri von Wesen, die sonst nichts in Aeternitas zu suchen hatten. Raphaels große Hand schloss sich um meinen Nacken und zwang mich, das Gesicht in seine Richtung zu drehen, sodass er mich von oben herab betrachten konnte. Das Spiel aus Licht und Schatten brachte seine Augen zum Funkeln und verlieh seinem Gesicht eine geheimnisvolle Schönheit.

»Weil du auch ohne Flügel wie ein wahrer Engel aussiehst.«

Am liebsten hätte ich gelacht, aber ich war nicht einmal in der Lage, diese unsinnige Behauptung zu dementieren, weil ich mich längst von seinem glühenden Blick hatte hypnotisieren lassen. »Und dass dir das selbst nicht bewusst ist, macht es nur umso reizvoller.«

Seine Finger, die mich streichelten, entfachten ein Feuer in meiner Brust, das meine Nervosität verbrannte. Er beugte sich ein Stück zu mir hinab und wanderte mit der Hand nach vorne, sodass sie meinen Hals umschloss. »Aber ich werde nicht zulassen, dass dich jemand bekommt, keine Angst.«

Er legte den Daumen auf meine Kehle, ohne zuzudrücken, was sich gefährlich und aufregend zugleich anfühlte.

»Spielst du mit mir?«, fragte ich heiser, erntete aber nur ein leises Lachen und ein Schulterzucken.

»Spielen, ablenken … verführen – nenne es, wie du willst, *passerotta*.«

»*Irritieren* fände ich passend«, wisperte ich und ersparte

mir die Mühe, ihn auf sein ambivalentes Verhalten hinzuweisen, weil es tatsächlich half. Seine Nähe war ein Abenteuer, auf das man sich voll und ganz einlassen wollte. Nichts anderes war mehr wichtig.

»Raph, er ist da«, sagte Uriel, was mich erschrocken zusammenzucken ließ und mir das Gefühl gab, aus einem Traum erwacht zu sein. Ich folgte seinem Blick und entdeckte am Geländer der Galerie einen blonden Engel mit weißen Flügeln. Wie ein König, der über sein Reich hinwegsieht, betrachtete er zufrieden die wogende Menge zu seinen Füßen. Als Uriel und Raphael sich erhoben, zuckten seine Schwingen ein Stück auseinander. Er hatte sie genauso schnell entdeckt, wie sie ihn. Raphael ließ die Finger knacken.

»Du gehst links entlang, ich nehme die rechte Seite.«

Uriel nickte und gab Afril einen Kuss auf die Stirn.

»Du bleibst bei Elodie, während wir Harviel davon überzeugen, dass es seiner Gesundheit zuträglich wäre, uns fünf Minuten seiner kostbaren Zeit zu schenken.« Mit einem ernsten Nicken rutschte sie noch ein Stück näher an mich heran, was mich an eine Löwenmutter erinnerte, die ihr Junges zu beschützen versucht.

»Ich soll hier warten?«, fragte ich beunruhigt.

»Harviel macht sich gerne rar«, erwiderte Raphael und richtete die Manschettenknöpfe an seinem Hemd. »Es wird leichter, ihn zu erwischen, wenn ich mir keine Sorgen darüber machen muss, dass dich irgendjemand hinter meinem Rücken wegschnappt.« Er lächelte auf mich hinab, hob die Hand und fuhr nachdenklich die Linie meiner Wange nach. »Warte hier, bis wir wiederkommen und bring dich nicht in Schwierigkeiten. Du bist unsere kleine Geheimwaffe.« Ich bekam nicht einmal mehr die Chance, darauf zu reagieren, so schnell war er gemeinsam mit Uriel in der Menge verschwunden. Gedankenverloren berührte ich meine Wange, dort, wo Raphaels Haut mich gestreichelt hatte.

Als ich mich zu Afril umwandte, grinste sie fröhlich und wippte mit dem Oberkörper zur Musik.

Plötzlich tauchte dort, wo Raphael noch vor wenigen Minuten gesessen hatte, ein kleiner, katzenähnlicher Schatten auf. Sein weißes Fell war mit funkelnden Tupfen und Streifen durchsetzt. Die runden Öhrchen zuckten neugierig, als er seinen Kopf an meinem Bein rieb und mich erwartungsvoll aus irrwitzig großen, himmelblauen Augen ansah. Seine Gestalt erinnerte an einen Ozelot. Es war allerdings eigenartig, dass er nicht größer war als die irdische Variante.

»Darf ich dir Pepe vorstellen?«, fragte Afril und deutete auf das kleine Wesen, das sich daranmachte, meinen Schoß zu erobern. »Ich glaube, er war fast so aufgeregt wie ich, dich kennenzulernen.«

»Wieso?«, fragte ich verwundert und kraulte den weichen Katzenkopf. Sofort rollte sich Pepe zusammen und schnurrte selig vor sich hin.

»Neri, Uriels Schakal, wird ihm von dir erzählt haben. Ich bin mir nicht ganz sicher, wie Schatten miteinander kommunizieren, aber nachdem sie vorgestern aus dem Berg zurückgekehrt sind, war Neri ganz aufgeregt und hat Pepe sofort damit angesteckt. Uriel war sich sicher, dass das an der Begegnung mit dir lag.«

Pepe schloss die Augen und schien voll und ganz darauf zu vertrauen, dass er in meiner Nähe sicher war. Ich wusste dieses Privileg zu schätzen und versuchte mich so wenig wie möglich zu bewegen. Schatten waren sehr kluge, emotionale Wesen. Sie besaßen mehr Empathie als die meisten Unsterblichen und waren in der Lage, Schwingungen zu verstehen, die wir nicht einmal wahrnahmen. Leider wurden sie von manchen Engeln wie dumme Tiere behandelt, doch das waren sie nicht. Jeder Schatten besaß einen einzigartigen Charakter, der sich von dem seines Herren unterscheiden konnte. Manchmal so extrem, dass sie keine tiefe Beziehung zueinander aufbauen konnten. Bei Pepe und Afril schien das nicht der Fall zu sein, denn ich spürte, dass der kleine Ozelot seine Herrin mit seinem Leben beschützen würde. Da waren so viel Liebe, Zuneigung und Vertrauen in den weichen Wogen seines Verstandes. Es wäre Afril gegenüber respektlos gewesen, etwas so Intimes wie eine Verbindung zu ihrem Begleiter aufzubauen, aber was Pepe für sie empfand, sprudelte förmlich aus ihm heraus.

Völlig unerwartet zuckte durch seine Aura ein unangenehmes Stechen. Ich spürte es, in der gleichen Sekunde, in der er das Köpfchen hob und leise fauchte.

»Oh nein«, murmelte Afril. »Das kann nur –«

»Afril!« Eine glockenhelle Frauenstimme unterbrach, was auch immer der Engel gerade hatte sagen wollen. Ich verkrampfte innerlich und entdeckte eine kleine Gruppe von Frauen, die sich aus der feiernden Menge gelöst hatten und auf unseren Tisch zuhielten. Angeführt wurden sie von dem Engel mit den blonden Korkenzieherlocken, den ich auch schon im Berg gesehen hatte. Sie war blendend schön. Ihre Flügel schimmerten im gleichen Grün wie ihre Augen, was perfekt zu der porzellanweißen Haut passte. Sie bewegte sich so elegant und selbstbewusst, dass ihre Begleiterinnen, die nicht weniger anmutig waren, neben ihr verblassten.

»Ich wusste nicht, dass du heute hier sein würdest«, sagte sie, sank neben Afril auf das Polster und schlug die langen, schlanken Beine übereinander, während die anderen beiden uns gegenüber Platz nahmen. Sie trugen cremefarbene Kleider, die alle Vorzüge ihrer grazilen Körper betonten.

»Es war eine spontane Entscheidung«, sagte Afril, deren Stimme nicht mehr so fröhlich klang wie noch vor wenigen Minuten.

»Und wer ist deine hübsche, flügellose Freundin?«

Afrils Miene erstarrte zu einer überheblichen Maske, die nicht zu dem Engel passen wollte, den ich gerade erst kennengelernt hatte.

»Elodie«, stellte sie mich tonlos vor und lehnte sich zurück, damit ihre Bekanntschaft mich begutachten konnte. »Elodie, wenn ich dir Iadara vorstellen dürfte?«

Schämte sie sich plötzlich für mich?

Iadaras Augen weiteten sich und ein angeekelter Ausdruck huschte über ihr Gesicht. Doch so schnell, wie er gekommen war, war er auch wieder verschwunden.

»Natürlich«, sagte sie und brachte ein neues, bezauberndes Lächeln zustande. »Der Halbengel, der neulich vor den Chor geführt wurde. Du bist Jophiels kleiner Schützling, nicht wahr?« Ich nickte steif. Die anderen Frauen gaben sich weniger Mühe, ihre Verachtung vor mir zu verbergen. Obwohl sie freiwillig in diesen Club gekommen waren, in dem viele andere Halbengel Spaß zu haben versuchten, schien ihnen der direkte Kontakt mit uns zuwider zu sein.

»Eigenartig.« Iadara spielte mit den goldenen Ringen an ihren schlanken Fingern. »Gabriel hatte irgendetwas davon erzählt, dass sie Aeternitas nicht mehr betreten dürfte, bis Jophiel wieder hier ist. Aber da habe ich wohl etwas falsch verstanden.« Sie winkte lachend ab und rief einen weiteren Engel zu uns. Ein junger, gut aussehender Mann mit vollen

Lippen, hellbraunem Haar und orangefarbenen Flügeln, der die Ausstrahlung eines verwöhnten Millionärssohns besaß.

»Varcan!« Iadara sprang auf und legte ihm verführerisch eine Hand auf die Brust. »Du lädst uns doch sicherlich auf eine Runde Blutzunge ein, nicht wahr?«

Afril nutzte die Gunst des Augenblicks und drehte sich zu mir herum.

»Sie ist eine von Gabriels engsten Vertrauten und mindestens genauso hinterhältig wie er«, flüsterte sie mir hastig ins Ohr. »Wenn wir Pech haben, wird sie die nächste Pinkelpause nutzen, um ihm zu verraten, dass du hier bist. Dann dürfte diese Party ziemlich schnell, ziemlich ungemütlich werden.« Sie legte mir eine Hand auf die Schulter und lächelte verschwörerisch. »Aber keine Panik. Mit einem Knoten in der gespaltenen Zunge kann selbst eine falsche Schlange nicht mehr petzen. Ich kümmere mich um sie.«

Das erste Gefühl, das mich durchströmte, war Erleichterung. Afril hatte sich nicht so komisch verhalten, weil sie sich dafür schämte, mit mir gesehen zu werden, sondern weil sie sich Sorgen machte. Und das zu Recht, denn wenn Gabriel hier auftauchte, hatte gewiss nicht nur ich ein Problem.

Iadara war affektiert kichernd an der Seite dieses Varcans im Getümmel verschwunden, kam aber bereits nach wenigen Minuten mit einem Tablett und aufgesetzter Heiterkeit zurück.

Ich versuchte, nicht die Nase zu rümpfen, als sie jedem von uns ein kleines Glas mit sämiger Flüssigkeit reichte. Blutzunge war nicht gerade das Getränk meiner Wahl. Der scharfe Schnaps aus pürierten Erdbeeren und Äpfeln wurde mit Cayenne-Pfeffer und Koriander gewürzt und hatte eine intensive, dunkelrote Farbe. Eine gewöhnungsbedürftige Mischung.

Doch als alle ihre Gläser hoben und mich erwartungsvoll ansahen, ergab ich mich dem festen Griff des Gruppenzwangs und kippte das scharf-süße Zeug mit angehaltenem Atem herunter. Mein anderes Getränk hatte ich kaum angerührt und etwas Blutzunge würde mich nicht von jetzt auf gleich betrunken machen.

Ich knabberte auf den kleinen Erdbeerkernen herum und griff nach meinem Kelch, um den hartnäckigen Geschmack loszuwerden. Als ich ihn zurück auf den Tisch stellen wollte, verfehlte ich diesen um einige Zentimeter. Bevor das Gefäß zu Boden fallen konnte, griff eine fremde Hand danach und verhinderte das Schlimmste. Verwundert blinzelte ich und sah hinauf in Varcans Gesicht. Er lächelte mich freundlich an, oder zumindest glaubte ich das, denn meine Sicht war leicht verschwommen.

»Etwas tollpatschig, hm?« Ohne auf eine Antwort zu warten, die ich ohnehin nicht hätte geben können, ließ er sich geschmeidig auf das Polster neben mir sinken. So nah, dass der Stoff seines Ärmels meine nackte Haut berührte. Es fühlte sich unangenehm an. Als würde die Seide aus Sandpapier bestehen. Ich biss mir fest auf die Unterlippe, die sich merkwürdig taub anfühlte, und bewegte die Finger, die immer kälter wurden.

»Geht es dir gut, Elodie?«, fragte Varcan freundlich, auch wenn ich ihn durch die immer undeutlicher werdende Geräuschkulisse kaum verstand. Ich nickte träge, weil ich nicht wusste, wie ich eine klare Antwort formulieren sollte. Was war los mit mir? Ich vertrug vielleicht nicht besonders viel Alkohol, aber ein kleiner Schnaps und wenige Schlucke irgendeines Weines machten einen doch nicht so heftig betrunken. Und es fühlte sich auch nicht danach an. Zumindest nicht direkt. Die Welt wurde langsamer, Farben heller und Formen undeutlicher.

Ich wandte mich Afril zu, die jedoch in diesem Moment von der freudestrahlenden Iadara auf die Beine gezogen wurde. Sie warf mir einen raschen Blick über die Schulter zu und verzog das Gesicht, was wohl bedeuten sollte, dass sie keine Lust auf Tanzen hatte. Aber Iadara aus den Augen zu lassen, war auch keine gute Idee.

»Entspann dich, kleiner Halbengel.«

Das musste Varcan sein, denn die Worte streiften als kühler Atem meine Schläfen. *Entspannen* ... Das war keine dumme Idee. Ich machte mir zu viele Sorgen. Immer und überall. Anstatt darauf zu achten, was andere von mir hielten, sollte ich mich einfach mal ... was hatte er gesagt? Was sollte ich tun? Wie Eisschollen drifteten meine Gedanken auseinander. Meine Empfindungen purzelten nur noch umher. Alles fühlte sich mal gut, dann wieder schlecht an. Warm und plötzlich eisigkalt.

Eine Hand schob sich unter mein Haar und begann sanft meine verspannten Muskeln zu massieren. Das fühlte sich gut an, aber irgendwie auch falsch. Varcan rückte noch ein Stück näher an mich heran und streichelte mit der freien Hand meinen nackten Arm hinauf. Sollte ich ihm sagen, dass ich das nicht wollte? Was, wenn ich mir schon wieder zu viele Gedanken machte? Wenn ich uns beiden den Spaß verdarb? Oder war es doch nur sein Spaß?

Bevor ich irgendeine meiner Bedenken äußern konnte, bohrte sich mir plötzlich ein glühend heißer Schmerz durch die Rippen. Ich schnappte nach Luft, versuchte zu atmen, doch mein gesamter Körper verkrampfte sich. Ich griff reflexartig an meine linke Seite, erwartete bereits, warmes Blut zu fühlen, doch da war nichts. Das Kleid und meine Haut darunter waren unversehrt und der Schmerz verschwand wie ein Echo am Rande meines Bewusstseins. Ich versuchte zu atmen und hievte mich auf meine wackeligen Beine.

»Luft«, murmelte ich und plumpste beinahe zu Boden.

»Geht es dir nicht gut?«, fragte Varcan besorgt, legte einen Arm um meine Taille und verhinderte, dass ich doch noch stürzte. »Na komm«, flüsterte er und führte mich vom Tisch weg. »Ich bringe dich dorthin, wo es etwas ruhiger ist.«

Ruhe klang gut, auch wenn mir frische Luft lieber gewesen wäre. Varcan führte mich durch den Club, hinein in die tanzende Masse, was meinen Verstand an eine gefährliche Grenze brachte. In meinem Kopf herrschte ein entsetzlicher Druck und ich musste die Augen schließen, um mich von dem Durcheinander aus Fratzen, Lichtern und Schatten nicht in die Ohnmacht reißen zu lassen. Dann wurde es endlich ruhiger um uns herum. Der Lärm dröhnte nur noch wie durch Watte in meinen Ohren. Ich öffnete die Lider und blinzelte Varcan an, der mich in irgendeinen Flur geführt hatte. Ich spürte eine kühle Wand im Rücken und lehnte erleichtert den Kopf dagegen. Das Licht war gedimmt, was meine Nerven langsam beruhigte. Ich hatte zwar längst vergessen, wie ich hierhergekommen oder warum ich überhaupt aufgestanden war, aber wirklich wichtig war das doch eh nicht. Alles, was ich wollte, war Ruhe.

»Besser?«, fragte Varcan, der so dicht vor mir stand, dass seine blonden Haarsträhnen mein Gesicht kitzelten. Ich nickte und schluckte den bitteren Geschmack in meinem Mund herunter.

»Wo ist Afril?«, fragte ich heiser, obwohl ich mir nicht sicher sein konnte, wirklich etwas gesagt zu haben.

»Keine Sorge, ihr geht es gut.« Eine kühle Hand legte sich an meine Wange und streichelte meine erhitzte Haut, was unangenehme Schauer meine Wirbelsäule hinabsandte.

»Weißt du«, hörte ich Varcan aus weiter Ferne, »auch wenn ich meine Zeit für gewöhnlich nicht mit deinesgleichen verschwende, werde ich bei dir eine kleine Ausnahme machen.«

War er genauso betrunken wie ich oder warum sprach er von Dingen, die für mich überhaupt keinen Sinn ergaben? »Du bist anders als die meisten Halbengel, nicht wahr? Etwas hübscher, etwas mächtiger. Eine Gesegnete, wie man sich erzählt.«

Gesegnet fühlte ich mich in diesem Moment kein bisschen.

Besitzergreifend schlang er seine Finger um meinen Unterkiefer und bog meinen Kopf nach hinten, sodass er mich eingehend betrachten konnte. Mir selbst fiel es schwer, sein Gesicht scharf zu stellen, aber ich erkannte dennoch die Gier in seinen verschleierten Augen. Ein Verlangen, das mich anwiderte.

»Alles ist gut. Ich werde ganz sanft mit dir sein.«

Sein höhnisches Lächeln riss mich für einen Wimpernschlag aus meiner Lethargie und ich stemmte erschrocken eine Hand gegen seine Brust. Doch meine Muskeln gehorchten mir nicht und der Versuch, ihn auf Abstand zu halten, scheiterte kläglich.

»Genieß es einfach«, murmelte er, beugte sich zu mir hinab und küsste mit seinen feuchten Lippen die empfindliche Haut unter meinem Ohr. »Du willst es doch auch, nicht wahr? Wie oft kommt es schon vor, dass sich ein echter Engel dazu herablässt, dir etwas Aufmerksamkeit zu schenken.« Seine Stimme war rau und getrübt vor Begierde. Er wanderte tiefer und ich presste verzweifelt die Zähne zusammen, als sein

Atem auf meine Halsbeuge traf. Kühle Finger begannen meinen Rücken zu streicheln und schoben sich unter den Stoff meines Kleides.

»Hör auf«, wisperte ich erstickt und versuchte erneut ihn von mir wegzudrücken. »Bitte …« Doch es hatte keinen Sinn. Ich konnte mich kaum auf den Beinen halten und war gewiss nicht stark genug, einen Engel abzuwehren. Sie waren in allem mächtiger als wir und durften sich daher nehmen, was sie wollten.

»Zier dich nur. Ein bisschen Widerstand macht die Sache doch erst spannend, findest du nicht auch?«, knurrte er, fuhr mit der Hand unter mein Kleid und griff grob in das sensible Fleisch meines Oberschenkels.

Ich wimmerte verzweifelt und krallte die Nägel in seine Brust, versuchte damit seine Aufmerksamkeit zu erregen, als unser Körperkontakt ruckartig abbrach und ich ohne Halt gegen die Wand sackte. Benommen versuchte ich mich aufrecht zu halten und sah erschrocken, dass Tobit seine riesigen Tatzen auf Varcans Schultern drückte. Der Tiger knurrte leise und fletschte direkt vor dem panischen Gesicht des Engels seine Reißzähne.

Wie aus dem Nichts erschien Raphael neben mir, die Arme vor der Brust verschränkt. Seine Miene war eine harte Maske aus kontrolliertem Zorn und flammender Wut. Düster und unbewegt, sodass niemand sagen konnte, was gleich geschehen würde. Aber allein seine Nähe gab mir die Kraft, die ich brauchte, um nicht zu Boden zu sinken.

»Was soll das werden?«, fragte er tonlos. Varcan hatte die Hände neben seinen Kopf erhoben, als könne das Tobit irgendwie besänftigen.

»Gehört sie dir?«, fragte er mit etwas piepsiger Stimme.

Raphael machte einen Schritt nach vorn und ich glaubte, die Erde beben zu spüren. Silbergraue Nebel umhüllten seine geöffneten Flügel und vermischten sich mit knisternden Blitzen, die jede einzelne Feder durchzuckten. Frostblumen rankten unter seinen Füßen über den Boden und kleine Schneeflocken tanzten mit weißen Lichtschimmern durch einen Luftstrudel, in dessen Zentrum Raphael mit der Gelassenheit eines unbesiegbaren Gottes stand. Die Macht des Himmels sammelte sich um ihn zusammen und unterwarf sich seinem Willen, der Wind und Eis und selbst die erbarmungslosesten Naturgewalten zu beherrschen wusste.

»Sie gehört auf jeden Fall nicht dir.«

Er klang beherrschter, als ich erwartet hatte, auch wenn Eisstürme in seinem blinden Auge tobten.

»Wir hatten nur etwas Spaß«, verteidigte sich Varcan und zog unterwürfig den Kopf ein. Tobit ließ abrupt von ihm ab, als Raphael sich blitzschnell nach vorne stürzte, den Engel an der Kehle packte und ihn mühelos auf die strampelnden Beine zerrte.

»Das Mädchen sah nicht so aus, als hätte es Spaß gehabt.«

Varcan röchelte heiser, blieb seiner Arroganz aber treu und zuckte mit den Schultern, soweit das in seiner Position überhaupt möglich war.

»Sie hat nicht Nein gesagt.« Raphaels Schwingen schossen auseinander und ein eiskalter Wind presste mich gegen die Wand.

»Wenn du einer Frau näherkommen willst, setzt sie die Grenzen, nicht du. Es ist ihre Entscheidung und diese wirst du gefälligst nicht zu kontrollieren versuchen.« Raphaels Fingerknöchel traten weiß hervor und Varcan schien es nun doch mit der Angst zu tun zu bekommen. »Und ich rate dir ohnehin, noch eine Zeit lang in Abstinenz zu leben, damit dein begrenzter Verstand meine Worte verarbeiten kann.« Angewidert stieß er ihn von sich und Varcan sackte keuchend zu Boden, ungesund blau im Gesicht. »Ich will dich nie wieder in diesem Club sehen und wenn du es wagst, eine Frau jemals wieder so respektlos zu behandeln, werde ich dir die Flügel höchstpersönlich ausreißen.«

Varcan rappelte sich mühsam auf, schnaubte ungehalten, war aber nicht so dumm, noch einmal den Mund aufzumachen und drückte sich rasch an Raphael vorbei, um so schnell wie möglich das Weite zu suchen. Ich blinzelte Tränen der Erleichterung fort und wäre am liebsten an der Wand zu Boden gesunken. Wenn das mit meinem Kreislauf so weiterging, würde dies so oder so passieren. Mein Kopf schmerzte, mein Herz raste. Ich hatte eine staubtrockene Kehle und zitterte unkontrolliert, dabei wusste ich nicht, ob mir heiß oder kalt war.

Raphael trat vor mich und atmete tief durch.

»Es tut mir leid«, murmelte ich und sah verlegen beiseite.

Er legte die Hand unter mein Kinn, studierte eingehend meine Augen und strich mir mit dem Daumen über die Unterlippe.

»Nichts hiervon war deine Schuld«, sagte er ernst. »Man hat dir etwas in den Drink getan.« Ich hielt erschrocken die Luft an. Das erklärte zumindest, warum es mit mir so rasant bergab gegangen war.

»Ich hätte besser aufpassen müssen.«

Scham färbte mein Gesicht rot, aber Raphael ließ nicht zu, dass ich erneut den Blick abwandte.

»Elodie«, sagte er streng, doch sein Blick war sanft. »Es war *nicht* deine Schuld.«

Sein lodernder Zorn war noch da, aber er richtete sich nicht gegen mich, sondern das, was mir beinahe angetan worden war. »Gleich wird es besser«, versprach er und legte die Hand an meine glühende Wange. Verdutzt sah ich zu ihm auf, als kühle Energie durch meine Haut sickerte und sich in meinem gesamten Körper auszubreiten begann. Wie eine laue Frühlingsbrise, die den Schwindel, das Brennen und die Schmerzen hinfortwehte, bis ich mich nur wenige Augenblicke später vollkommen ausgeruht und gestärkt fühlte.

Raphael lächelte matt, weil ich ihn vermutlich mit der Bewunderung eines kleinen Kindes ansah.

»Schon vergessen, was für ein Engel ich bin?«

»Nein«, gestand ich und konnte endlich wieder vernünftig denken. Er war der Engel der Heilung und hatte mir das soeben sehr eindrucksvoll demonstriert.

»Danke«, murmelte ich und lehnte mich erleichtert gegen die Wand, als mir klar wurde, dass seine Hand noch immer an meiner Wange lag. Ich sah auf und in sein vom warmen Licht umschmeicheltes Gesicht, das seine unverhohlene Sorge verriet.

»Ich bereue es jetzt schon, ihn davonkommen haben zu lassen.« Raphael schluckte schwer und biss die Zähne zusammen, sodass die harte Linie seines Kiefers hervortrat. »Allein der Gedanke daran, wie er deine Hilflosigkeit ausgenutzt hätte ...«

»Mir fehlt nichts«, sagte ich und berührte seine Finger, die wie nebenbei über meine Haut strichen.

»Trotzdem«, knurrte er und beugte sich ein Stück zu mir hinab, sodass wir auf einer Augenhöhe waren. Die Wut, die er zu kontrollieren versuchte, fühlte sich heiß und kalt zugleich an und gab mir das Gefühl, alles zu sein, was er auf dieser

Welt beschützen wollte. »Der Nächste, der es wagt, dich gegen deinen Willen anzufassen, wird lernen, dass es auch im Himmel eine Hölle gibt. Und diese werde ich ihn mit dem größten Vergnügen durchleben lassen.«

Nicht einen Moment zweifelte ich an seinen düsteren Worten, denn Raphael musste in den vielen Jahrhunderten, die er bereits lebte, alles über Qualen und Gewalt gelernt haben.

Eine Tatsache, die sich leicht vergessen ließ, wenn er mich mit mehr Zärtlichkeit berührte, als ich in meinem eigenen Leben jemals erfahren hatte.

Aber in jemandem wie ihm vereinte sich die entschlossene Härte eines Kämpfers mit der zärtlichen Sinnlichkeit eines Liebhabers.

Über Männer wie Raphael wurden Bücher geschrieben und das nicht zu knapp.

Selbst mein eingerostetes Verlangen ließ das nicht kalt und ich bekam Angst davor, gegen meine eigenen Gefühle und Raphaels Anziehungskraft machtlos zu sein.

»Dem Himmel sei Dank, da seid ihr ja!«

Ich fuhr erschrocken herum und entdeckte Afril, die auf uns zugeeilt kam. Sie war blass, schien aber bei klarem Verstand zu sein.

»Es tut mir so leid!«, rief sie und schloss mich in eine feste Umarmung. »Ich habe nur einmal nicht aufgepasst und plötzlich warst du verschwunden. Iadara meinte, Varcan sei bei dir! Diese blöde Pute hat mich mit Absicht abgelenkt!« Sie schob mich auf Armeslänge von sich, betastete mein Gesicht und scannte meinen Körper nach potenziellen Wunden ab. »Bist du verletzt? Hat er dir wehgetan?«

»Nein, alles in Ordnung«, sagte ich und zwang mich zu einem Lächeln.

»Iadara ist hier?«, fragte Raphael und schlagartig verdüsterte sich seine Miene erneut.

»Ja, also sollten wir schnell machen, denn ich bin mir ziemlich sicher, dass sie Gabriel bereits über Elodies Anwesenheit informiert hat.«

Krampfhaft versuchte ich die aufkommende Panik zu unterdrücken, aber um Gabriel gegenüberzutreten, fehlte mir noch immer die Kraft. Beruhigend legte Raphael mir eine Hand auf den Rücken.

»Bis er hier auftaucht, wirst du längst weg sein. Und sobald er erfährt, dass du lediglich zu meinem Vergnügen im Club warst, wird er nichts mehr ausrichten können.«

»Deinem Vergnügen?«, echote ich argwöhnisch. Raphael zuckte mit den Schultern und schenkte mir ein überhebliches Lächeln.

»Wenn alle anderen denken, ich hätte nur meinen Spaß mit dir, wird keiner auf die Idee kommen, dass du mir hilfst. Ich will nicht, dass meine Brüder uns dazwischenfunken, nur weil sie dich aus dem Bild haben wollen.«

»Schön formuliert«, kommentierte Afril sarkastisch.

»Danke«, sagte Raphael und schob uns beide auf den Ausgang des Flurs zu. »Tu mir den Gefallen und bring Elodie heim.«

»Was?« Ich blieb wir angewurzelt stehen. »Aber was ist mit Harviel?«

»Du hast für heute genug durchgemacht.«

»Was genau ist passiert?«, wollte Afril wissen, bevor ich auch nur darüber nachdenken konnte, zu protestieren.

»Varcan oder Iadara, vermutlich beide, haben ihr etwas in den Drink getan«, sagte Raphael

»Ist das ihr verdammter Ernst?!« Afrils eisblaue Flügel

erstrahlten in eisigem Glanz, während sie die Fäuste ballte und wohl am liebsten auf jemanden eingeschlagen hätte. »Dafür werde ich Iadara das nächste Mal die perfekte Nase brechen und Varcan kann sich schon einmal von seinem besten Stück verabschieden!«

»Schön formuliert«, grinste Raphael und zwinkerte ihr zu.

»Ich bringe Elodie sofort heim.« Afrils Stimme war gepresst.

»Nein!«, widersprach ich nun doch und sah zu Raphael auf. »Mir fehlt nichts, wirklich. Ich war heute zu leichtsinnig, aber das darf nicht der Grund dafür sein, jetzt einfach aufzugeben. Ihr braucht meine Hilfe und ich werde mich von dir nicht einfach so heimschicken lassen.«

Raphael runzelte die Stirn, öffnete den Mund und schloss ihn jedoch gleich wieder. Eine Weile duellierten wir uns mit Blicken, dann seufzte er geschlagen und hob beschwichtigend die Hände.

»Na gut«, gab er nach kurzem Überlegen nach. »Ich werde wohl darauf vertrauen müssen, dass du weißt, wo deine Grenzen liegen.«

Ich nickte entschlossen und war ihm dankbar dafür, dass er nicht versuchte, irgendeinen dominanten Beschützerinstinkt an mir auszuleben. Im Gegenteil: Stolz oder zumindest Anerkennung lag in der Art, wie er mich anlächelte.

Raphael führte uns durch den Club, eine gewundene Treppe hinauf auf die Galerie, die der gegenüberlag, über die wir hereingekommen waren. Hier wartete Uriel vor einer großen, pechschwarzen Tür, die wie ein Diamant funkelte, auf uns.

Besonders einladend sah sie nicht aus.

»Du hast sie gefunden«, stellte er erleichtert fest. Vermutlich hatten die beiden von hier oben bemerkt, dass ich nicht länger bei Afril gewesen war. Blutzunge war mir noch nie bekommen, aber nach dieser unangenehmen Erfahrung würde ich es niemals wieder anrühren.

»Harviel gibt uns eine halbe Stunde«, sagte Uriel und strich Afril übers Haar. »Behältst du bitte die Tür im Auge? Ich will dich nicht in unserer Nähe haben, wenn dort drinnen irgendetwas schiefläuft.«

»Mach ich«, versprach Afril und drückte behutsam meinen Arm. »Lass dich nicht unterkriegen.«

Ich nickte und straffte die Schultern.

Wenn ich trotz meiner Hilflosigkeit bis hierhin gekommen war, wollte ich auch wissen, wie weit mich meine Entschlossenheit bringen konnte.

Schwungvoll öffnete Uriel die beiden Türflügel und ich folgte ihm, mit Raphael an meiner Seite.

8.
Einen Bären aufgebunden

Wir betraten einen ruhigen Raum, der Teil sehr dunkler Fantasien sein musste. Schummeriges Licht beschien mit dunkelrotem Samt überzogene Sitzgelegenheiten, die vereinzelt von Engeln in schwarzer, freizügiger Kleidung besetzt wurden. Vermutlich war das hier eine Art VIP-Bereich, für jene, die besondere Vorlieben hatten. Die Musik war entspannt und verführerisch, das Ambiente elegant und die Stimmung der anwesenden Gäste sehr gelockert. Bei Longdrinks und Cocktails berührte man sich hinter Vorhängen aus schillernder Spitze, während auf der überschaubaren Bühne eine junge Frau im lasziven Abendkleid sang.

Harviel, den ich sofort an seinen auffällig blonden Haaren erkannte, kam mit ausgebreiteten Armen auf uns zu.

»Na endlich. Ich dachte schon, ihr hättet mich versetzt.« Eine komische Annahme, bedachte man, dass wir ihn um ein Treffen gebeten hatten.

Ihm trottete ein weißer Bär hinterher, der noch einmal ein gutes Stück größer als Tobit war. Ich atmete tief ein und erinnerte mich daran, dass ich bis jetzt noch nie Angst vor Schatten hatte haben müssen. Egal wie gefährlich sie aussahen. Der Bär brummte leise und blieb neben seinem Herrn stehen.

»Und wer ist eure bezaubernde Begleitung?«, fragte Harviel und begutachtete mich neugierig. »Ich bin mir ziemlich sicher, sie hier noch nie gesehen zu haben.«

Seine Augen waren dunkelbraun. Eigentlich hätten sie

warm wirken müssen, doch der Glanz, der in ihnen lag, war eiskalt. Es gefiel mir nicht, wie langsam er den Blick über meine Gestalt wandern ließ und an gewissen Stellen besonders lange verharrte.

»Elodie«, sagte Raphael knapp. »Kümmere dich nicht weiter um sie. Aber da es ihr erstes Mal im Club ist, hatte ich sie nicht allein zurücklassen wollen.«

Harviel kicherte.

»Nein, natürlich nicht! Es freut mich außerordentlich, dass ihr sie mitgebracht habt.« Er griff sanft nach meiner Hand und hauchte mir die Andeutung eines Kusses auf die Haut. Ein unangenehmes Prickeln breitete sich von dort, wo seine Lippen mich gestreift hatten, aus.

»Es freut mich *wirklich* außerordentlich, dass die beiden dich mitgebracht haben. Elodie, der Halbengel mit dem Segen des Himmels. Der poetische Beginn eines vermutlich sehr tragischen Lebens. Verrate mir, mein Kind: Wer hat dir deine Gabe geschenkt?« Ich zwang mich zu einem schüchternen Lächeln und presste die Hand, die er eben noch gehalten hatte, in den Stoff meines Kleides.

»Das kann ich leider nicht. Ich erinnere mich nicht daran, jemals von einem Engel gerettet worden zu sein und weiß daher nicht, wie ich ...« Ich suchte nach passenden Worten.

»Wie du deine Gabe erhalten hast?«, half mir Harviel fast schon zärtlich. »Wie interessant. Ein Mädchen mit Geheimnissen, hm?«

»Die du heute nicht zu lüften versuchen wirst«, mahnte Raphael mit herablassendem Tonfall. »Wir würden gerne zum Wesentlichen kommen.«

»Solange wir noch bei guter Laune sind«, fügte Uriel hinzu.

Harviel blieb heiter, auch wenn das Strahlen seines schönen Gesichts nachließ, als würde in ihm die Sonne sinken und eine düstere Nacht beginnen.

»Wenn ich das richtig verstanden habe, wollen die werten Erzengel etwas von mir«, konterte er entspannt, »also solltet ihr euch um meine gute Laune etwas mehr Sorgen machen.«

Raphael lachte leise, aber es klang kein bisschen freundlich, sondern bedrohlich.

»Unser Freund hat recht«, wandte er sich an Uriel und richtete wie nebenbei einen der Knöpfe an seinem Ärmel. »Wie konnten wir nur so taktlos sein?«

»Keine Ahnung, aber das erklärt zumindest, warum wir beide so furchtbare Tänzer sind.«

»Ah, deswegen fühl ich mich auch so auf die Füße getreten.« Raphael machte ein erstauntes Gesicht.

»Nein nein«, grinste Uriel gefährlich. »Daran dürfte Harviels Unverschämtheit schuld sein. Die kommt ganz schön tollpatschig daher.«

»Wir könnten ihm das Tanzen beibringen. Aber wenn der Blinde den Blinden führt ...«

»... brennt irgendwo ein Club ab. Ja, so glaube ich geht das Sprichwort.«

»Schon gut!«, warf Harviel hastig ein und zwang sich zu einem verlegenen Lächeln. »Das war doch nur ein kleiner Scherz.« Er räusperte sich und klatschte gut gelaunt in die Hände, auch wenn ich ihm diese aufgesetzte Maske nicht länger abnahm »Wenn ihr mir folgen würdet. *Bitte.* Ich bin mir sicher, dass das, was ihr mit mir besprechen wollt, nicht für jedermanns Ohren bestimmt ist.« Er trat auf einen Vorhang zu, hinter dem sich ein langer Korridor auftat. Bei jedem Schritt, den wir machten, glühten unter unseren Füßen rötliche Lichter auf. Die Decke über uns war aus getrübtem Glas, hinter dem sich so etwas wie ein Schattenspiel vollzog. Dicht neben Raphael blieb ich stehen und sah über meine Schulter zu dem Bären, der uns folgte.

Tobit und Uriels Schakal Neri gingen uns voraus und hatten den anderen Schatten bis jetzt nicht weiter beachtet. Ich atmete tief durch und rief vor mein geistiges Auge die Dunkelheit, die zwischen meinem Verstand und dem aller anderen lag. Gleich mehrere kleine Punkte begann in ihr zu leuchten. Das mussten Tobit und Neri sein. Sie zu finden war inzwischen kein Problem mehr.

Ich erhellte mit den Strahlen meiner Macht die lebendige Finsternis um mich herum nur ein kleines bisschen, damit der Bär nicht erschrak. Als ich das Licht seines Verstandes fand, war dieses nicht besonders hell oder intensiv. Als habe es über Jahre hinweg an Kraft verloren. Heiße Wut und Mitgefühl brannten durch meine Brust. Dieser Harviel behandelte seinen Begleiter nicht gut. Ich fand keine Zuneigung oder Loyalität im Bewusstsein des Schattens, geschweige denn irgendwelche Momente, die er mit positiven Gefühlen verband.

Der Bär hob brummend den Kopf und sah mich aus großen, blassblauen Augen an. Er hatte keine Mauern um sein Bewusstsein aufgebaut und ließ mich ohne zu zögern ein.

Es würde später nicht schwer werden, herauszufinden, was Harviel zu verbergen versuchte, wenn der Schatten-Bär so bereitwillig mit mir kommunizierte.

Wir erreichten das Ende des Flurs, wo ein runder Durchgang von einer weiteren Tür geschlossen wurde. Harviel legte beide Hände an das Holz, als ein brennender Schmerz durch meine linke Seite schoss. Ich schnappte nach Luft und packte Raphaels Arm, um nicht umgeworfen zu werden.

»Was ist?«, fragte er besorgt und legte seine Hand auf die meine.

»Ich weiß nicht«, wisperte ich atemlos, weil meine Lunge fast aufgehört hatte zu arbeiten. »Ich glaube ... irgendetwas stimmt hier nicht.« Mein gesamter Körper verkrampfte sich und drohte innerlich zu zerreißen. Es fühlte sich an, als hätte mir jemand eine brennende Eisenstange durch die Rippen gebohrt. Dieser Schmerz war mir nicht fremd – ich hatte ihn heute und schon einmal im Berg empfunden. Das Gefühl von reißendem Fleisch, klebrigem Blut, von Tod und Niedertracht.

Vorhin war ich zu benommen gewesen, um es richtig einordnen zu können, aber jetzt wusste ich ganz genau, woher dieses Gefühl kam.

»Die Waffe«, wisperte ich und zog an Raphaels Arm. »Sie ist hier!«

Harviel stieß die Türflügel auf, und im gleichen Moment zersplitterte über uns die Decke des Korridors. Ich schrie erschrocken auf und wurde von Raphael gepackt, der mich in seine Arme schloss und schützend die Flügel über uns ausbreitete.

Tobit stieß ein Furcht einflößendes Knurren aus und sprang über Raphael hinweg, um einen der Männer zu packen, die wie aus dem Nichts erschienen waren. Sie mussten die ganze Zeit über uns gewesen sein, versteckt hinter dem getrübten Glas.

Tobit packte den Mann an der Kehle und riss ihn von den Beinen, doch hinter diesem warteten bereits zwei weitere, mit Armbrüsten bewaffnete Halbengel. Raphael wirbelte mich herum, sodass ich gegen die Wand stieß, und schoss auf die Männer zu, die Flügel wie Schwerter erhoben. Bevor auch nur ein einziger Pfeil abgefeuert werden konnte, hatten die silbrigen Schwingen beide Männer von den Füßen gefegt.

Ich sah mich nach Uriel um, der in dem Raum hinter der Tür gegen zwei weitere Halbengel kämpfte.

Ein schwarzer Wolf sprang aus einer der dunklen Ecken und stürzte sich auf Neri, der nicht einmal halb so groß war. Gepeinigt heulte er auf, als sich die mächtigen Reißzähne der Bestie in seinen weichen Hals bohrten, gab sich aber nicht so leicht geschlagen. In einem Knäuel aus weißem und schwarzem Fell kugelten die beiden durch den Raum und versuchten, sich gegenseitig zu zerfleischen.

Pfeile zischten, Männer schrien und Möbel, die von Uriels mächtigen Schwingen durch die Gegend geschleudert wurden, zerbarsten an den Wänden.

Direkt vor mir sprang ein weiterer Halbengel aus seinem Versteck über uns in den Flur.

Ich erkannte ihn sofort, aber er schien mich nicht einmal bemerkt zu haben. Stattdessen legte er seine Armbrust an und zielte auf Raphael. Ich zögerte keine Sekunde und warf mich von der Seite gegen Salvatore, sodass sein Pfeil haarscharf an Raphaels Kopf vorbeischoss.

Wütend schrie der Halbengel auf, als wir gemeinsam zu Boden stürzten. So schnell wie möglich rollte ich mich herum, um Abstand zu gewinnen, doch er war schneller und bekam meine Haare zu fassen.

»Wen haben wie denn da?«

Er lachte gehässig und rappelte sich auf, wobei er mich so grob auf die Beine riss, dass ich vor Schmerzen aufschrie. »Warum kannst du es nicht lassen, dich einzumischen?«

Als Antwort schlug ich mit geballten Fäusten nach ihm, was seinen Griff in meinem Haar noch brutaler werden ließ.

Mühelos fing er mein Handgelenk ein und drehte mich herum, sodass ich mit dem Rücken gegen seine Brust stieß. Den Arm bis zu den Schulterblättern verbogen, versuchte ich trotzdem noch mit den Füßen nach ihm zu treten. Ich erwischte sein Schienbein, hörte ihn leise fluchen und spürte gleich darauf etwas Kaltes, Glattes an meiner Kehle. Keuchend hielt ich inne und wagte es nicht mehr, auch nur den kleinen Finger zu rühren.

Raphael, der gerade einen der benommenen Halbengel am Kragen gepackt hatte, erstarrte in der Bewegung und funkelte Salvatore warnend an.

Ich musste nicht sehen, was mir dieser an den Hals presste, denn ich wusste auch so, dass es die flache Seite eines Dolches sein musste.

»Rein da«, befahl Salvatore und nickte zu dem Raum, in dem auch Uriel verschwunden war. Widerwillig ließ Raphael seinen Gegner los und faltete die Flügel zusammen.

Ich wurde ihm unsanft hinterhergeschoben und spürte bei jedem Schritt das kalte Metall wie eine Warnung an meiner Haut.

Im Raum hatte Uriel ein ziemliches Chaos angerichtet. Dunkelrote Samtsofas waren umgekippt, goldschillernde Vorhänge zu Boden gerissen. In der Ecke lagen zwei blutende Halbengel, während drei weitere versuchten, sich gegen Uriel zu behaupten. Dieser stand noch immer aufrecht und mit gespreizten Schwingen da, obwohl in seiner Flanke zwei Pfeile steckten.

»Das reicht!«, herrschte Salvatore ihn an. Als Uriel mich entdeckte, blitzten seine Augen zornig. Er gehorchte mit knirschenden Zähnen und gab seine Kampfposition auf. Sofort legten die Halbengel neue Pfeile in ihre Armbrüste, setzten an, zielten und feuerten auf Uriel. Ich kreischte und wand mich in Salvatores Griff, trotz der Klinge an meiner Kehle. Er schüttelte mich und drückte die scharfe Kante in mein Fleisch, bis ich Blut an meinem Hals hinabrinnen spürte. Hilflos musste ich dabei zusehen, wie Uriel zu Boden ging und schwer atmend versuchte, das Bewusstsein nicht zu verlieren.

Zwei Pfeile hatten sich in seine Flügel gebohrt. Der dritte direkt in seine Brust. Raphael stieß ein markerschütterndes Knurren aus und stürzte nach vorne, die Schwingen zu ihrer vollen Größe ausgebreitet. Er kam Uriel kaum einen Schritt näher, denn zwei der Halbengel richteten ihre geladenen Armbrüste auf ihn. Ich hörte das Klicken der Mechanismen laut wie eine Explosion. Erst einmal, dann ein zweites Mal. Der erste Pfeil grub sich in Raphaels linke Schulter, der zweite in sein Bein. Es knickte ein und er stürzte auf ein Knie hinab, behielt den Oberkörper aber aufrecht und presste die Kiefer zusammen. Nicht ein Ton kam ihm über die Lippen, lediglich die Anspannung seiner Züge verriet, dass der Schmerz vermutlich genauso stark war wie die Wut.

Ich unterdrückte ein Schluchzen und gab es auf, mich gegen Salvatores Griff zu wehren. Selbst wenn ich freikam, ohne mir dabei die Kehle durchzuschneiden, hätte ich keine Chance gegen so viele Halbengel.

Neri war von dem Wolf zu Boden gerissen worden. Es musste Hadar sein, Danjals Schatten. Ich erinnerte mich an diese rot glühenden, todversprechenden Augen.

Seine Tatzen pressten den blutenden Schakal auf den Boden, der leise winselte, aber wenigstens noch am Leben war.

Tobit stand mit dem Rücken zur Wand und knurrte Harviels Bär an, der ihn nicht vorbeiließ.

»Was für ein unschönes Durcheinander«, lachte der Engel

und klatschte in die Hände. »Ihr beide habt kein bisschen nachgelassen. Ich bin beeindruckt.« Verständnislos sah ich ihn an.

All das hier war von Anfang an eine Falle gewesen.

»Warum tust du das?«, knurrte Raphael, der sich mit einer Faust am Boden abstützen musste, um nicht das Gleichgewicht zu verlieren. Sein Haar war zerzaust und klebte ihm an der verschwitzten Stirn. Das konnten keine gewöhnlichen Pfeile sein. Vielleicht waren sie vergiftet oder verzaubert, denn Erzengel hielten für gewöhnlich sehr viel mehr aus.

»Das erklärt dir lieber mein Ehrengast.« Harviel trat einen Schritt zur Seite, um mit affektierter Geste einen Vorhang zu präsentieren, der kurz darauf geöffnet wurde. Wie ein König schritt Danjal in den Raum, die Lippen zu einem zufriedenen Lächeln verzogen.

»Es ist ja nun wirklich nichts Neues, dass ich ein Faible für den dramatischen Auftritt habe, aber ich hoffe, ihr seid trotzdem etwas überrascht«, sagte er gut gelaunt und ließ den Blick über die beiden verwundeten Erzengel wandern, bevor er mich betrachtete. Sein Lächeln wurde noch breiter, noch unheimlicher.

»Elodie«, begrüßte er mich freundlich und kam in aller Seelenruhe auf mich zu. »Offensichtlich war meine Warnung nicht eindringlich genug.« Missmutig hob er eine Augenbraue und sah Salvatore an, als sei das dessen Schuld. »Aber jetzt muss ich sagen, zum Glück, schließlich hast du mir einen Erzengel wie auf dem Silbertablett serviert.«

Ich starrte ihn verwirrt an, traute mich aber nicht, den Kopf zu schütteln, geschweige denn etwas zu sagen. Er winkte lachend ab und streckte die Hand nach mir aus, was mich erschrocken zurückzucken ließ. Salvatores Brust war wie ein

Fels in meinem Rücken und sein Griff um meinen Arm so unnachgiebig wie Stahl. Ich konnte nicht ausweichen, als Danjal über meine Kehle strich und das Blut darauf verwischte.

»Es tut mir leid, dass wir dich so grob haben behandeln müssen«, flüsterte er sanft und rieb die roten Fingerspitzen aneinander, während mir von diesem abartigen Schmierentheater längst schlecht war.

»Halt dich fern von ihr!«, keuchte Raphael und versuchte sich aufzurichten. Der Stoff seiner Hose hatte sich um die Wunde herum dunkel gefärbt und war teilweise zersetzt. Ich sah das aufgerissene Fleisch darunter und schwarze, aschige Stellen in der Haut. Womit waren diese Pfeilspitzen getränkt gewesen?!

»Sonst was?«, fragte Danjal und kniff herausfordernd die Augen zusammen. Zur Antwort stieß Raphael einen animalischen Laut aus. Schlagartig sank die Temperatur im Raum unter den Gefrierpunkt, sodass mein schwerer Atem in kleinen Wölkchen vor meinem Gesicht stand. Durch die Luft begannen kleine Schneeflocken zu segeln, die von violettblauen Nordlichtern umtanzt wurden. Raphaels Wut beschwor einen Sturm herauf, in dessen Zentrum die reine, grenzenlose Macht des Himmels pulsierte. Frostblumen rankten sich die Wände entlang, Raureif überzog den Boden. Aus Eis erschaffene Albträume und wolkenweiße Nebelschleier wuchsen in allen Ecken und warteten nur darauf, dass Raphael, ihr Herr, ihr *Gott*, sie losließ.

»Du bist doch sonst nicht so leicht aus der Ruhe zu bringen, Raph«, höhnte Danjal und nickte Salvatore zu.

Dessen Hand riss meinen Kopf zurück, presste mir die blutige Klinge aber nicht erneut gegen den Hals, sondern setzte die Spitze direkt an meinem Herz an und schlitzte Stück für

Stück den Stoff des Kleides auf. Ich erstarrte und versuchte keine Miene zu verziehen, obwohl die Panik wie schmerzhafte Stromschläge durch meine Muskeln zuckte.

»Das reicht«, knurrte Raphael ungehalten.

Für den Bruchteil einer Sekunde wirkte er vollkommen ratlos und bis ins Mark erschüttert, auch wenn sein Gesicht von dem eiskalten Licht seines Zornes erhellt wurde. Er rief seine Macht zurück, sperrte sie widerwillig ein und verkrampfte bis in die Flügelspitzen, als würde ihm die Tatenlosigkeit physische Schmerzen bereiten. Zum ersten Mal war seine Miene eine Bühne für all die Emotionen, die er in diesem Moment fühlte. Hass, Mordlust und eine quälende Sorge, die so echt war, dass sie Berge zum Schmelzen hätte bringen können.

Danjal nickte zufrieden, trat mit vor der Brust verschränkten Armen vor Raphael und betrachtete ihn geringschätzig. Es war unerträglich, Raphael in so einer unterwürfigen Position zu sehen. Nicht, weil er ein Erzengel war, sondern weil er mehr Würde und Anstand besaß, als Danjal überhaupt hätte begreifen können.

»Wer hätte gedacht, dass ausgerechnet dir eine Frau einmal so unter die Haut gehen würde.« Danjal lachte, schüttelte den Kopf und ging vor Raphael in die Hocke.

»Wenn du eine Rechnung mit uns begleichen willst, fein. Aber halt sie aus diesem Wahnsinn hier raus.« Raphael schien nicht übel Lust zu haben, Danjal die Faust ins Gesicht zu rammen.

»Oh, aber das kann ich nicht«, lachte dieser verächtlich und packte Raphael im Haar, sodass er dessen Kopf grob nach hinten reißen konnte. Ich wollte schreien und mich auf ihn stürzen, ihn von Raphael wegzerren.

»Du hast sie mit in diesen Kampf hineingezogen und ich

könnte dir nicht dankbarer dafür sein«, raunte er ihm fast schon freundlich zu und kam seinem Gesicht noch ein Stück näher, als wolle er ihm ein Geheimnis zuwispern. »Während ihr selbst in tausend Jahren nicht erkannt hättet, wie wertvoll dieses Mädchen ist, werde ich mich liebend gerne um sie kümmern.«

»Wenn du ihr wehtust, wird dich keines unserer Gesetze mehr schützen können. Ich würde dich vernichten, hast du verstanden?«, drohte Raphael unheimlich ruhig. In seinen Augen lag reine Mordlust. Silberne, unaufhaltsame Mordlust. »Nicht zu schnell, damit du kurz vor deinem Ende noch genug Kraft besitzt, um sie auf den Knien um Gnade anzuflehen. Und dann überlasse ich ihr die Entscheidung, ob du einen schnellen Tod verdienst, oder ob er langsam und qualvoll sein soll.« Er nagelte Danjal mit den Augen an Ort und Stelle fest und jedes seiner Worte besaß die Macht eines göttlichen Versprechens.

Der Dämonenfürst schluckte schwer, denn auch wenn er in diesem Moment die Oberhand hatte, war Raphaels Drohung gefährlicher als er und seine Gefolgschaft.

»Wie schön zu wissen, was dich dazu bringen würde, eure heiligen Gesetze zu brechen«, sagte Danjal mit beißendem Spott. »Dabei haben wir ihnen und *eurem* Hochmut all die Ungerechtigkeit und Unbarmherzigkeit zu verdanken. Der Chor missbraucht seine Macht, stellt Regeln auf, wie es ihm gefällt und versucht den Himmel *reinzuhalten.* Ihr verbannt Engel für Sünden, die keine sind, und haltet euch selbst für unfehlbare Heilige.«

Raphael verzog keine Miene, denn selbst auf den Knien besaß er noch mehr Haltung als dieser niederträchtige Dämonenfürst.

»Wie viel Selbstgespräche hast du führen müssen, um dir solch eine dramatische Rede auszudenken?«

Danjals Körper verspannte sich. Dort, wo einst seine Flügel gewesen waren, jetzt aber vermutlich nur noch Narben sein Fleisch zierten, spannten sich seine Rückenmuskeln an.

»Spotte so viel du willst, Raphael. Aber ich helfe den Halbengeln, die erst von euch und anschließend von Claudius enttäuscht worden sind, ihr Geburtsrecht einzufordern.«

»Ja, du bist wirklich die Inkarnation von Mutter Teresa persönlich, aber deiner Heiligsprechung dürfte all das Morden etwas im Weg stehen.« Raphael lachte freudlos und verdeutlichte damit, dass er weder Angst noch Respekt vor dem Dämonenfürsten hatte. »Du könntest auch den Märtyrertod sterben. Das wäre doch eine amüsante Pointe für diesen schlechten Scherz und deinen traurigen Versuch, dich als guten Samariter neu zu entdecken.« Danjal richtete sich ruckartig auf und verpasste Raphael eine schallende Ohrfeige mit dem Handrücken. Dieser zuckte nicht einmal mit der Wimper und ließ sich seinen Stolz nicht einfach so aus dem Gesicht schlagen.

»Du kniest vor mir, vergiss das nicht«, zischte Danjal.

Er griff an seinen Gürtel und zog aus einer ledernen Scheide etwas, das lediglich mit viel Fantasie an einen Dolch erinnerte. Die Waffe war fast so lang wie ein Schwert, hatte jedoch keinen richtigen Griff und war aus silbrig schwarzem Metall gefertigt. In der Mitte war sie mit Blattgold und schlichten Ornamenten verziert. Nach hinten verjüngte sich die Form und endete in einer Tülle, die vermutlich dazu diente, einen Schaft daran zu befestigen. Das musste die Spitze einer Lanze oder eines Speers sein.

Ich versuchte mir ins Gedächtnis zu rufen, wo ich so eine

Waffe schon einmal gesehen hatte, denn ich war mir sicher, mich an das Gold und die Muster zu erinnern.

»Elodie?«, wandte sich mir Danjal mit freundlicher Miene zu. »Es ist an der Zeit, dem Himmel zu zeigen, zu was du wirklich fähig bist.«

Ich starrte ihn entgeistert an, weil ich keine Ahnung hatte, was er damit meinte.

»Schließ dich uns an«, forderte er, als ginge es hier um einen Ausflug an den Gardasee. »Wir brauchen ein Mädchen mit deinen Fähigkeiten und unser Ziel ist dem deinen sehr ähnlich.«

Salvatores Griff um meinen Arm lockerte sich und er drückte weniger brutal mit der Klinge gegen meinen Hals. So konnte ich wenigstens sprechen, ohne Angst haben zu müssen, mir selbst die Kehle durchzuschneiden.

»Was für ein Ziel?«, fragte ich heiser, um Zeit zu gewinnen. Wofür genau wusste ich nicht, aber irgendetwas musste mir einfallen. Danjal lächelte nachsichtig.

»Der Himmel natürlich.«

»Und der Weg dorthin muss über Leichen führen?« Ich schluckte den bitteren Kloß aus Angst herunter und hielt seinem stechenden Blick stand.

»Leider ja. Anders geht es nicht.«

Beinah liebevoll strich er über die raue, unebene Klinge, die perfekt zu der Wunde passte, durch die der Wächterengel gestorben war. Das war die Waffe, die Engel töten konnte.

»Komm schon, Liebes«, sagte Danjal und nickte mir aufmunternd zu. »Kein einziger Engel hat dir jemals den Respekt entgegengebracht, den du verdient hättest. Und er hier«, er sah herablassend auf Raphael hinab, »sieht in dir nicht mehr als ein hübsches Hilfsmittel. Etwas Unschuldiges, mit dem er Spaß haben kann. Aber ganz gleich, was du dir von ihm erhoffst oder wünschst: Alles, was er dir geben könnte, gehört bereits dem Himmel. Für diesen wurde er geboren und für diesen würde er sterben, ohne einen Gedanken an dich zu verschwenden.«

Ich schluckte schwer und sträubte mich innerlich gegen Danjals Warnungen, weil ein Teil von mir wusste, dass ein Funken Wahrheit in ihnen steckte.

»Aber wir«, sprach er weiter, »wir halten zusammen, wir wissen den Wert jedes Einzelnen zu schätzen, anstatt Sklaven des großen Ganzen zu sein. Bei uns wärst du sicher und willkommen. Ich könnte dir sogar verraten, welcher Dämonenfürst dein Vater ist, wenn du das möchtest.«

In seinen Augen erstrahlte Triumph, denn der Unglaube musste mir deutlich ins Gesicht geschrieben stehen. Was für einen miesen Trick versuchte er hier? Ich schluckte schwer, zu verwirrt, um laut genug zu sprechen.

»Woher …«, wusste er, dass ich das *nicht* wusste? Danjal zuckte mit den Schultern und belächelte mich nachsichtig.

»Die meisten Halbengel wissen nicht, wer ihre höllischen Eltern sind, aber sie alle wollen es unbedingt herausfinden. Wie ist es mit dir, hm? Ich habe gehört, dass du als Waise aufgewachsen bist. Ohne Mutter und ohne Vater. Wer Letzteres ist, wird sich in Erfahrung bringen lassen.«

»Wie?«, wisperte ich nach einigem Zögern. Er neigte den Kopf zur Seite und sah mich an, als wäre ich ein bemitleidenswertes Kind.

»Es wäre doch langweilig, wenn ich dir das jetzt schon verraten würde.«

Aufgebracht presste ich die zitternden Lippen zusammen und schloss für einen Moment die Augen. Er log nicht, hatte seine Worte aber bis jetzt mit Bedacht gewählt. Mein Vater war ein Dämonenfürst. Mehr konnten wir beide nicht wissen. Oder vielleicht doch? Kannte Danjal einen Dämonenfürsten, der seine schwangere Geliebte vor genau 120 Jahren in Italien zurückgelassen hatte? Wie hoch war die Wahrscheinlichkeit dafür? Wie enorm das Risiko, ihm zu glauben?

»Nein.« Entschieden richtete ich mich kerzengerade auf. »Selbst wenn du mir helfen könnest, bin ich gewiss der letzte Halbengel, der dir helfen *will.*«

Seit ich denken konnte, wollte ich mehr über meinen Vater erfahren, doch Raphael war in dieser kurzen Zeit bedeutsamer für mein Leben geworden als irgendein Dämonenfürst, der mich und meine Mutter verlassen hatte.

Nicht für alle Versprechen der Welt, würde ich die Klinge führen, die ihn töten könnte.

Ich rief so schnell wie noch nie die Dunkelheit vor mein geistiges Auge und schickte gleißend helle Strahlen meiner Macht in den Verstand des Schatten-Bärs.

Eine einzige, flehentliche Bitte folgte meinem Licht.

Hilf mir!

Der Bär stieß ein ohrenbetäubendes Brüllen aus und wandte sich von Tobit ab. Mit zwei großen Sprüngen war er bei Danjal und riss den Dämonenfürsten von den Füßen. Ich holte mit meinem freien Arm aus, rammte Salvatore den Ellenbogen in die Rippen und schlug gleichzeitig den Kopf zurück, sodass dieser den Halbengel mitten im Gesicht traf. Er schrie auf, als seine Nase brach und ließ mich keuchend los, während sich Tobit auf einen der bewaffneten Halbengel stürzte und Raphael den Pfeil mit einem energischen Ruck aus seinem Bein riss. Er spreizte die Schwingen und schickte mit einem einzigen Flügelschlag den kältesten Sturm durch den Raum, gegen den ich je hatte standhalten müssen. Ich machte mich klein, während Harviel und die anderen Halbengel wie Flickenpuppen durch die Luft geschleudert wurden. Nachdem Tobit von seinem blutenden Opfer abgelassen hatte, griff er den Schattenwolf an, um Uriels Schakal zu befreien. Ich eilte zu dem am Boden liegenden Erzengel und brauchte eine Sekunde, um bei all seinen Wunden nicht in Panik zu geraten. Mit schnellen, geschickten Griffen riss ich die Pfeile aus seinem Körper, wobei er bei jedem Ruck die Zähne zusammenbiss, was bedeutete, dass er zumindest noch bei Bewusstsein war. Ich legte meine Hände auf die Wunden seiner Brust, weil diese am übelsten aussahen. In meinen blutverschmierten Fingern sammelte ich so viel Energie, wie ich zusammenkratzen konnte und ich entsandte sie über Uriels aufgerissenes Fleisch. Eigentlich hätte er in der Lage sein müssen, sich selbst zu heilen, aber das schwarze Zeug, mit dem die Pfeilspitzen getränkt waren, schien seine Kräfte zu hemmen.

Nach und nach schlossen sich Fleisch und Haut, bis nichts mehr an die Verletzungen erinnerte, außer all dem Blut und der zerrissenen Kleidung. Uriel hustete und schenkte mir ein mattes Grinsen.

»Raphael hatte recht: du steckst voller Überraschungen.« Ich erwiderte nichts, sondern half ihm auf die Beine und versuchte ihn zu stützen, was beinahe unmöglich war, weil er mich um zwei Köpfe überragte und mit den Flügeln gewiss doppelt so schwer war wie ich. Trotzdem nickte er mir dankend zu, legte einen Arm um mich und hob die verklebten Schwingen.

»Wir sollten verschwinden«, brummte er. Seine Federn begannen von innen heraus wie brennende Kohlen zu glühen.

Er ließ den Kopf kreisen, um seine Muskeln zu lockern, als bereite er sich auf einen Kampf vor, und hob mit einem düsteren Lächeln die Hand, aus der im gleichen Moment entsetzlich heiße Flammenstrudel schossen. Dass Uriel der Engel des Feuers war, wurde mir spätestens jetzt, wo er den gesamten Raum in ein höllisches Inferno verwandelte, erneut bewusst.

Harviel wich schreiend einem brennenden Vorhang aus und Danjal kämpfte noch immer gegen dessen blutrünstigen Bären. Ich half dem humpelnden Uriel, Richtung Ausgang zu gelangen, wo Raphael gerade zwei Halbengel in die Bewusstlosigkeit geschickt hatte. Sein Schatten-Tiger sorgte dafür, dass der vor Wut schnaubende Salvatore uns nicht folgen konnte, während Neri besorgt zu seinem Herrn eilte und mit der Schnauze vorsichtig sein Bein berührte.

»Alles gut, Kleiner«, raunte Uriel ihm zu und gab uns dreien mit seinen Flügeln Schutz. »Raph!«, rief er, als wir den Flur erreicht hatten. »Genug gespielt!«

Raphael packte den Pfeil, der noch immer in seiner Schulter steckte, und riss ihn heraus, als handele es sich um einen harmlosen Splitter.

Tobit und Neri gaben ihm Rückendeckung, sodass er zu uns aufschließen konnte. Er griff Uriels freien Arm und stützte ihn, damit ich das Gewicht des Engels nicht mehr allein stemmen musste.

»Limbus«, sagte Raphael düster, als wir durch den mit Scherben übersäten Korridor humpelten. »Sie haben die Spitzen der Pfeile mit dem Sud des Limbus beschmiert.«

»Ach was«, stieß Uriel hervor und unterdrückte ein heftiges Husten. Vom Limbus hatte ich bereits gehört. Er war eine Art Vorhölle, in die die vom Himmel verschmähten Seelen einkehrten. Die der Hexen konnten dort gereinigt und wiedergeboren werden, wenn sie noch nicht in das ewige Nichts einkehren wollten. Die aller anderen lösten sich einfach auf und fanden angeblich ihren Frieden. Jophiel hatte mir erzählt, dass der Limbus ein gigantisches Meer aus Asche und Blut war, das in der Hölle die Höfe einiger Dämonenfürsten miteinander verband. Sein Sud konnte Haut, Fleisch und Knochen zersetzen und sogar die Kräfte himmlischer Wesen schwächen. Für Engel war er nicht tödlich, aber wenn ich mir Uriel und Raphael so ansah, waren ihnen die mit dem Limbus getränkten Pfeile nicht gerade gut bekommen.

Wir stolperten in den kleinen Salon am Ende des Korridors, zur gleichen Zeit, als Afril die Tür zu diesem aufstieß und uns hektisch zuwinkte.

»Gabriel ist hier!«, rief sie. Die anderen Gäste, die unsere ramponierte Kleidung ohnehin schon verwirrt hatte, sprangen überrascht auf und schickten sich an, den Raum so schnell wie möglich zu verlassen. Afril kämpfte sich einen Weg zu uns durch und schlug erschrocken die Hand vor den Mund, als sie den blutbesudelten Uriel sah.

»Sieht schlimmer aus, als es ist«, versuchte er sie zu beruhigen. »Unsere kleine Freundin hier hat wahre Wunder bewirkt.« Gemeinsam schafften wir ihn aus dem Salon, hinaus zur Galerie, von der aus man einen idealen Blick auf das Chaos im Saal hatte.

Kampfengel drängten sich durch die Außenflure oder versuchten, das Chaos auf der Tanzfläche unter Kontrolle zu bekommen, was kolossal fehlschlug. Wesen aller Art stürmten die breiten Treppen hinauf und auf den Ausgang zu, der in den Korridor mit den Portalen führte.

Jeder versuchte so schnell wie möglich seine Haut zu retten, bevor er noch dafür verhaftet wurde, Spaß in einem illegalen Club gehabt zu haben. Uns gegenüber, am Geländer der anderen Galerie, stand Gabriel und brüllte Befehle.

»Der hat uns gerade noch gefehlt.« Raphael löste sich vorsichtig von Uriel. Sofort übernahm Afril die Aufgabe, diesen von der anderen Seite zu stützen und strich ihm besorgt die feuchten Strähnen aus der Stirn.

»Mir geht es gut, mein Herz«, beruhigte er sie und hob die feuerroten Schwingen. »Ich sehe momentan vielleicht nicht besonders hinreißend aus, aber das wird mich gewiss nicht davon abhalten, das Etablissement dieses Verräters in Schutt und Asche zu legen.« Afril verpasste ihm einen sanften Klaps gegen die Wange und hob mahnend den Zeigefinger.

»Gar nichts wirst du tun, außer brav mit mir nach Hause zu humpeln«, befahl sie.

Gabriel schwang sich in die Lüfte und sauste über die Tanzfläche hinweg, wobei er Messingschalen, Schleier und auch ein paar Gäste umfegte. Er landete auf der steinernen Balustrade und sah gebieterisch auf uns hinab.

»In was für unglückliche Umstände ist der kleine Halbengel jetzt wieder geraten?« Wütend starrte er auf uns herab. Raphael trat vor mich und verschränkte mit einem selbstgefälligen Lächeln die Arme vor der Brust.

»Gegenfrage: was hat ein Prinzipienreiter wie du hier zu suchen? Wir alle wissen, dass du allergisch gegen Spaß bist und mit einem Stock im Hintern geboren wurdest. Diese Party dürfte nicht ganz nach deinem Geschmack sein.«

»Spar dir das, Raphael! Warum ist das Mädchen bei dir?«

»Warum wohl? Ich habe sie mitgenommen. Etwas Abwechslung kann nicht schaden und wenn man sie lässt, kann sie recht unterhaltsam sein.« Er sah über seine Schulter zurück in den Salon. »Leider habe ich keine Zeit, dich davon zu überzeugen, denn wie der Zufall es so will, ist Danjal hier. Zusammen mit einer Handvoll Halbengeln, Limbus-Pfeilen und dieser angeblich nicht existenten Waffe.«

Wie um alles in der Welt konnte Raphael in so einer Situation seine spöttische Arroganz immer noch dermaßen perfekt inszenieren? Er war von Pfeilen durchbohrt und beinahe erdolcht worden!

Hinter uns hallte ein unheimliches Heulen durch den Raum. Tobit und Neri positionierten sich schützend vor Uriel, während Afrils kleiner Ozelot todesmutig die Reißzähne fletschte, bereit, damit jeden noch so großen Schatten zu zerfleischen.

Doch es war nicht Danjals Wolf, der um die Ecke schoss, sondern zwei Halbengel mit erhobenen Armbrüsten.

»Geht beiseite«, brummte Gabriel, sprang gelassen vom Geländer und schob sich an uns vorbei. »Und schafft Uriel hier raus, bevor er noch in Ohnmacht fällt!«

»Mir geht es blendend«, widersprach Uriel, dessen feurige Schwingen die Luft um uns herum zum Flimmern brachten.

Entweder ignorierte Gabriel ihn oder er hatte ihn nicht mehr gehört. Er stand breitbeinig in der geöffneten Tür des Salons und hob schwungvoll die Hände. Bevor die beiden Halbengel ihre Pfeile überhaupt abfeuern konnten, rasten aus Gabriels Fingerspitzen gleißend helle Lichtspeere hervor.

Ich hob schützend den Arm vor das Gesicht, denn der Angriff des Erzengels besaß die Leuchtkraft einer Supernova. Die Schmerzensschreie der beiden Angreifer übertönten die Hysterie im Club und klangen nicht so, als würden sie sich von ihren Verletzungen jemals wieder erholen.

Gabriels Sieg hielt jedoch nicht lange an. Sein Licht erfüllte den gesamten Salon und machte es unmöglich, zu erkennen, was genau in diesem vor sich ging. Plötzlich raste ein schwarzer Blitz daraus hervor, traf Gabriel mitten in die Brust und katapultierte ihn wie ein Geschoss durch unsere Mitte. Sein Körper durchschlug das steinerne Geländer und stürzte in die Tiefe.

Der weiße Schein im Salon legte sich und gab die Sicht auf Danjal und Harviel frei. Der Schmiedeengel war nicht länger unbewaffnet. Er schwang ein Schwert, das groß genug war, um den Kopf eines Pferdes mit nur einem Hieb vom Rumpf zu trennen. Brüllend raste er auf uns zu und wich den faustgroßen Flammenstrudeln, die Uriel mit den Flügeln abfeuerte, so geschickt aus, dass er nicht einmal gestreift wurde. Der Erzengel stieß Afril zur Seite und formte eine Klinge aus rotblauem Feuer, die durchaus mit der von Harviel mithalten konnte. Als die Schwerter gegeneinanderkrachten, stoben Funken in alle Richtungen und hüllten die beiden in einen glühend heißen Wirbelsturm. Sie spreizten ihre Schwingen und schossen in die Luft, um über den Köpfen der fliehenden Gäste wie Berserker aufeinander einzuschlagen.

Ich eilte an das zerstörte Geländer und sah erschrocken, dass Hadar der schwarze Blitz gewesen war, der Gabriel getroffen hatte. Mit ausgestreckten Flügeln lag er unter den Tatzen des Wolfes, der seine Reißzähne in seine ungeschützte Kehle versenkt hatte. Ein raues Kreischen hielt Hadar davon ab, dem bewusstlosen Gabriel einfach die Luftröhre herauszureißen. Er hob den massigen Schädel und stieß ein unheimliches Knurren aus, denn durch den Saal flog ein weißer Adler und stürzte sich mit gespreizten Krallen auf ihn. Der Wolf ließ von Gabriel ab, bevor dessen Begleiter ihm die Augen auskratzen konnte.

Raphael pfiff nach Tobit und schickte ihn auf die Tanzfläche hinab, damit er dem Adler half, Hadar von Gabriel fernzuhalten.

Diese kurze Ablenkung ließ der Dämonenfürst nicht ungenutzt. Bedrohlich heiße Energie prickelte in meinem Nacken. Ich wirbelte herum und starrte Danjal an, um den schwarze, glühende Lichter tanzten. Raphael fluchte und wollte sich auf ihn stürzen, doch da hob dieser auch schon die von dunklen Nebelschwaden umschlossene Faust und donnerte sie mit aller Kraft auf den Boden. Ein heftiges Beben ging durch den Salon und drohte die bröckelnde Decke zum Einsturz zu bringen. Armdicke Risse brachen den Boden auf und fraßen sich unter unseren Füßen wie Blitze durch das Gestein.

Ganze Platten wurden herausgesprengt und übereinandergeschoben. Afril schrie entsetzt auf und klammerte sich an einer Säule fest, die den linken Außenkorridor stützte, während Raphael mich packte und seine Schwingen öffnete. Doch bevor er mit mir in den Armen vom berstenden Untergrund abheben konnte, stürzte die Galerie ein. Er verlor das Gleichgewicht und schaffte es nicht mehr, aus dem Stand abzuheben.

Mein Magen machte einen Satz, als die Fläche ruckartig absackte. Doch anstatt in die Tiefe zu stürzen, wurde mein Körper zur Seite geschubst. Ich krachte gegen die Wand des Salons und stand mit beiden Füßen auf dem winzigen Rest des Bodens, während Raphaels Gestalt nach unten gerissen wurde. Der aufgewirbelte Staub hüllte die Welt vor meinen Augen ein, sodass ich nichts mehr sehen konnte.

Der Lärm, als die Gesteinsbrocken hinabstürzten und Tische, Säulen, Gläser und Dekoration unter sich begruben, war ohrenbetäubend. Hustend wedelte ich mit der Hand.

Direkt unter mir türmten sich die zerbrochenen Teile der Galerie.

Ich stieß einen heiseren Schrei aus, denn von Raphael sah ich in den Trümmern nur die zerfetzten Spitzen seiner Flügel. Ich rief seinen Namen, aber nichts rührte sich.

Nein! Verzweifelt schlug ich mir die Hände vor den Mund. *Nein, nein, nein!*

Raphael hielt mehr aus. Er konnte – er *durfte* nicht tot sein. Tränen rannen mir über das dreckige Gesicht. Mein Herz verkrampfte sich und schickte eine betäubende Angst durch mich hindurch, die mir die Kehle zuschnürte und jeden klaren Gedanken lahmlegte.

Nur ein Engel konnte einen Engel töten!

Ich betete dieses bis vor Kurzen noch unumstößliche Naturgesetz vor mich hin und ging in die Knie, um irgendwie von diesem bröckelnden Mauerrest hinabzuklettern.

Gabriel lag nur wenig davon entfernt und es war ein Wunder, dass er nicht ebenfalls darunter begraben worden war.

Ich wusste, seine zerfetzte Kehle würde von selbst heilen, weshalb mir Raphaels Rettung in diesem Augenblick wichtiger war.

Doch bevor ich mein erstes Bein über den Rand schieben konnte, um mich auf den knapp zwei Meter tiefer liegenden Steinhaufen fallen zu lassen, sprang jemand über die Schwelle der Salontür und landete geschickt vor Gabriels regungslosem Körper.

Es war Danjal.

Er stand entspannt da und musterte den Erzengel geringschätzig. Mich beachtete er nicht einmal, denn all sein Interesse galt dem verletzten Gabriel. Dieser regte sich langsam, öffnete die flatternden Lider und starrte Danjal hasserfüllt an. Seine Flügel zuckten, doch er schien nicht mehr genug Kraft zu besitzen, um sich zu erheben. Alles, was er noch konnte, war eine zitterige Hand auf seine zerfleischte Kehle zu pressen, die langsam zu heilen begann. Er hustete Blut, das ihm aus dem Mund übers Kinn rann.

»Ich hatte nicht damit gerechnet, dass du es sein würdest, der heute stirbt.« Danjal seufzte theatralisch. »Aber ein toter Erzengel ist so gut wie der andere.«

Er winkte jemanden zu sich, aber ich sah nicht wen, denn mir fiel erschrocken auf, dass die meisten mit Gabriel gekommenen Kampfengel damit beschäftigt waren, die restlichen Gäste aus dem Saal zu werfen.

Nur drei oder vier waren noch hier und wurden unerwartet von Halbengeln angegriffen. Danjal musste seine Männer nicht nur im Salon, sondern auch hier draußen im Saal gehabt haben.

Niemand war da, um Gabriel zu helfen, also zögerte ich nicht länger, spannte meine Muskeln an und drückte mich mit aller Kraft von dem kleinen Rest Mauer, der mir bis hierher noch Halt gegeben hatte, ab. Er zerbröselte wie ein morscher Baumstamm und fiel auf die Trümmer hinab, während ich etwas schneller stürzte und Danjal mit voller Wucht zu Boden riss.

Dieser brüllte überrascht auf, als ich ihn von den Füßen riss und unter mir begrub. Jedem anderen hätte ich damit vermutlich jeden Knochen gebrochen, doch Danjal wirkte nur etwas verwirrt. Schwungvoll drehte er sich herum und warf mich mit Leichtigkeit auf den Rücken.

Zersprungenes Glas, Holzsplitter und Geröll bohrten sich schmerzhaft in meine nackte Haut, aber das war mir egal, denn das Ringen mit dem wütenden Dämonenfürsten über mir nahm all meine Kräfte in Anspruch. Ich bäumte mich auf und versuchte etwas meiner Engelsenergie zu nutzen, um ihn innerlich anzugreifen, doch seine höllische Macht begrub meine nicht einmal halb so starke unter sich und drohte mich zu zerquetschen.

Schnaufend und strampelnd trat ich mit den Beinen nach ihm und spürte, dass sein Hemd feucht und klebrig war. Der Bär musste in verletzt haben, also bohrte ich meine Finger in das aufgerissene Fleisch seiner Brust.

Er knurrte, holte aus und verpasste mir mit dem Handrücken eine schallende Ohrfeige, die mich beinahe bewusstlos machte. Ich hatte mir auf die Zunge gebissen, spuckte angewidert Blut aus und versäumte durch meine Benommenheit die Chance, in Danjals Gesicht zu zielen. Es war ein aussichtsloser Kampf, aber ich hörte nicht auf, mich wie eine Furie zu wehren, bis er meine Handgelenke zu fassen bekam und diese neben meinem Kopf auf den Boden nagelte.

»Mutiges, dummes Mädchen.«

Er lachte sanft und drohte mir mit seinem eisernen Griff die Knöchel zu brechen, während ich mich hilflos unter ihm wand. »Ich bin nicht das Problem, um das du dich hättest kümmern sollen.«

Er drehte den Kopf nach links und ich hielt keuchend inne, um seinem Blick zu folgen. »Schau gut zu, Liebes, damit du lernst, worum es hier wirklich geht.«

Salvatore war vor Gabriel erschienen, die Hand mit der verfluchten Waffe darin erhoben.

Ich schrie auf, versuchte in meiner Verzweiflung irgendeinen Schatten zu alarmieren – ihn um Hilfe anzuflehen, doch als Gabriels Adler bemerkte, was auf der Tanzfläche geschah, war es bereits zu spät.

Salvatore holte aus und rammte Gabriel die Klinge bis zum Anschlag ins Herz.

In dem Moment, in dem sein Adler gequält aufkreischte und wie ein Stein zu Boden stürzte, regte sich etwas unter den aufgehäuften Resten der Galerie.

Gleichzeitig wandten Danjal und ich den Kopf, sahen, wie Raphaels Schwingen unter den Steinen hervorbrachen und diese, wie bei einer Explosion, in alle Richtungen schleuderten. Seine staubbedeckte Gestalt richtete sich zu ihrer vollen Größe auf.

Gleich einem erzürnten Gott stand er mit weit gespreizten Flügeln auf den Trümmern und beschwor eine Furcht einflößende Macht herauf, die die Welt mit Blitz und Donner untergehen lassen würde.

Sein blindes Auge strahlte so hell, dass man die Wut in seinen angespannten Zügen kaum erkennen konnte. Aber jeder von uns spürte sie.

Ich sackte betäubt unter Danjal zusammen, nicht mehr in der Lage, mich zu wehren. Erleichterung, endlos tiefe und ewig weite Erleichterung durchflutete mich.

Danjal ließ von mir ab und wandte sich Raphael zu, obwohl er wissen musste, dass er es mit diesem nicht aufnehmen konnte.

Ich nutzte meine wiedergewonnene Freiheit, wälzte mich auf die Seite und konnte gerade noch dabei zusehen, wie ein angekokelter Harviel vor Uriel zu fliehen versuchte.

»Uriel!«

Ich schrie seinen Namen so laut ich konnte und als der Erzengel sich nach mir umdrehte, entdeckte er den über Gabriel stehenden Salvatore.

Seine Augen weiteten sich, aus seiner Kehle stieg ein tiefes, wie aus Urzeiten stammendes Brüllen. Er ließ von Harviel ab, winkelte die Flügel ein Stück an und schoss auf Salvatore zu.

Dieser riss die dolchähnliche Waffe aus Gabriels erschlafftem Körper und sprintete los.

Stöhnend biss ich die Zähne zusammen, mein verwundeter Rücken brannte wie Feuer.

Das hielt mich aber nicht davon ab, Stück für Stück auf Gabriel zuzukriechen. Sein Adler schleifte sich auf ihn zu und stieß heisere Klagelaute aus.

Noch bevor ich Gabriel erreichte, wusste ich, dass für ihn jede Hilfe zu spät kam. Er hob die vom Blut klebrigen Finger, strich seinem Adler sanft über den Kopf und schenkte ihm ein letztes, schwaches Lächeln. Dann erlosch das Licht in seinen Augen und der Glanz seiner amethystfarbenen Schwingen.

Schmerz, Wut und Trauer – Gefühle die nicht mir, sondern Gabriels Begleiter gehörten, vernebelten meinen Verstand und breiteten sich in mir wie ein alles zerstörender Wirbelsturm aus.

Ich schluchzte auf und wischte mir über die feuchte Wange. Auch wenn Gabriel versucht hatte, mir das Leben zur Hölle zu machen, war er noch immer ein denkendes, fühlendes Wesen gewesen. All seine schlechten Seiten mussten einmal auch etwas Gutes gehabt haben. Und ganz gleich was ihn angetrieben oder zurückgehalten hatte: So ein Ende verdiente ein Erzengel nicht.

Ich kniete vor ihm und strich über seine Lider.

Ein Erzengel war tot und ohne sein Licht würde Aeternitas ein kleines bisschen dunkler werden.

Ich wandte mich Raphael zu und bemerkte, dass sowohl er als auch Danjal mich mit erstarrter Miene ansahen.

Selbst wenn der Dämonenfürst für diesen Tod verantwortlich war, schien dieser nicht spurlos an ihm vorbeizugehen. Im ganzen Raum breitete sich ein bleischweres Gefühl aus. Der

Tod eines Erzengels war wie ein Riss in der Realität; wie der Fehler in einer mathematischen Gleichung, derentwegen diese plötzlich keinen Sinn mehr ergab. Die natürliche Ordnung, die seit Anbeginn des Himmels herrschte, kam ins Wanken. Etwas zutiefst Unnormales war geschehen und jeder von uns konnte es spüren.

Danjal straffte das Kreuz und schloss für eine Sekunde die Augen. Der Schatten-Bär hatte ihn ordentlich zugerichtet, sein Hemd hing nur noch in blutgetränkten Fetzen an ihm herab. Die Verletzungen darunter verheilten langsam, waren aber noch so frisch, dass ich die Biss- und Kratzspuren deutlich sehen konnte.

»Das war erst der Anfang«, sagte er und dann ging plötzlich alles ganz schnell. Seine Hand richtete sich gegen Gabriels Schatten und schleuderte eine aus schwarzen Nebeln und Feuer bestehende Kugel auf ihn. Reflexartig warf ich mich vor den Schatten und erwartete, im nächsten Moment in Flammen aufzugehen, doch Danjals Angriff erreichte mich nicht.

Raphaels wildes Knurren entfachte einen Sturm, der die Feuerkugel in Asche verwandelte und wie eine Naturkatastrophe durch den Saal fegte.

Staub und Schmutz wurden aufgewirbelt und versperrten mir die Sicht. Der Adler schlug panisch mit den Flügeln. Ich versuchte, eine Verbindung zu ihm aufzubauen, damit er sich beruhigte, doch er gab mir kaum einen Zugang zu seinem Verstand. Verzweifelt legte ich meine letzte Kraft in die Strahlen meines Bewusstseins und schickte sie durch die endlose Finsternis. Als auch das nicht klappte, sprang ich auf und wedelte mit den Armen.

»Verschwinde von hier! Schnell!« Ich konnte ihn nicht vor Danjal beschützen, wenn er wie ein durchgedrehtes Hühnchen herumflatterte, also blieb ihm nur noch die Flucht. Zaghaft schnappte er nach mir, begriff dann aber endlich, was ich von ihm wollte, und stieß sich wackelig vom Boden ab. Ich sah seine weißen Flügel im Dunst verschwinden und hoffte, dass er noch genügend Kraft besaß, um heil aus Raphaels Sturm herauszukommen. Dieser klang jetzt langsam ab, aber bevor ich wieder klar sehen konnte, schoss eine Hand aus dem Staub hervor und packte mich an den Haaren. Ich schrie auf, als sie mir den Kopf nach hinten riss und mich dicht vor Danjals schmutziges Gesicht zerrte.

»Wo ist er?« Seine Stimme war leise und seine Augen funkelten vor Zorn. Ich schnaubte verächtlich und hielt seinem Blick trotzig stand.

»Weg.« Die Frage hätte er sich auch selbst beantworten können, aber vermutlich war es ihm mehr um so etwas wie Machtdemonstration gegangen. Er knirschte mit den Zähnen und zog mich so nah an sich heran, dass sich unsere Nasenspitzen beinahe berührten.

»Das war ein großer Fehler, Liebes«, flüsterte er sanft und überdehnte schmerzhaft meinen Hals, sodass er mich von oben herab mustern konnte. »Und du wirst ihn wiedergutmachen, das versichere ich dir.«

Ich schluckte schwer und merkte, wie heftig ich zitterte. Ob vor Hass oder Panik, war schwer zu sagen.

»Elodie?!« Raphaels Ruf hallte durch den Saal und gleich darauf wurde der Staub um uns herum von mehreren Flügelschlägen vertrieben. Danjal ließ mich los und ich sackte in die Knie, verwirrt, verängstigt, verletzt, aber doch erleichtert, weil wenigstens Gabriels Adler hatte entkommen können.

Als Raphael mich entdeckte, war Danjal verschwunden. Genauso wie Harviel, die Halbengel und offensichtlich auch

Salvatore, denn Uriel kam mit leeren Händen zurück und sank neben Gabriel auf die Knie.

Ich kauerte am Boden, so verloren und verzweifelt wie schon lange nicht mehr. Was war hier gerade geschehen?

Afril legte Uriel beide Hände auf die Schultern und versuchte ihm so nahe wie möglich zu sein, damit er nicht allein trauern musste.

Wächterengel stürmten die Außenflure, Befehle hallten durch den Saal, in dem das Entsetzen greifbar war. Die Magie in ihm, das Gefühl von Freiheit und Freude, war unter Schutt begraben worden. Ein Schleier der Unwirklichkeit bedeckte, was vor wenigen Augenblicken noch ein wahr gewordener Traum gewesen war.

Ich fühlte nichts mehr, außer meinem dumpfen Herzschlag und sah halb blind dabei zu, wie sich alles um mich verlangsamte. Die Bewegungen, Lichter und Schatten, der Staub, der zu Boden rieselte.

Raphael kniete vor mir, sagte etwas, aber ich verstand es nicht. Besorgt betastete er mein schmutziges Gesicht und strich mir das Haar aus der Stirn, was mich Stück für Stück an seine Seite und in die laute Realität zurückbrachte.

Er schüttelte ungläubig den Kopf und zog mich sanft an sich.

»Elodie«, wisperte er heiser und endlich konnte ich seine Stimme wieder deutlich hören. Ich atmete tief durch und schloss die Augen, um mich ganz auf ihn zu konzentrieren. Er war das Einzige, was gerade eben noch Sinn ergab, obwohl ich nicht einmal erklären konnte, warum das so war.

»Du bist verletzt.«

»Das ist mehr Danjals Blut als meines«, sagte ich, auch wenn das aufgerissene Fleisch meines Rückens entsetzlich schmerzte. Raphael stieß ein freudloses Lachen aus und heilte die unzähligen Schrammen, Schnitte und Platzwunden an meinem Körper.

Als der Schmerz endlich abebbte und ich erschöpft die Schultern hängen ließ, legte Raphael seine Stirn gegen meine und schloss die Augen. Seine Haut fühlte sich eiskalt an meiner an, er zitterte und schien nur mit Mühe die Verzweiflung, die ihn zu übermannen drohte, im Zaum zu halten.

»Wenn meine Brüder wüssten, wie taff du wirklich bist, würden sie wohl ihren gesamten Glauben infrage stellen«, witzelte er kraftlos und streichelte mit dem Daumen meine Wange.

Ich hatte weder mit so viel Zärtlichkeit gerechnet, noch wusste ich, wie ich mit seiner Nähe umgehen sollte.

Stand ich unter Schock? Vermutlich, denn all meiner Erfahrungen und Vorsätze zum Trotz, sank ich gegen Raphael und fand fast vergessenen Trost in der Art, wie er mich in seine Arme nahm und behutsam an sich drückte.

»Ich weiß, was das für eine Waffe ist«, flüsterte ich gegen seine Brust, an der ich mein Gesicht barg. Raphael verkrampfte sich und ein Schauer ging durch seinen Körper, als er schwer einatmete. Ich drückte mich ein Stück zurück, um ihn ansehen zu können, doch er ließ mich nicht los, als habe er Angst, ich könnte aus seinen Armen geweht werden.

»Ich habe sie neulich in einem von Penemues Büchern gesehen.« Mit dem zerschlissenen Ärmel wischte mir Raphael dreckiges Blut von der Stirn und sah mir fest in die Augen.

»Bist du sicher?«

»Ganz sicher«, sagte ich. »Es ist die *Heilige Lanze*!«

9.
Ein göttlicher Masterplan und fromme Absichten

Ich wusste nicht, was nun passieren würde und hatte auch nicht länger die Kraft, darüber nachzudenken.

Afril brachte mich nach Hause, denn Uriel und Raphael waren sofort zum Berg geflogen, um dem Chor zu berichten, was geschehen war.

Und um Gabriels Leiche dorthin zu bringen.

Raphael wollte so schnell wie möglich mit Penemue sprechen, während Uriel sich mit seiner Heerschar auf die Suche nach Gabriels Schatten machte. Ihr Name war Lija. Und sie war dort draußen. Einsam, verwirrt und voller Schmerz.

Wenn ich Flügel gehabt hätte, hätte ich bei der Suche geholfen. Aber so war ich zum Nichtstun verdammt.

»Sicher, dass ich dich allein lassen soll?«, fragte Afril, als wir auf meinem Balkon landeten und ich mich mit brennenden Muskeln bis zur Tür schleppte.

»Ganz sicher. Mach dir keine Sorgen. Ich brauche nur eine heiße Dusche und etwas Schlaf.«

Ich brauchte gewiss mehr als das, aber das sollte nicht Afrils Problem sein.

In Momenten wie diesen, wenn der Kummer langsam schwerer wurde, war ich lieber allein. Ich hatte gelernt, meine Gefühle in der Stille besser zu verstehen und mich mit der Einsamkeit angefreundet, weil sie mich traurig sein ließ, wenn ich es wollte.

»Dann komme ich dich morgen besuchen, wenn ich darf«, schlug sie vor und beobachtete mit besorgter Miene, wie ich die Balkontür öffnete und müde nickte.

»Sehr gerne«, sagte ich und meinte es auch so. Afril gehörte zu jenen schillernden Persönlichkeiten, die man immer in seiner Nähe haben konnte.

Nur jetzt gerade bettelte ich nach etwas Einsamkeit, denn sie hatte schon mehr für mich getan als manch anderer.

Afril verabschiedete sich und stieg in den bewölkten Nachthimmel auf. Ich taumelte durch mein Zimmer ins Bad, schälte mich aus dem ramponierten, blutbesudelten Kleid und trat unter die Dusche, ohne mich im Spiegel anzusehen.

Das heiße Wasser prasselte auf meinen schmutzigen Körper und löste die Verkrampfung meiner steifen Gliedmaßen. Als ich mein Haar wusch und verzweifelt versuchte, die Knoten herauszubekommen, berührten meine Finger etwas Kühles, das sich in diesen verfangen hatte. Ich zog es vorsichtig heraus und betrachtete überrascht den goldenen Anhänger, der diesen Abend tatsächlich überlebt hatte.

Das Gefühl unsagbarer Erleichterung durchströmte mich.

Die Kette nicht verloren zu haben, bedeutete mir jetzt, wo ich sie wie einen Schatz in den Händen hielt, mehr, als ich erwartet hatte.

So war das wohl mit den kleinen Dingen im Leben. Sie wurden bedeutsam, wenn man das erste Mal erkannte, wie glücklich sie einen machten.

Ich trat aus der Dusche, trocknete mich ab und schlüpfte in ein dunkelrotes, luftiges Nachthemd, weil die Nächte für alles andere zu warm waren.

Meine Haut glühte sanft, weil ich mich so exzessiv mit dem Schwamm abgerubbelt hatte.

Barfuß tapste ich ins Schlafzimmer und atmete die frische Brise der lauen Sommernacht ein, die durch die geöffnete Balkontür wehte.

Obwohl es bereits zwei Uhr früh war, entschied ich mich für die Küche, anstatt sofort ins Bett zu gehen. Ich brauchte etwas zu trinken. Irgendetwas.

Ich musste das Licht in dem kleinen Flur nicht anmachen, da die Stadt auch nachts noch leuchtete. Die Küche war offen zum Wohnzimmer, was praktisch war, wenn man gemeinsam mit Freunden kochen wollte.

Dabei konnte ich mich nicht einmal daran erinnern, jemals Freunde in meiner Wohnung gehabt zu haben.

»Nicht erschrecken.«

Ich schrie entsetzt auf und erschrak natürlich total.

Aber ich war es auch nicht gewohnt, dass in der Dunkelheit meiner Wohnung samtweiche Männerstimmen erklangen.

Panisch presste ich mir die Hand auf die Brust, aus der mein Herz herauszuspringen drohte. Die Tischlampe neben meinem abgewetzten Ledersofa wurde angeknipst und erhellte Raphael, der es sich auf diesem bequem gemacht hatte.

»Ich sagte doch, nicht erschrecken.« Er schenkte mir ein spöttisches Lächeln, das nicht über die tiefen Schatten in seinem Gesicht hinwegtäuschen konnte.

»Tut mir furchtbar leid«, murmelte ich heiser. »Aber Erzengel, die in meinem Wohnzimmer lauern, gehören nicht gerade zu den Überraschungen, die sich durch solche lapidaren Warnungen mildern lassen.«

Er brummte leise in sich hinein und nippte an einem bernsteinfarbenen Drink, der verdächtig nach meinem teuren, philippinischen Rum aussah. Der Verdacht erhärtete sich, denn er trank diesen aus einem meiner weniger teuren Ikea-Gläser.

»Ich hoffe, es stört dich nicht, aber ich habe mich an deiner kleinen Sammlung bedient«, sagte er, einen Arm lässig auf die Rückenlehne des Sofas gelegt. »Das Angebot war zu verlockend.« Mit dem Glas deutete er auf den antiken Barwagen, der neben einem bereits drei Mal geflickten Samtsessel stand. So wie die Flaschen darin, bestand auch das Mobiliar meiner Wohnung aus Dingen, die mir während des Umherreisens zugelaufen waren. Nichts passte wirklich zusammen. Unterschiedliche Lampen, Bilderrahmen, Pflanzentöpfe und mit Büchern vollgestopfte Regale bildeten ein kunterbuntes Durcheinander. Zwei Gitarren und ein verstaubtes Klavier waren seit Jahrzehnten nicht mehr angerührt worden, hatten bis jetzt aber jeden Umzug mitgemacht. Ich mochte die Geschichten, die all diese Dinge erzählten, reisten sie doch schon seit einer gefühlten Ewigkeit mit mir durchs Leben.

»Bediene dich ruhig«, sagte ich, ging in die Küche, um ein Glas zu holen und mir ebenfalls etwas von dem sanft nach Vanille schmeckenden Rum einzuschenken. Raphael beobachtete mich aufmerksam, wobei mir kochend heiß bewusst wurde, dass ich beinahe nackt vor ihm herumspazierte. Das Nachthemd hatte dünne Spaghettiträger und ging mir nicht einmal bis zu den Knien. Aber etwas, vielleicht die Art, wie er geduldig auf mich wartete und mir mit einer Mischung aus Neugierde und Wachsamkeit zusah, vertrieb jeden Gedanken an Scham oder Vorsicht. Ich ließ mich in den Sessel ihm gegenüber fallen und prostete ihm zerstreut zu.

Er erwiderte die Geste, schlug ein langes Bein über das andere und sah in dieser Position so unverschämt gut aus, fast schon klischeehaft männlich, dass ich am liebsten die Augen verdreht hätte.

»Ich dachte, du würdest mich rausschmeißen«, sagte er und schwenkte das Glas.

»Einem Erzengel die Gastfreundschaft verwehren?«, fragte ich stirnrunzelnd. »Ich bin nicht lebensmüde.«

»Ein bisschen schon.« Sein Blick glitt über meine nackten Beine. »Sonst hättest du dich erst gar nicht auf mich eingelassen.«

Dafür sollte ich ihn vielleicht doch rausschmeißen.

Oder ihm mein Glas an den Kopf werfen. Ich könnte solch eine Übersprungshandlung auf den Alkohol schieben.

»Eingelassen?«, hakte ich argwöhnisch nach, trank langsam einen Schluck und fuhr mir mit der Zunge über die Lippen, auf denen der süße Rum klebte. »Ein unglücklich gewähltes Wort, meinst du nicht?«

Seine Augen blitzten auf und ich wusste, dass ihn meine kleine Geste nicht kaltgelassen hatte.

»Nein«, knurrte er leise, »eigentlich nicht.«

Ich seufzte und sank gegen die hohe Rückenlehne, während Raphael mich mit einem charmanten Lächeln bedachte und auf meinem Sofa thronte, als sei das hier sein Königreich. Er verbarg nicht, dass ihm gefiel, was er sah. Und mir waren seine Blicke, die wie sanfte Berührungen über meinen Körper streiften, nicht unangenehm.

So bekam ich etwas Zeit, seine große Gestalt zu betrachten. Er hatte sich gewaschen und umgezogen, das weiche Haar lässig nach hinten gekämmt und die obersten Knöpfe seines Hemdes geöffnet, sodass im warmen Licht die Konturen seines Schlüsselbeins deutlich zum Vorschein kamen.

Nach einigen Sekunden des Schweigens erhob er sich und schlenderte zu der Bank vor den deckenhohen Fenstern, um über die Stadt hinwegzublicken.

»Weißt du«, murmelte er abwesend, »ich habe ihn gehasst.« Er lehnte sich gegen den Fensterrahmen und starrte auf die goldbraune Flüssigkeit in seinem Glas hinab. »Aus tiefstem Herzen gehasst. Er war ungerecht und grausam – ist es schon immer gewesen. Er hat schlechte Entscheidungen getroffen und viel Kummer verbreitet.« Raphael lachte freudlos und fuhr sich übers Gesicht. Aus den Wolken über der Stadt brach das Mondlicht hervor und zauberte kastanienfarbene Strähnen in sein braunes Haar. »Und jetzt ist er plötzlich tot und ich kann ihm nicht einmal mehr ins Gesicht sagen, was für ein hochmütiges Arschloch er gewesen ist. Ich kann ihm gar nichts mehr sagen. Niemals wieder.« Seine Flügel wirkten matt, selbst im weißen Schein, der durch die Fenster fiel. Ich betrachtete sein Profil und schwieg.

Gabriel war tot. Sein *Bruder* war tot. Es war egal, was er für diesen empfunden hatte. Aus Raphaels Leben war ein Teil gerissen worden, der schon immer da gewesen war und auch für immer hätte bleiben sollen. Das war die natürlichste Tatsache für Unsterbliche.

Jetzt war dieser Teil weg. Einfach verschwunden.

Es war ungerecht und verwirrend, hässlich und zutiefst schmerzhaft. Der Tod raubte einem jede Rationalität und warf sanfte Schimmer auf jene, die man geglaubt hatte zu verachten.

Ich erhob mich langsam, trat neben Raphael und stellte mein Glas auf dem Fensterbrett ab.

Er sah auf mich hinab, aber ich sagte nichts, sondern wollte nur so nah wie möglich bei ihm sein, damit er nicht allein von seinem Kummer erdrückt wurde. Ich traute mich nicht, ihn anzufassen, aber als ich mich der Stadt zuwandte und meine Schulter seinen Arm streifte, rieselte ein sanfter Schauer durch seine Schwingen.

Raphael stellte sein Glas ebenfalls ab, war dabei aber so verspannt, dass seine Bewegungen unnatürlich steif wirkten.

»Ich muss dich etwas fragen«, sagte er rau, die Worte mit Bedacht gewählt. Er wandte sich mir zu und alles an ihm spiegelte plötzlich den mächtigen, überlegenen und bis in jede Faser seines Körpers kontrollierten Erzengel wider. »Ich will es dich nicht fragen, aber ich *muss.*« Seine Miene war wie versteinert und frei von dem Charme, der ihm sonst diese strahlende Leichtigkeit verlieh.

»Okay«, wisperte ich und schluckte schwer. Er trat vor mich und sperrte mich so zwischen ihm und dem Fenster ein. Die Luft um uns herum veränderte sich. Hatte seine Trauer gerade noch wie eine dunkle Wolke über ihm gehangen, braute sich nun ein eiskalter Sturm zusammen. Eine unheimliche Ruhe, aber auch Misstrauen und Angst lagen in seiner Miene. Das silberne Auge reflektierte das Licht des Mondes und bannte mich mit seinem Ausdruck tiefer Unsicherheit, während das andere durch den weißen Schleier so entschlossen und distanziert wie noch nie wirkte.

Die Atmosphäre in meiner kleinen Wohnung schien zu vibrieren, sich mit unser beider Ungewissheit aufzuladen.

Mit Daumen und Zeigefinger griff er nach meinem Kinn, was genügte, um mein Herz schneller schlagen zu lassen.

»Hast du oder hattest du jemals etwas mit den Halbengeln zu tun, die einst Claudius gefolgt sind?«

Diese Frage traf mich so unerwartet, dass ich beinahe gelacht hätte. Doch Raphael war es todernst. Er beugte sich zu mir hinab und zwang mein Gesicht ein Stück näher.

»Wie kommst du darauf?«, fragte ich heiser und bekam es mit der Angst zu tun, weil ich zum ersten Mal sah, wirklich *sah*, dass auch er nicht frei von der Erbarmungslosigkeit des Himmels war.

»Beantworte die Frage, *passerotta.*«

Seine Stimme war rau und genauso düster wie in diesem Moment alles an ihm. Silbergraue Nebelschwaden umflossen seine Flügel. Sein sonst so weicher Mund war zu einer harten Linie gepresst und verriet, wie besorgt er um meine Antwort war.

»Nein«, sagte ich so ruhig und deutlich wie möglich. »Ich hatte nie etwas mit ihnen zu tun und werde das auch in Zukunft nicht haben.« Selbst wenn das nicht der Wahrheit entsprechen würde, hätte es keinen Sinn ergeben, Raphael anzulügen.

Die dunklen Schleier seiner Schwingen verblassten, als die Anspannung aus seinem Körper wich und sich die unausgesprochene Gefahr in meinem kleinen Wohnzimmer verflüchtigte. Zu sehen, was für Seiten dieser Mann noch hatte, war beunruhigend und berauschend zugleich, denn selbst wenn er einmal nicht wusste, wie eine Situation ausgehen würde, blieb er besonnen und kontrolliert.

»Danke«, flüsterte er und fuhr über den Winkel meines Mundes. »Ich hatte befürchtet, etwas zu hören, das ich nicht hören wollte.«

»Warum?«

Obwohl Raphael mich eingeschüchtert hatte, hegte ich keinen Groll gegen ihn, sondern wollte lediglich wissen, was ihn dazu gebracht hatte.

Er seufzte und strich mit der Hand höher, über meine Wange, weiter zu meinem Ohr, wo er gedankenverloren mit meinem Haar spielte.

»Danjal hat sich schon einmal mit Halbengeln verbündet.

Letztes Jahr, als in der Hölle die Prüfungen stattgefunden haben, waren es er und Nicolai, Claudius' rechte Hand, die es auf Luzifers Licht und den Thron abgesehen hatten. Einige der Halbengel, die heute bei ihm waren, haben damals zu Claudius gehört.« Er klang nicht so wütend, wie ich erwartet hatte, eher rational. »Es ist ungerecht, ich weiß, aber du bist nun einmal ein Halbengel. Nachdem Danjal heute von ähnlichen Versprechen redete, wie Claudius sie damals deinesgleichen gegeben hat, musste ich einfach aus deinem Mund hören, dass dich diese nicht beeinflusst haben.« Plötzlich wich er meinem Blick aus und strich sich die Haare zurück, die ihm in die Stirn gefallen waren. »Bist du wütend, weil ich dich das gefragt habe?«

Das Bedauern, das aus ihm sprach, diese unerwartete Sorge um das, was ich dachte oder fühlte, vertrieb die Kälte zwischen uns.

»Nein«, gestand ich schulterzuckend und meinte es vollkommen ernst. »Ich verstehe, warum du mich das fragen musstest.«

Die Dinge waren komplizierter, als jeder, der nicht in unserer Welt lebte, verstehen könnte. Raphael war dem Himmel verpflichtet und würde alles tun, um diesen und seine Bewohner zu beschützen. Ich wartete, bis er mich wieder ansah, und lächelte matt.

»Falschen Versprechen jagen nur die Verzweifelten hinterher. Und das bin ich noch lange nicht«, versicherte ich ihm, damit er begriff, auf welcher Seite ich stand. Seine Ehrlichkeit bedeutete mir viel und schenkte mir ein so natürliches Selbstbewusstsein, dass ich mich traute, ein paar Dinge herauszufinden. »Ich habe auch eine Frage.«

Mir wurde überdeutlich bewusst, wie nah Raphael mir war,

vor allem, als mein harter Tonfall ein tiefes Lachen durch seine Brust schickte. Am liebsten hätte ich für das folgende Gespräch etwas Abstand genommen, aber das ließ Raphael nicht zu. Im Gegenteil. Mit einem Schmunzeln stützte er beide Hände links und rechts von mir auf dem Fensterbrett ab, um mich zwischen seinen Armen gefangen zu nehmen.

»So?«

Sein Duft umhüllte mich wie eine sanfte Brise und gab mir dieses Gefühl von Heimat. Jedes Detail seines schönen Gesichtes wurde Teil einer Erinnerung, die aus Sonnenuntergängen, Zypressenalleen und endlosen Weinbergen bestand. Die Neugier spiegelte sich als wilder Glanz in seinem silbergrauen Auge wider.

Ich hielt diesem Zauber stand und straffte die Schultern.

»Was genau willst du von mir, Raphael?«

Die Frage ging mir nicht mehr aus dem Kopf und beinhaltete alle Rätsel, die er mit in mein Leben gebracht hatte. Leider überraschte sie ihn nicht so sehr, wie ich gehofft hatte. Er beugte sich noch ein Stück tiefer, wobei sein Atem über meine glühende Haut strich, und verunsicherte mich mehr denn je mit seinem nachdenklichen Zögern.

»Ich bin mir noch nicht sicher«, gestand er leise, löste eine Hand vom Fensterbrett und fuhr die Konturen meines Halses nach. »Du machst mich neugierig. Und du verwirrst mich. Mehr, als ich es gewohnt bin.« Eine steile Falte bildete sich zwischen seinen Augenbrauen, während er mich betrachtete, als würde ich ihm etwas verschweigen, das er unbedingt herausfinden wollte. »Du hast Angst vor deinem eigenen Mut, weil er gegen eine Gehorsamkeit rebellieren könnte, die dir aufgezwungen wurde.«

»Das ergibt keinen Sinn«, widersprach ich, meine Stimme

nicht mehr als ein Flüstern. Er lächelte nachsichtig und sah auf meine Lippen hinab.

»Vieles, was dich betrifft, ergibt keinen Sinn. Warum du dich beispielsweise vor meiner Nähe fürchtest und ihr trotzdem nicht zu widerstehen können scheinst.«

Ich schnaubte empört und hätte ihn am liebsten von mir geschubst, aber mein Körper gehorchte mir nicht länger.

»Hat dir schon mal jemand gesagt, dass du ein Engel und kein Gott bist?«

Raphael schob seine Hand unter mein Haar und legte sie um meinen Hals, ganz leicht nur – eine Warnung.

»Nein. So verrückt war bis jetzt noch niemand.« Seine Finger schlossen sich und zogen mich eisern zu ihm hinauf, sodass ich jeden Sprenkel in seiner silbergrauen Iris leuchten sah.

»Na wunderbar. Dann bin ich wohl die Erste, die dir diese erschütternde Tatsache erklären muss.«

»Vorhin hast du dich noch nicht einmal getraut, mich rauszuschmeißen. Und jetzt beleidigst du mich?«

»Ich bin betrunken. Oder eben verrückt. Rachsüchtige Dämonenfürsten und eingebildete Erzengel treiben einen schon mal in den Wahnsinn.«

Er brummte und bog meinen Kopf zurück, damit er sich problemlos über mich beugen konnte. Um den Halt nicht zu verlieren, musste ich meine Hände auf die Fensterbank hinter mir legen, weil es nach vorne keinen Ausweg mehr gab. Raphaels mächtige Gestalt war alles, worauf ich mich noch konzentrieren konnte.

»Ich werde aus dir einfach nicht schlau, *passerotta*«, murmelte er und näherte sich meinem Ohr, wo sich unter seinen geflüsterten Worten augenblicklich eine prickelnde Gänsehaut bildete. »Das ist wirklich frustrierend, aber zu deinem Glück auch faszinierend.«

Hitze, die ich so noch nie gespürt hatte, breitete sich in meiner Mitte aus und befeuerte meine ohnehin schon hochsensiblen Sinne. Raphaels einzigartiger Duft, seine weiche Haut, jede Regung seiner Muskeln, nahm ich überdeutlich wahr – und genoss es.

Seine Lippen streiften meinen Hals, so leicht, dass es auch Einbildung hätte sein können.

»Sehr faszinierend.« Seine Stimme war heiser, dunkel und getrübt von etwas, das meinen Puls zum Rasen brachte.

Was auch immer da zwischen uns knisterte, dieses Feuer aus Herausforderungen und Erwartungen, war aufregend und waghalsig, rätselhaft und vermutlich sogar gefährlich. Aber er hatte mich voll und ganz im Griff und ich verspürte keinerlei Drang, ihm zu entkommen.

»Du wirst mir nicht wehtun, oder?« Meine Sorge klang unsinnig, aber ich wollte so sehr, dass er anders war als seine Brüder – dass ich ihm vertrauen und dem, was ich empfand, nachgeben konnte.

»Niemals«, flüsterte er mir ins Ohr und beugte sich ein Stück zurück. Seine Miene war hart und doch voller Zuneigung. Das Mondlicht umschmeichelte seine Schönheit, brachte die Federn seiner Schwingen zum Funkeln. Verlangen, das mir Angst machen sollte, beschwor den Sturm in seinem linken Auge herauf, aber ich fürchtete mich nicht, denn seine weichen Lippen versprachen Zärtlichkeit. Selbst als sie mich charmant und etwas neckisch anlächelten, weil ich ihn vermutlich wie gebannt anstarrte, wollte ich nur noch wissen, wie sein vertrauter Duft wirklich schmeckte.

»Am Tag des Meteorschauers wusste ich, dass du in Gefahr

warst«, gestand er und brach ein Schweigen, das uns beide in der Stille noch näher zusammengebracht hatte.

»Woher?«, fragte ich. Er massierte sanft meinen Nacken und spielte mit dem Saum meines Nachthemdes.

»Ich habe dich auf dem Turm gesehen, als wir zum Berg geflogen sind. Mir war klar, dass Jophiel dich dort abgesetzt haben musste, denn sie war furchtbar nervös und konnte gar nicht schnell genug wieder verschwinden. Und dann hat Tobit plötzlich begonnen, verrücktzuspielen. Er war es, der mich zu dir gebracht hat.«

Meine Schultern sackten nach unten und ich versuchte meine Gedanken zu ordnen. Das klang mehr als ungewöhnlich, aber Raphael log nicht.

»Warum hat er das getan?«, murmelte ich leise, mehr zu mir selbst. »Ich habe davor nie eine Verbindung zu ihm aufgebaut.«

Auch ich hatte die Eule des Wächterengels gespürt, obwohl ich zu ihr noch nie eine Verbindung aufgebaut hatte, aber nur, weil ihr Schmerz dermaßen nah und intensiv gewesen war. Wenn es Tobit ebenso ergangen war, verstand ich trotzdem nicht, warum es ihn überhaupt interessiert hatte.

»Ich habe es nicht weiter hinterfragt«, gestand Raphael und schluckte schwer. »Allein der Gedanke daran, dir hätte etwas passieren können, wenn ich zu spät gewesen wäre, übertrifft alle Albträume, die ich in den letzten Jahrhunderten hatte.«

»Wieso?«, fragte ich heiser. Verwirrt, weil ich nicht verstand, wie ich in der Vergangenheit für ihn von Bedeutung gewesen sein konnte. »Du kanntest mich nicht einmal.«

»Da irrst du dich«, murmelte er und spielte mit der Kraft, den sein Griff auf meine Kehle ausübte. »Der Chor weiß so einiges über dein Leben und seit du das erste Mal vor uns getreten bist, habe ich darauf gewartet, dass du dich selbst zu behaupten lernst.« Raphaelas Gesicht war voller sonnenheller Wahrheit. »Meine Brüder üben Kontrolle über andere aus, indem sie sie mit scheinheiliger Anteilnahme und einem Hauch von Hoffnung zum Gehorsam zwingen. Schwache Geister brauchen für ihre Existenz die Billigung höherer Mächte. Doch dann standest plötzlich du vor uns. Ein junges, einsames Ding.« Er lächelte versonnen und ich glaubte mich daran zu erinnern, dass er mich bei unserer allerersten Begegnung mit eben dieser überraschten, bewundernden Erwartung angesehen hatte. »In deinen Augen lag ein so reines, einnehmendes Strahlen, dass wir zum ersten Mal seit Jahrhunderten wieder verunsichert waren, weil wir uns nicht erklären konnten, woher es kam. Du versuchst es zu verstecken, weil man dich glauben lässt, deine Sanftmut sei eine Schwäche, aber in Wahrheit besitzt du mehr Kraft, als dir jemals jemand nehmen könnte.«

Warum sagte er das? Warum schenkte mir dieser unsterbliche, himmlische Erzengel mehr Mut, als ich je zu fühlen gewagt hatte? »Lass dir von niemandem einreden, wer du bist, sei nicht genug«, flüsterte er und fuhr über den Winkel meines Mundes.

Mein Herz begann zu flattern und mich überkam der sonderbare Wunsch, in seinen Gedanken sein zu wollen, weil die meinen nicht mehr aufhörten, um ihn zu kreisen.

Raphael lächelte matt und hob mich plötzlich auf die Fensterbank hoch, wobei ich überrascht meine Hände in sein Hemd krallte, um Halt zu finden. Ich keuchte schwer, innerlich glühend, als er zwischen meine Beine trat und sich das Nachthemd ein Stück nach oben schob.

Er betrachtete mich mit feuriger Lust und unverhohlener

Gier im Blick, aber auch mit Bewunderung und Sehnsucht und Respekt, als wartete er seit unserer ersten Begegnung, dass wir solch einen Moment zusammen genießen durften.

»Weißt du, dass ich aus dir genau so wenig schlau werde, wie du aus mir?«, fragte ich schüchtern.

»Dann sind wir wenigstens gemeinsam verwirrt«, knurrte er, vergrub seine Hand in meinem Haar und senkte seinen Mund auf den meinen. Es war ein ungestümer, hitziger Kuss, der im extremen Kontrast zu seiner freien Hand stand, die himmlisch leicht über meine nackten Beine streichelte. Ich klammerte mich an ihm fest, einen Moment lang noch zu überrascht, um selbst aktiv zu werden. Doch dann wurde ich von meinem eigenen Verlangen verschlungen und zog ihn näher an mich heran. Er lachte leise, wurde noch fordernder und fuhr mit der Zunge zwischen meine Lippen. Ich schmeckte, was ich schon so oft an ihm gerochen hatte – Kräuter, Sonnenschein und Geborgenheit – und stöhnte leise auf. Er drohte mich zu verschlingen, presste meinen Körper gegen seine muskulöse Brust, sodass ich die geballte Kraft spürte, mit der er mich mühelos hätte zerbrechen können. Doch nichts davon machte mir Angst, denn Raphael schenkte mir all die Zärtlichkeit, die ich brauchte, und berührte mich mit genau der Wildheit, die ich wollte. Kein Kuss, den ich je bekommen hatte, war so intensiv, so liebevoll und aufmerksam zugleich gewesen. Raphael gab mir das Gefühl, noch nie eine Frau so sehr wie mich begehrt zu haben.

Er achtete auf jede meiner Regungen, schien genau zu wissen, was ich wollte, und reizte mich an Stellen, die noch mehr Lust durch meinen Körper schickten. Heiße Wellen trugen meinen Verstand hinfort. Seine weichen Lippen küssten sich mein Kinn entlang, streiften meinen Hals, während ich geschickte, lange Finger am Saum meines Nachthemdes spürte. Quälend langsam wanderten sie unter den Stoff und kontinuierlich höher, bis sie sich so plötzlich in das sensible Fleisch meiner Oberschenkel bohrten, dass heiße Feuerstürme durch meinen Körper schossen. Ich schnappte nach Luft und warf den Kopf zurück, atmete hektisch und unregelmäßig, während er mich mühelos festhielt und mich von oben herab betrachtete. Unter schweren Lidern sah ich in sein Gesicht, das von Mondlicht erhellt wurde. Dort spiegelte sich die Faszination, die ich in ihm auszulösen schien.

»So wunderschön«, sagte er mit dunkler, rauer Stimme und versiegelte meine Lippen erneut mit den seinen, als wolle er mein Stöhnen kosten, das ihn verzweifelt um mehr anflehte. Seine besitzergreifende Ungestümtheit forderte mich heraus, machte mich mutig und unerschrocken und gab mir ein Selbstbewusstsein, das ich so noch nie gehabt hatte.

Raphael bewies mir, dass wir einander ebenbürtig waren, dass er meinen Willen respektierte, so wie ich den seinen.

Im Rausch all dieser Empfindungen schlang ich die Beine um seine Hüften, damit auch er in meinem Griff gefangen war, so wie ich in dem seinen. Er nahm das mit einem zufriedenen Knurren zur Kenntnis, streifte einen der dünnen Träger über meine Schulter und biss spielerisch in mein Ohr.

Ich griff in sein Haar, zog ihn an mich heran und versuchte etwas von dem zurückzugeben, was er mir schenkte.

Mir war völlig egal, was das hier vielleicht für Konsequenzen haben würde oder wie überstürzt ich gerade handelte. Alles in mir verlangte nach mehr. Nur dieses eine Mal wollte ich mir keine Sorgen machen müssen, mich nicht zurückhalten, sondern ausnahmsweise meiner Sehnsucht nachgeben und all das hier genießen.

Plötzlich stoppte Raphael, was mich frustriert seufzen ließ und die Wolken, auf denen ich schwebte, gnadenlos zerstörte.

»Nicht heute, *passerotta*«, murmelte er und schenkte mir einen letzten Kuss. Ein Stich fuhr mir durchs Herz, als er sich zurücklehnte und mir seine Nähe augenblicklich fehlte.

Ich wusste genau, was Raphael meinte; was geschehen wäre, wenn er es nicht verhindert hätte, und es schmerzte mehr, als es sollte, von ihm zurückgewiesen zu werden.

»Bitte, Elodie«, sagte Raphael heiser, fuhr mit dem Daumen über das kleine Muttermal auf meiner Wange und betrachtete, wie ich ein Stück die Lippen öffnete, weil ich das Gefühl hatte, durch die Nase nicht mehr genügend Luft zu bekommen. »Quäl mich nicht mit dieser Enttäuschung.« Er lächelte erschöpft, als hielte er es kaum aus, mich so zu sehen, dabei gab ich mir allergrößte Mühe, meine Gefühle zu verbergen. Seufzend schob er den Träger zurück auf meine Schulter und verharrte dort mit der Hand. »Ich könnte dir nach dem heutigen Tag nicht die Aufmerksamkeit geben, die du verdienst.« Das klang so vernünftig, ja fast schon anständig, dass ich nicht wusste, was ich darauf erwidern sollte. So ein arroganter Lappen!

»Aber keine Sorge«, sagte er und grinste mich mit diabolischer Vorfreude an. »Sobald ich dich an meinen Hof entführt habe, werde ich mir sehr viel Zeit für dich nehmen.«

Ich schlug mit der Faust gegen seine Brust, was für einen Erzengel vermutlich so schmerzhaft war, wie mit einem Wattebällchen beworfen zu werden.

»Gehört das zu deinem teuflischen Masterplan?« Herausfordernd funkelte ich ihn an. »Frauen erst mit dem Anstand eines Heiligen mürbe machen, um anschließend wie ein Dämon über sie herzufallen?«

»Wenn überhaupt, wäre es mein göttlicher Masterplan und dieser würde mit sehr viel mehr Kreativität überzeugen«, erwiderte er belustigt und strich langsam höher, meinen nackten Arm hinauf, auf dem sich unter seiner zarten Berührung sofort eine verräterische Gänsehaut ausbreitete. Er schmunzelte zufrieden und beobachtete, wie ich meinen Atem zu kontrollieren versuchte.

»Eigentlich bin ich mit sehr frommen Absichten hergekommen – die du glücklicherweise zunichtegemacht hast.«

Das silberweiße Licht in seinen Augen verdunkelte sich, aber ich hielt seinem Blick trotzig stand, weil ich mir gewiss keiner Schuld bewusst war.

»Fromme Absichten – ich glaube dir kein Wort.«

Wir starrten einander an, zwischen uns den Reiz unerwünschter Grenzen und dem knisternden Wunsch, sie zu überschreiten.

»Ich mag vieles sein, aber gewiss kein Lügner.« Geschickt fing Raphael mein Handgelenk auf und wirbelte mich herum.

Bevor ich wusste, wie mir geschah, hatte er sich zurück aufs Sofa fallen lassen und mich so hinabgezogen, dass ich plötzlich neben ihm auf dem Polster saß, die Beine über seinen Schoß gelegt, die Armlehne im Rücken.

Mein Puls raste und ich kam nicht einmal dazu, Schüchternheit oder Scham zu empfinden, weil die Ruhe, die Raphael ausstrahlte, eine so sichere Atmosphäre schuf, in der ich mich auf nichts anderes, außer ihn konzentrieren konnte. Seine Hand zeichnete kleine Kreise auf mein Knie, was mich entspannt in die Kissen sinken ließ.

»Du sagtest, der Chor wisse so viel über mich, aber ich weiß nicht das Geringste über dich«, sagte ich nach einigen Sekunden der Stille.

Es war riskant, Raphael auf eine persönlichere Ebene ziehen zu wollen. Er hatte mir bereits viele Facetten seines himmlischen Wesens gezeigt, aber noch trennte uns mehr als nur der Himmel. Zumindest metaphorisch gesehen.

»Was würdest du denn gerne wissen?«

Alles und nichts vermutlich. Ich hatte Angst, etwas erzählt zu bekommen, das mir nicht gefallen würde, und wollte gleichzeitig mehr über den Mann erfahren, für den ich immer stärker zu empfinden begann.

»Hast du jemals daran gedacht, den Himmel zu verlassen oder an ihm und euch gezweifelt?«, fragte ich, woraufhin Raphael minimal die Augen zusammenkniff.

»Schau einer an, wie unverblümt du sein kannst, wenn dich etwas interessiert.«

»Du musst nicht antworten, wenn du nicht willst.«

Er winkte gelassen ab, aber seine Flügel wurden dunkler.

»Natürlich habe ich das. Sehr oft sogar und immer mal wieder. Ohne Zweifel wären Entscheidungen nichts wert. Und jeder von uns muss sich immer und immer wieder aufs Neue entscheiden, was er tun oder nicht tun will.« Er seufzte und hob das Glas, sodass das Mondlicht sich in ihm spiegelte. »Aber ich muss gestehen, dass es sehr frustrierend ist, im Himmel neue Pfade gehen zu wollen, wenn einem Traditionen und veraltete Denkweisen Steine in den Weg legen. Ich bin kein Freund von Stillstand, denn ich glaube, dass er zu Bequemlichkeit führt und der Bequemlichkeit folgt meistens die Angst vor Veränderung. Und Angst ist unser aller schlimmster Feind, denn sie macht irrational und selbstsüchtig.«

»Aber noch bist du hier«, sagte ich vorsichtig und suchte seinen Blick, der einen unsichtbaren Punkt nahe dem Fenster fixierte.

»Ja. Weil ich glaube, dass es noch nicht zu spät ist – dass wir noch immer lernen und erkennen können. Aber ich habe keine Angst davor zu fallen, und wenn der Himmel zu etwas wird, das ich nicht mehr mein Zuhause nennen will, dann werde ich ihn freiwillig verlassen.«

Er schenkte mir ein Lächeln, das frei von Spott oder Arroganz war, was seinem Gesicht eine völlig neue Art von Schönheit verlieh. Eine, die von innen heraus kam.

»Du hörst mir gerne zu, hm?«, fragte Raphael amüsiert.

»Wenn du solche Dinge sagst, dann ja, natürlich.«

»Du bist dran, *passerotta.*« Er lehnte sich näher zu mir heran und fuhr wie nebenbei mit den Fingerspitzen mein nacktes Bein entlang. »Warum willst du unbedingt nach Aeternitas?«

Ich biss mir auf die Unterlippe und schwieg. Wenn er nicht aufhörte, mich so zu berühren, würde es sehr schwer werden, nicht zu stammeln.

»Entschuldige«, sagte Raphael und betrachtete genüsslich, wie jede freie Stelle meines Körpers von einer dünnen Gänsehaut überzogen wurde. Er richtete sich kerzengerade auf, faltete seine Hände zusammen und legte sie auf meinen Knien ab, als sei er die Unschuld in Person.

Ich verkniff es mir, die Augen zu verdrehen und überlegte, was ich sagen sollte. Jede passende Antwort auf Raphaels Frage stammte so tief aus meinem Herzen, dass ich ihm damit einen Teil von mir selbst schenken würde. Aber vielleicht war genau das nötig. Es brauchte eine Menge Herz, um uns gegenseitig etwas besser verstehen zu können.

»Weil ich müde bin«, gestand ich und versuchte ein scherzhaftes Lächeln zu imitieren.

»Müde?«, wiederholte er sichtlich überrascht. Ich nickte

und spürte die vertraute Schwere auf meiner Brust, die immer kam, wenn ich nicht darauf achtete, sie auszusperren.

»Ich bin müde vom Alleinsein, vom Umherwandern ohne Ziel«, murmelte ich und spielte nervös mit meinen Fingern. »Alles, was ich jemals wollte, war ein Zuhause.« Ich zuckte mit den Schultern und sah verlegen beiseite. »Wenn man sich zu lange einsam fühlt, fühlt man irgendwann nichts mehr, außer Einsamkeit. Und das ist doch schade, wenn das Leben so viel mehr zu bieten hat.«

Hatte ich zu viel gesagt?

Ja. Ich hatte *definitiv* zu viel gesagt, aber Raphael verspottete mich nicht, sondern sah mich ruhig an und plötzlich fühlte ich mich so verstanden wie noch nie.

»Es tut mir leid, dass wir dir schon so lange das Gefühl geben, nicht zu uns zu gehören«, sagte er in die entstandene Stille hinein, die mir nicht unangenehm war, weil wir auch gemeinsam schweigen konnten. »Aber ich weiß nicht, ob Aeternitas, so wie ich es kenne, der richtige Ort für ein Mädchen mit einer Seele ist.« Seine Stimme war rau und ernst. Er schenkte mir ein mattes Lächeln, das so offen und ehrlich wirkte, als gehörte ich zu seinen engsten Vertrauten. »Kein Zuhause sollte dich glauben lassen, dass du dir seine Sicherheit und Fürsorge erst verdienen musst.«

10.
In flagranti

Ich erwachte mit seinem Geschmack auf den Lippen.

Vielleicht kam dieser aber auch von den Küssen aus meinem Traum, der sich langsam verflüchtigte. Ich blinzelte müde und tastete verschlafen nach meinem Handy, dessen Uhr bereits kurz nach zehn anzeigte. Erschrocken fuhr ich hoch und brauchte einige Sekunden, um mich und die verwirrenden Bilder in meinem Kopf zu sortieren.

Rum, Raphael, Mondlicht und zarte Hände.

Ich strich mir das zerzauste Haar aus der Stirn und rieb meine Schläfen. Raphael hatte uns beiden nachgeschenkt, ob mit berechnender Absicht oder einfach nur wegen des guten Geschmacks, war schwer zu beurteilen.

Wir hatten uns unterhalten, bis die ersten Sonnenstrahlen das Mondlicht abgelöst hatten.

Meine Lider waren immer schwerer geworden und irgendwann mussten mir die Augen einfach zugefallen sein, denn ich erinnerte mich nur noch vage daran, dass Raphael mich sanft auf die Arme gehoben und ins Bett gebracht hatte.

Er hatte mich zugedeckt, das Licht ausgemacht und mir süße Träume gewünscht. Das alles wirkte jetzt, wo ich wach und halbwegs ausgeschlafen war, verdächtig harmlos.

Taumelnd stand ich auf und wollte ins Bad gehen, um mir kühles Wasser ins Gesicht zu spritzen, als mich leise Musik wie angewurzelt stehen bleiben ließ. Sie kam aus meinem alten, blechernen Radio, das in der Küche stand.

Das konnte nichts Gutes bedeuten.

Ich zog mir meinen seidenen Morgenmantel an, band ihn ordentlich zu und schlich auf Zehenspitzen den Flur entlang.

Wie das Paradebeispiel eines gut gelaunten Frühaufstehers stand Raphael vor dem Herd und machte Rührei. Der köstliche Duft vermischte sich mit dem von frischem Kaffee und Brot, Käse, Obst und Honig. Auf meiner kleinen Küchentheke hatte der Erzengel für eine Großfamilie gedeckt.

»Gut geschlafen?«, fragte er, ohne sich zu mir umzudrehen.

»Warst du etwa die ganze Zeit hier?«

Er lachte leise und stellte die Flamme unter der Pfanne aus.

»Nein, keine Sorge. Ich habe dich nicht beim Schlafen beobachtet, auch wenn du bezaubernd ausgesehen hast, als ich dich zugedeckt habe.«

Mir schoss das Blut in die Wangen, aber ich schob jegliche Scham achtlos beiseite, setzte mich auf einen Barhocker und nahm dankend die Tasse entgegen, die Raphael mir reichte.

Das Beste war wohl, so zu tun, als sei es völlig normal, mit einem Erzengel zu frühstücken.

»Ich wusste nicht, was du gerne isst, also habe ich ein bisschen von allem besorgt. Frisch gebackenes Brot aus Deutschland, französischen Käse, Obst aus Spanien. Und natürlich luftgetrockneten Parmaschinken vom Metzger um die Ecke. Schließlich soll man auch die lokalen Geschäfte unterstützen.«

Er schob etwas Rührei auf einen Teller, dekorierte es mit Schnittlauch und stellte mir die riesige Portion zusammen mit frisch gepresstem Orangensaft vor die Nase. Ungläubig schüttelte ich den Kopf.

»Du kannst kochen?«

Eine bessere Frage fiel mir in diesem Moment nicht ein.

»Leidenschaftlich gerne und beneidenswert gut.«

»Aha. Also keine Taktik, um Frauen zu beeindrucken?«

Raphael stützte die Ellbogen auf dem Tresen ab und sah mir fest in die Augen.

»Himmlische Frauen wüssten meine Kochkünste nicht zu schätzen.«

»Aber mich glaubst du damit beeindrucken zu können?«

»Nun, wie heißt es doch so schön in deiner Welt?« Er strich eine meiner zerzausten Strähnen zurecht und schmunzelte geheimnisvoll. »Liebe geht durch den Magen?«

Für einige Sekunden starrte ich ihn an und musste dabei wie ein verdutztes Schaf aussehen. Leider fühlte sich die Stille zwischen uns noch intimer an, daher lehnte ich mich rasch zurück, packte die Gabel und begann, das Rührei in mich hineinzuschaufeln.

Erstaunlicherweise behielt Raphael recht: Sein Rührei war fantastisch. Luftig leicht und cremig, perfekt gesalzen, mit einem Hauch von Pfeffer.

Er lehnte sich gegen den Kühlschrank und wartete geduldig, bis ich die großen Bissen mit Orangensaft heruntergespült hatte und mich wieder traute, ihn anzusehen.

»Ich habe mit den anderen Mitgliedern des Chors über Gabriels Tod und die Waffe gesprochen.«

Seine Stimme klang erst. Die Sorglosigkeit des Morgens war somit vorbei. »Du sagtest, du hättest diese in einem von Penemues Büchern gesehen, weshalb Michael zugestimmt hat, ihn um Hilfe zu bitten. Jophiel kommt heute zurück und wird sich mit uns im Antiquitätengeschäft treffen, damit wir hoffentlich etwas Licht in diese Angelegenheit bringen können.«

Mein Herz machte einen Satz, bei dem Gedanken daran, Jophiel und Penemue wiederzusehen. Gleichzeitig trübten die

Geschehnisse des vergangenen Tages meine Freude und kreisten als endlose Fragen durch meinen Kopf.

Gabriels Schatten war irgendwo dort draußen, genauso wie Danjal, der nur darauf wartete, ihn zu ermorden.

Ich legte die Gabel beiseite, jeglicher Appetit hatte mich verlassen. Elegant drückte sich Raphael vom Kühlschrank ab, kam um die Theke herum an meine Seite und strich mir das noch vom Schlaf zerzauste Haar aus der Stirn.

»Immerhin haben wir jetzt eine Spur und wissen hoffentlich bald, womit genau wir es zu tun haben.« Sein Lächeln wirkte nicht so spöttisch wie sonst, sondern zuversichtlich und zärtlich.

Ich zögerte, sammelte all die schönen Gefühle von gestern Nacht zusammen und erwiderte sein Lächeln.

»Danke, dass du gestern da warst.«

Vielleicht war es albern, mich dafür zu bedanken, aber seine Nähe hatte mich gestern vor Albträumen bewahrt.

Mit seiner großen Hand umfing er meinen Unterkiefer und zog mich ein kleines Stück zu sich herauf.

»Danke, dass ich gestern da sein durfte.«

Seine warmen Blicke schenkten mir das gleiche Gefühl, das er gestern durch sanfte Berührungen in mir erzeugt hatte. »Ich hatte fast vergessen, wie es ist, wenn jemand einem *wirklich* zuhört.«

Er senkte den Kopf und ich schloss die Augen, sehnte mich bereits nach dem Geschmack seiner Lippen, doch diese berührten lediglich meine Stirn und hauchten mir einen federleichten Kuss auf die Haut.

»In der Gesellschaft anderer Engel muss jeder eine Maske tragen, denn Schwäche wird verachtet und Ehrlichkeit versteckt«, murmelte Raphael und strich mit dem Daumen über meine Kehle. »In deiner Nähe fühle ich mich frei und verstanden.«

Seine körperliche Präsenz war so einnehmend, dass ich nicht widerstehen konnte und meinem Verlangen, ihn zu berühren, nachgab. Ich hob die Hand, zögerte kurz, streichelte ihm dann aber über die Wange und lächelte, während er überrascht den Atem anhielt. Er erschauderte, als ich mit den Fingern die Konturen seines Kinns nachfuhr, auf dem bereits kleine Bartstoppeln wuchsen.

»Du hast Glück, dass ich die Wahrheit genauso riechen kann wie du, denn sonst hätte ich solche Worte aus deinem Mund niemals geglaubt.«

Ich zog Raphael zu mir hinab und bevor er etwas erwidern konnte, versiegelte mein Mund den seinen.

Vielleicht war das, was gestern zwischen ihm und mir geschehen war, nur eine Übersprunghandlung gewesen, aber wenn dem so war, wollte ich noch einen letzten Kuss von ihm haben.

Dieser begann sanft und behutsam, wurde aber immer stürmischer, ja fast schon verzweifelt. Raphael drückte meine Beine auseinander und vergrub seine Finger im weichen Fleisch meiner Oberschenkel. Die andere vergriff sich in meinem Haar und zog mich ein Stück zurück, sodass sein Kuss noch tiefer, noch intensiver wurde. Seine Zunge drohte mich in den Wahnsinn zu treiben, aber er verschlang mein Stöhnen, knabberte an meiner Unterlippe und strich mir den Stoff des Morgenmantels über die Schultern, um mehr von meiner glühenden Haut freizulegen. Hungrig küsste er sich meine Schulter entlang, berührte mich mit reinem, animalischem Verlangen, dass ich in seinen Armen förmlich zerfloss.

Ich wollte ihn, wie ich noch keinen Mann zuvor gewollt hatte.

Wie tief diese Verbindung wirklich ging, ob es nur körperliches Verlangen war oder sogar unser Inneres berührte, traute ich mich nicht zu hinterfragen. Wir beide tanzten um die Regeln herum, bewegten uns in einer Art Grauzone. Es war jemandem wie Raphael nicht direkt verboten, sich auf einen Halbengel einzulassen, aber gern gesehen wurde es definitiv nicht. In den Augen des Himmels, des Chors, war ich noch immer ein Fehler. Das Resultat eines Verbrechens – zu sündhaft, zu unperfekt für einen Erzengel. Niemals würde man mich an Raphaels Seite akzeptieren.

Aber genau dort fühlte ich mich sicher. Ungeachtet aller Konsequenzen. Ich hatte es so satt, gehorsam und verängstigt zu sein.

Plötzlich klopfte es und ich zuckte zusammen, als hätte mich jemand bei etwas sehr Verbotenem in flagranti erwischt.

»Ellie?!«, ertönte Valerios Stimme auf der anderen Seite der Eingangstür. Raphael knurrte und löste sich widerwillig von mir. Er behielt seine Hand in meinem Haar, sah zur Seite und wirkte alles andere als glücklich über diese Unterbrechung.

»Ellie?! Bist du da? Geht es dir gut?«

Valerio klang besorgt und hämmerte lauter gegen das alte Holz.

»Hast du noch jemand hierzu eingeladen?«, fragte Raphael und lächelte mich anzüglich an.

»Sehr witzig«, flüsterte ich, befreite mich von ihm und flüchtete zur Tür. Ich wollte beim besten Willen nicht daran denken, wie es wäre, mit dem Mann, mit dem ich bereits geschlafen hatte, und dem, mit dem ich gerade noch hatte schlafen wollen, in einem Bett zu landen. Für den ein oder anderen wäre das vielleicht eine erregende Vorstellung gewesen, aber meinen Geschmack traf es nicht ganz.

»Mir geht es gut!«, rief ich, band hastig meinen Morgenmantel neu und entriegelte das verrostete Schiebeschloss, um Valerio hereinzulassen. Einen kurzen Moment lang überlegte ich, Raphael fortzuschicken. Aber weder musste ich mich vor Valerio für ihn entschuldigen, noch hatte er es verdient, wie ein unanständiges Geheimnis versteckt zu werden.

Ich öffnete zögernd die Tür und sofort polterte Valerio herein, blanke Sorge ins Gesicht geschrieben.

»Ich habe dich ein Dutzend Mal angerufen, aber du bist nicht drangegangen. Weißt du, was ich mir für Sorgen –« Er stockte abrupt und starrte Raphael an, der lässig an der Küchentheke lehnte und sich meinen Kaffee geschnappt hatte, um demonstrativ einen entspannten Schluck zu trinken.

Valerio wurde kreidebleich. Seine hellgrünen Augen fixierten den Erzengel und strahlten eine so unverhohlene Verachtung aus, dass ich fürchtete, er würde sich gleich auf ihn stürzen.

»Was ist hier los?«, knurrte Valerio und ballte die Hände zu Fäusten.

Ich stellte mich schützend vor Raphael, was so unnötig wie unsinnig war, denn dieser hätte einen Halbengel mit Leichtigkeit aus dem Fenster werfen können.

»Nichts«, sagte ich beschwichtigend und fing Valerios Blick ein, damit dieser nicht länger versuchte, Raphael zu erdolchen. »Es ist alles in Ordnung.«

»In Ordnung? Du bist seit zwölf Stunden nicht zu erreichen und hast – warum auch immer – einen Erzengel in deiner Küche stehen, während du nicht mehr trägst als –« Er stoppte erneut mitten im Satz, schnappte nach Luft wie ein an Land geworfener Fisch und betrachtete entgeistert meine halbnackte Gestalt, die mit dem zerzausten Haar und den geröteten Lippen nicht gerade präsentabel aussehen musste. Man brauchte nicht viel Fantasie, um sich daraus ein eigenes Bild zu machen. Genau das schien Valerio zu tun, denn er stieß ein ungehaltenes Schnauben aus und schob mich beiseite, um wutzischend auf Raphael zuzumarschieren.

»Was hast du ihr angetan?!«

Die Temperatur in meinem Apartment sank schlagartig unter den Gefrierpunkt. Raphael stellte seinen erkalteten Kaffee beiseite und musterte den Halbengel geringschätzig.

»Wonach sieht es denn aus?«

Ich stöhnte innerlich auf, weil das nicht gerade dabei half, diese Situation zu deeskalieren.

»Du mieser Dreckskerl!« Valerio hob die Faust, um sie Raphael direkt in Gesicht zu donnern, doch dieser wich geschickt aus, sodass Valerio ins Leere stolperte und sein Angriff erfolglos blieb.

Raphael seufzte gelangweilt und hielt es nicht einmal für nötig, sich zu verteidigen, geschweige denn selbst anzugreifen.

»Dein Freund hat Temperament«, sagte er an mich gewandt und richtete in aller Ruhe sein von meinen Händen zerknittertes Hemd. »Aber wenn er mich noch einmal beleidigt, werde ich ihm die Zunge herausreißen. Dann wird ihn seine eigene, impulsive Dummheit wenigstens nicht mehr dazu verleiten, einem Erzengel so respektlos gegenüberzutreten.«

Dass Raphael über ihn sprach, als sei er gar nicht anwesend, machte Valerio nur noch wütender. Die Muskeln seiner Arme spannten sich an, bereit erneut zuzuschlagen.

»Ich bin der Letzte, von dem jemand wie du Respekt erwarten sollte«, zischte er. »Und wenn du Elodie auch nur ein

Haar gekrümmt hast, wirst du sehr viel mehr als nur ein paar Beleidigungen verkraften müssen.«

Raphaels Mund verzog sich zu einem unheimlichen Lächeln, das weder freundlich noch in irgendeiner Form harmlos wirkte.

»Ah, es geht dir also um sie.«

Etwas Gefährliches blitzte in seinen Augen auf und binnen einem Wimpernschlag wurde aus seiner unangreifbaren Gelassenheit tödlicher Ernst.

Valerio schluckte schwer, denn selbst er musste spüren, dass sich die Anspannung im Raum verändert hatte.

»Was hast du in ihrer Wohnung zu suchen?«

»Hauptsächlich Spaß«, gestand Raphael schulterzuckend. »Den hatten wir auch bis gerade eben, bevor du uns so ungeniert unterbrochen hast.«

Oh, lieber Himmel!

»Das reicht!«, rief ich und trat zwischen die beiden Männer, bevor einer von beiden noch auf die selten dämliche Idee kam, meine kleine Wohnung in einen Boxring zu verwandeln.

»Wenn ihr beide euch wie zwei testosterongesteuerte Hornochsen aufführen wollt, dann macht das bitte draußen. Ansonsten schlage ich vor, dass ihr euch wieder einkriegt und einen kühlen Kopf bewahrt, damit wir uns auf das konzentrieren, was gerade wichtig ist.«

Raphael winkte gelassen ab und wandte sich dem gedeckten Frühstückstisch zu, als sei ein gebratenes Stück Speck das Einzige, was ihn wirklich interessierte. Valerio knirschte mit den Zähnen, ließ sich von mir aber zur Seite nehmen und holte tief Luft, um sich zu beruhigen.

»Geht es dir wirklich gut?«, fragte er leise und legte besorgt beide Hände auf meine Schultern. Ich nickte, was er kaum wahrnahm, weil er Raphael aus dem Augenwinkel ansah, der uns kaum Beachtung schenkte.

»Was weißt du über die heilige Lanze?«, fragte ich Valerio, damit er sich nicht länger auf Raphael konzentrierte. Er runzelte verwundert die Stirn und gab es endlich auf, dem Erzengel tödliche Blicke zuzuwerfen.

»Die heilige Lanze? Wie kommst du denn darauf?«

Ich winkte ab, weil ich all das, was gestern geschehen war, nicht hier erklären wollte. Valerio seufzte schwer und fuhr sich durchs Haar.

»Die Lanze. Die heilige Lanze«, murmelte er. »Die heilige Lanze ist eine sehr alte Reliquie, über die es in der Menschenwelt viele Mythen und Legenden gibt. Sie wird auch Speer des Schicksals oder Longinuslanze genannt, obwohl inzwischen nur noch die Spitze erhalten ist.« Er machte eine Pause und überlegte, was er sagen sollte.

»Und weiter?«, fragte Raphael, der uns nun doch seine ungeteilte Aufmerksamkeit schenkte. Valerio zögerte, sprach dann aber weiter, wofür ich ihm sehr dankbar war. Irgendwelche Hahnenkämpfe waren gerade eben nicht angebracht.

»In den Geschichten der Kreuzfahrer wird eine heilige Lanze erwähnt und Heinrich I., aus dem Adelsgeschlecht der Liudolfinger, soll dank dieser in der Schlacht bei Riade 933 den Sieg errungen haben. Sie ist das älteste Insignium der Reichskleinodien des Heiligen Römischen Reiches. Inzwischen gibt es viele Replikate und das bekannteste liegt momentan in den Kaiserlichen Schatzkammern der Wiener Hofburg.«

Ich konnte mir ein Lächeln nicht verkneifen und fühlte mich vom warmen Gefühl gemeinsamer Erinnerungen umarmt, in denen Valerio mit leuchtenden Augen und sanfter Stimme von Geschehnissen aus längst vergangener Zeit erzählte.

Er war ganz in seinem Element und strahlte ein natürliches Selbstbewusstsein aus, das mich in solchen Momenten schon immer fasziniert hatte.

»Zwischen Himmel und Hölle gibt es eine Version der Geschichte, die besagt, dass die Lanze einst von einem Dämonenfürsten, einem römischen Hauptmann namens Longinus, benutzt wurde, um den Tod des gekreuzigten Jesus zu beweisen. Er bohrte sie in seine rechte Seite und gilt damit als einer der ersten Zeugen der Göttlichkeit Christi. Später soll er den Märtyrertod gestorben sein, aber was das betrifft, sind die meisten Schriften sehr unpräzise.« Er sah mich erwartungsvoll an und schien darauf zu hoffen, dass ich ihm endlich erklärte, wie ich darauf gekommen war.

»Wird in irgendwelchen Büchern davon erzählt, was diese Waffe für eine Macht besitzt?«

Valerio wog den Kopf hin und her und zog nachdenklich die Stirn in Falten.

»Gewiss, man muss sie nur finden. Die Geschichte der Lanze geht viele Tausend Jahre zurück und im Laufe der Zeit haben sich die Mythen der irdischen Welt mit denen der unseren vermischt. Ihr solltet Penemue fragen. Er besitzt Hunderte von Büchern über Mythen und Legenden aus unserer Welt.«

Er lächelte traurig, denn ich wusste, dass er den alten Engel schon immer sehr geschätzt hatte. Und das beruhte durchaus auf Gegenseitigkeit. Valerio war das ein oder andere Mal heimlich ins Antiquitätengeschäft gekommen, um mit Penemue zusammen bei Kerzenschein verstaubte Bücher zu studieren, während ich beim Klang ihrer aufgeregten Stimmen im Ledersessel langsam eingedöst war, als seien sie meine persönlichen Geschichtenerzähler.

»Wie praktisch.« Raphael verschränkte die Arme vor der

Brust. »Den guten Penemue wollten wir ohnehin noch besuchen.«

Er wandte sich ab und spazierte auf die Balkontür meiner Küche zu, die direkt neben meinem Schlafzimmer lag.

»Darf ich hier warten, bis du wiederkommst?«, fragte Valerio leise und musterte mich besorgt.

»Nein«, sagte Raphael an meiner Stelle. Ich blinzelte empört, weil das gewiss nicht seine Entscheidung war, kam aber nicht dazu, etwas zu erwidern. »Dein Freund kommt mit uns.«

»Was?« Valerio wirkte nicht weniger überrascht als ich. Mit einem gelassenen Lächeln öffnete Raphael die Balkontür.

»Dein Wissen ist beeindruckend und wir können jede Hilfe gebrauchen. Außerdem vertraut dir Elodie, was durchaus für dich spricht.«

Er zwinkerte mir zu und bewies mit diesen Worten einmal mehr, dass er es nicht nötig hatte, andere kleinzuhalten, um sich selbst groß zu fühlen.

Raphael besaß genug Selbstbewusstsein, um anderen seinen Respekt zu zollen, wenn sie sich diesen verdient hatten. Valerio war offensichtlich auf dem besten Weg dazu, was mich nicht nur erleichterte, sondern mir auch die Sorge nahm, die beiden könnten erneut versuchen, sich die Köpfe einzuschlagen.

»Ich werde mich nicht von dir tragen lassen«, sagte Valerio und kniff missmutig die Augen zusammen.

Raphael stieß ein raues Lachen aus und winkte mich zu sich.

»Keine Sorge, ich habe auch lieber Elodie in meinen Armen als dich. Du wirst ein Portal benutzen.«

»Jophiel hat eines für mich in der Kirche *Sant'Agnese in Agone* versteckt«, sagte ich. »Es führt ausschließlich zu Penemues Laden. Ich werde ihn bitten, sein Portal für dich zu öffnen, dann müsstest du fast genauso schnell dort sein wie wir.«

Nachdem ich Valerio verabschiedet und mich so schnell wie möglich angezogen hatte, flogen Raphael und ich gemeinsam nach Aeternitas.

Während unseres Fluges sprach er kein einziges Wort.

Selbst als er mit mir in den Armen vor Penemues Laden landete, blieb er stumm. Ich konnte seine Miene nicht lesen, denn alles, was sie preisgab, war dieses süffisante Dauerlächeln. Es wirkte distanziert, was ihn mir so fremd wie bei unseren ersten Begegnungen machte. Besonders jetzt, wo ich gesehen hatte, wie viel mehr Emotionen hinter der Maske des arroganten Erzengels lagen.

Ich traute mich nicht, zu fragen, ob er wütend war. Jedem anderen hätte ich vielleicht so etwas wie Eifersucht unterstellt, aber Raphael würde in das, was zwischen uns lief, gewiss nicht mehr als nötig hineininterpretieren.

Wir verstanden uns, spürten gerne die Nähe des anderen, was nicht bedeutete, dass seine Gefühle für mich ausreichten, um sich um andere Männer in meinem Leben zu scheren.

Und ich war bestimmt die Letzte, die das Verlangen eines uralten Erzengels mit echter Zuneigung verwechseln wollte, vor allem, da er nur zu mir gekommen war, weil er meine Hilfe brauchte.

Gewiss hatte Raphael schon viele Frauen gehabt und ich würde nicht so naiv sein und glauben, dass ich in irgendeiner Form etwas Besonderes war.

»Alles in Ordnung, *passerotta*?«, fragte Raphael und setzte mich behutsam ab. Ich strich mir durch das zerzauste Haar und nickte eilig, schaffte es aber nicht, ihm direkt ins Gesicht zu sehen.

»Sicher«, murmelte ich und wandte mich dem Geschäft zu. Durch die verschmutzten Fensterscheiben erkannte man nicht viel, außer ein paar Kerzen und Fackeln, die in Halterungen an den Wänden brannten. Ich legte eine Hand an den Griff der neuen Eingangstür, die offensichtlich ausgewechselt worden war, nachdem man die alte in tausend Teile zertrümmert hatte, und drehte mich noch einmal zu Raphael um.

»Danke, dass du Valerio erlaubt hast, herzukommen.«

Der Ausdruck in Raphaels Gesicht wurde eine Spur dunkler, als er die Augen leicht zusammenkniff.

»Wie lange kennt ihr euch beide schon?«

Nicht sicher, wie ich die Frage einordnen sollte, biss ich mir verlegen auf die Unterlippe.

»Lange«, antwortete ich ausweichend und zuckte erschrocken zusammen, als sich eine Gestalt aus der Gasse hinter Raphael löste. Glücklicherweise war es nur Tobit, der fröhlich auf mich zugeeilt kam und euphorisch seinen massigen Schädel an mir rieb, sodass ich beinahe das Gleichgewicht verlor. Lächelnd fuhr ich durch sein seidiges Fell und war froh, dass sein Erscheinen die eigenartige Stimmung zwischen Raphael und mir unterbrochen hatte.

Der Erzengel beobachtete vergnügt, wie sich sein verschmuster Begleiter hinter den Ohren kraulen ließ, trat dann aber durch die Tür, ohne unser Gespräch noch einmal aufzunehmen.

Ich folgte ihm in den schummerig beleuchteten Verkaufsraum und schrie erschrocken auf, als wie aus dem Nichts ein Buch direkt auf uns zugeschossen kam. Zum Ducken hatte ich nicht einmal mehr die Zeit, aber Raphaels Hand pflückte es blitzschnell aus der Luft, nur Zentimeter von meinem Gesicht entfernt.

»Ich hatte gesagt, dass du feuchtes Früchtchen dich hier nicht mehr blicken lassen sollst, solange Elodie nicht zurückkommen darf!« Penemues Stimme klang so gereizt wie noch nie.

Der alte Engel stand am Geländer der Galerie, bewaffnet mit drei weiteren Büchern, die gefährlich nach der *Enzyklopädie der aeternischen Architektur* aussahen und sich hervorragend als Munition eigneten.

Glücklicherweise erkannte er mich und hielt abrupt inne, bevor er einen weiteren Wälzer werfen konnte.

»Na endlich!« Er ließ die drei Bücher achtlos fallen und marschierte auf die Treppe zu, während Raphael hinter mir die Tür schloss und neugierig den Ledereinband des Buches musterte.

»Ist der Chor also endlich wieder zur Vernunft gekommen?«, fragte Penemue und rauschte im Morgenmantel die Stufen herunter, während Raphael das Gesicht verzog und den dicken Schmöker in irgendein Regal legte, weil ihn der Titel offenbar nicht überzeugt zu haben schien.

»Nicht wirklich, mein Freund«, knurrte er und verschränkte die Arme vor der Brust. »Aber wenn du nicht vorhast, uns auch noch mit faulem Obst oder deinen Pantoffeln zu bewerfen, erklären wir dir gerne, was passiert ist.«

Penemue musterte ihn misstrauisch, während er mir eine seiner knochigen Hände auf die Schulter legte und diese sanft drückte. Es war eine kleine Geste, die aber mehr Zuneigung barg, als sich Penemue in den letzten Jahrzehnten zu zeigen getraut hatte. Gefühlsduselei war ihm zuwider, und diese begann für ihn schon bei so etwas wie einer simplen Umarmung.

Omri raste die Treppe hinab und hüpfte fiepend vor mir auf und ab, bis ich ihn endlich auf den Arm nahm und er seinen kleinen, flauschigen Marder-Kopf in meiner Halsbeuge vergrub, als hätten wir uns eine halbe Ewigkeit nicht mehr gesehen.

»Der hat ein Theater gemacht«, grummelte Penemue, konnte sich ein Grinsen aber nicht verkneifen. »Wenn du nicht bald wiedergekommen wärst, hätte ich dich persönlich holen müssen oder diese kleine Nervensäge zu dir geschickt.«

Ich konnte nicht genau einschätzen, ob Penemue mich vermisst hatte, aber wenn er sogar in Erwägung gezogen hatte, mich zu holen, war ihm meine Abwesenheit zumindest nicht egal gewesen. Der alte Engel verließ Aeternitas sehr selten und nur noch im äußersten Notfall, weil das Reisen durch Portale für seine steifen Flügel sehr anstrengend, an schlechten Tagen sogar unmöglich war.

Ich setzte Omri behutsam ab, der noch einmal um meine Beine streifte, bevor er sich neugierig auf Tobit stürzte, der zwar mindestens vier Mal so groß wie er war, aber überraschenden Sanftmut bewies, als der Marder ihn zum Spielen animieren wollte.

»Erklärt mir jetzt endlich jemand, was passiert ist?«, hustete Penemue, als hätten wir schon viel zu viel Zeit verschwendet.

»Zuerst musst du bitte dein Portal für jemanden öffnen«, sagte ich und folgte ihm in Richtung Treppe, weil er sich schon wieder nach seinem Sessel sehnte.

»Aha, und für wen?«

»Valerio.«

Einen Fuß bereits auf der ersten Stufe, blieb er abrupt stehen und sah mich überrascht an.

»Er ist zurück?« Ich zögerte, knetete nervös die Hände und war froh, dass Raphael hinter mir stand, denn so konnte er mein Gesicht nicht sehen.

»Ja«, sagte ich leise. Über Penemues Miene huschte eine ganze Parade von unterschiedlichen Emotionen. Verwunderung, Wut, Mitgefühl und sogar Freude. Er hatte Valerio immer gemocht, es ihm aber sehr übel genommen, dass dieser kommentarlos gegangen war und mich todtraurig zurückgelassen hatte.

Damals, als ich von Tag zu Tag immer blasser, dünner und antriebsloser wurde, hatte mir Penemues ganz eigene Art der Fürsorge sehr geholfen. Anstatt mich zu bemitleiden und zu verhätscheln, war er einfach immer da gewesen. Er hatte mir Essen gemacht, mich früh genug ins Bett geschickt und mir damit eine Routine gegeben, ohne die mein Leben völlig aus der Bahn geraten wäre. Sogar durch die Stadt war er mit mir spaziert, wenn Jophiel einmal keine Zeit dafür gehabt hatte, und das, obwohl er Bewegung hasste. Für mich waren solche kleinen Ausflüge etwas ganz Besonderes, denn ohne Begleitung durfte ich ja nicht einmal bis zum Ende der Straße laufen.

»Ich habe ihn gebeten zurückzukommen, nach dem, was passiert ist«, erklärte ich und spürte, wie Raphael sich hinter mir verkrampfte. Er wusste vielleicht, wer Valerio war, aber nicht, was für eine Vergangenheit wir gemeinsam hatten.

»Verstehe«, murmelte Penemue und bedeutete uns, ihm zu folgen.

Gemeinsam betraten wir die Galerie und gingen mit ihm durch die Tür neben dem Weinregal, hinter der ein schmuckloser Flur lag.

Der Gang war kaum beleuchtet, weshalb Penemue und Raphael das Licht ihrer Schwingen verstärkten, damit wir nicht über unsere eigenen Füße stolperten. Viel zu sehen gab es allerdings nicht.

Am Ende des Korridors waren zwei weitere Türen. Die Linke führte zu Penemues privatem Wohnraum, die Rechte war ein Portal.

Dieses musste allerdings vom Besitzer des Hauses für jede Person, die es benutzen wollte, freigegeben werden. So konnten Gäste ihre Essenz wie einen Fingerabdruck benutzen, der vom Portal wiedererkannt und akzeptiert wurde.

Es wäre auch sehr unvernünftig, wenn so ein magischer Eingang ständig und für jeden offen wäre, so wie die öffentlichen Stadtportale.

»Wo wartet Valerio denn?«, fragte Penemue, drehte den goldenen Knauf und öffnete die quietschende Tür. Dahinter lag eine massive Wand.

»In der Kirche *Sant'Agnese in Agone*«, antwortete ich und sah dabei zu, wie Penemues Finger über die aufeinandergeschichteten Steine strichen, woraufhin die Risse dazwischen zu leuchten begannen und eine prickelnde Kälte ausstrahlten. In einer lautlosen Explosion aus hellblauem Licht wurde die Steinmauer nach hinten eingerissen, als habe sie ein gigantisches Maul eingeatmet.

Was blieb, war der blaue, mannshohe Lichtstrudel, der von Blitzen und schneeweißen Funken eingerahmt wurde.

Valerio trat wie durch einen Wasserfall daraus hervor und strich sich gelassen ein paar hängen gebliebene Schimmer von der Kleidung.

»Schön, dich wiederzusehen, mein Junge«, sagte Penemue und tätschelte ihm zögernd die Schulter, nicht ganz so freundschaftlich, wie er es früher getan hatte. Auch wenn das für den alten Engel sehr untypisch war, schien es ihn zu verunsichern, mit uns beiden im selben Raum zu sein. Vermutlich, weil er zwischen der Sympathie für Valerio und der Solidarität zu mir stand, was mich absurderweise an das Beziehungsdrama aus irgendeiner kitschigen Serie erinnerte, in der die Freunde eines ehemaligen Paars sich für eine Seite entscheiden mussten.

Wie gut, dass wir momentan größere Probleme hatten.

»Danke, dass ich kommen durfte.« Valerio nickte ihm respektvoll zu. Dann trat er dicht vor mich, legte mir einen Arm um die Schultern und versicherte sich, dass es mir gut ging. Aus dem Augenwinkel schielte er zu Raphael.

»Ich hätte wetten können, dass er blufft«, murmelte er und zwinkerte mir zu, was ihn wie den frechen Jungen aussehen ließ, der er im tiefsten Herzen für immer bleiben würde.

Raphael störte das nicht weiter.

»Ich stehe zu meinem Wort«, sagte er gelangweilt und wandte sich ab, weil all das hier sein Interesse nicht halten konnte.

Valerio stieß ein verächtliches Hüsteln aus, beließ es aber dabei.

Wir betraten die Galerie, wo Penemue sich daranmachte, Gläser mit Rotwein zu füllen, obwohl es gerade einmal Mittag war.

Nur wenige Sekunden später hörte ich, wie sich die Ladentür öffnete und Omri den neuen Besucher mit einem begeisterten Quietschen begrüßte, während Tobit lediglich genervt brummte. Ich hastete zum Geländer und atmete erleichtert aus.

Es war Jophiel.

»Da bist du ja!«, rief sie, als sie mich entdeckte, und die Treppe hinaufrannte. Ich lief ihr entgegen und wurde noch vor den letzten Stufen in eine innige Umarmung gezogen.

Auch wenn Jophiel schon des Öfteren für mehrere Tage, manchmal Wochen, fort gewesen war, um irgendwelche Aufträge des Chors zu erfüllen, hatte ich sie noch nie so sehr vermisst, wie in dieser kurzen Zeit. Für einige Momente standen wir schweigend da, nicht bereit, einander loszulassen. Was ich für sie empfand, ging weit über eine gewöhnliche Freundschaft hinaus, denn niemanden hatte ich jemals so nah an mich herangelassen wie sie. Niemals würden wir einander im Stich lassen und jetzt, wo die Welt plötzlich Kopf zu stehen schien, wurde mir erneut bewusst, warum Jophiel die wichtigste Person in meinem Leben war:

Sie hörte mir zu, verstand meine Gefühle, als wären es ihre eigenen und kümmerte sich um mich, wie es nur eine Schwester oder Mutter konnte.

»Geht es dir gut?«, fragte ich heiser, bevor sie mir die Frage zuerst stellen konnte. Manchmal fürchtete ich, ihr nicht den gleichen Halt geben zu können wie sie mir.

»Natürlich«, murmelte sie, schob mich auf Armeslänge von sich und lächelte mich zaghaft an. »Auch wenn ich etwas verwirrt bin über dieses Empfangskomitee.« Sie hob den Kopf und ich folgte ihrem Blick.

Am Geländer standen Penemue, der uns mit einem randvollen Rotweinglas zuprostete, Raphael, der in sich hineinschmunzelte, und Valerio, der nervös die Hand zur Begrüßung hob. Seitdem er vor zwanzig Jahren gegangen war, hegte Jophiel einen tiefen Groll gegen Valerio. Und Jophiels Groll wollte man sich nicht aussetzen.

»Sei nett«, bat ich sie leise. »Er ist hier, um uns zu helfen.«

»Helfen?«, fragte sie und kniff misstrauisch die Augen zusammen. »Wobei sollen uns ein Erzengel und dieser ehrlose Herzensbrecher helfen?«

11.
Höllische Waffe und heiliges Blut

Jeder im Raum schien zumindest eine der anwesenden Personen zu verachten. Das machte die Atmosphäre nicht gerade angenehm.

Und meine sozialen Fähigkeiten waren ohnehin eher dürftig.

Nachdem ich Jophiel mehrfach versichert hatte, dass Raphael nicht im Auftrag des Chors handelte und Valerios Wissen von unschätzbarem Wert war, konnten wir uns endlich auf der Galerie zusammensetzen.

So ausführlich wie möglich berichteten Raphael und ich von dem, was im *Finem mundi* geschehen war, und vor allem Penemue und Valerio wirkten sehr bestürzt.

Jophiel war bereits im Berg gewesen und hatte von Gabriels Tod erfahren. Damit war sie eine der wenigen, die dieses Geheimnis kannten, denn bis Danjal festgenommen und die Waffe sichergestellt wäre, wollte der Chor nicht, dass irgendetwas an die Bewohner der Stadt durchsickerte.

Entweder um keine Panik zu verbreiten oder um den Ruf des himmlischen Regimes nicht zu schädigen.

»Danjal und die Halbengel, die ihm folgen, haben es auf die Erzengel abgesehen«, sagte ich, um das betretene Schweigen zu brechen. »Die Falle in Harviels Club war eigentlich für Raphael und Uriel gedacht.«

»Aber es hat Gabriel getroffen, als er sich eingemischt hat«, fügte Raphael hinzu, der am Geländer lehnte, während ich vor ihm auf dem Boden saß und Omri im Arm hielt, damit er Tobit nicht länger am Ohr herumknabberte.

Jophiels Füchsin Jedida lag neben mir und hieß es wie immer nicht gerade gut, dass ich dem kleinen Marder mehr Aufmerksamkeit schenkte als ihr.

»Wenn er es geschafft hat, Kämpfer wie Harviel auf seine Seite zu ziehen, verstehe ich nicht, warum er diese Waffe benutzt, um Jagd auf euch zu machen. Wenn es Danjal lediglich darum geht, die Mitglieder des Chors zu töten, könnte diese Aufgabe auch jeder andere Engel für ihn übernehmen«, überlegte Jophiel laut, die in Penemues Sessel saß, weil dieser in seinem Bücherregal herumkramte.

»Na ja, vielleicht nicht *jeder* andere Engel. So leicht sind wir auch nicht zu ermorden«, sagte Raphael und schenkte ihr ein herausforderndes Lächeln. Jophiel verdrehte die Augen und schlug elegant ein Bein über das andere.

»Du weißt, was ich meine.«

»Leider ja.«

»Aha!«, rief Penemue plötzlich, der halb in seinem Regal verschwunden war und nun hustend zum Vorschein kam. In seinen buschigen Augenbrauen hing Staub, als er triumphierend ein kleines, ledergebundenes Büchlein hochhielt.

»Aha im Sinne von: ich habe etwas gefunden, das all unsere Fragen beantwortet und die Lösung für diese Misere beinhaltet?«, fragte Raphael und nahm mir mein Weinglas ab, um sich selbst einen Schluck daraus zu genehmigen. Ich beugte den Kopf zurück und sah missmutig zu ihm hinauf, weil sein Glas bereits leer war. Doch er tippte mir nur auf die Nasenspitze und trank einen genüsslichen Schluck.

Dafür hätte ich ihm ins Bein beißen sollen.

»Nicht ganz, du freches Großmaul«, sagte Penemue, wie

es Großväter taten, die sich von flapsigen Kommentaren einer jüngeren Generation nicht beeindrucken ließen. Dabei war Raphael sehr viel älter als er. »Ich habe mich nie so intensiv wie Valerio mit den Reliquien des Römischen Reiches auseinandergesetzt, aber der Name Longinus kommt in einigen der ältesten Schriften vor.« Er legte das Buch mit der Zeichnung der heiligen Lanze, das er mir schon einmal gezeigt hatte, vor uns auf den Boden. Viel mehr als ein paar Beschreibungen standen jedoch nicht neben der Abbildung. Nur ganz unten im Eck fand ich den Namen des Dämonenfürsten, der sie einst geschmiedet haben sollte: *Lonignus.*

»Kein Wunder, dass Danjal sich an Harviel gewandt hat«, brummte Penemue und ließ sich in den Schneidersitz fallen. So aufgeweckt hatte ich ihn schon lange nicht mehr erlebt. »Longinus war ein begnadeter Schmiedeengel, bevor er gefallen ist, genauso wie unser lieber Verräter Harviel.«

»Du denkst, er hat Danjal von der Waffe erzählt?«, fragte Valerio.

»Das kann nicht sein«, warf ich ein. »Salvatore war bereits im Besitz der Waffe, als er Danjal aus dem Gefängnis befreit hat.«

»Mag sein, aber was, wenn Salvatore nach der Waffe gesucht hat, *während* Danjal eingesperrt gewesen ist. Dieser hat schließlich im vergangenen Jahr zusammen mit Claudius' rechter Hand Nicolai und einigen anderen Halbengeln schon einmal versucht, Unheil und Schrecken zu verbreiten.« Penemue leckte sich über die trockenen Lippen, nahm sein Weinglas, trank einen großen Schluck, um seine Kehle zu befeuchten und sprach hastig weiter. »Nicolai mag tot sein, aber so wie es aussieht, schmieden einige der Überlebenden trotzdem neue Rachepläne.«

»Vermutlich haben sich Danjal und Salvatore so kennengelernt«, murmelte Valerio und nickte zustimmend.

»Aber das erklärt nicht, warum er Danjal aus dem Berg befreit hat«, sagte ich. »Wozu braucht er einen Dämonenfürsten, wenn er die heilige Lanze hat?«

»Gute Frage, Mädchen.« Penemue blätterte in dem kleinen Notizbuch herum und tippte mit den knochigen Fingern auf eine bestimmte Seite, die er wie gebannt durchlas. »Darauf habe ich zwar keine Antwort, aber das ist momentan auch nicht so wichtig. Viel interessanter sind diese Berichte von Otto dem Großen, der 939 eine Schlacht mit der Hilfe einer Lanzenspitze gewonnen haben soll, die ihm sein Vater Heinrich I. geschenkt hat.«

»Von dem hat uns Valerio vorhin erzählt«, sagte ich aufgeregt.

»Beide stammen aus dem Adelsgeschlecht der Liudolfinger«, bestätigte dieser. »Sie kommen nicht nur in den irdischen Geschichten vor, sondern auch in jenen aus unserer Welt, obwohl keine magischen Wesen in ihrer Familie waren.«

»Pscht«, mahnte Penemue. »Das ist alles unwichtig.« Er drehte das Buch, sodass wir die aufgeschlagene Seite sehen konnten. »Keine Ahnung, was für ein Wesen dieser Otto war, aber er hat sich intensiv mit himmlischer und höllischer Theorie auseinandergesetzt.«

Bevor einer von uns die krakelige Schrift überhaupt hatte entziffern können, blätterte er schon weiter.

»*Obwohl sie rostig wie ein alter Nagel ist, sticht die Spitze mühelos durch Fleisch und Knochen. Dabei erhitzt sich das Metall, als würde es die Energie seiner Opfer in sich aufnehmen*«, las Penemue laut vor. »*Gott hat uns mit seiner mächtigsten Waffe gesegnet und wir werden sie in seinem Namen führen.*«

»So ein Schwachsinn«, brummte Jophiel. »Gott interessiert sich ja noch nicht einmal für uns, da wird ihm so ein adeliger, blutrünstiger Bengel erst recht egal gewesen sein.«

»Ich habe *Pscht* gesagt!« Penemue wedelte mit der Hand und blätterte weiter. »Dieser Bengel, wie du ihn nennst, behauptet, die Waffe habe seine eigenen Kräfte potenziert und das, obwohl er weder aus dem Himmel noch aus der Hölle stammte. Er war mit ihr schneller, stärker und ausdauernder als ohne sie.«

Ich biss mir nachdenklich auf die Unterlippe und durchforstete meine Erinnerungen an die Geschehnisse im *Finem mundi.*

»Nicht Danjal hat Gabriel mit der Lanze erdolcht, sondern Salvatore«, sagte ich leise. Die anderen sahen mich verwundert an.

»Worauf willst du hinaus, Ellie?«, fragte Valerio und kniete sich neben mich.

»Dämonenfürsten haben keinen Funken heiligen Lichts mehr in sich, weshalb sie selbst mit einer Waffe, die ihre Kräfte potenziert, niemals einen Engel töten könnten.«

Nur himmlisches Licht konnte himmlisches Licht vernichten, aber dieses gaben gefallene Engel für immer auf, wenn sie zu Dämonenfürsten wurden. »Halbengel hingegen«, fuhr ich fort, »sind vielleicht nicht stark genug dafür, aber mit der Hilfe dieser Lanze ...«

»Erhalten sie genügend Kraft, um sogar Erzengel zu ermorden«, beendete Valerio meinen Satz.

»Danjal braucht ihre Hilfe«, folgerte Jophiel und rümpfte die Nase. »Aber die Halbengel brauchen nicht die seine. Warum haben sie ihn befreit?«

»Das fragen wir sie einfach das nächste Mal«, sagte Penemue, der das Gesicht tief ins Buch gesteckt hatte. »Hier schreibt Otto«, nuschelte er vor sich hin und blinzelte mehrfach, weil seine Augen nicht mehr die besten waren, »dass die Spitze in der Lage gewesen sein soll, die Energie ihrer Opfer in sich aufzunehmen.«

Jophiel ruckte hoch, riss dem Alten das Buch aus der Hand und las die entsprechenden Zeilen hastig durch.

»Wenn das stimmt«, sagte ich und versuchte all die neuen Informationen in meinem Kopf zu ordnen, »könnte es dann nicht sein, dass Gabriels Essenz überlebt hat und in der Waffe gefangen ist?« Ich wandte mich zu Raphael um, der diese Frage als Erzengel am besten beantworten konnte.

»Nein«, sagte er und wirkte dabei gefasster als wir alle zusammen. »Keine Engels-Essenz, außer der von Luzifer vielleicht, ist stark genug, um ohne lebendige Hülle zu überleben.«

Bei Luzifers Erwähnung lief mir ein kalter Schauer den Rücken hinab, denn die Fäden seines Lebens hatten Himmel und Hölle für immer miteinander verbunden. Der erste Erzengel, der Morgenstern, dessen Licht niemals erlöschen konnte, war der Held und das Monster in den Geschichten, die nach Magie und alter Zeit schmeckten.

»Was in der Lanze gespeichert wird, kann lediglich die umgewandelte Energie der Essenz sein. Und dass die Schatten noch leben, liegt wohl daran, dass diese noch nicht erloschen ist.«

Und die Lanze besaß bereits göttliche Macht, durch das Blut, mit dem sie einst getränkt worden war. Und jetzt war auch noch die Energie eines Engels in ihr eingeschlossen.

»Was genau wollen Danjal und seine Halbengel dann?«, fragte Jophiel und reichte Penemue das Buch zurück.

»Mehr als nur die Vernichtung des Chors, so wie es aussieht«, antwortete Valerio und lehnte sich erschöpft zurück. Auch wenn er die Erzengel für ihre ungerechten Regeln verachtete, wünschte er ihnen gewiss nicht ein solch blutiges Ende.

Keiner von uns tat das.

Am liebsten wäre ich in diesem Moment mit Raphael allein gewesen, um ihm die Möglichkeit zu geben, seine Emotionen nicht hinter dieser abgebrühten Gleichgültigkeit verstecken zu müssen. Er war gut darin, keine Schwäche zu zeigen, aber ohne das Funkeln in seinen Augen erinnerte mich seine Miene an einen grauen Regentag. Nichts hiervon ließ ihn kalt, aber als er meinen Blick bemerkte, zwinkerte er mir zu und brachte ein Lächeln zustande, das sich für mich wie Sonnenlicht anfühlte. Leider konnte es meine trüben Gedanken nicht vertreiben, denn in diesen zog ein Unwetter auf. Eines, das aus Angst bestand – aus Angst um Raphael.

Gabriel war tot und wenn wir Danjal nicht aufhielten, würden ihm seine Brüder irgendwann folgen.

»Was ist jetzt der Plan?«, fragte Valerio, während er einige der anderen Bücher durchblätterte.

»Wir sollten nach Arcanum reisen«, sagte Jophiel und lehnte sich in Penemues Sessel zurück.

»Arcanum?«, fragte ich überrascht. Die Aufregung schoss mir in kleinen Blitzen durchs Blut und sammelte sich als prickelnde Vorfreude in meinem Herzen. Arcanum war ein schauriges Geheimnis. Ein mysteriöses Märchen, das nur jenen, die die Dunkelheit nicht fürchteten, als Gutenachtgeschichte erzählt werden sollte.

»Der Zirkel hat versprochen, uns mit allen Mitteln zu unterstützen«, sagte Jophiel, ihr Ton plötzlich unterkühlt, als dachte sie nicht gerne an die Stadt der Hexen.

»Hatten sie eine Idee, wie sie uns helfen können?«, fragte Raphael.

»Am erfolgversprechendsten wäre es wohl, wenn sie versuchen würden, Danjal oder diesen Salvatore auszupendeln«, antwortete sie. »In der Nacht auf den ersten August, was übermorgen ist, wird in Arcanum Lughnasadh gefeiert, eines der acht Hexenfeste. Zu dieser Zeit ist ihre Magie besonders stark. Sie haben uns dazu eingeladen und wollen versuchen, Danjal in einem Ritual bei Sonnenaufgang auszupendeln.«

»Ohne sein Blut werden ihnen die stärksten Hexenkräfte nichts nützen«, warf Valerio ein.

»Von dem habe ich definitiv genug«, sagte ich und wandte mich zu Raphael um, der als Einziger wissen konnte, was ich damit meine.

»Wie gut, dass du bis jetzt noch keine Zeit hattest, Wäsche zu waschen«, grinste er und klang dabei sehr zufrieden mit sich selbst.

Ich sah aus dem Augenwinkel, wie Valerio seinen Kiefer anspannte und die Hände zu Fäusten ballte. Vermutlich hörte er in allem, was Raphael sagte, eine zweideutige, anzügliche Aussage. Zweifellos hatte es der Erzengel genau darauf angelegt.

»Was machen wir, wenn Uriel und seine Männer Gabriels Schatten nicht finden?«, fragte ich schnell. Die Stimmung im Raum war angespannt genug, da wollte ich Raphael und Valerio nicht noch die Chance geben, sie zum Explodieren zu bringen.

»Du könntest versuchen, ihn zu rufen«, schlug Valerio vor.

»Ich glaube nicht, dass das funktionieren wird«, warf ich ein. »Zu Gabriels Schatten habe ich noch nie eine Verbindung aufgebaut. Lija wird mich vermutlich nicht einmal spüren.«

»Was, wenn du etwas von ihrem Herrn bei dir hast?« Er sah zu Raphael, der misstrauisch zurückstarrte, doch Valerio blickte dem Erzengel nicht direkt ins Gesicht, sondern musterte dessen Flügel. »Wie zum Beispiel eine Feder von ihm. Vielleicht hilft das, eine Verbindung aufzubauen.«

»Das ist tatsächlich keine dumme Idee«, gestand Raphael und nickte anerkennend. »Ich kümmere mich darum.«

Es war zwar eine makabere Vorstellung, dem toten Gabriel eine Feder zu klauen, aber wenn diese dabei half, seinen Schatten zu finden, würde er sicher nichts dagegen haben.

»Gut«, seufzte ich und erhob mich, um meine steifen Gliedmaßen zu lockern. »Wann brechen wir auf?«

»Noch heute«, sagte Raphael entschieden. »Ich werde den Chor informieren und eine Nachricht nach Arcanum schicken.«

Valerio trat neben mich und berührte sanft meinen Rücken, was mich überrascht zusammenzucken ließ. Er zog mich ein Stück zur Seite und sah besorgt auf mich hinab, während die anderen sich zusammenpackten.

»Du solltest hierbleiben«, flüsterte er, wobei sein Gesicht dem meinen so nahe war, dass ich jede Schattierung seiner grünen Augen erkennen konnte. »Raphael und Jophiel können das ohne deine Hilfe schaffen.« Verwirrt runzelte ich die Stirn und machte einen Schritt zurück, damit wir nicht mehr so nah beieinanderstanden.

»Nein, können sie nicht«, hielt ich dagegen und sah ihn ernst an. »Ich kann die Lanze spüren. Sie nicht.«

»Du kannst was?«, fragte Valerio entgeistert und packte abrupt meine Oberarme. »Ist das dein Ernst, Ellie? Das bringt dich doch nur noch mehr in Gefahr!« Er schluckte schwer und lockerte rasch seinen Griff, weil ihn Wut und Sorge so abrupt übermannt hatten, dass er sich selbst kaum wiederzuerkennen schien.

»Tut mir leid«, murmelte er und ließ mich los. Er senkte den Kopf und die dunklen Haare fielen ihm in die Stirn. »Aber wenn dir etwas passiert ... Danjal hat Salvatore schon einmal auf dich losgelassen, nur um dich einzuschüchtern. Was glaubst du, was er tun wird, jetzt, wo du nicht auf seine Warnung gehört hast und dem Chor weiterhin hilfst?«

Darauf wusste ich keine Antwort und ich wollte auch gar keine finden und dass Valerio sich so sehr um mich sorgte, berührte zwar den Teil in mir, der vor zwanzig Jahren von ihm zerschmettert worden war, aber das würde nichts an meiner Entscheidung ändern. Danjal war eine Bedrohung, die ich nicht einfach ignorieren konnte. Es tat gut zu helfen, auch wenn Valerio das anscheinend nicht verstand. Ich wurde gebraucht. Zum ersten Mal in meinem Leben wurde ich wirklich gebraucht.

»Ich weiß, was ich tue. Vertrau mir, okay?«, bat ich leise und griff nach seiner Hand. Ich wollte nicht, dass er sich vor den Kopf gestoßen fühlte oder glaubte, dass ich seine Bedenken nicht ernst nahm. Aber er musste auch mich und meine Entscheidungen akzeptieren, wenn er wollte, dass diese Freundschaft funktionierte.

Genau das schien er in diesem Moment zu begreifen, denn er ließ die Schultern hängen, zwang sich zu einem schiefen Lächeln und erwiderte den Druck meiner Hand.

»Ich vertraue dir immer, Ellie.«

Jemand räusperte sich hinter mir geräuschvoll. Bevor ich mich umgedreht hatte, wusste ich bereits, dass es Raphael war, denn Valerios Miene verdüsterte sich schlagartig.

»Wenn ich kurz stören darf?« Raphael schien weniger

wütend, als vielmehr genervt zu sein. Die Anspannung seiner Schwingen verriet, dass seine Geduld gerade eben auf eine harte Probe gestellt wurde, wofür ich mich nicht verantwortlich fühlen wollte. Mit Valerio zu reden konnte ihn gewiss nicht so sehr stören, dass seine Flügel von silbergrauen Nebeln umflossen wurden.

»Penemue hatte gefragt, ob es in Ordnung wäre, wenn Valerio hierbleibt, um ihm zu helfen, die Schriften durchzugehen«, sagte Raphael und deutete auf den Boden, wo Penemue immer mehr Bücher ausbreitete.

Valerio blinzelte überrascht und seine schlechte Laune verflog schlagartig.

»Natürlich. Es wäre mir eine Ehre.«

Ein kurzer Stich der Enttäuschung grub sich in meine Brust, weil ich insgeheim gehofft hatte, dass er uns nach Arcanum begleiten würde. Allerdings war es wohl für den allgemeinen Frieden besser, wenn Valerio und Raphael nicht im selben Raum, geschweige denn in derselben Stadt waren.

»Dann bringe ich schnell Elodie heim, damit sie ihre Sachen packen kann«, sagte Jophiel und winkte mich zu sich.

»Nein«, befahl Raphael mit einem Tonfall, der Feuer zu Eis hätte erstarren lassen können, und versperrte mir mit seiner Hand den Weg. Mit einem gefährlichen Funkeln in den Augen sah er auf mich hinab. »Ich bringe sie heim.«

»Der Mann spuckt Töne«, brummte Penemue verächtlich, während ich die Arme vor der Brust verschränkte und Raphael anstarrte.

»Wie wäre es, wenn du zur Abwechslung mal versuchst, aus diesem barschen Befehl eine höfliche Frage zu formulieren?«

Raphael runzelte die Stirn und erwiderte meinen strengen Blick sichtlich irritiert.

Ich gab jedoch nicht nach, weil wir längst über den Punkt hinaus waren, an dem ich mich von seiner Attitüde des strengen Erzengels einschüchtern ließ.

»Bitte«, brummte er nach längerem Zögern und verdrehte die Augen. »Darf ich dich *bitte* nach Hause bringen?«

»Sehr gerne.« Ich lächelte breit und kam nicht umhin, die verdutzten Mienen der anderen zu genießen und diesen Moment als Triumph einzuordnen.

»Was auch immer du mit ihm machst, mach weiter so«, gluckste Penemue und legte mir beide Hände auf die Schultern, was als Geste des Abschieds für den alten Engel unerwartet persönlich war.

Dann tat er etwas, das ich so nicht erwartet hatte. Er schlang die knochigen Arme um mich und schenkte mir eine Umarmung, die unbeholfen und doch herzlich war. »Pass auf dich auf, mein Mädchen«, murmelte er und drückte mich noch etwas fester, als graute es ihm davor, mich gehen zu lassen, »und lass dich gefälligst nicht länger von irgendwelchen aufgeblasenen Wolkenfurzern einschüchtern. Ganz gleich, ob sie Flügel haben oder flugunfähig sind. Du bist mutiger, als du dich traust zu sein.«

Raphael brachte mich nicht heim.

Überraschte mich das? Nein.

Machte es mich nervös? Definitiv!

Ich hatte nicht den Hauch einer Ahnung, warum er mich durch die Straßen Aeternitas führte und es riskierte, mit mir zusammen gesehen zu werden, geschweige denn, warum er Jophiel dazwischengefunkt oder mich nicht mit Valerio zusammen nach Rom hatte zurückkehren lassen.

Tobit tapste hinter uns her und knurrte jeden Engel an,

der es wagte, uns zu lange anzustarren. Vielen begegneten wir glücklicherweise nicht, aber niemand ging an uns vorbei, ohne überrascht stehen zu bleiben und in einem etwas verspäteten Akt des Respektes den Kopf vor Raphael zu neigen. Sie sahen zuerst mich, das Mädchen ohne Flügel, und schienen es kaum glauben zu können, dass dieses an der Seite eines wahrhaftigen Erzengels gehen durfte.

Raphael störte das nicht weiter. Gekonnt ignorierte er die fragenden, teils fassungslosen Blicke und griff wie selbstverständlich nach meinem Arm. Ganz nah zog er mich an sich heran und legte einen Flügel über meine Schultern. Nicht um mich zu verstecken, wie ich verwundert feststellte, sondern um zu verhindern, dass ich von anderen Engeln angerempelt wurde.

Sein Blick ging stoisch geradeaus und ich erkannte an der harten Linie seines Kiefers, dass er ungewohnt angespannt war. Also schwieg ich und versuchte zu genießen, endlich wieder durch Aeternitas spazieren zu können.

»Warum hast du mir nicht gesagt, dass Salvatore dich bedroht hat?«

Ich zuckte zusammen, weil Raphael so gleichgültig klang wie jemand, der genau darauf achtete, nicht zu viel Interesse zu zeigen. Er hatte sich Zeit gelassen, um erst nach einer gefühlten Ewigkeit wieder das Wort an mich zu richten.

»Weil es nichts geändert hätte«, gab ich möglichst unbeeindruckt zurück. Inzwischen war ich in seiner Gegenwart selbstbewusst genug, um mich nicht mehr von jeder Kleinigkeit aus der Ruhe bringen zu lassen. »Das war, bevor du mich um Hilfe gebeten hast.«

»Dann hättest du es mir erst recht erzählen sollen.« Ein dicker Knoten zog sich in meinem Bauch zusammen und wurde nicht besser, als wir schweigend einen der Marktplätze überquerten, dessen exklusivste Stände auf Plattformen aufgebaut waren, die in unterschiedlichen Höhen schwebten. Man brauchte Flügel, um elysisches Essen, extravagante Kleidung, wunderschöne Waffen oder goldenen Wein kaufen zu können.

»Noch bevor du zu mir gekommen bist, hatte ich beschlossen, mich nicht von irgendwelchen Drohungen einschüchtern zu lassen«, sagte ich und war froh, dass es am Boden nicht zu voll war, denn an belebten Tagen verstand man hier zwischen Stimmen und Flügelrauschen kaum ein Wort. »Ich wollte helfen und hatte befürchtet, dass du es mir verbieten würdest, wenn ich dir von Salvatores Angriff erzählte.«

Raphaels Flügel über meiner Schulter verkrampfte sich und drückte mich noch ein Stückchen näher an sich heran, sodass ich von seinem Duft eingehüllt wurde. Man machte uns Platz, aber niemals, ohne sich vor dem Erzengel ehrfurchtsvoll zu verbeugen und anschließend tuschelnd die Köpfe zusammenzustecken. Was dachten sie wohl, was Raphael mit mir vorhatte?

»Ich würde dir niemals etwas *verbieten*, Elodie. Dazu habe ich kein Recht«, murmelte er, das Gesicht noch immer von mir abgewandt. Ich schluckte schwer und hätte ihm am liebsten gesagt, dass das so nicht stimmte, doch bevor ich etwas erwidern konnte, betraten wir die *Sternenfall-Brücke*. Sie führte über den Fluss *Nubes* hinweg, in dem statt Wasser Wolken und mondlichtweißer Nebel stromabwärts flossen. Er war so klar, dass man die flinken Schwärme silberner Flügelfische gut erkennen konnte. Ihnen hatte die Brücke ihren Namen zu verdanken, denn wenn sie durch die fließenden Wolken schossen, sahen sie aus wie fallende Sterne.

Raphael wurde langsamer, blieb schließlich mitten auf der aus Glas und Gold gebauten Brücke stehen, und sah mich zum ersten Mal, seitdem wir losgegangen waren, wieder an. Die weißblauen Reflexionen des Flusses vermischten sich mit den orangenen Strahlen der Nachmittagssonne und spiegelten sich in seinen ernsten Augen wider.

»Ich würde dir niemals etwas verbieten«, sagte er erneut und schüttelte unentschlossen den Kopf. »Aber wenn du so etwas vor mir verheimlichst und dir am Ende etwas passiert, obwohl ich es hätte verhindern können, wenn du nur ehrlich mit mir gewesen wärst …«

Mein Puls begann zu rasen, meine Haut zu glühen. Ein unbeschreibliches Gefühl von Verbundenheit und Zuneigung übermannte mich.

Am liebsten hätte ich ihn direkt hier auf der Brücke an mich gezogen. Mich in seine Arme geflüchtet, nach seinen Lippen gesucht und ihm gezeigt, wie wichtig er für mich geworden war. Dass ich mich um ihn sorgte, seitdem ich die Angst gespürt hatte, ihn zu verlieren.

Aber ich musste mich zusammenreißen. Das hier war der falsche Zeitpunkt und definitiv der falsche Ort, um einem der mächtigsten Wesen des Himmels wie eine verliebte Ballerina um den Hals zu fallen.

Raphael beobachtete mich belustigt, als wüsste er genau, was in mir vorging. Er war lächerlich gut darin, meine Nervosität zu erkennen und die Röte in meinem Gesicht richtig zu interpretieren.

»Ich weiß, dass du schon lange genug auf dich selbst aufpasst«, sagte er und schob eine Hand lässig in die Hosentasche. »Aber unabhängig davon, werde ich das nächste Mal, wenn du dich nicht von mir beschützen lässt, den dominanten und phänomenal heroischen Erzengel raushängen lassen müssen.«

Immerhin schien er einen kleinen Funken Selbstreflexion zu besitzen.

Mein Herz setzte einen Schlag aus und ich starrte Raphael an, als sähe ich ihn in diesem Moment zum allerersten Mal.

Und mich traf eine Erkenntnis, die überwältigender nicht hätte sein können: Ich war gerade dabei, mich in diesen Erzengel zu verlieben.

Der Himmel steh mir bei!

»Ich dachte, das tust du längst.« Meine Stimme klang rau.

»Nicht einmal annähernd.« Er beugte sich zu mir hinab, sein Duft hüllte mich ein, und ich glaubte, seinen Herzschlag spüren zu können. »Du hast keine Ahnung, wie erbarmungslos ich sein kann, wenn es um etwas geht, das mir wichtig ist, *passerotta.*«

12.
Die Stadt der Hexen und Dämonen

Ich stopfte das blutbesudelte Kleid in eine Plastiktüte und kam nicht umhin, das Groteske dieses Moments zu realisieren. Aber die anstehende Reise fühlte sich ohnehin sehr sonderbar an, also ließ ich mich davon nicht weiter beirren. Besonders viel packte ich nicht ein und was ich mitnehmen wollte, war vermutlich nicht das Richtige.

Was trug man auch in der Stadt der Hexen und Dämonen? Dort war es zwar immer Herbst, aber Flip Flops und Sommerkleider passten ohnehin nicht zu meiner Vorstellung von gotischen Gebäuden und nebulösen Gassen.

»Zerdenkst du schon wieder?« Valerio lehnte entspannt an der Tür zu meinem Badezimmer und beobachtete mich aufmerksam. Vor wenigen Stunden war er hergekommen, um mit mir gemeinsam auf Raphael und Jophiel zu warten, die mich am Abend abholen wollten, was mich langsam, aber sicher immer nervöser machte.

»Ich will nur nicht mit den falschen Klamotten auffallen«, murmelte ich und knabberte auf meiner Unterlippe herum.

Heute würde ich nicht nur Arcanum und seinen Zirkel kennenlernen, sondern auch mein allererstes Hexenfest erleben.

»Viele Arcanier haben lange Zeit in der Menschenwelt gelebt, also dürfte ihnen moderne Kleidung durchaus vertraut sein.« Er klang belustigter, als er in Wahrheit war und setzte seit Stunden alles daran, mich von seiner guten Laune zu überzeugen. Aber seinem Lächeln fehlte die Leichtigkeit, seiner Stimme der freche Witz.

Er war besorgt und sehr schlecht darin, es zu verbergen, weshalb ich mir fast wünschte, die letzten Augenblicke vor der Abreise allein zu sein.

Früher hatte ich jede Sekunde, in der Valerio bei mir war, genossen. Aber jetzt fühlte sich unsere Zweisamkeit schal an.

»Darf ich dich etwas fragen?« Valerio trat an mein Bett heran, auf dem ich Hosen und Shirts nach Praktikabilität sortiert hatte.

»Natürlich«, sagte ich und sah ihn überrascht an.

Bitte lass es nichts mit Raphael zu tun haben!

»Es hat mit Raphael zu tun.«

Großartig.

Angespannt wartete er auf meine Reaktion, als habe er eine Warnung ausgesprochen, die mich meine Meinung noch einmal ändern lassen könnte.

»Okay«, sagte ich leise und nickte, damit er nicht das Gefühl bekam, irgendein Tabuthema angesprochen zu haben. Früher hatten wir einander alles erzählen können, doch jetzt schien jedes Wort ein Risiko zu sein.

»Was genau läuft da zwischen euch beiden?«

Ich kräuselte die Stirn, war aber nicht wirklich überrascht. Seit wir zurück in meiner Wohnung waren, schimmerte Unsicherheit in seinem sonst so fröhlichen Gesicht.

Ich konnte es ihm nicht verübeln. Vermutlich wäre ich auch nicht besonders glücklich darüber gewesen, ihn mit einem Engel zu erwischen.

»Ich weiß, dass ich das Recht verloren habe, dich solche Sachen zu fragen«, murmelte er, als meine Suche nach der richtigen Antwort die Stille zwischen uns immer lauter werden ließ, »und du musst mir auch nichts erzählen, aber Erzengel wissen, wie man andere manipuliert. Ich will nicht, dass du am Ende verletzt wirst, weil ein Mann wie Raphael deine Gutmütigkeit ausgenutzt hat.«

»Er nutzt mich nicht aus«, sagte ich, ohne zu zögern. »Wir helfen einander. Nicht mehr und nicht weniger.«

Diesen platonischen Blödsinn glaubte ich nicht einmal selbst. Ich schloss die Reisetasche und griff nach dem dunkelroten Mantel, der für kaltes Wetter am besten geeignet war. Es fiel mir doch nicht so leicht wie gedacht, mit Valerio über Dinge zu sprechen, die mich daran erinnerten, wie nah wir uns einmal gewesen waren.

»Raphael ist anders als seine Brüder«, verteidigte ich ihn. Wenn er meine folgenden Worte hören könnte, würde er sie vermutlich auf ein großes Plakat drucken und dieses vor mein Fenster hängen, damit ich es jeden Morgen sehen konnte. Aber das machte es nicht weniger wahr. »Er stellt Regeln nicht über Gerechtigkeit und kämpft für Veränderung, anstatt für einen alten Glauben.«

Raphaels guten Willen zu verteidigen, löste in mir eine Aufregung aus, mit der ich für ihn in den Kampf hätte ziehen können. Wilde Feuer brannten durch meine Adern, weil der Gedanke an ihn genügte, um meine Entschlossenheit zu entfachen.

Valerio schluckte schwer und rang sich ein Lächeln ab, das voller Wehmut war.

»Wenn du es sagst.«

Er nahm meine Tasche und trug sie mir auf den Balkon hinaus, wo wir auf Jophiel und Raphael warten sollten. Ich atmete zitternd ein. Die Gefühle, die sich in mir anstauten, waren ein wildes Durcheinander. Ich war nicht wütend, weil

Valerio mich vor Raphael zu warnen versuchte, sondern enttäuscht, weil er meinen Entscheidungen nicht vertraute. Früher hatte ich es geliebt, mir von Valerio die Welt erklären zu lassen, aber inzwischen machte ich mir lieber mein eigenes Bild. Es schien ihn zu stören, dass ich nicht länger auf ihn angewiesen war.

Wir betrachteten schweigend, wie die letzten Sonnenstrahlen den Himmel in ein loderndes Inferno verwandelten, als aus den feuerroten Wolken vier Gestalten brachen. Ihre majestätischen Schwingen gaben ihnen einen Auftritt, der wahren Engeln gebührte.

Es waren Raphael und Jophiel, die von Avril und Uriel begleitet wurden. Der Wind, der ihrer Landung folgte, fegte mir das Haar ins Gesicht und riss einige meiner armen Kräuter aus den Töpfen. Mein Balkon war eindeutig zu klein für sechs Personen, von denen vier mit ihren mächtigen Schwingen doppelt so viel Platz einnahmen. Raphael lächelte, als ich mich gegen die Wand drückte, weil die geballte Macht der Engel so allumfassend war.

»Bereit für ein paar Abenteuer, *passerotta*?«

Nein. Aber das war ich nie.

Er trat dicht an mich heran und hob wie selbstverständlich meine Reisetasche auf, als wäre er der geborene Gentleman.

»Ihr Leben zu riskieren, ist kein Abenteuer«, schnaufte Valerio und stellte sich so dicht neben mich, dass seine Schulter die meine berührte.

»Wie ich sehe, hast du deinen Humor schon wieder verloren. Wie schade, das war bei Weitem deine einzig positive Eigenschaft«, seufzte Raphael, ohne ihn auch nur eines Blickes zu würdigen. »Du musst dir um Elodie keine Sorgen machen. Die Welt, wie wir sie kennen, wird untergehen, bevor ich zulasse, dass ihr etwas geschieht.« Er zwinkerte mir zu, was heiße Schauer meine Wirbelsäule hinabsandte, aber ich zwang mich dazu, einen neutralen Gesichtsausdruck zu wahren.

»Ich wusste nicht, dass du den Helden in dieser Geschichte spielen willst«, sagte Valerio und legte mir eine Hand auf den Rücken, was Raphael mit angespanntem Kiefer zur Kenntnis nahm.

»Wirklich?«, fragte der Erzengel und hob die Hand, um den Anhänger, der ein kleines Stück über dem Ausschnitt meines Shirts lag, zu berühren. »Und ich dachte, es wäre offensichtlich, was ich will.« Er rieb den goldenen Vogel zwischen den Fingern und lächelte süffisant auf mich hinab. »Schließlich trägt sie meine Kette um den Hals.«

Großer Gott, was für einen Engel hast du da auf die Welt losgelassen?

Ich sah den lodernden Zorn in Valerios Augen, der erst Raphael und anschließend das kleine Schmuckstück hasserfüllt anstarrte, darum bemüht, nicht beide von mir wegzureißen.

Bevor das geschehen konnte, schritt glücklicherweise Afril ein und zog mich aus der Mitte der beiden.

»Alphamännchen und ihre Hahnenkämpfe sind das Letzte«, sagte sie laut genug, damit es jeder hören konnte. Sie schlang mir den Arm um und schützte mich damit vor der aufgeheizten Stimmung zwischen Valerio und Raphael.

»Ignorier die beiden einfach«, riet mir Jophiel, die am Geländer lehnte und so tat, als würde sie die gesamte Situation nicht interessieren. Uriel trat neben mich und nickte zustimmend, wobei er keine Miene verzog. Allerdings lag freundliche Wärme in seinem Blick.

»Wir wollten uns von dir verabschieden. Der Himmel weiß, wie lange ihr weg sein werdet.«

»Hoffentlich nicht allzu lange«, sagte Raphael, der Valerio achtlos hatte stehen lassen. »Uns rennt die Zeit davon.«

Er griff in seine Hosentasche und zog eine kleine Phiole hervor, die an einem ledernen Band hing. Eine seidige, amethystfarbene Feder wurde vom Glas geschützt und leuchtete dezent.

»Die Farbe passt nicht ganz zu meiner Kette, aber so verlierst du sie wenigstens nicht«, sagte er und hängte mir das Lederband um. Behutsam berührte ich das kühle Gefäß und betrachtete Gabriels Feder von allen Seiten. Diesem würde es gewiss nicht gefallen, dass ausgerechnet ich einen Teil seiner Heiligkeit am Körper trug, aber nichts sollte mir momentan gleichgültiger sein.

»Bereit?« Raphael reichte mir die Hand wie zum Tanz. Ich zögerte und blickte zu Valerio, der einige Atemzüge brauchte, um seinen Zorn zu bändigen. Er rang sich ein Lächeln ab und zog mich in eine feste Umarmung, bei der er das Gesicht in meinem Haar vergrub und tief Luft holte.

»Komm heil zu mir zurück «, flüsterte er mir ins Ohr und erschauderte, als ich erst nach einigen Sekunden seine Umarmung erwiderte. »Und vertraue nicht jedem, dem du vertrauen willst.« Bevor ich etwas darauf erwidern konnte, löste er sich von mir und wandte sich ab, ohne einen von uns noch einmal anzusehen.

Ich schluckte schwer und wünschte mir, dass all das hier endlich vorbei war, damit Valerio und ich endlich Zeit bekamen, um über das zu sprechen, was wir bis jetzt tunlichst vermieden hatten.

Seine Enttäuschung tat mir im Herzen weh, aber das Mädchen, zu dem er zurückkehren wollte, war verschwunden, nachdem er es verlassen hatte. Und ich wusste, was ich tat, auch wenn er nicht daran glaubte.

In Raphaels Armen flog ich durch das Portal aus silbergrauen Wolken.

Jophiels blaue Schwingen wiesen uns den Weg. Um mich herum herrschte wildes Chaos aus Donner und Blitzen, Windstrudeln und Nebelklauen. Als es schlagartig still wurde und die Energie des Portals von Raphaels Flügeln wie Regentropfen perlte, richtete sich sein Körper gerade auf, sodass wir gemächlich durch die Lüfte glitten.

Das Erste, was mir auffiel, waren die Schwingungen, die in dieser Welt herrschten. Auch wenn Arcanum in derselben Welt existierte wie Aeternitas, fühlte sich die Stadt der Hexen und Dämonen ganz anders an. Dunkel und geheimnisvoll, verlockend und gefährlich. Die Magie, die durch dic Abenddämmerung wehte, kribbelte wie Funken in meinem Blut. Jede Faser meines Seins konnte spüren, dass dies das Zuhause mysteriöser Mächte und verhängnisvoller Wünsche war.

Unser Weg führte über verwitterte Dächer, die zu krummen Gebäuden aus grauem Stein gehörten. Neben alten Laternen, deren diffuses Licht die Nebel in den Straßen zum Funkeln brachte, wuchsen schwarze, knorrige Bäume. Ihre roten Blätter wehten durch enge Gassen und bedeckten die alten Dächer wie frisch vergossenes Blut.

Es gab einen großen Fluss, dessen Arme die gesamte Stadt wie Adern durchzogen. Unzählige Brücken, die auf Plätze mit imposanten Brunnen führten.

Dass heute Nacht eines der Hexenfeste gefeiert wurde, erkannte man selbst aus hundert Metern Höhe, denn überall brannten Feuer, und Lichterketten und Girlanden aus Blättern, zierten Türen und Fenster, hinter denen der warme Schein aus steinernen Kaminen flammte.

Der Duft von gebratenem Fleisch, butterigen Maiskolben, gebackenem Kürbis und Ahornsirup wehte uns entgegen.

Raphael sank tiefer und hielt auf ein gigantisches Schloss im Zentrum zu, um das herum die Stadt ringförmig erbaut worden war.

Es war das imposanteste und gruseligste Bauwerk, das ich je gesehen hatte. Ein Labyrinth aus Türmen, bunten Fenstern und Steinbögen, die von gotischen Ornamenten und grotesken Wasserspeiern geziert wurden. Hunderte Fackeln erhellten den Vorhof des Schlosses. Wie feuerrote Augen eines steinernen Monstrums blickten sie uns entgegen und brachten die Schatten der Fassade zum Tanzen.

So wie Aeternitas durch das Licht der mondlichtweißen Mauern, die sich in Silber, Gold und Glas widerspiegelten, an ein Reich für himmlische Wunder erinnerte, so war Arcanum mit seinen lebendigen Schatten und düsteren Ecken für magische Geheimnisse gemacht.

Ich kam nicht umhin, mich von dem Charme des Verborgenen – und höchstwahrscheinlich Verbotenen – verzaubern zu lassen.

Ohne alle Geheimnisse dieses rätselhaften Ortes zu kennen, wusste ich, dass ich ihm nicht vertrauen durfte.

In der Stadt der Engel wurde man von Licht geblendet und in dieser hier von der Dunkelheit verschluckt.

Als Raphael im Vorhof des Schlosses landete und mich behutsam absetzte, zitterten meine Knie so sehr, dass ich kaum stehen konnte. Dieses Mal war nicht sein rasanter Flugstil daran schuld, sondern das vom Feuerschein erhellte Begrüßungskomitee, das uns am Eingangsportal erwartete.

Das dunkle Blau der Nacht zog langsam über Arcanums Himmel, links und rechts waren Fackeln und Öllampen entzündet worden, um uns gebührend zu empfangen.

Für einen endlos langen Moment war das Knistern der Flammen das Einzige, was zu hören war.

Unauffällig schob ich mich ein Stück hinter Raphael, froh, dass Jophiel an meiner anderen Seite war. Wenn ich schon vor den mächtigsten Hexenzirkel Arcanums treten musste, dann tat ich das wenigstens in der Mitte zweier Engel.

Jedidas und Tobits nebulöse Gestalten sanken nur wenige Schritte hinter uns zu Boden und nahmen feste Form an. Sie gaben uns Rückendeckung und ihre prickelnde Essenz schenkte mir frischen Mut.

Ich zählte vor dem Eingangsportal dreizehn Hexen, deren Essenz nicht nur aus Feuer, sondern auch aus der Kälte des Himmels bestand, weil in jeder von ihnen ein Funke von Luzifers Licht lebte, das Juniper einst gefunden und mit ihnen geteilt hatte.

Außerdem entdeckte ich drei Dämonenfürsten, eine Frau und zwei Männer, deren pechschwarze, gruselige Schatten uns mit Augen anstarrten, die wie brennende Kohle glühten.

Schweigend traten wir auf die Gruppe zu und blieben wenige Meter vor einem Dämonenfürsten mit karamellblondem Haar stehen, dessen Essenz den wilden Duft von Feuer und Zimt verströmte.

Er wirkte düster und kontrolliert und besaß eine Ausstrahlung, die ich so noch nie erlebt hatte.

Es war eine natürliche Autorität, gepaart mit einer ordentlichen Portion Selbstbewusstsein, die mit einem simplen Blick selbst Könige dazu bringen konnte, ihre Häupter zu neigen.

Dieser Mann mit den dunkelblauen Augen, in denen sich

die Gefahren der Nacht zu verbergen schienen, war ein Anführer.

»Azazel«, grüßte Raphael mit einem Nicken. Kein Spott, kein Hauch von Herablassung lag in seiner Stimme. Er war so ernst, wie ich ihn noch nie erlebt hatte.

Währenddessen schrie mich meine eigene Nervosität innerlich an, schließlich erlebte ich hautnah, wie ein Erzengel dem Teufel gegenübertrat.

Beide machten eine eindrucksvolle Figur. Sie waren große, athletische Männer, gewohnt, dass ihren Willen Folge geleistet wurde.

Die Andeutung eines Lächelns stahl sich auf Azazels Lippen, charmant und unheimlich, wie es sich für den Teufel gehörte.

Ich hatte mir den Herrscher der Hölle anders vorgestellt. Weniger blond, weniger stattlich. Er war ein gut aussehender Mann – auf eine markante, düstere Art.

»Willkommen in Arcanum, Bruder.« Azazels Stimme klang tief und angenehm. Er war die Ruhe selbst, obwohl ich mir gut vorstellen konnte, dass sein Job ziemlich stressig war.

»Es ist schön, dich wiederzusehen«, sagte Raphael und die Ehrlichkeit seiner Worte überraschte mich. Azazel musste zu den wenigen Brüdern gehören, die er nicht lebendig begraben wollte. »Es ist nur schade, dass es unter solchen Umständen sein muss.«

»Du weißt, dass uns Katastrophen schon immer schneller wieder zusammengebracht haben als Frieden und Einklang.« Azazel hob eine Augenbraue. »Dass du der Hölle bis jetzt allerdings noch keinen einzigen Besuch abgestattet hast, kränkt mich ein wenig.«

»Ich befürchte, dass ich dein Reich niemals wieder verlassen werde, wenn ich erst einmal auf seinen Geschmack gekommen bin. Und ein weiterer Verrat könnte Michael das Herz brechen.«

»Wenn er eins hätte.« Die beiden lachten, was mich wie vom Blitz getroffen zusammenzucken ließ.

Scherzten sie miteinander? Ich konnte kaum glauben, dass zwei so mächtige, Himmel und Hölle beherrschende Wesen miteinander sprachen, als seien sie alte Schulkameraden.

»Ich soll dir die besten Grüße von ihm und dem Rest des Chors ausrichten. Er lässt sich entschuldigen, weil er befürchtet, seine Anwesenheit könnte für Unruhen sorgen.« Raphael sah aus dem Augenwinkel zu einem braunhaarigen Mädchen, das dicht neben Azazel stand.

»Wie immer verfügt unser lieber Bruder über ein unglaubliches Feingefühl«, brummte Azazel und zwinkerte dem Mädchen, das ein höhnisches Schnauben ausstieß, verschwörerisch zu.

»Darf ich dir Juniper vorstellen«, sagte er und legte ihr eine Hand auf die zierliche Schulter, wobei mir nicht entging, wie seine Stimme augenblicklich sanfter wurde.

Ich blinzelte überrascht.

Das also war Juniper Deshayes.

Die Königin an der Seite des Teufels und die Hexe mit dem Licht eines Engels.

Sie hatte braune Locken und irrwitzig große, himmelblaue Augen, in denen eine funkelnde Lebensfreude lag, die ansteckend wirkte.

»June, das ist Erzengel Raphael, Mitglied des Chors von Aeternitas«, stellte Azazel den Erzengel vor. Die junge Hexe straffte das Kreuz und sah Raphael direkt ins Gesicht, ohne das kleinste Anzeichen von Demut.

»Es gibt drei von denen?«, fragte sie und seufzte theatralisch, bevor sie sich Raphael zuwandte. »Angenehm«, murmelte sie und wusste vermutlich ganz genau, wie deutlich er die Lüge in diesem einen Wort wittern konnte.

»Es freut mich, dich endlich einmal kennenzulernen«, erwiderte Raphael gelassen und bedachte sie mit einem süffisanten Lächeln. »In Aeternitas erzählt man sich viel über dich und die anderen Himmelsbluthexen.«

»Bestimmt nur Positives.« Der Sarkasmus war unüberhörbar.

Raphael wog den Kopf und tat, als müsse er ernsthaft nachdenken.

»Das kommt vermutlich darauf an, wie man eure Geschichte zu interpretieren versteht.«

Die Hexe hob eine Augenbraue und diese kleine Geste genügte, um das ganze Ausmaß ihrer Geringschätzung auszudrücken.

»Ich dachte, für den Himmel gibt es nur Gut und Böse. Euch und uns.« Raphael ließ sich von Junipers spitzer Zunge nicht aus dem Konzept bringen.

»Auch wieder wahr. Wir sind nicht gerade dafür bekannt, unterschiedliche Ansichten zu tolerieren.« Wie nebenbei strich er mit den Fingern über meinen Rücken und zwinkerte mir zu. »Aber das wird sich mit der richtigen Hilfe hoffentlich bald ändern.«

Junipers durchdringender Blick fixierte mich und löste in mir die Angst aus, von ihr gehasst zu werden, bevor ich überhaupt den Mund aufgemacht hatte.

»Ich würde euch gerne Elodie vorstellen. Jophiels Schützling«, sagte Raphael.

Ich erstarrte zur Salzsäule und hätte am liebsten die Hände

vors Gesicht geschlagen, um nicht all der Aufmerksamkeit ausgesetzt zu sein.

»Wer hätte gedacht, dass ausgerechnet du ein Herz für Halbengel hast«, wandte Juniper sich überrascht an Jophiel.

»Ich habe nicht erwartet, dass du mich richtig einschätzen würdest«, erwiderte diese und warf hochmütig das Haar zurück. Selbst ein Blinder hätte erkannt, dass sie die junge Hexe nicht besonders leiden konnte.

»Willkommen in Arcanum, Elodie«, übernahm Azazel den höflichen Part. Mein Puls begann zu rasen und beschleunigte meinen Atem unkontrolliert. Die Präsenz des Teufels verunsicherte mich. Sein nachtblauer Blick schien bis tief auf meine Seele hinabzudringen, als könne er jede Sehnsucht, jeden verbotenen Wunsch in dieser erkennen.

Er war intensiv, aber nicht fordernd. Ganz im Gegenteil. Verständnis, Neugierde, vielleicht sogar der stumme Versuch, mich nicht einzuschüchtern, lag in der Art, wie er mich musterte.

Ich nickte und linste verstohlen zu Juniper.

»Entschuldige.« Sie schenkte mir ein ungezwungenes Lächeln, das mich augenblicklich vergessen ließ, wie angespannt sie gerade eben noch gewirkt hatte. »Engel in der Stadt zu haben, macht uns immer etwas nervös.«

»Und widerspenstig«, murmelte Azazel, wofür sie ihm den Ellbogen in die Rippen bohrte. Er lachte hustend, was mich die Welt nicht mehr verstehen ließ. Azazel wirkte wie ein beherrschter Mann, der durch Geduld und Gleichmut eine sehr einschüchternde Autorität ausstrahlte. Aber kaum richtete der Teufel seine Aufmerksamkeit auf Juniper, weckte ihre zwanglose, vorwitzige Art ein Leuchten in ihm, das sein gesamtes Antlitz wie Sonnenlicht erhellte.

Selbst der gefühlloseste Engel hätte erkannt, wie glücklich sie miteinander waren.

»Es ist eine Ehre, die Stadt der Hexen und Dämonen einmal mit eigenen Augen sehen zu dürfen«, sagte ich, um nicht bereits in den ersten fünf Minuten zu demonstrieren, wie schlecht ich in großen Gruppenkonversationen war. »Sie hat … äh … diesen altmodischen Charme.« *Lieber Himmel!* Small Talk. War. Nicht. Meine. Sache.

Am besten ging ich wieder zu Winken und Lächeln über, bevor ich noch etwas Dämlicheres sagte.

»Glaub mir, dieser Charme verfliegt ganz schnell!«, lachte June und lehnte sich mir ein Stück entgegen. »Magie hilft im Alltag nur bedingt weiter, aber ich wurde bei der Wahl nach etwas Modifizierung haushoch überstimmt«, raunte sie mir verschwörerisch zu. »Ich vermisse inzwischen sogar schon Mikrowellen.« Sie zuckte mit den Schultern und grinste mich an. »Aber hey, Strom beißt sich mit unseren Zaubern und Motorroller in den Straßen Arcanums würden das Flair zerstören.«

Ich konnte mir ein Lachen nicht verkneifen und nickte zustimmend.

»Glaub mir, ich lebe in Rom und dieser Stadt würden ein paar weniger Motorroller oder Selfie-Sticks nicht schaden.«

»Es lebe das Mittelalter!«, kicherte Juniper und die Freude in ihrer Stimme war ansteckend. »Hexenverfolgung und der ganze Glaubens-Wahnsinn mal außer Acht gelassen.«

Sie zwinkerte mir zu und ich hatte nicht länger das Gefühl, dieser Situation hilflos ausgesetzt zu sein.

Wie alt war dieses Mädchen wohl?

Hexen alterten mit ihrer Magie, und je stärker sie diese praktizierten, desto langsamer veränderte sich ihre äußerliche

Gestalt. Die Erbinnen des Arcanum-Zirkels sahen alle nicht älter als Mitte Zwanzig aus, obwohl viele von ihnen gewiss schon über hundert Jahre lebten. Aber Juniper wirkte jung – fast schon kindlich.

Sie nahm Raphael ins Visier und musterte ihn misstrauisch, ohne auch nur das kleinste Anzeichen von Furcht zu zeigen, obwohl sie gerade einem der mächtigsten Wesen aller Zeiten gegenüberstand.

Entweder war dieses Mädchen haltlos naiv oder beängstigend tapfer. Vermutlich beides.

»Jophiel hat uns bereits einiges erzählt und auch wenn ich ihr meistens mehr schlecht als recht zuhöre, war das, was sie gesagt hat, durchaus besorgniserregend.«

Neben mir schnalzte Jophiel mit der Zunge, aber Juniper hatte wohl keine Probleme damit, Engel zu beleidigen.

»Besorgniserregend ist wohl etwas untertrieben«, sagte Raphael, neigte belustigt den Kopf zur Seite und betrachtete Juniper wie eine Kuriosität.

»Na ja, so wie ich das verstanden habe, ist Danjal wieder auf freiem Fuß und durchgeknallter denn je«, konterte die Hexe und hielt seinem durchdringenden Blick stand.

»So kann man das wohl auch sagen.«

»Und wie hat ein Dämonenfürst ausgerechnet *euch* entkommen können?«

»Unerwarteter Verrat.«

»Tatsächlich?« Sie blinzelte überrascht »Und das in den Reihen lammfrommer Engel. Schockierend.« Ihr Sarkasmus war schneidend scharf und machte klar, dass sie nicht besonders viel vom Himmel hielt. »Das muss ganz schön an Michaels und Gabriels Ego gekratzt haben. Ein Jammer, dass Unsterbliche sich nicht zu Tode ärgern können.«

Obwohl Juniper treffsicher Salz in offene Wunden streute, wirkte Raphael vollkommen gelassen. Kein Wunder: Er und die Hexe hatten den gleichen Humor.

»Gabriel hat das ein oder andere Mal erwähnt, dass die jüngste der Arcanum-Erbinnen nicht besonders viel Respekt vor uns hat.«

»Hat er auch erwähnt, mit was für einer Verachtung er *uns* zu behandeln pflegt?«, hielt Juniper dagegen.

»Nein, das war nicht nötig. Ich kenne meine Brüder nur zu gut. Aber nicht alle Engel verabscheuen das, wofür ihr steht.« Er sah ihr ernst in die Augen, was Juniper etwas Wind aus den Segeln nahm.

»Vorsichtig, das klingt ja fast schon rebellisch«, murmelte sie verlegen und betrachtete Raphael, als müsste sie ihn noch einmal in ein neues Licht rücken. »Wenn Gabriel das hört, kündigt er dir vielleicht noch die Freundschaft.«

»Bedauernswerterweise wird das nicht mehr möglich sein. Gabriel hat sich nicht zu Tode geärgert, sondern wurde ermordet«, sagte Raphael, als wäre es das Normalste der Welt. Junipers Züge entgleisten und selbst Azazels sonst so kontrollierte Miene spiegelte echte Bestürzung wider. Ein unruhiges Murmeln ging durch die kleine Gruppe der Hexen und vermischte sich mit dem Knurren der anwesenden Schatten.

»Was ist passiert?«, fragte Azazel düster.

»Sehr viel«, erwiderter Raphael und jede Stichelei, jede Andeutung von Uneinigkeit war verschwunden. »Der Himmel steht kurz vor dem Einsturz und braucht die Hilfe des Arcanum-Zirkels.«

Juniper stieß ein ersticktes Stöhnen aus.

»Warum zum Henker stehen wir dermaßen oft vor irgendeinem Weltuntergang?« Trotz des sarkastischen Untertons konnte ihre zitternde Stimme nicht verbergen, wie hart sie diese Neuigkeit getroffen hatte. Sorge und Angst spiegelte sich in ihren großen Augen wider. »Wenn der Himmel einstürzt, wird er Arcanum unter sich begraben«, flüsterte sie an Azazel gewandt. »Das hat Michael einst selbst gesagt.« Beruhigend legte er ihr eine Hand auf den Arm, ganz ohne Worte fand zwischen ihnen ein Gespräch statt, an dessen Ende Juniper kampfbereit wirkte.

»Ihr wisst, was Danjal vorhat?«, fragte er an uns gewandt und verschränkte die Finger mit denen von Juniper.

Jeder wusste, dass der Teufel ihr Gefährte war, aber wie liebevoll er sie behandelte, bewies mehr Zärtlichkeit, Respekt und Geduld, als ich dem Teufel jemals zugetraut hätte.

Nicht nur Juniper beeinflusste Azazel. Auch er schien eine einzigartige Wirkung auf seine Hexe zu haben.

»Er macht Jagd auf uns Erzengel«, sagte Raphael. »Mit einer Waffe, die in den Händen eines Halbengels himmlische Wesen töten kann.«

Ein Raunen ging durch den Vorhof. Ich hörte einige der Mädchen aufgeregt miteinander tuscheln, auch wenn niemand laut genug sprach, um ein Wort zu verstehen.

Ein Mann mit hellbraunem Haar und dunkelbraunen Augen trat an Azazels Seite.

»Hat es also wirklich erst das Undenkbare gebraucht, um euch da oben nervös zu machen, hm?«

Sofort versteifte sich Raphael. Er spannte die Muskeln seines Oberkörpers an und sah so aus, als wollte er am liebsten auf dem Absatz kehrtmachen. Etwas Wildes braute sich in ihm zusammen und brachte seine Schwingen zum Zittern.

»Tarel«, begrüßte er den Dämonenfürsten mit einer Stimme, die Feuer hätte gefrieren lassen können.

»Raphael«, erwiderte Tarel nicht weniger unterkühlt und musterte ihn mit einem freudlosen Lächeln. »Ich hatte zwar keine Wiedersehensfreude erwartet, aber so angespannt wie du aussiehst, könnte man zwischen deinen Arschbacken Kohle zu Diamanten pressen.«

Ich hielt erschrocken die Luft an. Wer zum Henker war das?

»Tut mir leid, mein Freund«, knurrte Raphael, dessen Mundwinkel zuckte, obwohl er nicht im Geringsten amüsiert wirkte, »aber dein Anblick hat mich so erschreckt. Die Luft hier unten scheint dir nicht gutzutun.«

Alles klar! Die zwei waren also *keine* Freunde.

So viel stand fest.

Sie lieferten sich ein Blickduell, das keinen Zweifel daran ließ, dass zwischen ihnen einiges im Argen lag.

Enttäuschung, Schmerz, Verbitterung und Wut rangen miteinander.

Was um alles in der Welt war zwischen diesen beiden Männern vorgefallen?

Eine weitere Hexe mit dunklem Haar trat vor und griff sanft nach Tarels Arm. Sie schien zu wissen, was für ein lautloser Kampf gerade geführt wurde. Tarel sah auf sie hinab, atmete tief durch und schenkte ihr ein zärtliches Lächeln.

»Das ist Maya«, stellte er uns die hübsche Hexe vor, wobei der Stolz in seiner Stimme kaum zu überhören war. Raphaels Schultern spannten sich an, als er die Lippen zusammenpresste und die Hexe schweigend anstarrte. Sie war schwanger. Unter dem dunkelgrünen Kleid zeichnete sich deutlich ein runder Bauch ab, der zeigte, dass es bald so weit sein musste. Sie legte eine Hand darauf und besaß diese strahlende Schönheit, die tief aus dem Glück einer werdenden Mutter geboren wurde.

»Herzlichen Glückwunsch.« Raphael neigte höflich das Haupt, wobei er Tarel nicht aus den Augen ließ. Er schaffte es sogar, freundlich zu klingen, obwohl er die Ausstrahlung des großen bösen Wolfes hatte.

Maya lächelte ihn herzlich an und nickte dankend, als sich ein kleiner, schwarzer Luchs an ihr vorbeischob und neugierig an mir schnupperte.

»Vor Shula musst du keine Angst haben.« Tarel beobachtete amüsiert, wie sein Schatten um meine Beine strich.

»Elodie muss vor keinem Schatten Angst haben«, erwiderte Raphael und musterte das Wesen mit dem Fell aus Rauch misstrauisch.

»Es gibt Ausnahmen«, erinnerte ich ihn, hielt Shula die Hand entgegen, woraufhin sie freudig mit ihrer rauen Zunge darüberleckte.

»Ah, richtig. Deine Gabe«, sagte Maya beeindruckt und machte große Augen. »Kannst du hören, was sie denken?«

Ich lachte leise und traute mich sogar, den Luchs hinter den Ohren zu kraulen.

»Nicht direkt. Außerdem sind die Schatten von Dämonenfürsten etwas anderes. Sie haben kein himmlisches Licht mehr in sich, das ich erfühlen könnte.«

»Nun, Shula scheint trotzdem zu spüren, dass du ein ganz außergewöhnlicher Halbengel bist. So zutraulich ist sie sonst nur bei Maya«, lachte Tarel und schien sich nicht daran zu stören, dass ich seinen Schatten mit Streicheleinheiten verwöhnte. Tobit hinter mir schnaubte neidisch, stupste gegen meine Kniekehlen und brachte mich damit beinahe zu Fall. Auch sein Herr schien alles andere als erfreut darüber zu sein, dass ich ausgerechnet Tarels Schatten meine Aufmerksamkeit schenkte.

»Was wisst ihr alles über diese Waffe?«, kam dieser auf das Thema zurück und ignorierte die eisige Kälte in Raphaels Miene.

»Und warum kann sie ausgerechnet in den Händen eines *Halbengels* so gefährlich werden?«, fragte Juniper, deren sonst so frecher Witz ungewohnter Ernsthaftigkeit gewichen war.

Halbengel hatten ihr und ihren Schwestern furchtbare Dinge angetan, und ich bekam Angst, dass sie das am Ende doch noch mit mir in Verbindung bringen würde.

Raphael erklärte rasch, was in den letzten Tagen geschehen war und was wir herausgefunden hatten. Das sorgte zwar nicht unbedingt für eine fröhlichere Stimmung, hatte aber zur Folge, dass der Arcanum-Zirkel wie eine Einheit zu funktionieren begann. Sie waren es gewohnt, Probleme gemeinsam zu lösen, denn anstatt sich von Panik übermannen zu lassen, wurden bereits die ersten Pläne geschmiedet.

Juniper griff unerwarteterweise nach meiner Hand und lächelte mich warm an.

»Ich würde dir gerne helfen, Gabriels Schatten zu finden.«

»Um ihn selbst aufzuspießen?«, fragte Jophiel misstrauisch. Juniper äffte sie halbherzig nach und drückte sanft meine Finger.

»Falsch. Was kann der Schatten schon für den abstoßenden Charakter seines Herrn? Außerdem hätte ich Gabriel nicht aufgespießt, sondern angezündet, so wie es sich gehört.« Einen Moment lang sah Azazel so aus, als würde er sich am liebsten mit der Hand gegen die Stirn schlagen.

»Du machst unserem Gast noch Angst«, mahnte er belustigt und verschlang sie förmlich mit seinem Blick.

»Unsinn«, winkte die Hexe ab und sah ihn herausfordernd an. »Elodie hat Danjals Arroganz überlebt und jahrzehntelangen Umgang mit hochnäsigen Erzengeln.«

»Das hat sie in der Tat«, bestätigte Raphael und schenkte mir ein Augenzwinkern, das zweideutiger nicht hätte sein können.

»June hat mehr als genug Erfahrung darin, himmlisches Licht zu finden.« Maya nickte mir aufmunternd zu.

»Tja, man braucht einfach nur einen wahnsinnigen, gefallenen Engel, ein paar Morddrohungen, Angst um das Leben seiner Liebsten und schon ist Versagen keine Option mehr.«

Ich sah Juniper erschrocken an, aus deren Stimme ich nicht hatte heraushören können, wie ernst sie das meinte, doch Maya winkte lachend ab und stupste der Hexe gegen die Schulter.

»Lass dich nicht von June verunsichern. Sie vergisst manchmal, dass nicht jeder fließend Sarkastisch spricht.«

Sarkasmus war definitiv nicht die Sprache, die ich beherrschte, aber ich musste zugeben, dass Junipers makabrer Humor dabei half, meine Unsicherheit zu mildern.

»Mag sein, aber ich kann ihr trotzdem helfen«, beharrte June und wandte sich mir zu, einen Ausdruck in der Miene, der verriet, wie ernst es ihr war. »Hier kämpft niemand für sich allein.«

13.
Steinschlag

Juniper erklärte mir, dass das Fest Lughnasadh das Sterben des Sommers und den Anfang des Herbstes einläutet. Mit ihm begann die Erntezeit, was im Kreis der Familie gefeiert wurde.

Im Garten des Schlosses sollte es ein kleines Bankett geben, mit Speisen, die einem das bisherige Jahr geschenkt hatte. Bis Sonnenaufgang wurde gegessen und getanzt, Altes verabschiedet und Neues willkommen geheißen.

Es war üblich, im Morgengrauen ein kleines Ritual zu zelebrieren, nur dass es dieses Mal nicht für den Segen des Zirkels war, sondern dabei helfen sollte, einen Mörder zu finden.

Nachdem mir Maya und Juniper ein Zimmer zugewiesen hatten, das so groß wie meine Wohnung war, brachten sie mir ein wunderschönes Kleid aus goldenem Chiffon.

»Ich meine, du kannst natürlich anziehen, was du möchtest«, sagte Juniper, die auf meinem Bett saß und die Klamotten durchwühlte, die ich gerade eben ausgepackt hatte. »Mach ich auch. Die ganzen Kleider gehen einem nach einiger Zeit tierisch auf die Nerven.«

»Unsinn!«, mischte Maya sich ein und drehte mich sanft zu sich herum. »Zu den Hexenfesten zieht man dem Anlass entsprechend etwas Passendes an.« Die beiden Mädchen trugen bereits freizügige Kleider, die ihre schlanken Körper wie Nebelschleier umspielten und bei jeder Bewegung im Kerzenlicht schimmerten.

Maya war in ein kupferrotes Gewand und Juniper in ein mitternachtsblaues gekleidet.

»*Passend* heißt für Maya: funkelnd, extravagant und am besten mit sehr wenig Stoff«, raunte Juniper mir verschwörerisch zu. Maya warf eine Haarbürste nach ihr, die das Mädchen nur knapp verfehlte.

»Rede ihr nicht so einen Blödsinn ein, sonst, und das schwöre ich beim Reich deines Geliebten, fackle ich deine unerträglichen Trampel-Stiefel ab.«

»Die sind bequem!«, rief Juniper empört.

»Und völlig unpassend, wenn man nicht gerade in den Kampf zieht!«, hielt Maya dagegen und schnaubte pikiert.

»Keine Sorge«, sagte sie an mich gewandt und schob mich auf den Paravent zu, damit ich mich umziehen konnte. »June hat sich nicht beschwert, als sie hier angekommen ist und ich mich um ihre Garderobe gekümmert habe.«

»Ich hatte auch andere Sorgen, nachdem wir von Claudius entführt und eingesperrt worden waren.«

»Die hatten wir alle, du sturer Esel, aber das war ja wohl kein Grund, wie die letzten Penner auszusehen.«

Juniper grinste schief und zuckte.

»Fein, Maya hat recht«, gab sie nach und sprang aus dem Bett, um mir das Kleid zu reichen. »Es klingt albern, aber sich mit hübschen, leichten Dingen abzulenken, ist kein Fehler, wenn das Leben hart ist. So fühlt es sich manchmal weniger ... aussichtslos an.«

Das war nicht nur so dahergesagt. An ihrer Miene erkannte ich, dass diese Worte aus einer Seele kamen, die verletzt und gequält worden war.

Von Wesen, wie ich sie nur zu gut kannte. Männer.

Männer, die machthungrig und grausam waren.

Ich verstand Junipers Verhalten immer besser.

Sie war ein junges Mädchen, das ihr Leben lang auf der Flucht gewesen war, bevor man sie dazu gezwungen hatte, Monster zu besiegen und Welten zu retten.

Solch eine Vergangenheit überstand man vermutlich nur mit schwarzem Humor und riskantem Mut.

Unterschiedlicher hätten wir beide nicht sein können.

Während ich mich seit Jahrzehnten den Regeln anderer unterwarf, rebellierte Juniper schon immer gegen alles, was sie zu bändigen versuchte.

Und trotzdem verriet mir der Schimmer in ihren himmelblauen Augen, dass unsere Herzen nicht so verschieden waren.

Wir beide kannten das Gefühl, verloren zu sein.

Sie, in all dem Chaos, durch das sie geschickt worden war, und ich, in all den Beschränkungen, in die man mich zwang.

Gedankenverloren verschwand ich hinter dem Raumteiler, zog meine Sachen aus und schlüpfte vorsichtig in das goldene Kleid, dessen Oberteil mit hauchzarten Blüten bestickt war, die wie vom Wind verweht nach unten hin, wo der Rock weit auseinander fiel, immer weniger wurden. Es raschelte und funkelte bei jedem Schritt und als ich verlegen hinter dem Wandschirm hervortrat, traute ich mich kaum, die beiden Hexen anzusehen.

Das alles hier erinnerte schwer an irgendwelche Mädchen-Abende, wie ich sie nur aus dem Fernseher kannte, weil Freundschaften, egal ob mit Männern oder Frauen, in meinem Leben rar gesät waren.

»Du siehst wunderschön aus.« Juniper schüttelte wie verzaubert den Kopf. Maya machte sich daran, meine Haare zu kämmen, sodass sie mir offen über die Schultern flossen.

»Vielen Dank«, sagte ich leise und spürte, wie mir die Röte in die Wangen schoss.

»Nichts zu danken«, sagte Maya und steckte mir eine Strähne an beiden Schläfen zurück. »Immerhin ist das hier dein erstes Hexenfest, oder?« Ich nickte.

»Was feiert ihr in Aeternitas?«

Überrascht sah ich Juniper an, weil ich nicht damit gerechnet hatte, dass sie sich für irgendwelche Bräuche aus dem Himmel interessierte.

»Einiges«, sagte ich und konnte mir ein Lächeln nicht verkneifen. »Zum Beispiel veranstaltet jedes Mitglied des Chors einmal im Jahr eine Feier an seinem Hof. Außerdem gibt es einige besondere Ereignisse, die besonders zelebriert werden, wie *der Tag der schwarzen Sonne* oder das *Sommerschneefest.*«

»Die klingen ja fast so dramatisch wie unsere Feierlichkeiten. Ich bin gespannt, ob Lughnasadh da mithalten kann«, sagte Maya und nickte zufrieden. »So, ich bin fertig und muss gestehen, dass ich mich dieses Mal selbst übertroffen habe.«

Ich blinzelte verdutzt und wagte es kaum, mich im Spiegel anzusehen. Aber Maya hatte wirklich ganze Arbeit geleistet, das dunkle Braun meiner Augen mit goldenem Puder betont und mein Haar in eine Kaskade aus braunen Wellen verwandelt.

»Um ehrlich zu sein, habe ich noch nie an einem der Feste in der Stadt der Engel teilgenommen.«

Warum ich das vor zwei Mädchen zugab, die mir vollkommen fremd waren, wusste ich selbst nicht, aber in ihrer Gegenwart hatte ich nicht länger das Bedürfnis, mich zurückzuhalten. Es war leicht, ehrlich und offen zu sein, wenn man in der Gesellschaft von Hexen war, die kein Blatt vor den Mund nahmen.

»Ist das dein Ernst?«, fragte Maya überrascht. »Warum nicht?«

Bevor ich antworten konnte, fiel mir Junipers ernster Blick auf.

»Weil sie es dir verboten haben ...«

Das war keine Frage, sondern eine traurige Feststellung, die ich mit meinem Schweigen bestätigte.

»Halbengel sind in Aeternitas nicht erlaubt«, murmelte ich und spielte mit dem kleinen Anhänger um meinen Hals. »Ich werde dort nur geduldet, weil ich dank meiner Gabe für die Stadt von Nutzen bin. Aber ich darf nicht in ihr wohnen oder sie ohne Begleitung betreten.« Juniper und Maya wechselten einen raschen Blick miteinander. Sie schienen sich auch schweigend verständigen zu können, wandten sich aber schnell wieder mir zu, als wollten sie nicht, dass ich mich ausgeschlossen fühlte.

»Michael und seine Schar von kontrollsüchtigen Federfatzken sind wirklich das Letzte«, regte sich Maya auf.

»Weißt du«, sagte Juniper leise, ein uralter Kummer lag in ihrer Stimme. »Wir wissen, wie es ist, kein Zuhause zu haben. Man hat uns gejagt, eingesperrt, gedemütigt und verurteilt. Aber all das haben wir für die Liebe, für das Leben und für uns selbst überstanden. Feige Männer werden immer versuchen, Frauen mit freien Gedanken zu kontrollieren, weil sie es nicht ertragen, dass wir auch ohne sie Entscheidungen treffen können.« Sie zwinkerte mir zu und strich ein paar Haare hinter mein Ohr. »Und was bliebe ihnen noch, wenn sie uns nicht länger erklären müssten, wie wir zu leben haben.« Sie reichte mir eine Hand und half mir beim Aufstehen, damit ich mich nicht in den federleichten Schichten Stoff verhedderte, ließ mich aber nicht sofort wieder los.

»Arcanum ist anders und gewiss nicht das, was du dir für deine Zukunft erhoffst, aber solltest du jemals nicht wissen wohin, bist du hier jederzeit willkommen.«

Ich schluckte schwer und hatte Mühe, die Tränen, die so unerwartet in mir aufstiegen, zurückzuhalten. Man hatte mir beigebracht, dass Hexen selbstsüchtige, erbarmungslose Wesen waren, aber Juniper und Maya bewiesen mehr Empathie, als ich sie jemals in der Stadt der Engel erfahren hatte.

»Danke, Juniper«, flüsterte ich verlegen, doch die Hexe winkte fröhlich ab.

»June reicht völlig aus.«

»Bereit für ein echtes Hexenfest?«, fragte Maya und schob uns auf die Tür zu. Ich nickte und fühlte mich tatsächlich bereit, an der Seite dieser beiden Fremden einen wundervollen Abend zu verbringen.

»Keine Sorge. Wenn ich eine Sache gelernt habe, dann, dass man sich von potenziellen Katastrophen den Spaß nicht nehmen lassen darf«, sagte June und die Vorfreude auf eine Nacht voller Freiheit und wilder Magie leuchtete in ihren Augen. »Denn das Schicksal ist und bleibt ein betrunkenes Miststück.«

Der Garten des Schlosses war eine einzige Pracht. Von der Terrasse aus, über die wir ihn betraten, sah ich zuerst nicht mehr als ein wunderschönes Meer aus goldenem Glanz. In jedem Baum hingen Lichterketten und Girlanden. Fackeln standen neben Sträuchern, auf denen Glühwürmchen in allen Farben leuchteten. Öllampen erhellten einzelne Stehtische und bequeme Sitzgelegenheiten. Es gab einen Teich, in dessen dunklem Wasser sich Laternen und schwebende Messingschalen widerspiegelten. Darum herum standen dreizehn Steine, auf denen unzählige Kerzen befestigt waren. Die roten Blätter der Bäume passten hervorragend zu der restlichen Dekoration, die in den Farben des Herbstes gehalten wurde.

Es war ein wahrer Sommernachtstraum, der den Herbst gebührend willkommen hieß.

Neben den Arcanum-Erbinnen sah ich einige Dämonenfürsten und ihre Schatten, sowie Hexen und Hexer, die vermutlich zum engsten Freundeskreis des Zirkels gehörten. Es war eine kleine, aber ausgelassen Feier, die einem das Gefühl von Zugehörigkeit und Behaglichkeit schenkte.

»Ihr seid sicher, dass niemand ein Problem mit mir auf diesem Fest haben wird?«, fragte ich vorsichtig, als ich zwischen Maya und June den Garten betrat.

»Wie kommst du denn auf so etwas?« Verdutzt sah Maya mich an und hakte meinen Arm bei sich ein.

»Eine der mutigsten Frauen, die ich jemals kennengelernt habe, war ein Halbengel. Sie hatte sich in einen Hexer verliebt und ist sogar für die Freiheit dieser Stadt gestorben«, erklärte mir June sanft, auch wenn ein Hauch von Trauer ihr Lächeln trübte. »Nicht als was du geboren wurdest, sondern wer du entscheidest zu sein, ist hier wichtig.« Maya nickte resolut und zog uns mit sich, direkt auf eine lange Tafel mit riesigen Holzfässern zu, aus denen der Wein im Minutentakt gezapft wurde.

»Es haben uns schon so viele unterschiedliche Wesen verraten oder geholfen, dass es keinen Sinn ergeben würde, jemanden nach seiner Herkunft zu beurteilen. Glaub mir, Arschlöcher und Helden gibt es sowohl im Himmel als auch in der Hölle.«

Ich lachte leise, denn ich wusste, wie viel Wahrheit in den

Worten der Hexe lag. Wir holten uns etwas zu trinken und mischten uns unter die Leute, die sich, wie die beiden versprochen hatten, nicht an meiner Anwesenheit störten.

»Dafür, dass ich keinen Tropfen Alkohol trinken darf, würde ich dieses Baby am liebsten verfluchen. Oder zumindest für eine Nacht auf die Straße setzen«, beschwerte sich Maya, strich dabei aber liebevoll über ihren Bauch.

Jophiel schloss zu uns auf und hatte sich ebenfalls in ein umwerfend schönes Gewand geworfen. Es wirkte durch die federleichten, in rosa Pastelltönen gehaltenen Stoffbahnen noch hinreißender als jedes andere Kleid, das ich hier sah.

June verdrehte beim Anblick des Engels, der es förmlich darauf anlegte, herauszustechen, demonstrativ die Augen.

Ich kannte Jophiel besser als irgendjemanden sonst und wusste, wie gerne sie mit ihren Reizen spielte. Obwohl sie so unschuldig wirkte, betonte der Schnitt ihre weiblichen Kurven. Der Kleidungsstil Arcanums unterschied sich stark von dem, was Frauen zu Festen in Aeternitas trugen. Dort bevorzugte man helle, weiche Farben, die an Sonnenaufgänge, Blumenwiesen und wolkenlose Himmel erinnerten.

Im Garten hingegen dominierten goldene, silberne und bronzefarbene Stoffe aus Brokat, Seide und Organza, die viel Haut frei ließen und durch Stickereien oder natürliche Verzierungen in Form von Blumen, Sternen und verwebten Fäden magisch wirkten.

»Danke, dass ihr euch um Elodies Garderobe gekümmert habt«, sagte Jophiel und auch wenn ich die Wahrheit in ihren Worten riechen konnte, klang sie eine Spur zu sarkastisch. June ließ sich davon nicht beirren und zwinkerte mir frech zu.

»Das verstand sich von selbst.«

»Nicht wirklich.« Jophiel schwenkte ihren Kelch in der

Hand, bevor sie sich mit besonders eleganter Geste einen Schluck genehmigte.

»Du überschätzt meine Verachtung für dich. Und ob du es glaubst oder nicht, aber wegen unserer *Differenzen* habe ich nicht vor, einen Kleinkrieg anzufangen. Das schlägt so auf den Magen.«

»Was für Differenzen?«, fragte ich vorsichtig. Verwundert neigte June den Kopf zur Seite, weil sie wohl damit gerechnet hatte, dass ich längst über die Beziehung zwischen ihr und Jophiel Bescheid wusste.

»Letztes Jahr war es meine Aufgabe, Juniper in den Prüfungen, die sie im Namen des Himmels und der Hölle absolvieren sollte, zu besiegen. Und ich habe nicht gerade fair gespielt«, erklärte Jophiel möglichst beiläufig, obwohl mir die Anspannung in ihrer Stimme nicht entging.

»Das klang ja fast schon selbstreflektiert«, murmelte June und lächelte mich schief an. »Aber um eine Lanze für Jophiel zu brechen: Ich hatte ihr mehr oder weniger etwas ... weggenommen.«

»Beleidige mich nicht mit solch einem lächerlichen Schuldeingeständnis«, grummelte Jophiel und wandte den Blick ab. »Er hat schon immer zu dir gehört, das wissen wir beide.«

Er? Ging es etwa um Azazel? Obwohl Jophiel seit Jahrzehnten ein wichtiger Teil meines Lebens war, gab es doch immer noch Seiten an ihr, von denen ich nichts ahnte.

Während die beiden noch ein bisschen gegeneinander stichelten, nippte ich an meinem würzigen Wein und versuchte mir die Namen aller Arcanum-Erbinnen zu merken, die mir von Maya vorgestellt wurden.

Da gab es Magnolia, mit einer blonden Löwenmähne, deren Fröhlichkeit mir sofort sympathisch war. Sie schien eine besonders enge Freundschaft mit einem schüchternen Mädchen namens Gwen zu haben, die kaum ein Wort sprach, mich aber sehr höflich behandelte.

Ondine, ebenfalls eine der zurückhaltenden Hexen, war mit einer wunderschönen Dämonenfürstin zusammen. Ein ungleicheres Pärchen hatte ich noch nie gesehen, denn während Ondine an eine zierliche Elfe erinnerte, besaß Anaell die Ausstrahlung einer wahren Kämpferin. Sie gehörte eindeutig zu den Frauen, die einem mit perfekt gemachten Fingernägeln das Genick brechen konnten.

Als mein Kelch leer war, was Junes aufmerksamen Augen nicht entging, hielt sie das überraschte Raunen der versammelten Menge davon ab, mir ein neues Getränk zu organisieren. Ich wandte mich um und entdeckte den Grund für das plötzliche Schweigen, das sich im Garten ausbreitete.

Tarel, Raphael und Azazel hatten den Balkon betreten und legten einen Auftritt hin, der überirdischer nicht hätte sein können.

Drei unsterbliche Männer, gegen die der stärkste Kämpfer harmlos und der mächtigste König unbedeutend wirkte, weil sich selbst Götter vor ihnen verneigen würden.

Einer schöner als der andere, in festlicher Kleidung, die ihre stattlichen Figuren betonte und jeden einzelnen in ein Kunstwerk verwandelte.

»Kann mir mal jemand erklären, warum Gottes Söhne allesamt solch ein Faible für die Demonstration ihrer eigenen Herrlichkeit haben?«, fragte June und musterte Azazel eingehend, ohne zu bemerken, wie verliebt sie dabei aussah.

»Vermutlich, weil Papa ihnen nicht genügend Aufmerksamkeit geschenkt hat«, flüsterte Maya schulterzuckend. Ich legte mir schnell die Hand auf den Mund, damit nicht die versammelte Hexenwelt mein Lachen hören konnte.

»Ich glaube, sie haben Angst, uns könnte andernfalls auffallen, dass es in der Welt Wichtigeres gibt als ein paar hübsche Engel – ganz gleich ob sie nun gefallen sind oder nicht«, überlegte ich laut. Wir drei sahen uns ernst an, nickten entschieden, bevor wir uns nicht länger zurückhalten konnten und zu kichern begannen.

Der scharfzüngige Humor der beiden Hexen war eindeutig ansteckend.

Dummerweise verrauchte meine Gelassenheit schlagartig, als sich die drei Brüder in Bewegung setzten. Und obwohl es kein Blut war, das sie miteinander verband, weil es diese Art der Verwandtschaft bei Engeln, die aus Licht geboren wurden, nicht gab, beeindruckte es mich, wie perfekt sie als Dreiergespann harmonierten.

Ich hielt die Luft an, aus Angst, dass eine falsche Regung Raphaels Interesse wecken könnte, und wünschte mir gleichzeitig, dass er heute Nacht nur Augen für mich hatte.

Mein eigenes Verlangen verriet mich, denn als sein silberweißer Blick sich auf mich richtete, begann mein Herz so laut zu schlagen, dass sich ein wissendes Lächeln auf seinen Lippen ausbreitete. Er hielt direkt auf mich zu und weckte in mir mit jedem seiner entschlossenen Schritte den Wunsch, endlich so nah wie möglich bei ihm sein zu können.

Als er und die beiden Dämonenfürsten vor uns stehen blieben, ließ er sich Zeit damit, meine Gestalt zu betrachten. Er verharrte bei meinem Gesicht und schluckte schwer, obwohl der Rest seiner selbstbewussten Haltung nicht verriet, was er dachte.

Schweigend hielt er mir die Hand hin.

Erst begriff ich nicht, was er wollte, doch dann sah ich, dass einige der Gäste zu tanzen begonnen hatten. Maya und June waren längst mit Tarel und Azazel davongezogen und so blieben nur noch Raphael und ich übrig.

Ich griff zögernd nach seiner Hand und spürte Schauer durch meinen Körper jagen, als ein wildes Funkeln seine Augen zum Leuchten brachte. Vermutlich wäre es klüger gewesen, ihm höflich die Hand zu schütteln und dann so schnell wie möglich davonzurennen.

Raphael führte mich auf die Tanzfläche und legte einen Arm um meine Taille, um mich eng an sich heranzuziehen. An seiner Brust fühlte ich mich unendlich geborgen. Ich legte eine Hand auf seine Schulter und sah zu ihm hinauf.

Noch immer hatte keiner von uns beiden ein Wort gesagt, aber das war auch nicht nötig. Wir mussten nichts sagen, um einander zu verstehen.

Es gab nur noch ihn und mich und eine Geschichte, die wir gemeinsam schrieben.

Die Musik war unsere Stimme, jeder Schritt ein Gefühl, das nicht laut ausgesprochen werden musste.

Er führte mich und ich ließ mich führen.

Er berührte mich und ich atmete scharf ein. Meine Schritte gerieten aus dem Takt und Raphael zog mich noch enger an sich.

»Bringe ich dich durcheinander oder ist es die Tatsache, dass du offensichtlich nicht tanzen kannst?«, raunte er mir zu, wobei seine Lippen mein Ohr streiften.

»Weder noch«, murrte ich und beugte mich ein Stück zurück, um ihm ins Gesicht zu sehen, »ich nutze lediglich meine Chance, dir auf die Füße trampeln zu können, ohne dafür bestraft zu werden.« Meine Stimme klang herausfordernder, als ich gedacht hatte, was Raphael leise lachen ließ.

»Wer sagt, dass ich dich nicht bestrafen würde?«

»Du. Mit allem, was du bis jetzt getan hast.«

Ein gefährlicher Funke stahl sich in seine Augen, aber meinem Selbstbewusstsein, wo auch immer es so plötzlich herkam, konnte das nichts anhaben.

»Einen Erzengel durchschauen zu wollen, kann unschön enden, *passerotta*. Wir sind scheinheilige Kreaturen«, sagte er, strich meine Wirbelsäule hinauf und berührte die nackte Haut zwischen meinen Schulterblättern.

»Keine Sorge, ich halte dich immer noch für das arroganteste, selbstgefälligste Individuum, das mir jemals begegnet ist. Aber ... du bist kein schlechter Mann.«

»Das nimmst du zurück!« Raphael legte sich schockiert die Hand aufs Herz und starrte mich an, als hätte ich ihn zutiefst beleidigt.

»Niemals.« Ich grinste schief und auch er konnte seine gespielte Empörung nicht lange aufrechterhalten. Ein amüsiertes Brummen vibrierte durch seine Brust und ich spürte ein Verlangen in mir aufsteigen, das sich nach heißen Küssen und heißeren Berührungen sehnte.

Nicht weit von uns sah ich Maya und Tarel, die nicht tanzten, sondern gemeinsam durch den Garten spazierten und ausgelassen lachten. Raphaels Daumen strich über meinen Mundwinkel, aber plötzlich war ich mit den Gedanken nicht länger bei ihm, sondern dachte an die merkwürdige Begegnung vor wenigen Stunden.

»Was ist zwischen dir und Tarel geschehen?«, fragte ich und spürte, wie er sich versteifte. Er sah nachdenklich auf mich hinab, ohne zu zeigen, was er von meiner Frage hielt.

»Sieh einer an.« Seine Züge entspannten sich, während er meine Wange streichelte. »Das klingt fast so, als würdest du mich besser kennenlernen wollen. Jetzt, wo du denkst, dass ich so ein netter Kerl bin.«

»Von nett war nie die Rede«, widersprach ich und tippte ihm gegen die Brust. »Außerdem bin ich nur neugierig.«

»Und ganz schön mutig.« Er beugte sich zu mir hinab und hielt mich so fest, dass ich keine Chance hatte, das Gesicht abzuwenden. »Aber keine Sorge, das gefällt mir, *passerotta*.«

Raphael hauchte mir einen Kuss auf die Schläfen und verharrte an meiner Haut, wo sich unter seinem heißen Atem eine erregte Gänsehaut bildete.

»Es ist keine besonders erfreuliche Geschichte«, gab er nach einiger Zeit preis und richtete sich wieder auf.

»Macht sie dich traurig?«

»Manchmal«, gestand er schulterzuckend. »Aber sie dir zu erzählen, könnte lustig werden.« Bestimmt nicht, aber es war okay, dass er sich in diesem Moment selbst belügen musste.

»Tarel war vor vielen Jahren mein engster Vertrauter und bester Freund.«

Damit hatte ich nicht gerechnet. »Was ist passiert?«, verblüfft sah ich mich nach dem Dämonenfürsten um, dessen Leben mit dem von Raphael wohl noch enger verflochten gewesen war, als ich bisher vermutet hatte.

»Liebe, Verlust und Verrat. So wie immer.« Raphaels Stimme klang gepresst. »Tarel hatte sich verliebt. In eine Menschenfrau. Damals war er noch nicht gefallen und diente mir als Berater und General. Er war ein begnadeter Kämpfer und ein genialer Stratege. Aber sein Interesse für die irdische Welt hat ihn seine Pflicht Stück für Stück vergessen lassen. Irgendwann hat er in einem kleinen spanischen Dorf ein Mädchen kennengelernt, das dort als Krankenschwester arbeitete. Catalina. Sie war wunderschön und sanft und fröhlich. Als ich ihr das erste Mal begegnet bin, wusste ich sofort, dass Tarel für sie irgendwann den Himmel aufgeben würde. Er hat es bestritten, mir versichert, dass er mich niemals verraten würde. Und ich habe ihm geglaubt.«

Sein Griff um meine Taille wurde fester. »Doch dann wurde Catalina von einem Dämon gebissen, der es eigentlich auf Tarel abgesehen hatte. Sein Gift machte sie immer schwächer und konnte von keinem Engel, den Tarel um Hilfe bat, besiegt werden. Also kam er zu mir. Versprach mir, dass er Catalina verlassen und vergessen würde, wenn ich sie nur rettete.«

»Hättest du das nicht so oder so getan?«, fragte ich leise. Ein bitteres Lächeln war Raphaels Antwort.

»Nein.« Das Wort hing schwer zwischen uns, weil es mir einen Eindruck des Mannes gab, der er damals gewesen sein musste.

»Tarel hatte sich in eine *Menschenfrau* verliebt. Allein dafür hätte ich ihn verbannen sollen. Aber ich tat es nicht. Stattdessen bewahrte ich sein Geheimnis und distanzierte mich von ihm. Damals war ich noch ein anderer, Elodie. Ich konnte nicht verstehen, wie er für so etwas Profanes wie Liebe unseren Glauben, unsere Ideale hintergehen konnte. Es gab Regeln, die wir zu befolgen hatten, und ich war mir sicher, dass sie zu brechen eine unverzeihliche Sünde war.«

»Aber du hast Catalina trotzdem geholfen.«

Er nickte zögernd. »Das Gift hatte sich bereits in ihrem ganzen Körper ausgebreitet und es war zu spät, um sie davon zu heilen. Aber ich konnte die Wirkung verlangsamen, indem ich ihr einen Teil meiner Macht gab.« Er tippte sich ans linke Auge, dessen weißer Schleier heute Nacht so hell und klar wirkte wie noch nie.

»So hast du dein Augenlicht verloren?«, fragte ich fassungslos. »Indem du einem Menschen einen Teil deiner Macht gegeben hast?«

»So und nicht anders. Aber ich habe es letzten Endes weder für Tarel noch für Catalina getan. Es ist meine Aufgabe, jenen zu helfen, die Hilfe brauchen. Wunden zu heilen und Leben zu retten. Ich habe mich freiwillig dazu entschieden und es nicht bereut. Auch dann nicht, als Catalina Tarel verlassen hat.«

Wie angewurzelt blieb ich stehen, ungeachtet der vielen Paare, die sich um uns drehten.

»Warum?«

»Sie war eine sehr gläubige Frau und als Tarel ihr irgendwann gestand, was er war und was er aufgeben müsste, um für immer bei ihr zu bleiben, hat sie die Entscheidung getroffen, ihn zu verlassen, damit er für sie nicht den Himmel verlor.«

»Und das hat er einfach so zugelassen?«

Raphael lachte leise und führte mich durch die nächsten Schritte, als habe er wahre Freude an unserem kleinen Tanz gefunden.

»Was hätte er tun sollen? Sie dazu zwingen, mit ihm zusammen zu bleiben?«

Ich schluckte schwer. Nein, das wäre gewiss keine Lösung gewesen.

»Tarel war verzweifelt. Gebrochen. Aber dieser kurze, von Schmerz getrübte Moment in seinem ewigen Leben, hat ihm wohl auch gezeigt, was er wirklich braucht.« Raphael hob den Kopf und sah an mir vorbei, fixierte einen Punkt, der ihn magisch anzuziehen schien. Ich blickte über meine Schulter, wo ich Azazel und June im Licht eines mit Laternen behangenen Baumes stehen sah. Sie tanzten nicht und hielten sich dennoch eng umschlungen, genossen schweigend die Nähe des jeweils anderen.

»Azazel ist damals für die Liebe zu einer jungen Hexe gefallen, was Michael rasend vor Zorn gemacht hat. Sie waren Freunde, die dem anderen ihr Leben anvertraut hätten.

Michael hat sich verraten gefühlt und es Azazel niemals verziehen, dass er ihn und den Himmel für eine Hexe verlassen hat.« Gedankenverloren schob er mir eine Haarsträhne hinters Ohr und fuhr zärtlich die Konturen meines Kiefers nach. »Tarel hingegen ist freiwillig gegangen. Er hatte begonnen, sich und alles, was er repräsentierte, zu hinterfragen und hat mir eines Tages gestanden, dass es im Himmel nichts mehr gäbe, wofür er kämpfen wolle. Dass er nicht mehr an uns und unsere Aufgaben glauben würde.«

In Raphaels makellosem Gesicht lag eine Trauer, die er zu verstecken gelernt hatte. Es gab Gefühle, die einen zerbrechlich machten, und im Reich der Engel wurde jeder, der Schwäche zeigte, wie Glas zerschmettert.

Doch jetzt, wo er von einer Vergangenheit erzählte, in der Brüder zu Feinden und Freundschaft zu Hass geworden war, ließen sich die alten Wunden nicht länger verbergen.

»Hasst du ihn dafür, dass er dich verlassen hat?«, fragte ich leise. Ich fürchtete mich, ihn das zu fragen. Nicht, weil es ihn vielleicht wütend machte, sondern weil ich nicht wollte, dass meine Worte die Wunde weiter aufrissen.

»Nein«, sagte er nach einer Weile und spielte mit der Kette um meinen Hals, wobei seine Finger federleicht über meine Haut tanzten. »Ich könnte Tarel niemals hassen. Aber es hat wehgetan. Sehr sogar. Und ich weiß nicht, ob dieser Schmerz, der uns auseinandergetrieben hat, jemals verschwinden wird.«

»Gib euch etwas mehr Zeit«, flüsterte ich und legte meine Hand an seine Wange. »Fröhliche Momente fühlen sich oft so flüchtig an, weil sie uns die Zeit vergessen lassen, während all das, was uns traurig macht, so schwer und unvergänglich scheint. Aber erst, wenn wir akzeptieren, dass beides in der Vergangenheit liegt, können wir anfangen, neue und schöne Erinnerungen zu schaffen.«

»Ich bin gerade dabei, genau das zu tun«, sagte er und lehnte sich meiner Hand entgegen.

Ich wusste längst nicht mehr, was das zwischen uns war. Verlangen? Vertrauen? Der Anfang einer gefährlichen Liebe?

Aber es war auch nicht wichtig.

Es gab nur eine Sache, derer ich mir absolut sicher war:

Selbst wenn dieses Gefühl von Glück zerbrechen sollte, würden meine Erinnerungen an ihn und mich und diese Nacht noch fröhlich durch die Scherben tanzen.

Ich strich Raphael ein paar widerspenstige Strähnen aus der Stirn und genoss es, wie er auf meine Berührungen reagierte. Seine Augen strahlten, spiegelten ein Verlangen wider, das mich nicht lange zögern ließ. Ungeachtet all der Hexen und Dämonen, die uns sehen konnten, lehnte ich mich ihm entgegen.

Doch bevor meine Lippen die seinen berührten, zuckte hinter ihm ein feuriger Lichtblitz über den Himmel, der mich erschrocken zusammenfahren ließ. Raphael runzelte verwundert die Stirn und lächelte mich neckisch an.

»Hast du schon genug von mir?«

Ich schüttelte hastig den Kopf und deutete an ihm vorbei.

»Was ist das?« Raphael fuhr herum und schob mich hinter sich, als wolle er mich vor dem, was auch immer da am Firmament verglühte, beschützen.

Zuerst dachte ich, es sei ein Engel, der mit brennenden Flügeln aus dem Himmel stürzte.

Alarmierende Rufe und Geschrei hallten durch den Garten.

»Raphael?«, fragte ich und zog an seinem Arm, weil er regungslos vor mir stand und nicht einmal mehr zu atmen schien. »Was ist das?«

»Gabriels Palast«, flüsterte Raphael, mehr zu sich selbst. »Zumindest Teile davon.«

Seine Antwort ergab für mich keinen Sinn, aber die Aufregung, die sich um uns herum in Chaos und Panik verwandelte, ließ mir keine Zeit mehr, weitere Fragen zu stellen. Einige der Gäste flohen ins Schloss zurück, dabei fiel das, was wohl brennende Mauerreste waren, Hunderte Meter vom Zentrum entfernt zu Boden. Sie zogen violettweiße und rotglühende Lichtschweife hinter sich her, die wie Risse im tintenblauen Himmel aussahen. Ich zählte vier große Brocken, aber bei dieser Distanz war es unmöglich einzuschätzen, was für einen Umfang sie besaßen. Auf jeden Fall waren sie groß genug, um erheblichen Schaden anzurichten, ganz gleich was oder wen sie trafen.

Raphael packte meine Hand und zog mich mit sich, durch die Menge der Hexen und Dämonen, die wie gebannt in die Lüfte starrten. Jophiel, Tarel, June und Azazel kamen uns entgegengeeilt, während die Mädchen des Zirkels das Durcheinander zu koordinieren versuchten.

»Bewirft uns der Himmel jetzt schon mit Steinen, weil wir ihm zu laut sind, oder was?«, fragte Tarel verwirrt und atmete erleichtert auf, als er Maya entdeckte, die sofort zu uns aufschloss.

»Ist das Gabriels Hof?«, fragte Jophiel, bevor irgendjemand

Tarels sehr unwahrscheinliche Theorie beantworten konnte. »Ist Lija bereits tot?«

»Nein.« Raphael strich sich hektisch das Haar zurück und dachte fieberhaft nach. »Aber sie scheint immer schwächer zu werden. Die paar Brocken sind nur ein kleiner Vorgeschmack auf das, was uns erwartet, wenn wir sie verlieren.«

Ich verstand die Welt nicht mehr und June und Maya schien es nicht anders zu gehen.

»Wovon redet ihr? Was passiert hier?«, fragte June besorgt, während Azazel die Muskeln anspannte und tiefe Schatten sich über seine Züge legten.

»Gabriels Hof fängt an zu zerfallen«, sagte er und blickte gen Himmel, wo die Sternschnuppen nicht länger zu sehen waren, weil sie den Boden wohl gerade erreicht hatten. »Wir müssen nachsehen, welchen Schaden die Trümmer angerichtet haben. Sie dürften irgendwo nordöstlich eingeschlagen sein, am Rande der Stadt. Wenn wir Glück haben, waren sie weit genug weg und haben nur den Wald getroffen. Ich werde sofort losreiten. Tarel, du bleibst mit Anaell hier, falls irgendjemand doch noch auf die dumme Idee kommt, Panik zu verbreiten.« Er lächelte Maya, die sich über den Bauch streichelte und krampfhaft versuchte, ihre Unruhe zu verbergen, beruhigend an. »Außerdem will ich nicht, dass du Maya allein lässt, auch wenn sie vermutlich froh wäre, dich für ein paar Stunden los zu sein.« Azazel zwinkerte dem Mädchen zu, das dankbar lächelte, während Tarel ihr den Arm umlegte und beleidigt die Nase rümpfte.

»Das kommt ausgerechnet von dem Mann, dessen Hexe vor nicht allzu langer Zeit noch den Wunsch gehegt hat, ihn auszuweiden.« Er tippte Azazel auf die Brust und funkelte ihn mit gespieltem Zorn an. »Übrigens war ich damals vollkommen auf Junipers Seite.«

Azazel zuckte gelassen mit den Schultern, während June etwas Zustimmendes murmelte und Tarel mit Maya im Schloss verschwand. Auch wenn ich die beiden kaum kannte, war ich froh, dass sie gemeinsam hierblieben. Ihre Sicherheit und die des ungeborenen Kindes hatte momentan oberste Priorität.

»Ich komme mit euch«, sagte Raphael entschieden und spreizte die Schwingen zu ihrer vollen Größe. »Falls jemand verletzt wurde, kann ich schneller dort sein als ihr.«

Azazel hob gelassen eine Augenbraue, weil ihn nicht einmal einstürzende Engelshöfe aus der Ruhe bringen konnten, und schlug Raphael freundschaftlich auf die Schulter.

»Ich bin gespannt, ob sich deine Flugkünste in den letzten Jahrhunderten verbessert haben oder ob du noch immer wie der Henker durch den Himmel schießt.«

»Definitiv Letzteres«, kommentierte ich wie paralysiert, weil ich viel zu verwirrt war, um über meine Worte nachzudenken. Raphael schenkte mir ein düsteres Lächeln und griff mit seiner großen Hand nach meinem Nacken, um mich sanft zu sich heranzuziehen.

»Nicht so vorwitzig, *passerotta.* Wenn du schon denkst, dass ich riskant fliege, kannst du froh sein, nie gesehen zu haben, wie halsbrecherisch Azazel früher unterwegs war.«

Ohne Vorwarnung nahm er mich auf die Arme, drückte sich vom Boden ab und katapultierte uns beide in die Lüfte. Ich sah noch, wie June den Arm hob, um ihr Gesicht vor dem Staub zu schützen, der aufgewirbelte wurde, und glaubte zu erkennen, dass Azazel die Augen verdrehte, bevor wir auch schon über den Garten hinweggeflogen waren und nordöstlich auf den Wald zuhielten.

Raphael war so schnell unterwegs, dass ich durch den Fahrtwind gar keine Chance bekam, ihn mit dem Durcheinander meiner Fragen zu überhäufen. Mein Gesicht an seine Brust gepresst, spürte ich seinen stetigen Herzschlag und versuchte, das mulmige Gefühl in meinem Magen zu ignorieren. Irgendetwas Schlimmes war dabei zu geschehen und Raphael hatte mich nicht eingeweiht.

Noch bevor wir landeten, sah ich die Zerstörung, die von den Trümmern angerichtet worden war. Es hatte keines der Häuser am Rande der Stadt getroffen, die durch Wiesen und Felder vom angrenzenden Wald getrennt waren.

Dieser hingegen brannte lichterloh. Bei unserer Ankunft hatte er düster und unheimlich gewirkt, wie das schwarze Maul eines Monsters, dessen Zähne aus knorrigen Ästen und verrottendem Laub bestand.

Doch jetzt, da wir auf einem der Maisfelder landeten, dessen Halme von der Druckwelle in einem Umkreis von mindestens fünfzig Metern umgemäht worden waren, leckten vor uns feurige Zungen an den schwarzen Rinden zertrümmerter Bäume. In ihrer Mitte brannte das, was von Gabriels Hof herabgefallen war, so heiß, dass man durch die flimmernde Luft kaum etwas erkennen konnte.

Die anderen drei Trümmer waren weiter hinten eingeschlagen, sodass es aussah, als hätten Riesen im Wald ihre gigantischen Lagerfeuer entfacht.

Reflexartig wich ich einen Schritt zurück und rang um Fassung, weil die Hitze des brennenden Holzes sich wie eine bedrohliche Wand vor uns aufbaute. Am Rande der Stadt versammelten sich die ersten Arcanier, die noch weniger verstanden als ich, was hier vor sich ging.

»Wie konnte das passieren?«, fragte ich und sah Raphael

an, in dessen silbernem Auge sich die Wut der Flammen widerspiegelte.

Bevor er antworten konnte, landete Jophiel neben uns und kurz darauf spürte ich, wie die Erde zu beben begann. June und Azazel und einige der anderen Arcanum-Hexen, kamen auf Pferden über das Feld geritten. Noch bevor die Erste von ihnen aus dem Sattel gesprungen war, spürte ich bereits die Magie, die sie mit sich brachten. Zwar verstand ich nicht, was für Zaubersprüche sie wisperten, aber als alle Mädchen sich vor dem feurigen Wald versammelt hatten und ihr leiser Singsang sich mit dem Knistern der Flammen vermischte, braute sich im Nachthimmel über uns eine dichte Wolkendecke zusammen. Nur wenige Sekunden später spürte ich die ersten Tropfen auf meinem Gesicht, denen ein Platzregen folgte, wie ich ihn in seiner Heftigkeit noch nie erlebt hatte.

Das Faszinierendste war allerdings, dass dieser nur über den brennenden Bäumen aus dem Himmel schoss, wodurch der Rest des Waldes trocken blieb.

Es zischte und rauchte und stank bestialisch nach Qualm, als die Wassermassen die Flammen unter sich erstickten. Ich trat erschrocken zurück, als ich am Waldrand gigantische Flughunde zu entdecken glaubte, die knurrend und fauchend um die verkohlten Baumstämme herumtanzten.

»Keine Angst«, sagte June, die mit Schweiß auf der Stirn und zerzaustem Haar neben mich trat. »Die Dämonen des Waldes trauen sich nicht weiter heraus.«

Ich hätte mich gerne auf ihr Wort verlassen, aber da diese Monster ledrige Flügel besaßen, die mit denen von Steinadlern mithalten konnten, und ich selbst auf diese Entfernung die langen Fangzähne in ihren katzenartigen Gesichtern erkennen konnte, schob ich mich lieber noch ein Stück hinter Raphael.

»Wer verrät uns jetzt, was hier gerade passiert ist?«, fragte June keuchend, als Azazel zu uns trat. Die restlichen Feuer waren erloschen und nur noch die meterhohen Rauchfahnen, die in den Nachthimmel stiegen, erinnerten an das, was beinahe zu einem gigantischen Waldbrand geworden wäre.

Die anderen Hexen waren dabei, einige der herangeeilten Stadtbewohner zu beruhigen. Die Herbstluft war kalt, aber heiße Böen des erloschenen Feuers wehten immer noch wie Warnungen über das Feld hinweg.

Azazel und Raphael sahen sich ernst an, während Jophiel meinem Blick entschieden auswich, was ich so nicht von ihr kannte.

»Wir Erzengel haben unsere Höfe vor langer Zeit selbst erbaut«, sagte Raphael schließlich und wandte das Gesicht dem Wald zu. »Jeder Einzelne von uns mit der Macht, die ihm einst geschenkt wurde. Wenn wir richtigliegen und die Energie von Gabriels Essenz in der Lanze eingesperrt ist, gibt es nicht mehr viel, was die unsichtbaren Kräfte aufrechterhält, die seinen Palast tragen.«

»Soll das heißen, dass eure Höfe mit euch ... *sterben*?«, fragte ich fassungslos. June fuhr zu Azazel herum, als könne er meine Vermutung dementieren, aber der Teufel schwieg und überließ Raphael das Wort. Dieser nickte und schloss für einen Moment die Augen, vielleicht um nicht länger sehen zu müssen, was für eine Bedrohung heute ihren Anfang genommen hatte.

»Ja. Genau das soll es heißen.«

All seine Leichtigkeit war verschwunden. Er wirkte in sich gekehrt und sah plötzlich auf mich hinab, als könne ihm mein Anblick die Zuversicht geben, die er langsam verlor.

»Ich befürchte, dass Gabriels Hof nur noch nicht eingestürzt ist, weil sein Schatten noch lebt. Lija ist ein Teil von Gabriel und trägt etwas von seiner Essenz in sich. Aber wenn sie stirbt, verletzt wird oder noch mehr Kraft verliert, wird es mehr als nur ein paar solcher Brocken regnen.«

Er lächelte matt und rieb sich übers Gesicht, wobei er plötzlich sehr niedergeschlagen aussah, was nicht zu seiner sonst so optimistischen, lockeren Art passte.

»Denkst du, deswegen hat es Danjal auf euch abgesehen? Um Aeternitas durch die Trümmer eurer Höfe zu zerstören?«, fragte June vorsichtig. Raphael zuckte mit den Schultern.

»Vielleicht. Aber wie ihr seht, wird es nicht nur unsere Stadt sein, die unter dem Schutt der Höfe begraben werden würde.« Er lächelte mich traurig an. »Nur deswegen gibt es den Meteorschauer. Wir haben damals, als Luzifer verbannt wurde, seinen Palast vorausschauend zerstört und die Reste aus der Atmosphäre geschleudert, damit sie keinen Schaden anrichten konnten, sollte er irgendwann sterben. Arcanum liegt zwischen dem Himmel und der Hölle. Alles, was von oben oder unten kommt, wird es unweigerlich treffen.«

June atmete scharf ein und wurde noch blasser, als sie es ohnehin schon war.

»Michael hat mich einst gewarnt, dass Arcanum unter dem Himmel begraben werden würde, wenn er fällt.«

Raphael nickte langsam und sah zu Azazel, dessen Miene eine versteinerte, aber nicht teilnahmslose Maske geworden war.

Als gefallener Engel hat er das bestimmt gewusst, genauso wie Jophiel. Warum hatte das keiner von ihnen schon früher erwähnt?

Von mir verlangte Raphael Ehrlichkeit, hielt es aber nicht

für nötig, solch entscheidende Informationen mit mir zu teilen.

Ich presste die Lippen zusammen und sah überall hin, nur nicht zu Raphael.

»Diese Stadt muss sich auf das Schlimmste vorbereiten«, sagte er an June und Azazel gewandt. »Genauso wie wir. Gibt es Schutzzauber, die zumindest Arcanum vor weiteren Trümmern bewahren kann?«

»Es wird keine Trümmer geben, wenn wir rechtzeitig handeln«, sagte Azazel entschieden. »Lija scheint durch ihre Trauer immer schwächer zu werden. Sie ist allein und verwirrt, aber wenn Elodie sie findet und ihr sie in Aeternitas in Sicherheit bringt, würde das Gabriels Hof vor dem Einsturz bewahren. Und was Danjal betrifft.« Er sah zu June, die tief einatmete und die Hände zu Fäusten ballte, schwer darum bemüht, ihre Emotionen zu kontrollieren.

»Auch wenn ich nicht gerade behaupten kann, dass mich Gabriels Tod traurig macht«, sagte sie, entließ die Anspannung aus ihren Muskeln und schenkte Azazel ein schiefes Lächeln, das unendlich viele Erinnerungen barg, »und ich bestimmt die Letzte bin, die Michael ein langes und glückliches Leben wünscht, werden wir nicht zulassen, dass Danjal es beendet.« Azazel neigte den Kopf zur Seite, betrachtete sie liebevoll. Er legte Raphael eine Hand auf die Schulter und war in diesem Moment nicht nur der Teufel, der seine Hexen beschützen wollte, sondern auch ein Bruder, der seine Familie nicht im Stich lassen würde.

»Wir werden ihn gemeinsam besiegen und zurück in das Loch sperren, aus dem er gekrochen ist, damit er niemals wieder irgendwem wehtun kann.«

14.
Weiße Schatten und trübes Licht

Noch bevor die Sonne aufging, versammelte sich der Arcanum-Zirkel in der schönsten Bibliothek, die ich je gesehen hatte. Meterhohe Regale, die sich auf zwei Ebenen verteilten, schienen alle Bücher dieser Welt zu beherbergen. Säulen, Treppen, Tische und Fensterrahmen, ja selbst der Boden war aus schwarzem Stein. In ihm funkelten weiße Kristalle, die mir das Gefühl gaben, über den Nachthimmel zu spazieren. In einem großen Kamin prasselte ein behagliches Feuer und verströmte den Duft von würzigen Kräutern, die einige der Mädchen darin verbrannten. Er vermischte sich mit dem Geruch nach Leder und altem Pergament. Mehrere Sofas waren wie dafür geschaffen, es sich an regnerischen Tagen auf ihnen gemütlich zu machen, um die Vielfalt der hier angesammelten Schriften zu studieren.

Obwohl der Zirkel die halbe Nacht durchgefeiert hatte und die gute Laune von den herabstürzenden Trümmern eines himmlischen Hofes gnadenlos zerstört worden war, bereitete er mit unerschöpflicher Energie alles für die Suche nach dem Dämonenfürsten vor.

Die Magie dieses übernatürlichen Festes nahm den Hexen jegliche Müdigkeit und ließ sie, trotz der vielen Stunden voller Wein und Ausgelassenheit frisch und munter aussehen.

Jophiel war eilig zurück nach Aeternitas geflogen, um nachzusehen, ob es unsere Stadt ebenfalls getroffen hatte, oder ob es lediglich die Außenmauern waren, die an der

Stadt der Engel vorbei, aber dafür auf Arcanum hinabgestürzt waren.

June hatte mir angeboten, morgen mit der Suche nach Lija anzufangen, aber nach dem, was in dieser Nacht geschehen war, würde ich keine Sekunde mehr verschwenden.

Die Hexen bekamen durch das magische Naturfest neue Kraft und mich beflügelte die Hoffnung, den Schatten noch retten zu können.

Auf einem großen, runden Tisch aus schwarzem Holz breiteten Magnolia, Gwen und ein Mädchen, das sich mir als Esme vorgestellt hatte, mehrere Karten aus, unter denen ich die von Aeternitas entdeckte.

»Ihr glaubt, Danjal könnte sich in der Stadt der Engel verstecken?«, fragte ich überrascht, während zwei Mädchen, deren Namen ich nicht wusste, mein blutverschmiertes Kleid und mehrere Pendel bereitlegten.

Eine rothaarige Hexe mit grünen Katzenaugen und der hölzernen Mimik einer Lehrmeisterin überwachte alles mit strengem Blick.

»Nichts ist unmöglich, wenn es um gefallene Engel geht«, sagte sie entschieden, ohne mich anzusehen. June, an die ich meine Frage eigentlich gerichtet hatte, verzog das Gesicht und schob mich ein Stück von der Hexe fort, der bis jetzt noch kein einziges Lächeln entkommen war.

»Nimm dir Theodoras Tonfall nicht zu Herzen«, raunte sie mir zu. »Sie ist allergisch gegen Freundlichkeit und hat panische Angst vor guter Laune.«

»Ich kann dich hören, Juniper.«

»Gut, dann kannst du Elodie ja persönlich sagen, warum du dich so gerne wie der Grinch benimmst.«

Theodoras Miene verriet eindeutig, dass sie keine Ahnung

hatte, wer der Grinch war, was uns wohl allen zugutekam. Sie seufzte angestrengt, als sei June ein aufmüpfiges Kind, bei dem jede Erziehung versagt hatte. Doch dann schenkte sie mir unerwarteterweise ein schmales Lächeln, das zwar etwas gezwungen, aber wenigstens nicht mehr so angriffslustig wirkte.

»Verzeih mir meine harschen Worte. Danjals Rückkehr sorgt nicht unbedingt für eine entspannte Stimmung.« Sie deutete auf die Karten, offenbar bereit, mir zu erklären, was sie und die anderen Mädchen vorhatten. »Wir beginnen mit der Suche in Aeternitas, weil das der überschaubarste Ort ist. Dann nehmen wir uns Arcanum und die Hölle vor und schließlich die Menschenwelt. Er könnte sich überall verstecken, und da wir immer nur eingeschränkte Gebiete absuchen können, fangen wir mit den kleinsten an. Sollte er sich in der Menschenwelt aufhalten, wird es am längsten dauern, ihn dort zu finden, weil sie größer ist als unsere Städte zusammen.«

Ich nickte dankbar, weil sich mir die Logik ihrer Vorgehensweise langsam erschloss, auch wenn ich mir nicht vorstellen konnte, dass sich ich ein Dämonenfürst in Aeternitas versteckte.

June führte mich eine steinerne, gewundene Treppe hinauf ins zweite Stockwerk, wo es dank Teppichen, alten Ohrensesseln und eisernen Kronleuchtern besonders gemütlich war. Durch die deckenhohen Fenster hatte man einen beeindruckenden Blick über die dunklen Dächer der Stadt und konnte bis zum Anfang des Waldes sehen, wo in einigen Stunden die Sonne aufgehen würde.

In einer gemütlichen Sitzecke standen zwei dicke Sessel und ein bequemes Sofa, auf dem Maya saß, den schwarzen Luchs Shula halb auf dem Schoß. Tarel hatte sich hinter der

Rückenlehne positioniert und massierte sanft ihre Schultern, während sie an einer Tasse nippte, aus der es nach Kamillen-Tee duftete.

Er zwinkerte mir fröhlich zu, wobei mir nicht entging, dass der Zug um seinen Mund angespannt blieb. Als werdender Vater ließ man sich vermutlich von so ziemlich allem beunruhigen, da war es ein Wunder, dass ihm nach dem Chaos der heutigen Nacht das Lächeln noch nicht gänzlich vergangen war.

Azazel saß in einem der beiden Sessel, die Beine lässig übereinandergeschlagen. Seine Miene war nicht zu deuten, aber diese beneidenswerte Ruhe, die er ausstrahlte, stand im starken Kontrast zu dem ungestümen Ausdruck in seinen Augen. Was auch immer gerade in seinen Gedanken vorging, verschaffte ihm keine besonders gute Laune. Doch als er den Kopf hob und mich ansah, wurden seine Züge freundlicher, fast schon aufmunternd.

»Wir dachten uns, dass es vielleicht hilfreich wäre, wenn jemand dabei ist, der sich mit Schatten auskennt«, erklärte Maya die Anwesenheiten der beiden Dämonenfürsten.

Sie deutete auf den Sessel zu ihrer Rechten, der Azazel gegenüber stand und verlockend weich aussah. Meine schweren Glieder bettelten förmlich nach einem gemütlichen Plätzchen, aber bevor ich mich setzen konnte, trat Raphael aus dem Schatten der Regale und stützte beide Ellbogen auf der breiten Rückenlehne ab. Trotz der Ereignisse wirkte er unverschämt entspannt, das zerzauste Haar fiel ihm kunstvoll in die Stirn.

Bei unserem Rückflug zum Schloss hatte ich kein Wort zu ihm gesagt und war, ohne Erklärung, June gefolgt, die mir eine warme Stoffhose und einen kuscheligen Pullover gegeben hatte. Nichts Besonderes und trotzdem musterte Raphael mich eingehend, ein selbstgefälliges Schmunzeln auf den Lippen, als fände er mich in dieser legeren Kleidung noch immer ungemein reizvoll.

Ich wusste, dass er mich damit zu provozieren versuchte, dass die Herausforderung in seinem Gesicht eine Antwort auf meine Distanziertheit war.

Ohne ihn eines weiteren Blickes zu würdigen, ließ ich mich in die Polster fallen und drückte die Hände in meinen Schoß, damit ich nicht nervös an dem Pullover herumzupfte.

»Ignorierst du mich mit Absicht?«, raunte er mir zu, wobei seine Lippen mein Ohr streiften.

»Warum? Wirkt es auf dich so, als sei es ein Versehen?«

Sein Atem strich über meinen Hals, als er leise lachte. Es sah mir nicht ähnlich, so schnippisch zu reagieren. Am liebsten hätte ich einfach mit Raphael gesprochen, aber ein ruhiger Moment zu zweit war uns bis jetzt noch nicht vergönnt gewesen.

June nahm neben Maya auf dem Sofa Platz, womit sie mir am nächsten saß.

»Bei der Suche nach Luzifers Licht habe ich versucht, es mit Magie zu finden.« Sie warf Azazel einen anklagenden Blick zu. »Was sich leider als totale Zeitverschwendung herausgestellt hat.«

»Es war ja auch nicht besonders weit weg versteckt«, sagte er und lächelte selbstgefällig.

»Sehr witzig«, brummte sie und winkte ab, als sei er keine große Hilfe. Ich wusste nicht, was damals, während Claudius June befohlen hatte, das Licht Luzifers für ihn zu finden, geschehen war, aber offensichtlich hatte man es ihr nicht gerade leicht gemacht.

»Ungeachtet dessen, kann dir Magie trotzdem behilflich sein.«

»Wie?«, fragte Raphael an meiner Stelle. Seine Stimme war direkt hinter mir und gab mir ungewollt ein Gefühl von Sicherheit.

»Wie genau funktioniert deine ... Gabe?« Azazel lehnte sich neugierig ein Stück vor.

Ich zögerte, warf unwillkürlich einen Blick über meine Schulter zu Raphael, der mir aufmunternd zunickte. Er war bei mir. Er ließ mich nicht allein, obwohl er spüren musste, dass ich Abstand zu ihm hielt.

»Es ist, als würde ich in eine Welt aus Dunkelheit reisen«, sagte ich zögernd, weil ich noch nie versucht hatte, das, was sich mein Leben lang so selbstverständlich angefühlt hatte, in Worte zu fassen. »Eine Dunkelheit, in der ich nach etwas suche, das von himmlischem Licht erfüllt ist. Das kann ein anderes Bewusstsein sein, wie das von Engeln oder Schatten, aber auch Gegenstände und dergleichen. Ich sende Strahlen meiner eigenen Macht aus und wenn sie auf ein Ziel treffen, weiß ich, dass dort etwas ist, das aus dem Himmel stammt.«

»Und dazu kannst du eine Verbindung aufbauen?«, fragte Maya.

»Manchmal«, gestand ich. »Ich kann himmlisches Licht fühlen oder in ihm lesen, wie in einem Buch mit wirren Wörtern. Aber zu Lijas Bewusstsein habe ich zuvor noch nie eine Verbindung aufgebaut. Ich weiß nicht, ob ich sie einfach so finden kann.«

Ich griff nach der Halskette mit der gläsernen Phiole, in der Gabriels Feder eingeschlossen war. »Vielleicht wird sie mich hören, wenn sie spürt, dass ich mit einem Teil ihres Herrn nach ihr rufe.«

»Das wird sie gewiss«, sagte Tarel. »Man möchte es kaum glauben, aber Gabriel und Lija hatten eine sehr gute Beziehung. Das kleinste Zeichen von ihm, selbst wenn es in einer anderen Welt erscheinen sollte, wird sie erkennen und finden wollen. Sie wird denken, dir vertrauen zu können, so wie sie Gabriel vertraut hat. Lass sie so nah wie möglich an deinen eigenen Verstand heran, wenn du ihren erreichen möchtest.«

»Es ist gut möglich, dass du in diesem Gabriels Gedanken, Gefühle, Erinnerungen und Hoffnungen findest.« Azazel machte eine Miene, die verriet, wie unschön das werden konnte. »Wenn wir es zulassen, können wir mit unseren Schatten all diese Dinge teilen. Das heißt nicht, dass wir das Gleiche denken oder fühlen. Schatten sind ihre eigenen Wesen, mit einem eigenen Charakter und eigenen Ansichten. Lija und Gabriel waren sich allerdings sehr ähnlich. Die Wahrscheinlichkeit ist groß, dass du viel von ihm in ihr wiederfinden wirst. Daher rate ich dir, nicht stoisch zu sein. Das mochte Gabriel gar nicht. Sei unterwürfig, auch wenn es dir schwerfällt, und versuche sie so demutsvoll wie möglich zu dir zu locken.«

Ich nickte schweigend, einen dicken Kloß im Hals. Sogar im Tod besaß Gabriel noch die Macht, mich zu erniedrigen.

»Es gibt Zauber, die dich von der realen Welt abschneiden können, damit du in der deiner Gedanken mehr Ruhe hast. Dort kann dir nichts passieren und wir werden die ganze Zeit hier sein, um auf dich aufzupassen«, versicherte June, der ich dankbar für ihre so ungewöhnliche Einfühlsamkeit war.

Ruhe, dachte ich. Ruhe war das, was ich brauchte, wenn ich nach einem Licht suchen wollte, das vielleicht nicht gefunden werden wollte.

»Einen Versuch ist es wert«, murmelte ich und richtete mich gerade auf. June nickte Maja zu und erhob sich, um aus einem der Regale mehrere Kerzen zu holen. Sie stellte sie vor meinen Füßen auf den Boden und sah Azazel an, der diese mit einem simplen Blick entfachte. Hellblaue Flammen erhellten den Raum zwischen uns und warfen wilde Schatten an die Wände.

Ich atmete tief durch und schloss die Augen.

Die Dunkelheit in meinem Verstand hatte ich schon unzählige Male betreten, aber noch nie war sie mir so undurchdringlich vorgekommen. Das Erste, was ich spürte, war Raphael. Wie ein Sturm aus silbernen Funken tanzte sein Licht durch meine Gedanken. Ich ignorierte es, ging weiter, Schritt für Schritt. Ein leises Winseln ließ mich die Augen öffnen.

Barghest, Azazels Schatten, und Tobit waren wie aus dem Nichts erschienen und lagen nun vor den Kerzen, als wollten sie mich mit ihrer Anwesenheit unterstützen.

Der gigantische Hund aus schwarzem Rauch und Raphaels silberweißer Tiger hätten unterschiedlicher nicht sein können, aber beide waren vollkommen entspannt, stupsten sich gegenseitig mit ihren Schnauzen an und gaben mir ein Gefühl von Sicherheit. Schatten, egal ob die von Dämonenfürsten oder Engeln, strahlten eine unverfälschte Natürlichkeit aus, der ich vertrauen konnte. Sie waren keine echten Tiere, aber etwas an ihnen beruhigte mich instinktiv.

Erneut schloss ich die Augen, begab mich in die Finsternis und sandte meine Strahlen aus, während ich die Phiole mit Gabriels Feder fest umklammert hielt. Ich hörte Maya und June leise Worte wispern, die ich nicht verstand und auch nicht verstehen musste. Die Magie im Raum, das Resultat des gewirkten Zaubers, schnitt mich von der Welt aus Fleisch und Knochen ab. Ich war nur noch Geist und Gedanken, die in der Einsamkeit existierten. In der Ewigkeit, in der ich nach dem Licht des Schattens suchte, gab es keine menschlichen

Gefühle mehr. Ich war eine Seele, die nach dem Pulsieren einer anderen suchte.

Und dann, weit entfernt von allem, was ich kannte, flimmerte die Energie eines Wesens auf, die mich so stark anzog, wie noch nie etwas zuvor.

Mit jedem Schritt, den ich auf das wunderschöne Licht zu machte, fühlte ich mich weniger allein. Es war, als würde dort jemand auf mich warten, der schon immer ein Teil meines Lebens gewesen war.

Eine Heimat, die ich in mir selbst fand.

Eine Liebe, die die Dunkelheit zwischen uns erhellte.

Dann roch ich Harz, Zypressen und warme Erde. Ich spürte Sonnenschein, geschickte Finger und weiche Federn.

Passerotta.

Das Wort, das er stets so zärtlich sagte, hallte durch meine Gedanken. Diese kreisten um sein schönes Gesicht, sein ehrliches Lächeln und Augen, die mich gefangen nahmen.

Raphael! Ich hatte Raphaels Licht gefunden. War von ihm angezogen worden, ohne es auch nur einen Moment lang zu hinterfragen!

Ruckartig wurde ich zurück in meinen Körper gerissen, der sich heiß und fiebrig anfühlte. Mein Herz raste, mein Blut kochte. Schweiß stand mit auf der Stirn und ein Gefühl der Schwerelosigkeit gluckerte in meinem Bauch.

Eine kühle Hand legte sich an meine Wange, streichelte mich behutsam und neigte meinen Kopf zur Seite.

»Damit hatte ich nicht gerechnet.«

Verdammter Himmel! Raphael!

Es war *natürlich* Raphael. Ich schlug die Lider auf und starrte den Erzengel an, der vor mir stand, so selbstsicher wie noch nie. Ich versuchte zu sprechen, aber mein Mund war staubtrocken. Raphael musterte mich mit einem zufriedenen Lächeln, strich mir die feuchten Strähnen aus dem Gesicht und ging neben dem Sessel in die Hocke, sodass wir auf Augenhöhe waren. »Ich sollte nicht das Ziel deiner Suche sein«, flüsterte er. »Aber es ist ungemein reizvoll, zu wissen, wie sehr sich selbst dein Unterbewusstsein nach mir sehnt.«

Das hier war meine persönliche Hölle.

»Glückwunsch«, krächzte ich, um ihm nicht das letzte Wort zu überlassen. »Jetzt ist uns wenigstens beiden klar, was für einen fragwürdigen Geschmack ich tatsächlich habe.«

Nicht nur ich hatte ihn gespürt, sondern auch er mich. Etwas Intimeres als solch eine Verbindung gab es nicht und Raphael genoss jede Sekunde, in der ich vor Scham am liebsten im Boden versunken wäre.

»Okay, Planänderung!«, rief June plötzlich und sprang auf. »Du, du und du – raus hier.« Sie deutete nacheinander auf die drei Männer und anschließend zur Treppe.

»Wie bitte?«, fragte Raphael überrascht.

»Du hast mich schon verstanden. Raus mit euch. Du lenkst Elodie zu sehr ab. Wir schaffen das hier ganz gut ohne euch und all das Testosteron, mit dem ihr die Luft verpestet.«

Ungläubig sah er Azazel an.

»Ist das ihr Ernst?«

»Ich befürchte«, sagte dieser und erhob sich seufzend, »dass ihr noch nie etwas ernster war.« Mit einem belustigten Schmunzeln wandte er sich der Treppe zu, während Tarel Maya einen Kuss auf den Scheitel gab und ihm folgte.

»Glaub mir, du willst dich nicht mit Hexen anlegen, wenn es um so etwas wie Emanzipation geht, mein Freund«, grinste Tarel und schlug Raphael im Vorbeigehen auf die Schulter. Dieser atmete tief durch und sah auf mich hinab, als würde er erwarten, dass ich June widersprach, aber wenn ich ehrlich sein musste, war ich froh, dass er ging.

Azazel und Tarel störten mich eigentlich nicht, aber dass June sie ebenfalls wegschickte, damit ich mit den beiden Mädchen allein war, erleichterte mich insgeheim.

»Und ihr drei«, sagte June und musterte Tobit, Shula und Barghest kritisch, die sich nicht von der Stelle gerührt hatten und mit Unschuldsmiene zu ihr aufsahen.

»Ist schon gut«, sagte ich. »Sie können gerne bleiben.«

»Fein«, gab June nach, schob ein paar Kerzen zur Seite und bedeutete mir, mich zu ihr auf den Teppich zu setzen.

»Ist alles in Ordnung?«, fragte mich Maya, die auf ihrem Platz geblieben war, weil der Boden für sie zu unbequem wäre. Ich nickte verlegen und spürte, wie meine Wangen noch röter wurden.

»Ein Geschenk von Raphael, nehme ich an?« June deutete auf meine Halskette, wobei ich gar nicht gemerkt hatte, wie ich nervös mit ihr zu spielen begonnen hatte.

»Woher weißt du das?« Erschrocken umklammerte ich den kleinen goldenen Spatz, als müsste ich ihn vor ihrer Neugierde beschützen. Sie lächelte verständnisvoll und zuckte mit den Schultern

»Man lernt die kleinen Zeichen zu lesen, wenn jeder um dich herum eine Maske trägt. Glaub mir, ich kenne den Blick unsterblicher Männer, die für das eine Mädchen ihre Ewigkeit aufgeben würden.« Sie sah zu Maya, die genau zu wissen schien, wovon June da sprach.

»Sie sind gefährlich, aber genau das ist es, was wir wollen.« Sie seufzte schwer und zog die Knie an, wobei sie im sanften Kerzenschein wie ein junges Mädchen wirkte, das bereits viel zu viel Schmerz erfahren hatte. »Wir brauchen eine

Liebe, die uns verbrennen könnte, weil sie sonst zu schwach ist, uns zu wärmen. Das Risiko macht sie so einzigartig.« June lächelte mich matt an und spielte mit einer der brennenden Kerzen, ohne sich dabei wehzutun. Maya nickte zustimmend und plötzlich kamen mir beide wie Freundinnen vor, mit denen man sein Glück und seine Geheimnisse teilen wollte.

»Raphael sieht dich an, als würde er zum ersten Mal spüren, wie glücklich ihn jemand anderes machen kann.«

Das klang sehr romantisch und so gar nicht nach Raphael.

Aber Maya glaubte, was sie sagte, auch wenn meine innere Kritikerin bezweifelte, dass es der Wahrheit entsprach.

Anstatt ihr zu antworten, schloss ich erneut die Augen und begab mich auf die Suche nach Lija.

Ohne Raphaels Anwesenheit fiel es mir tatsächlich leichter, meine innere Ruhe zu finden, was wohl auch daran lag, dass ich nicht länger wie eine Motte von seinem Licht angezogen wurde.

Ich sah die strahlenden Schimmer der Schatten, die meinen Weg wie schwebende Laternen aus buntem Sternenglanz kreuzten, und ging Schritt für Schritt weiter. Dabei spielten meine Finger mit der gläsernen Phiole, die sich jetzt, wo ich in der Welt meines Geistes war, wie das Zuhause einer kleinen, lebendigen Energie anfühlte. Ein winziger Teil von Gabriel, der bald verblassen würde, schien noch in der Feder geblieben zu sein. Ich sammelte meine eigene Kraft und sandte Lichtstrahlen aus, die einen winzigen Funken von Gabriels Essenz mit sich nahmen. So würde Lija, sobald sie merkte, dass ich nach ihr suchte, spüren, dass ein Teil von Gabriel bei mir war.

Es dauerte, zumindest glaubte ich das, weil mein Gefühl für Zeit längst verloren gegangen war. Aber einige Herzschläge später sah ich am Horizont der Finsternis ein kleines, schwaches Flimmern.

Es war Lija. Es *musste* Lija sein.

Ich atmete erleichtert aus, auch wenn ich meinen Körper nicht länger spüren konnte und stellte mir vor, wie ich die Hand nach dem Licht des Adlers ausstreckte.

Er zuckte zurück, floh aber nicht. Ich wagte mich weiter vor, schickte ihr beruhigende Wellen meiner weißen Strahlen und bot ihr Gabriels Essenz an, die sie ungeduldig zu machen schien.

All das geschah in einer Welt ohne feste Materie, aber ich konnte die Bewegungen des Lichts, als seien sie Lijas Körpersprache, lesen. Sie war misstrauisch, aber auch neugierig.

Ihre strahlende Essenz kam näher, ließ zu, dass ich sie berührte, wie ein verwundetes Tier, das nach Hilfe suchte.

Durch meine Sinne rauschten Hunderte, nein Tausende von Stimmen und Eindrücken; Gedanken, Gefühle und Momente eines sehr langen Lebens. Nichts, was ich hätte fassen oder beschreiben können. Das Durcheinander von Sekunden, die zu Minuten, Stunden und Jahren wurden.

Bitte, dachte ich. *Bitte, vertrau mir. Komm zu mir!*

Lija war verängstigt und verwirrt und wusste nicht wohin. Aber ich gab nicht auf, bot ihr meine Hilfe an, versicherte ihr, dass sie von mir nichts zu befürchten hatte.

Ihr Licht kam zögernd näher, tastete nach meinem Bewusstsein und dann, von jetzt auf gleich, verband sich mein Verstand mit dem ihren.

Und das war grauenvoller, als ich erwartet hatte.

Fetzen von Gabriels Dasein fuhren wie scharfe Krallen durch meinen Geist. Ich sah Ungerechtigkeit, Hass und Wut. Da waren Auseinandersetzungen mit seinen Brüdern und anderen

Engeln. So oft, wie Gabriel sich mit Raphael gestritten oder sogar geprügelt hatte, waren auch Lija und Tobit übereinander hergefallen. In den Erinnerungen beider fand ich mich selbst, sah zum ersten Mal, wie klein und verängstigt ich wirkte – und wie sehr Gabriel das genossen hatte. Ich erkannte Michael an seiner Seite und wie sie beide vor einem am Boden knienden Azazel aufragten, während um sie herum die Welt in blauen und weißen Flammen verbrannte. Dann war da June in Gabriels Griff, der ihr Schmerzen zufügte und es genoss.

Das war zu viel.

Seine Brutalität spiegelte sich in fremden, schmerzverzerrten Gesichtern und angsterfüllten Stimmen wider.

Und zu all diesem Chaos kam Lija hinzu, deren Verstand nicht weniger verdorben war. Die beiden waren herzlos gewesen und hatten sich selbst dafür geliebt.

Als ich es nicht länger aushielt, die Reste eines grässlichen Verstandes zu durchleben, unterbrach ich die Verbindung.

Keuchend sackte ich zurück und spürte, wie mich mehrere Hände berührten. Ich hielt die Augen geschlossen, versuchte zu atmen und die warmen Stimmen, die auf mich einredeten, zu sortieren.

Der erste Gedanke, der mir kam, als die Realität mich langsam zu sich zurückzog, war, dass ich solch einem Wesen gar nicht helfen wollte. Dass Lija es nicht verdient hatte, gerettet zu werden, nachdem sie mit ihrem Herrn zusammen für so viel Grauen gesorgt, und sich daran gelabt hatte.

Ich wusste, dass es falsch war, aber ich konnte mir nicht helfen.

Es fühlte sich an, als stünde ich vor den zerbrochenen Gittern eines Käfigs, in dem mein eigenes Monster geschlummert hatte. Ein Monster, das andere Monster fressen wollte.

Ich schüttelte mich und versuchte, diesen Gefühlen nicht weiter nachzugehen. Niemand hatte den Tod verdient und es war nicht meine Aufgabe, irgendjemanden zu verurteilen.

»Elodie?« Das musste June sein.

Blinzelnd sah ich in Mayas Gesicht, während June neben mir saß, einen Arm um meine Schulter, damit ich nicht zur Seite kippte.

»Hier, trink das«, befahl Maya sanft und reichte mir ihre Tasse. Ich gehorchte ohne Widerspruch und trank etwas von ihrem längst abgekühlten Tee. Er schmeckte trotzdem noch lecker und sorgte für ein angenehmes Gefühl in meiner Brust.

»Hast du sie gefunden?«, fragte June und musterte mich besorgt. Ich nickte und lehnte meinen Rücken gegen den Sessel, auf den ich es mit meinen zitterigen Knien niemals zurückgeschafft hätte.

»Ja. Und ich wünsche mir fast, ich hätte es nicht.« Ich traute mich kaum, June ins Gesicht zu sehen, als sei die Schuld, die auf Gabriels Schultern gelastet hatte, durch die Verbindung zu seinem Schatten auf mich übergegangen.

»Es tut mir leid, was er dir und so vielen anderen angetan hat«, wisperte ich und spürte einen bitteren Kloß im Hals, zu dem sich bald der salzige Geschmack von Tränen mischte. June und Maya wechselten einen alarmierten Blick.

»Was hast du alles gesehen?«, fragte June und strich sanft meine Arme.

»Nur Chaos«, gestand ich und trank noch einen Schluck. »Aber das hat mir gereicht, um zu erkennen, wie schlimm Gabriel wirklich war.«

Ich gab Maya die Tasse zurück und atmete tief durch, plötzlich von einer unerträglichen Müdigkeit erfasst.

»Er war kein netter Typ, das stimmt.« Einen Moment

wirkte June verloren in ihren Erinnerungen. »Aber konntest du eine Verbindung zu Lija aufbauen?«

Ich nickte zaghaft, weil ich selbst nicht ganz beschreiben konnte, was da gerade eben geschehen war.

»Sie hat mich auf jeden Fall bemerkt und vielleicht auch gehört, was ich ihr gesagt habe. Aber ich weiß nicht, ob das ausreicht, um sie hierher zu locken. Am besten, ich versuche es noch einmal.«

»Nicht heute«, entschied Maya und erhob sich mühsam. »Die Nacht war lang genug.« Sie sah über ihre Schulter und ich folgte ihrem Blick, um überrascht festzustellen, dass die Sonne bereits aufgegangen war. Wie lange hatte ich in der Dunkelheit nach Lija gesucht?!

June nickte zustimmend und half mir auf die Beine.

»Lass es uns morgen früh noch einmal versuchen. Wenn du dir zu viel auf einmal zumutest, werden wir am Ende auch nicht schneller vorankommen.«

»Ha«, Maya grinste breit. »Jetzt klingst du schon wie Theodora.«

»Das nimmst du zurück«, verteidigte sich June lachend und führte mich zur Treppe. Sie dachte gar nicht daran, von meiner Seite zu weichen, obwohl ich durchaus in der Lage war, allein zu gehen.

»Wo sind die anderen?«, fragte ich verwundert, weil ich von der Galerie aus sehen konnte, dass im unteren Teil der Bibliothek niemand mehr war.

»Auf dem Weg ins Bett«, sagte June. »Sie haben Aeternitas komplett durchsucht, aber bis jetzt noch keine Spur von Danjal gefunden. Morgen machen sie mit Arcanum und der Hölle weiter.«

»Das ist kein gutes Zeichen, oder?« Meine Stimme klang

heiser und ich humpelte mehr, als dass ich wirklich ging, die Stufen hinab. Jeder Schritt war unerträglich anstrengend, während die beiden Hexen noch immer quietschfidel wirkten.

»Noch hat das nichts zu bedeuten«, versicherte mir Maya. »Es war unwahrscheinlich, dass wir ihn gleich beim ersten Versuch finden würden. Aber mach dir keine Gedanken darüber, denn dieses Mal sind wir Danjal einen Schritt voraus.«

June und Maya besaßen die Güte, sich vor meiner Zimmertür von mir zu verabschieden. Ich hätte nicht gewusst, wie ich die Mädchen höflich darum bitten sollte, mich allein zu lassen, so herzlich, wie sie sich um mich kümmerten.

Aber beide gaben mir den Freiraum, den ich brauchte. Sie wünschten mir eine Gute Nacht, obwohl das Sonnenlicht eines warmen Herbsttages durch alle Fenster flutete. Ich wartete, bis sie am Ende des Flurs verschwunden waren und rieb mir den verspannten Nacken. Obwohl ich unendlich müde war, wusste ich nicht, wie ich jetzt noch schlafen sollte.

Mit brennenden Augen und steifen Muskeln betrat ich die Stille meines Zimmers und wurde prompt daran gehindert, die Tür wieder hinter mir zu schließen, als eine Hand mit voller Wucht dagegenschlug. Erschrocken wirbelte ich herum und sah zu Raphael hinauf, der einen Arm lässig gegen den Türrahmen legte, um sich zu mir herabzubeugen.

»Warum bist du böse auf mich?«, flüsterte er und zog die Augenbrauen zusammen. Schatten lagen in seinem Gesicht und verliehen seiner Miene einen düsteren Ernst, als habe er sich die halbe Nacht den Kopf darüber zerbrochen, warum ich ihm die kalte Schulter zeigte. Dabei war das gar nicht meine Absicht gewesen – zumindest nicht so offensichtlich.

Als ich nicht antwortete, drängte er mich mit seinem Körper zurück, ließ die Tür achtlos hinter sich ins Schloss fallen und kam mir wie ein lauerndes Raubtier immer näher.

Ich blieb abrupt stehen, weil es keinen Grund gab, mich so von ihm einschüchtern zu lassen, was allerdings zur Folge hatte, dass er erst stoppte, als uns keine Handbreit mehr voneinander trennte. Wie ein düsterer Racheengel ragte er über mir auf und nahm mit seiner himmlischen Präsenz den gesamten Raum ein. Es war, wie im Zentrum eines Sturms zu stehen. Sein Atem strich über meine Wange und ich erkannte in seiner Haltung, wie sehr es an seiner Geduld zerrte, nicht zu wissen, was in mir vorging.

»Ich bin nicht böse auf dich«, sagte ich, um endlich die angespannte Stille zwischen uns zu brechen. Er kniff unmerklich die Augen zusammen.

»Was dann, hm?«

Um Raphael herum begannen sich überirdische Kräfte zu versammeln, die man nicht sehen, aber definitiv spüren konnte. Etwas, das an den Beginn eines Gewitters erinnerte, brachte die Luft zum Knistern, zauberte violettblaue Lichter an die Wände und sandte elektrisierende Schauer durch meine Nervenbahnen. »Es ist nicht besonders schlau, mich mit Schweigen zu strafen, wenn ich weiß, dass du etwas zu sagen hast. Verrate mir, was dich so stört, *passerotta*, sonst werde ich dir andere Töne entlocken müssen.« Ich presste die Zähne zusammen und funkelte ihn an, obwohl ich eher wütend darüber war, was für eine Wirkung die Bedeutung seiner Drohung auf mich hatte. Aber die heiße Aufregung in meinem Bauch war gerade eben nichts weiter als eine unerwünschte Ablenkung.

»Du hättest mir das mit Gabriels Palast sagen sollen.« Ehrlichkeit würde mich in diesem Moment am ehesten vor unbedachten Handlungen retten.

Raphaels Kopf ruckte ein Stück zurück und Überraschung breitete sich in seinem Gesicht aus.

»Ich hatte nicht gedacht ...«

»Dass es mich so sehr treffen würde?« Meine Stimme klang belegt. Ich erkannte, was hinter meiner Wut lag.

Angst.

Lähmende, egoistische, abgrundtiefe Angst.

»Ich gehöre vielleicht nicht zu Aeternitas«, flüsterte ich, weil ich sagen musste, was ich fühlte, sonst würden mich die Worte innerlich auffressen, »aber ihr Schicksal geht auch mich etwas an. Obwohl ich nur in eurer Stadt arbeite und nicht dort lebe, helfe ich dabei, sie zu retten, also habe ich auch das Recht, von solch einer Bedrohung zu erfahren. Euer Verlust, wenn sie einstürzt, ist größer als meiner, natürlich, das weiß ich, aber ... aber trotzdem würde auch ich etwas verlieren. Etwas, das die letzten Jahrzehnte der Mittelpunkt meines Lebens war. Meine Träume, meine Hoffnungen, der Ort, der uns beide ...« Ich hatte mich in Rage geredet, wusste selbst nicht mehr genau, was ich zwischen den Schluchzern, die sich in meiner Kehle anhäuften, eigentlich sagen wollte, aber es sprudelte unaufhörlich aus mir heraus. All das, was ich zu unterdrücken versucht hatte. »Wenn der Stadt etwas passiert oder dir ... ich will nicht wieder allein sein – ohne Zuhause, ohne die Gewissheit, dass vielleicht doch alles einmal gut wird. Wenn du ...«

»Hör auf«, unterbrach mich Raphael plötzlich, nahm mein Gesicht in seine Hände und zwang mich sanft, ihn anzusehen, sodass ich in dem Anblick seiner Augen Halt finden konnte. »Bitte hör auf, Elodie. Du hast recht, okay? Ich hätte es dir sagen sollen und es tut mir leid, dass ich dachte, meine Sorgen wären wichtiger als deine.« Er strich mit dem Daumen über meine feuchten Wangen und erst jetzt bemerkte ich, wie sehr ich zitterte. Mühsam atmete ich aus, beruhigte mich langsam und wurde schlagartig von einer tiefen Erschöpfung gepackt.

»Es war eine anstrengende Nacht, hm?« Raphaels Blick war liebevoll, obwohl ich selbst kaum noch die Kraft besaß, meine Lider offen zu halten. Zaghaft nickte ich. Mit der Müdigkeit kam eine Schwere, die ich nur dank Raphael nicht mit voller Wucht zu spüren bekam. Er streichelte meine Schultern und küsste meine Stirn, als ich die Wange an seine Brust legte.

»Du solltest jetzt schlafen gehen.« Er führte mich zum Bett, auf das ich mich nach einigem Zögern fallen ließ.

Als er allerdings Anstalten machte, sich zurückzuziehen, griff ich nach dem Stoff seines Hemdes und hielt ihn auf.

»Bitte«, murmelte ich, ohne das Gesicht zu ihm hinaufzuwenden. »Bleib noch etwas.« Ich hätte auch ohne zu hören, wie er leise lachte, gewusst, dass ihm mein kleiner Moment der Schwäche mehr Bestätigung gab, als ich beabsichtigt hatte.

»Natürlich.« Er bedeutete mir, ein Stück zu rutschen und legte sich neben mich. Nachdem er es sich in den vielen Kissen bequem gemacht hatte, streckte er einen Arm aus, auf den ich ohne zu zögern meinen Kopf bettete. Es tat gut, sich an ihn zu schmiegen, ohne sich darüber Gedanken zu machen, was für Konsequenzen das haben könnte. Er war mir so nah, dass es zwischen uns keinen Platz für Unsicherheiten oder Zweifel gab.

Die Anstrengung der Nacht schwand aus meinem Körper und während Raphael meine Schulter streichelte, wurde ich immer schläfriger. Ich spürte, wie wachsam er mich beobachtete, obwohl er vollkommen entspannt neben mir lag.

»Du darfst gerne von mir träumen, wenn du willst.«

»Und du darfst dich gerne persönlich angegriffen fühlen, wenn ich dich im Schlaf beleidige.«

Ich kniff die Augen zusammen, um mich von seinem breiten Grinsen nicht beeinflussen zu lassen, und ignorierte die Schmetterlinge in meinem Bauch, während seine Finger gleichmäßige Kreise auf meinem Arm zeichneten.

So erschöpft wie ich war, würde meine ohnehin eher dürftige Schlagfertigkeit nichts Besseres hervorbringen. Ich wollte nur noch uns beide und Stunden seiner Zärtlichkeit, von der ich in die Dunkelheit getragen wurde.

15.
Ungerechte Spielchen

Frustriert kniff ich die Augen noch fester zusammen und schickte mit jedem Atemzug leuchtend weiße Strahlen in die leere Dunkelheit.

Aber Lija blieb unerreichbar.

Ganz gleich, wie laut ich bettelte.

Ganz gleich, wie fest ich mich an Gabriels Feder klammerte.

Meine Strahlen verloren sich in der endlosen Finsternis, ohne auf die Essenz des Schatten zu treffen.

Es fühlte sich an, als habe sich Lija mit Absicht versteckt, nachdem ich mich gestern mit so viel Abscheu von ihr abgewandt hatte. Ich bezweifelte, dass sich ein Wesen mit ihren Moralvorstellungen für das, was ich in ihr gesehen hatte, schämte, aber sie schien alles daranzusetzen, nicht noch einmal von mir gefunden zu werden.

Ernüchtert zog ich meine Kraft zurück und gab die Suche auf.

Ich war selbst schuld und hätte mich von dem, was ihr Licht befleckte, nicht so überrumpeln lassen dürfen.

Aber als ich ein raues Krächzen außerhalb der Welt vernahm, die von Licht und Dunkelheit beherrscht wurde, riss ich die Augen auf und sah mich hektisch um.

»Ganz ruhig«, sagte June und hob beschwichtigend die Hände.

Ich hörte das Rascheln von Flügeln und spürte das Flimmern himmlischer Energie.

Doch es war nicht Gabriels Adler, den ich gehofft hatte zu sehen, als ich aus dem Fenster blickte, sondern ein schneeweißer, gigantischer Rabe. Seine großen, himmelblauen Augen erinnerten mich an die von Juniper, denn beide besaßen diesen intensiven Blick, der jedem noch so riskanten Abenteuer direkt ins Gesicht blicken würde.

»Das ist Luzifers Rabe«, erklärte mir die Hexe.

Ich blinzelte überrascht.

Luzifers Rabe ... ich wusste, nach den Geschichten, die ich über den ersten Teufel gehört hatte, dass mit seinem unsterblichen Licht auch sein Schatten überlebt hatte.

Luzifers Rabe war von unbeschreiblicher Schönheit, so wie sein Herr es ebenfalls gewesen sein musste. Beide standen sie für den Beginn des himmlischen Reiches und für den dramatischsten Fall, den es jemals gegeben hatte.

Ich erkannte, was für eine Macht in diesem Wesen schlummerte, eine, die Welten veränderte, sie erst zu Fall brachte und dann neue entstehen ließ. Aber ungeachtet all dessen, was in seiner Essenz für Kräfte funkelten, beäugte er mich lediglich mit mäßigem Interesse.

»Lass dich von ihm nicht einschüchtern«, sagte Maya, während ich tief in dem Anblick der im Sonnenlicht strahlenden Federn versank. »Er muss gespürt haben, dass etwas Ungewöhnliches im Schloss vor sich geht.«

Als ungewöhnlich konnte man das, was ich hier versuchte, durchaus bezeichnen.

So behutsam wie möglich tastete ich nach dem Licht des Raben, und bekam als Antwort starke Schwingungen zurück. Er ließ mich nicht in seinen Verstand ein, akzeptierte aber, dass ich mich seinem Inneren näherte und wortlos vorstellte.

Die Andeutung eines Nickens konnte wohl als Zuspruch oder sogar Begrüßung verstanden werden.

Kleine, sanfte Strömungen dessen, was er bereit war, mir zu zeigen, schwebten durch die Finsternis vor meinem geistigen Auge. Ich fühlte, wie alt er war, wie viel er gesehen und erlebt – *überlebt* – hatte. Seine Verbindung zu dieser Stadt ging weit über das hinaus, was sich mit dem, was ich bisher im Leben erfahren hatte, beschreiben ließ. Es war eine unzerstörbare, grenzenlose Liebe und Treue, die er für jeden, aber besonders für die Hexen des Zirkels, allen voran Juniper, empfand. Er würde für diese Mädchen sterben und selbst Gott die Augen auskratzen, sollte dieser es jemals wagen, Luzifers Enkel zu verurteilen.

June hatte inzwischen die Tür zur Terrasse geöffnet und streichelte dem gigantischen Raben gerade liebevoll über den Kopf.

»Für den Fall, dass Lija bereits in der Nähe sein sollte, wird er ausfliegen und die Umgebung absuchen«, erklärte June, wobei ich nicht wusste, auf was für eine Art sie mit dem Schatten kommunizierte. Vermutlich so, wie ich es tat. Über Bilder, Gefühle und Gedanken.

Sie musste eine ähnliche Beziehung zu ihm haben, wie einst Luzifer, da ein Teil seiner Macht in ihr lebte.

Der Rabe neigte elegant das Haupt und spreizte die Flügel, die die Spannweite eines Steinadlers weit übertrafen.

Als er sich in die Lüfte schwang, löschte der aufgewirbelte Wind die Kerzen vor meinen Füßen und wehte mir das Haar ins Gesicht.

»Wollen wir weitermachen?«, fragte ich und ließ die Schultern kreisen, weil sich mein gesamter Rücken steinhart und verkrampft anfühlte.

June schloss die Glastür und stützte sich hinter Maya auf der Rückenlehne des Sofas ab.

»Ich glaube, wir sollten eine kleine Pause machen.«

Das war nicht die Antwort, die ich mir erhofft hatte, aber Maya nickte zustimmend.

»Du sitzt seit über drei Stunden auf diesem Sessel, Elodie. Und es ist offensichtlich, dass du dich kaum noch konzentrieren kannst.«

June half ihr dabei, sich zu erheben, und beide Mädchen lächelten mich auffordernd an.

»Ein Spaziergang und etwas Ablenkung wird dir sicher guttun, um den Kopf frei zu kriegen.«

Ich hatte nicht einmal bemerkt, wie die Zeit vergangen war, aber drei Stunden in der gleichen Position erklärten zumindest meine schmerzenden Gliedmaßen. Ächzend richtete ich mich auf, hin- und hergerissen zwischen dem Druck, Lija endlich zu finden, und der Auszeit, nach der ich mich insgeheim sehnte.

Aber mit June oder Maya zu diskutieren, war wohl so sinnvoll, wie das Wetter mit bloßen Worten beeinflussen zu wollen.

Also folgte ich ihnen die Treppe hinab, vorbei an den anderen Mädchen, die gerade mehrere Pendel über den Karten der Hölle kreisen ließen, hinaus aus der Bibliothek.

Zuerst dachte ich, dass sie mich vielleicht in den Garten bringen würden, doch dann führten sie mich durch mir unbekannte Flure und hielten schließlich vor einem großen Tor mit hölzernen Flügeltüren.

»Was wollen wir hier?«, fragte ich verunsichert.

»Nach Ablenkung suchen.« Maya zwinkerte mir fröhlich zu, während June eine der beiden Türhälften öffnete.

Ich folgte ihr in einen gigantischen Saal, dessen hohe Decke von Kreuzrippengewölben gehalten wurde. Links konnte man, dank riesiger Glastüren, hinaus auf einen Balkon treten und auf die darunterliegende Stadt blicken, während darüber das Licht der Mittagssonne durch bunte Fenster strahlte.

Rechts vom Saal hingen an den steingrauen Wänden mehr Waffen, als ich je in meinem Leben gesehen hatte.

Schwerter in allen Formen und Größen, Armbrüste, Speere, Dolche, Pfeile und Bogen und sogar die ein oder andere Pistole.

Gegenüber dem Eingangsportal standen mehrere Bänke, auf denen man sich ausruhen konnte, während sich in der Mitte des Saals mannsgroße Holzfiguren, Zielscheiben, Boxsäcke und Dummys verteilten.

Dazwischen lagen dunkle Turnmatten, auf denen sich gerade Azazel, Tarel und Raphael mit Schwertern gegenseitig aufzuspießen versuchten.

Jeder gegen jeden – schnell, präzise und ohne Gnade.

War ich eine Sekunde lang wie erstarrt von der Unerbittlichkeit, mit der sie einander angriffen, schlug mich doch nach wenigen Augenblicken die Kunstfertigkeit ihrer Bewegungen in den Bann.

Es sah wie ein Tanz aus. Ein Tanz um Leben und Tod. Jeder Schritt war perfekt, jede Drehung formvollendet. Die Schwerter krachten aufeinander, sausten haarscharf an Muskeln und verschwitzten Gesichtern vorbei.

Azazel war der Stärkste der drei, Tarel der Schnellste und Raphael der Eleganteste.

Obwohl ich vermutet hätte, dass ihm seine Flügel beim Kampf im Weg sein würden, nutzte er die Schwingen, um sein Gleichgewicht zu halten und wie ein zarter Hauch durch den Sturm aus Federn und Klingen zu huschen. Seine Füße berührten zwar den Boden, aber er bewegte sich so gewandt, dass es den Eindruck hatte, er würde schweben, während er so kraftvoll zuschlug, als bestünde er selbst aus Stein.

Jedem Menschen hätte es bei der Gewalt, mit der die Waffen aufeinandertrafen, vermutlich die Handgelenke gebrochen. Mal abgesehen davon, dass niemand mit der immensen Geschwindigkeit der drei Männer hätte mithalten können.

Sie hatten die Kunst des Kampfes zur Perfektion erhoben und waren einander ebenbürtig, nicht nur in ihrem Können, sondern auch in der überirdischen Schönheit, die sie ausstrahlten.

Wenn wir nach Ablenkung gesucht hatten, hatten wir sie hier gefunden. Am liebsten hätte ich auf dem Absatz kehrtgemacht, bevor ein gewisser jemand erkannte, wie ich ihn mit offenem Mund anstarrte. Es war ohnehin ein Wunder, dass Raphael unter dem Gewicht seines immensen Egos noch keinen Bandscheibenvorfall erlitten hatte.

June legte mir eine Hand unters Kinn, weil ich mit geöffnetem Mund und angehaltenen Atem dieser Darbietung zugesehen hatte.

Hinzu kam, dass sowohl Azazel als auch Raphael kein Hemd mehr trugen.

»Wir ... wir sollten zurückgehen«, flüsterte ich. »Die drei sind offensichtlich beschäftigt und –«

»Die Damen!«, rief Tarel erfreut, bevor ich meinen Satz beenden konnte. Wie ertappt erstarrte ich, während mir kochend heiß wurde.

Die Männer hatten ihr Training unterbrochen und wandten sich uns zu. Während Azazel amüsiert in sich hineinschmunzelte und Tarel mit animalischer Eleganz auf uns zustolzierte, nahm mich Raphael ohne Umschweife ins Visier.

»Wem verdanken wir den Umstand eures Besuches?«

»Wir wollten nicht stören«, murmelte ich und zupfte verlegen an Junipers Tunika.

»Oh, ihr stört keineswegs«, lachte Tarel, umarmte Maya und hauchte ihr einen Kuss auf den Hals. »Ganz im Gegenteil. Wir könnten ein paar hübsche Frauen, die wir zu beeindrucken versuchen, durchaus gebrauchen. Die zwei da«, er deutete mit dem Daumen hinter sich, »geben sich nämlich überhaupt keine Mühe.«

Das sah mir zwar nicht danach aus, aber was wusste ich schon von dem Training gefallener oder nicht gefallener Engel.

»Glaub ich gerne, dass ihr ohne genügend Lobpreisung nichts Vernünftiges zustande bekommt«, sagte Maya und funkelte Tarel über die Schulter hinweg an. »Aber wir sind nicht hier, um euch anzuschmachten.« Geschickter als ich es ihr zugetraut hätte, wandte sie sich aus seinen Armen und reckte stolz das Kinn.

»Wir brauchen etwas Ablenkung und da das hier unser Trainingsraum ist«, sagte June und lächelte kokett, »beschlagnahmen wir ihn für die nächste Stunde.«

Ich blinzelte verdutzt. *Das* war Junes Vorstellung von »den Kopf frei kriegen«? Aber bevor ich irgendwelche Einwände kundtun konnte, zwinkerte mir das Mädchen zu und zog mich in die Mitte des Saals.

»Früher war das hier Claudius' selbst ernanntes Heiligtum, in dem er uns mit Freuden seine Macht demonstriert hat. Nach seinem Tod mussten wir eine neue Verwendung dafür finden.«

»Ich wollte ja eine Teestube daraus machen«, sagte Maya

und setzte sich auf eine der Holzbänke, weil sie glücklicherweise nicht vorhatte, mit Schwertern herumzuhantieren, während sie schwanger war.

»Ja, aber das wäre eine furchtbare Verschwendung dieses großzügigen Saals gewesen«, sagte June und sah zu Azazel, der uns beobachtete, ohne irgendwelche Anstalten zu machen, den Platz zu räumen.

»Hier hat man uns mit unseren größten Schwächen gedemütigt, also kam June die Idee, einen Trainingsraum daraus zu machen, damit wir dem Saal seine, wie soll ich sagen? *Macht* über uns nehmen«, erklärte Maya.

Die Hexen hatten aus dem Ort, an dem sie zur Hilflosigkeit gezwungen worden waren, einen Ort gemacht, an dem sie Stärke und Unabhängigkeit trainieren konnten.

»Ganz genau«, sagte June und wollte Azazel auf den Ausgang zuschieben, wobei sie sich selbst nicht sicher zu sein schien, wie und wo genau sie seinen nackten Oberkörper berühren sollte. Demonstrativ verschränkte er die Arme vor der Brust und lächelte sie von oben herab an.

»Also zieht ihr euch jetzt bitte wieder an und nehmt am besten ein heißes Schaumbad – gemeinsam oder nicht, das ist mir egal – damit Elodie und ich hier etwas Stress abbauen können.«

June versuchte zwar, Azazel von der Stelle zu bewegen, glich dabei aber eher einem kleinen Häschen, das mit geballten Pfoten den bösen Wolf in die Flucht schlagen wollte.

Der Teufel brummte ein leises Lachen und riss plötzlich so schnell das Schwert nach oben, dass ich seiner Bewegung nicht folgen konnte.

Einen Wimpernschlag später lag die Spitze der Klinge an Junes Hals, was diese völlig unbeeindruckt hinnahm.

»Kämpfen wir darum, wer den Saal bekommt.« Azazel schenkte ihr ein bezauberndes Lächeln, das aber nicht über die wilden Flammen in seinen Augen hinwegtäuschen konnte.

»Denkst du nicht, dass es furchtbar peinlich für dich wäre, wenn ein Erzengel Zeuge deiner Demütigung wird?« Mit süffisanter Miene schob June das Schwert ein Stück zur Seite. »Elodie und ich sind immerhin nicht so steinalt wie ihr.«

Ich schluckte schwer, weil ich keinesfalls Teil dieser Debatte werden wollte.

»Wie heißt es so schön: Alter vor Schönheit«, sagte Raphael und strich sich gut gelaunt das feuchte Haar aus der Stirn. »Außerdem kann Elodie nicht kämpfen.«

Ich atmete scharf ein und verkrampfte an Ort und Stelle, weil plötzlich alle Anwesenden mich ansahen.

»Es sei denn, jemand hat es ihr beigebracht, ohne dass der Chor es erfahren hat, was ich bezweifle.« Er betrachtete mich aufmerksam, als wartete er auf einen Widerspruch meinerseits. »Aber vielleicht möchte sie trotzdem mit uns spielen. Hm, Elodie?« Er lächelte charmant und ließ spielerisch die Klinge kreisen, sodass die flache Seite das Licht im Saal reflektierte. »Wir werden auch ganz behutsam mit dir sein, obwohl ich inzwischen weiß, dass du es nicht magst, wenn man zu zimperlich mit dir umgeht.«

»Wie praktisch, dass wir einander schon so gut kennen«, hielt ich dagegen und zwang mich zu einer gelassenen Miene, »ich bin nicht so zerbrechlich, wie du stets gedacht hast, und du nicht so beeindruckend, wie ich immer vermutet habe.« Mein Blick glitt über seinen Oberkörper, während ich demonstrativ eine Augenbraue hob, als würde mich sein Anblick enttäuschen. Die Konsequenz daraus war, dass Raphael schmunzelnd auf mich zukam, weil er ganz genau wusste, dass ich nur bluffte.

»Ich bin dafür«, mischte Azazel sich ein und stand plötzlich hinter mir, »dass wir Elodie zuerst beibringen, wie man sich verteidigt.« Als er mir seine großen Hände auf die Schulter legte, zuckte ich zusammen. Seine Macht, eine höllische Hitze, prickelte in meinem Nacken, war aber nicht unangenehm. Es fühlte sich beruhigend an, gab mir Kraft und Zuversicht, was ich in diesem Augenblick gut gebrauchen konnte. Wenige Zentimeter vor mir blieb Raphael stehen und sah belustigt auf mich hinab.

»Gute Idee.« Tarel stellte sich gelassen zwischen Raphael und mich, als wolle er mich vor diesem beschützen. »Dann kann sie unserem großen Bruder das nächste Mal die Flügel stutzen, wenn er denkt, besonders lustig sein zu müssen.« Ein strahlendes Grinsen auf den Lippen zwinkerte er mir über die Schulter hinweg zu.

Schwer zu sagen, was mein Blut in diesem Moment am heftigsten zum Brodeln brachte: Raphaels Anwesenheit, Tarels wissender Blick oder die Tatsache, dass mich ein Erzengel, ein Dämonenfürst und der Teufel höchstpersönlich wie eine Einheit umringten. In der Mitte dieser drei Männer zu stehen machte mir einmal mehr klar, mit was für Kräften ich mich eingelassen habe.

»Glashaus, Steine, meine lieben Freunde«, lachte Raphael düster und sah an Tarel vorbei, direkt in meine Augen. »Aber ihr habt recht. Elodie sollte sich zu verteidigen wissen.«

Mein Herz begann vor Aufregung zu rasen, als er sich schulterzuckend abwandte und nach einem Schwert an der Wand griff, dessen Klinge er prüfend musterte. Es war kleiner als die anderen, aber deswegen nicht weniger gefährlich.

Azazel drückte meine Schultern, als Zeichen der Ermutigung, während Tarel die Nase kräuselte.

»Keine Sorge. Raphael dürfte der letzte Mann auf der Welt sein, der es riskieren würde, dir auch nur ein Haar zu krümmen.« Ich nickte beruhigt, als Raphael zurückkam und Tarel das Schwert in die Hand drückte. »Daher werde ich dir zeigen, wie man hiermit umgeht.« Die drei Männer lachten leise, weil meine Erleichterung schlagartig wie weggeblasen war und ich kreidebleich wurde.

»Wenn er dir einen Kratzer zufügt, reiß ich ihm den Schädel ab.« Raphael würdigte seinen ehemaligen Freund keines Blickes.

»Missbrauch diesen Anlass bitte nicht dafür, dir deine sehnlichsten Wünsche zu erfüllen«, sagte Tarel unbeeindruckt und reichte mir das Schwert.

Unauffällig wischte ich meine feuchte Hand an meiner Kleidung ab und schloss die Finger um den schmucklosen Griff.

»Wenn wir das hier machen, machen wir es richtig«, sagte ich und deutete auf Raphael. »Das heißt keine klischeehaften Beschützerinstinkte und kein neurotisches Balzverhalten. Verstanden?«

Raphael blinzelte überrascht, nickte dann aber und schenkte mir einen feurigen Blick, als hätte er genau diese Reaktion von mir erwartet.

»Scheint, als hättest du endlich jemanden gefunden, der weiß, wie man dich von deinem hohen Ross herunterholt«, lachte Azazel, während Tarel sogar ein kleines bisschen stolz zu sein schien.

»Zu meiner Verteidigung: es war kein Ross – höchstens ein Pony«, brummte Raphael und zwinkerte mir zu. »Aber von niemandem würde ich mich lieber aus dem Sattel schubsen lassen.«

Die Aufregung, sich solch einer Herausforderung zu stellen, beschleunigte meinen Puls. In dieser Welt waren Männer Frauen gewohnt, die sich nichts von ihnen gefallen ließen, und es fühlte sich unglaublich befreiend an, endlich für mich selbst einstehen zu dürfen.

Ich hatte keine Angst mehr davor, gehört zu werden, weil ich endlich sagen durfte, was ich dachte.

Einige Stunden und viele blaue Flecken später, war ich nahe dran, meinen Optimismus zu bereuen.

Ich hatte aufgehört zu zählen, wie oft ich bereits auf die Matte geworfen worden war und konnte den Schmerz in meinen brennenden Muskeln nicht einmal mehr beachten, weil ich zwischen Schwerthieben, Ausfallschritten, Angriffsmanövern und Kampftaktiken keine Zeit zum Denken, geschweige denn Fühlen bekam. Meine Oberarme und Beine waren übersät mit kleinen Schnitten. Beide Dämonenfürsten schonten mich nicht und besaßen eine Ausdauer, um die sie jeder Spitzenathlet beneidet hätte. Azazel und Tarel zeigten zwei sehr unterschiedliche, aber gleichermaßen hilfreiche Lehrstile, die mich nicht nur herausforderten, sondern auch überraschend schnell voranbrachten. Während der Teufel eine Engelsgeduld bewies, viel erklärte und mir eine präzise Schwertführung beibrachte, kannte Tarel zahlreiche Tricks und raffinierte Taktiken, mit denen eine kleine, zierliche Person wie ich größere und stärkere Gegner außer Gefecht setzen konnte.

Beide gaben sich so viel Mühe, dass ich trotz der Anstrengung keine Pausen verlangte, weil in mir der Wunsch geweckt worden war, sie nicht zu enttäuschen.

Meine Verbissenheit zahlte sich aus, denn nachdem Tarel mit mir ein und dieselbe Drehung mindestens einhundertmal wiederholt hatte, endete sie für mich beim einhunderteinten Mal nicht mit seiner Klinge an meiner Kehle.

Ich schaffte es, dem schwungvollen Hieb, der blitzschnell von links unten kam, rechtzeitig auszuweichen, weil meine Reflexe die Kontrolle übernahmen und ich mich nicht länger von meinen Augen, sondern all meinen anderen Sinnen leiten ließ. Ich spürte, wie es durch die Luft schnitt und drehte mich an Tarels rechter Seite vorbei. Bevor er mir nachsetzen konnte, verlagerte ich mein Gewicht nach hinten, wechselte mein Schwert in die andere Hand und parierte den Schlag, mit dem er versucht hatte, meine Flanke zu treffen, obwohl er mir nur halb zugewandt stand.

Die Klingen krachten aufeinander und ein scharfer Schmerz fuhr durch mein Handgelenk, aber ich biss die Zähne fest zusammen, ohne auch nur einen Zentimeter zurückzuweichen.

Keuchend und etwas wackelig auf den Beinen, weil mir das Gleichgewicht eines Profis fehlte, starrte ich Tarel an, der mich über die Schulter hinweg angrinste.

»Du bist gerissen, Kleine«, lobte er und gab mir einen Moment, wieder zu Atem zu kommen. »Aber eine Sache solltest du niemals vergessen.«

Ich blinzelte verdutzt und spürte einen unangenehmen Stich zwischen den Rippen, der mich erschrocken nach unten sehen ließ.

Tarel hatte, wusste der Himmel wie, unauffällig einen Dolch gezogen, der nun gegen meine ungeschützte Seite drückte.

Die Spitze war durch den Stoff der Tunika hindurchgegangen und minimal in meine Haut eingedrungen.

Plötzlich spürte ich eine muskulöse Brust an meinem Rücken, wagte es aber nicht, zusammenzuzucken. Eine Hand schloss sich von hinten um meinen Kiefer und zwang meinen Kopf sanft zurück, der gegen eine nicht weniger unnachgiebige Schulter stieß. Ich starrte zu Raphael hinauf, verzaubert von der Sanftmut in seinen Augen und verschreckt von dem bitteren Zug um seine Lippen.

»Es ist ein ungerechtes Spiel«, raunte er mir die Lektion zu, die mir der Dolch an meiner Haut so überdeutlich hatte erteilen sollen.

Von den Bänken ertönte ein Schnauben, das zweifellos von Juniper kam, aber weder sie, noch Maya oder Azazel mischten sich in das ein, was gerade zwischen mir, Tarel und dem Erzengel geschah.

Raphaels Daumen strich die Linie meines Kinns nach und zwang meinen Körper durch seinen eisernen Griff noch enger an sich, während er düster auf mich hinablächelte und aus dem Augenwinkel zu Tarel blickte.

»Du warst schon immer ein begnadeter Lehrer«, sagte er ruhig, ohne mich loszulassen, sodass ich nicht sehen konnte, wie Tarel auf seine Worte reagierte.

»Sie ist ein schlaues Mädchen.« In Tarels Stimme lag ein Unterton, den ich nicht ganz zuordnen konnte. Bedenken? Sorge? »Also verscherz es dir nicht mit ihr.«

Das kalte Metall des Dolches verschwand und Raphael gab mein Gesicht frei. Er wirbelte mich geschickt zu sich herum und kreuzte sein Schwert mit dem meinen, während ich noch wie von einem wilden Tagtraum verwirrt an die möglichen Konsequenzen eines unfairen Kampfes dachte.

»Ich bin dran.« Lauernd senkte er den Blick, in dem unverkennbar die Vorfreude auf das lag, was auch immer er mit mir vorhatte.

Doch bevor es zum Kampf kam, in dem ich für meinen Stolz alles riskieren würde, krachten die beiden Flügeltüren zum Saal auf. Ich fuhr erschrocken herum und entdeckte Theodora, die auf uns zugehastet kam.

»Wir haben ihn!«

Es erübrigte sich, zu fragen, wen sie meinte.

»Wo ist er?«, knurrte Azazel und trat, ob unbewusst oder nicht, näher an June heran.

»An seinem Hof«, keuchte Theodora, schaffte es aber, nach nur wenigen Atemzügen wieder gesammelt und völlig gefasst zu wirken.

»An seinem Hof?«, wiederholte ich etwas dümmlich. »In der Hölle?

Die anderen sahen sich nicht weniger überrascht an, nur Tarel wirkte kein bisschen verwirrt.

»Das ist doch total bescheuert«, beschwerte sich June.

»Oder genial«, murmelte der Dämonenfürst abfällig.

»An seinem eigenen Hof hätten wir niemals nach ihm gesucht. Und ihn dort zu einem Kampf zu zwingen, bringt uns in größere Gefahren als ihn.«

16.
Angriff ist die beste Verteidigung

Sich auf einen Kampf vorzubereiten, war, als würde man dem eigenen Wahnsinn eine Chance geben.

Ähnlich einer verrückten Idee, die man aber niemals in die Tat umsetzen sollte.

Doch je näher der Aufbruch rückte, desto fassbarer fühlte sich die Tatsache an, dass wir uns in echte Gefahr begaben.

June hatte mich mit einer Montur ausgestattet.

Enge Lederhosen, feste Stiefel, eine Bluse, die überraschend sportlich wirkte, und eine Jacke, die durch ihren Schnitt Beweglichkeit versprach, aber mit etwas gefüttert zu sein schien, das selbst Pfeile hätte aufhalten können.

Ich bekam zwei Dolche und ein Schwert am Gürtel befestigt und musste so überfordert damit aussehen, dass mich nicht nur Raphael schief angrinste, sondern sich auch Azazel und Tarel ein Lächeln kaum verkneifen konnten.

»Wenn du hierbleiben möchtest«, setzte Azazel an, doch ich schüttelte vehement den Kopf.

»Ich bin noch immer die Einzige, die die Lanze erfühlen kann, und außerdem ist das doch die ideale Gelegenheit, herauszufinden, wie wirkungsvoll euer Training war.« Der Teufel nickte anerkennend.

»Das ist die richtige Einstellung, kleine Elodie.«

»Mit der du hoffentlich ein paar von Danjals rückgratlosen Krautköpfen zum Weinen bringst, weil unser Ego sonst ziemlich angekratzt wäre«, scherzte Tarel.

»Wird sie«, sagte June, die sich gerade zwei Dolche an den Oberschenkel geschnallt hatte. »Alle bereit, dem werten Mistkerl das Häuschen zu demolieren und ihn im Idealfall unter seiner Dekadenz zu begraben?«

»Du warst schon einmal dort?«, fragte ich überrascht. Die Hexe verzog das Gesicht und steckte sich vorsichtshalber noch ein Messer in den Gürtel.

»Leider.« Sie sah zu Azazel auf und ein Hauch von vergangenem Grauen huschte über ihr Gesicht. »Unser kleiner Besuch beinhaltete einen verlogenen Teufel, Hexerei, arrogante Dämonenfürsten und ein paar verdammt wütende Erzengel.«

»Nun wollen wir mal nicht vergessen, dass ich dir an diesem Tag meine Liebe gestanden habe«, sagte Azazel belustigt.

»Zum Glück. Sonst hätte ich es mir vielleicht zweimal überlegt, dich zu retten«, lachte June und schenkte ihm einen Kuss, der mir die Röte in die Wangen trieb.

Wir verließen die gut bestückte Waffenkammer, die nicht weit vom Trainingssaal lag, und trafen uns in der Bibliothek mit den anderen Hexen.

Bevor wir aufbrachen, zog mich Maya in eine Umarmung, weil sie als Einzige nicht mitkommen würde.

»Mein Rat: Reiß ein paar kaltherzigen Männern den Klumpen Eis aus der Brust, damit sie verstehen, wie erbarmungslos wir Frauen sein können.« Ich lachte heiser, erwiderte den sanften Druck ihrer Arme und gab sie schließlich frei, auch wenn ich sie gern noch etwas hätte halten wollen.

Sie gab June einen Kuss auf jede Wange und lächelte sie schief an.

»Pass mir gut auf unsere Dämonen auf. Ohne sie wäre unsere Finsternis nur noch halb so schön.« June grinste schief, aber es wirkte melancholisch. Maya drückte Azazel zum Abschied an sich, der ihr einen väterlichen Kuss auf den Scheitel gab, bevor sie sich an Tarel wandte.

»Wenn unser Kind ohne Vater aufwachsen muss, bringe ich dich persönlich um«, mahnte sie mit erhobenem Zeigefinger, aber Tarel schob geschickt ihren Arm beiseite und zog sie an seine Brust.

»Ich liebe dich«, sagte er und strich zärtlich über Mayas Wange. »Und der Tod wird es gewiss nicht wagen, sich zwischen uns zu stellen, weil er weiß, dass ich ihn für ein Leben an deiner Seite bezwingen würde.«

»Romantisch«, sagte Maya frech und in ihren graugrünen Augen lag ein tiefer Glaube an Tarels Worte.

Ich schluckte schwer und konnte den Blick nicht von ihnen abwenden.

Diese Familie aus Hexen und gefallenen Engeln zeigte mir, was Loyalität und Vertrauen bedeuteten – Angst und Schrecken hatten keine Chance gegen diesen geballten Mut.

Raphael trat hinter mich, strich mir das Haar zurück und band es im Nacken zusammen. Schweigend ließ ich ihn gewähren, während Azazel sich mit einem Lachen abwandte und Tarel uns mit Argusaugen beobachtete, als befürchtete er, der Erzengel wolle mir das Genick brechen.

»Du bleibst an meiner Seite, versprochen?«, raunte mir Raphael zärtlich zu.

»Wenn du an meiner bleibst.«

June und der Zirkel blieben mit den Dämonenfürsten in der Bibliothek, um durch das dortige Portal hinab in die Hölle zu reisen. Raphael und ich nutzten jenes, das sich in den Lüften über dem Wald Arcanums befand. Es war nicht mehr als ein sanfter Strudel aus bunten Lichtern und hauchzarten Wolkenschleiern, der vom Boden aus kaum erkannt werden konnte.

»Michael und Gabriel haben dieses Portal erschaffen, als sie vergangenes Jahr Arcanum besuchten«, erklärte mir Raphael, während wir dem mysteriösen Durchgang mit kräftigen Flügelschlägen immer näher kamen.

Als wir durch die Wand aus Energie flogen, folgten unserer Reise in das Höllenreich gleißend helle Blitze und mächtiger Donner. Ich klammerte mich an Raphaels Hals fest und blinzelte verunsichert, weil der Duft von Eisen und Salz in der Luft lag.

Ehe ich michs versah, segelten wir gemeinsam über ein blutrotes Meer, an dessen Horizont die Sonne langsam unterging – mir stockte der Atem. Das Orange der Dämmerung eroberte den Himmel wie frisch entfachtes Feuer und brachte die Wolken zum Glühen.

Unerwarteterweise erinnerte mich dies an die behaglichen Sommerabende meiner Kindheit. Wenn der Tag langsam zu Ende ging, aber die Luft noch warm und der Geist noch wach war.

»Da ist es«, sagte Raphael und ich folgte seinem Blick.

Von Weitem erinnerte der Hof des Dämonenfürsten an ein steinernes Ungetüm, das sich am Ufer des Höllenmeeres zur Ruhe gelegt hatte.

Gegen schwarze Klippen, aus denen Brücken und Türme geschlagen worden waren, brachen wilde Wellen und ließen die Gischt meterhoch schießen.

Je näher wir dem Palast kamen, desto überwältigender war seine Pracht. Filigrane Bögen schraubten sich in die Höhe und Verzierungen waren zwischen den groben Felsen der Außenmauern versteckt. Hunderte von Fenstern, Säulen und Balkonen, unheimliche Skulpturen und gewundene Korridore machten aus Danjals Hof ein Wunderwerk der Baukunst.

Tobit sauste in seiner nebulösen Form an uns vorbei und landete auf einem Balkon, der größtenteils zerstört war. Während Raphael mich behutsam neben ihm absetzte, verwandelte sich sein Schatten zurück in die feste Gestalt des silberweißen Tigers.

Ich achtete darauf, nicht zu nah an die bröckeligen Ränder der Löcher heranzutreten, die wie gigantische Mäuler den gesamten Boden durchzogen. Nur wenige Sekunden später entflammte hinter uns blaues Licht. Durch einen steinernen Rahmen, der die Balustrade unterbrach, traten June, Azazel und Tarel aus dem geöffneten Portal hervor, gefolgt von den beiden Schatten.

»Anaell bleibt bei der Hälfte des Zirkels, die das Portal im Inneren nutzen wird. Die restlichen Hexen umstellen den Hof von außen, zusammen mit zwei Dutzend Hexen und Hexern, damit niemand entkommen kann«, erklärte Azazel kühl.

Ich rieb meine schweißnassen Hände an der Hose ab und hoffte inständig, dass unser Überraschungsmoment genügen würde, um einen brutalen Kampf zu verhindern. Der Hof war riesig, aber wenn Danjal die Lanzenspitze bei sich hatte, würde er sich nicht vor mir verstecken können. Raphael nickte mir aufmunternd zu und flankiert von ihm und den anderen, betrat ich einen gigantischen Saal, in dem es katastrophal aussah.

Uns gegenüber, am anderen Ende, führte eine breite Treppe hinauf in die zweite Etage, in die man vom Saal aus durch die Außenflure blicken konnte.

Noch vor einem Jahr musste das hier ein wunderschönes, orientalisch angehauchtes Paradies gewesen sein.

Jetzt erinnerte nichts mehr an die einstige Pracht.

Raumteiler mit roten Ornamenten, funkelnde Schleier und

Messingschalen waren umgestürzt, zerlöchert und verbeult. Die Reste exotischer, meterhoher Pflanzen rotteten in verzierten Vasen vor sich hin. Diamantbesetzte Kelche, Seidenkissen und goldene Kerzenständer lagen kreuz und quer herum.

Schritt für Schritt bahnten wir uns einen Weg durch die Trümmer eines einst mächtigen Hofes. Ich achtete auf jedes Geräusch, jede Schwingung in der Luft, aber noch waren wir allein. Keine Halbengel, keine Lanze. Ich konzentrierte mich auf meinen Herzschlag und versuchte die Dunkelheit vor mein geistiges Auge zu rufen, um in ihr nach dem Licht der Waffe zu suchen, lief aber prompt gegen June, die diesen Ort mit Abscheu betrachtete.

»Ohne nostalgisch klingen zu wollen, aber die Fete an diesem Hof war mit Abstand die furchtbarste, auf der wir jemals waren«, murmelte sie, als Azazel nach ihrer Hand griff und ihr einen Kuss auf die Schläfe hauchte.

»Ich weiß«, murmelte er heiser.

»Und ihr Plot Twist hat mir gar nicht gefallen«, fügte sie mit einem schweren Seufzen hinzu. »Ist es schlimm, wie sehr ich mich darüber freue, dass Danjals Kompensierung seiner eigenen Komplexe hier vor sich hin rottet?« Es sollte ein Scherz sein, aber June war wirklich nicht besonders gut darin, ihre Schmerzen zu verbergen.

Ehe ich etwas Aufmunterndes sagen konnte, durchbohrte ein entsetzlicher Schmerz meine Brust. Ich glaubte, eine Klinge zu fühlen, eine rostige Klinge, die sich quälend langsam und unaufhaltsam meinem Herzen näherte.

Heißes Blut, zerrissenes Fleisch, abgrundtiefe Boshaftigkeit. Ich fühlte all das binnen eines Wimpernschlages, öffnete den Mund und wollte schreien, wollte die anderen warnen, doch ich kam nicht mehr dazu.

»Nun«, ertönte eine Stimme am anderen Ende des Raumes, »es ist nicht besonders höflich, aber gute Manieren erwartet von dir schon lange niemand mehr.«

Mein Magen machte einen panischen Satz, bevor er sich so fest verknotete, dass ich glaubte, keine Luft mehr zu bekommen.

Am oberen Absatz der Treppe, eine Hand elegant auf das Geländer gelegt, stand Danjal, ein selbstherrliches Lächeln auf den Lippen.

Sofort war Raphael bei mir, riss die Schwingen auf und barg mich hinter einem seiner Flügel, während die drei Schatten die Zähne fletschten und durch die wachsenden Nebel ihres gesträubten Fells plötzlich sehr viel größer wirkten.

Blaues Feuer schoss aus Azazels Händen und erstarrte in der Form eines gigantischen Schwertes. Tarel tat es ihm gleich, nur dass die Farbe seiner Klinge an das Graugrün von Mayas Augen erinnerte.

»Entschuldigt bitte. Ich weiß, es zeugt nicht gerade von guter Gastfreundschaft, euch so zu begrüßen, aber ich konnte Junipers Unverschämtheit einfach nicht unkommentiert lassen«, sagte Danjal und trat zwei Stufen hinab.

»Tja, damit ist die Überraschungsparty wohl geplatzt«, knurrte Tarel.

»Nicht doch«, lachte Danjal. »Es gibt noch immer einen Grund zum Feiern.«

»Das klingt doch vielversprechend.« Tarel deutete mit dem Schwert auf ihn. »Wenn du bitte hier herunterkommen würdest, um dich in tausend Teile zerschlagen zu lassen, damit wir endlich auf deinem Grab tanzen können.«

Mit gespieltem Bedauern schüttelte Danjal den Kopf.

»Tut mir leid, Bruder, aber du scheinst die Situation falsch einzuschätzen.«

Auf ein Schnipsen seiner Finger erschienen in den Außenfluren Dutzende von Halbengeln und ... Engeln!

Von überall richteten sich geladene Armbrüste auf uns, an deren Pfeilspitzen die klebrige, giftige Masse des Limbus schimmerte.

Raphael fluchte leise. In seinen Augen erkannte ich Verwirrung.

Danjal entging das nicht.

»Eigenartig, nicht wahr, Raph?«, fragte er und kam noch ein paar Stufen hinabgeschritten, stolz wie ein König, der über ein zerstörtes Reich regierte. »Wie sich die eigenen Leute von einem abwenden, wenn man sie jahrhundertelang zu kontrollieren versucht und mit Verachtung straft.«

Ich spürte Tobit neben mir, der es unauffällig an meine Seite geschafft hatte. Meine Hand klammerte sich an seinem Fell fest, während ich eingeschüchtert die vielen Gesichter betrachtete.

Ein paar der Engel glaubte ich aus dem *Finem mundi* wiederzuerkennen und ich fragte mich, wie viele weitere Bewohner Aeternitas' so unzufrieden mit der Regierung des Chors waren, dass sie keine Hemmungen besaßen, einem Dämonenfürst bei dessen Auslöschung zu helfen.

»Woher wusstest du, dass wir kommen würden?«, fragte Azazel gelassen, bevor die Anspannung im Raum noch weiter anwachsen konnte.

»Ich bitte dich, Azazel. Dachtest du wirklich, ich hätte nach den Ereignissen des vergangenen Jahres nichts dazugelernt?« Danjal sah zwischen June und Azazel hin und her. »Du und deine kleine Hexenkönigin scheinen nachzulassen.

Das macht vermutlich die Bequemlichkeit eines leichten Lebens, hm?«

»Von einem leichten Leben kann kaum die Rede sein, solange du noch wie der Stachel einer fetten Hornisse in ihm steckst«, sagte June angewidert.

»Gebärdet sich so eine Hexenkönigin, June? Ich an deiner Stelle würde über mein Vokabular nachdenken, sonst hält man dich weiterhin für nicht mehr als die Hure des Teufels.«

Als Antwort auf Danjals Beleidigung hob Tarel sein grünes Flammenschwert und machte einen Schritt auf den Dämonenfürsten zu, die schönen Züge dunkel vor Zorn.

»Sei vorsichtig, wie du mit der Herrscherin unseres Reiches sprichst«, knurrte er. »Sonst wird deine Zunge das Erste sein, was ich dir herausschneide, Bruder.«

»Wie immer der treue Beschützer«, höhnte Danjal. »Du würdest wirklich einen tollen Vater abgeben, Tarel. Leider wird die hübsche Maya euer Kind ganz allein großziehen müssen.« Um Tarel herum begannen sich Funken und flirrende Hitze zu sammeln, was Danjal noch breiter grinsen ließ. »Nun, vielleicht nehme ich mich auch beider an, damit sie die Trauer über deinen Tod nicht ohne männliche Fürsorge überstehen müssen.«

Noch bevor Danjals letztes Wort im Raum verklungen war, sprang Tarel mit einem wütenden Knurren auf die Treppe zu. Gleich ein halbes Dutzend Pfeile wurden auf ihn abgefeuert, aber er wich jedem geschickt aus oder schlug sie mit seinem Schwert achtlos entzwei.

Azazel folgte ihm, während June einen prickelnden Zauber wirkte, dem ein heftiger Windstoß folgte.

Wie die Finger einer unsichtbaren, gewaltigen Hand fegte er durch die Außenflure der zweiten Etage und mähte Engel und Halbengel wie Strohhalme um. Ein paar der geflügelten Anhänger Danjals schafften es, sich durch einen Sprung zu retten und griffen uns im gleichen Atemzug mit gezückten Waffen aus der Luft an.

Drei von ihnen stürzten sich auf Azazel, der sie mit einem Wirbelsturm aus blauen Flammen empfing.

June duckte sich darunter hinweg und verschwand für einen Moment in dem höllischen Inferno, das um Azazel kreiste und die Flügel der Engel wie Stroh verbrannte, nur um eine Sekunde später aus dem Rauch der zu Boden stürzenden Männer hervorzuspringen und sich einen Weg zur Treppe zu bahnen.

»*Fractionis lapis*«, rief sie und ein ohrenbetäubendes Donnern hallte durch den Saal, als die Stufen unter Danjals Füßen zerbarsten.

Er rettete sich mit einem gewagten Sprung auf festen Boden, während hinter ihm die Treppe in tausend Trümmer zerbrach. Nur knapp wich er Tarel aus, der sich wie von Sinnen auf ihn stürzte und sein dämonisches Schwert mit der Kraft einer Naturgewalt schwang. Ob er ihn traf, sah ich nicht mehr, denn beide verschwanden im aufgewirbelten Mauerstaub.

»June«, schrie ich, als hinter ihr ein Engel mit gezückten Klingen landete. Ich rannte auf sie zu, zog mein Schwert und rammte es dem Angreifer durch die Schulterblätter, bevor seine Waffen der Hexe den Kopf abschlagen konnten.

Mit einem entsetzlichen Schmerzensschrei ging er in die Knie, doch es passierte alles so schnell, dass meine Instinkte mir nicht die Zeit gaben, mich von meinen Gefühlen überwältigen zu lassen.

June blinzelte entgeistert, nickte mir dann aber dankbar zu und zog ihr eigenes Schwert, um mich vor den Halbengeln zu schützen, die sich von ihrem Angriff bereits erholt hatten. Wie die Kakerlaken wuselten sie um uns herum.

Barghest und Shula tobten durch den Saal und stürzten sich auf die erste Vorhut Männer, die uns zu umkreisen begannen. Die entstandene Lücke nutzte June aus und preschte nach vorne, die Klinge erhoben, umhüllt vom Prickeln frischer Magie.

Ich packte den Griff meines Schwertes und keuchte schwer, als ich es dem blutenden Halbengel aus dem Rücken zerrte. Nun drohte mich doch die Welle aus Schuldgefühlen zu übermannen.

Ich konnte ihn nicht töten und so musste er leidend zurückbleiben. Das war falsch. So unerträglich falsch. Verunsichert starrte ich ihn an und spielte bereits mit dem Gedanken, wenigstens die Wunde an seinem Rücken zu heilen, obwohl ich es gewesen war, die sie ihm zugefügt hatte. Doch dann plötzlich durchbohrte mich erneut dieses Gefühl, dieser pechschwarze, verdorbene Schmerz. Ich wirbelte herum und im gleichen Moment schoss ein weißer Blitz an mir vorbei, so nah, dass ich das eiskalte, himmlische Prickeln seiner Energie spüren konnte. Ich taumelte erschrocken zurück und entdeckte Tobit, der sich gerade noch rechtzeitig zwischen mich und Salvatore gestellt hatte. In meiner Unachtsamkeit war mir der Halbengel erschreckend nahe gekommen und hätte mich problemlos packen oder erschlagen können. Doch jetzt hielt Tobit, der sein Maul aufriss und rasiermesserscharfe Reißzähne präsentierte, ihn davon ab, noch näher zu kommen. Ein unheimliches, die Luft zum Vibrieren bringendes Knurren grollte aus der Kehle des Tigers. Salvatore kniff missmutig die Augen zusammen und hielt sein Schwert schützend vor sich, damit der Schatten ihn nicht direkt angreifen konnte.

In seiner anderen Hand erkannte ich die heilige Lanze. Panik schoss mir durch die Brust. Hier und heute gab es nur einen, für den diese bestialische Klinge gedacht war. *Raphael.*

Dieser kämpfte an Tarels Seite, als sei all das, was die beiden einst getrennt hatte, vergessen.

Zwei unvergleichbare Mächte, die unbesiegbar schienen, weil sie Krieger der selben Zeit waren.

Danjal und die Halbengel, die sie anzugreifen versuchten, hatten keine Chance und als ich in der zweiten Etage Anaell und einige Hexen des Arcanum-Zirkels entdeckte, schöpfte ich neue Hoffnung.

Entschlossen wandte ich mich Salvatore zu, der gehässig grinste, als neben ihm Danjals Wolf erschien.

Tobits Fell, in dem die silbernen Streifen zu leuchten begannen, sträubte sich und er bohrte die Krallen in den steinernen Boden.

Hadars Augen funkelten feuerrot und ich glaubte so etwas wie blutrünstige Vorfreude darin zu erkennen. Ohne Vorwarnung schoss er auf Tobit zu, der sich blitzschnell aufrichtete und mit den mächtigen Pranken nach dem Wolf schlug. Als die beiden massigen Körper aufeinanderprallten, sprühten Funken in alle Richtungen, als seien zwei Sterne miteinander kollidiert. Ein unheimlicher Donner hallte durch den Saal und brachte all meine Sinne zum Zittern. Während die beiden Schatten sich mit Klauen und Zähnen zu zerfleischen suchten, riss ich reflexartig mein Schwert hoch, weil Salvatore den Moment nicht ungenutzt ließ. Unsere Klingen prallten aufeinander und ich unterdrückte einen Schrei, weil es sich anfühlte, als hätte die Wucht seines Hiebes mein Handgelenk gebrochen.

»Du bist keine Kämpferin«, zischte er mir schadenfroh zu

und stieß mich von sich. Gerade noch rechtzeitig fand ich mein Gleichgewicht wieder, riss die Waffe schützend vor mich und funkelte ihn entschlossen an. Er hatte recht: Ich war keine Kämpferin. Aber ich war wütend. Verdammt wütend. Auf ihn, auf Danjal – auf all das sinnlose Blutvergießen.

»Mag sein«, knurrte ich und konzentrierte mich auf meine eigene Atmung. »Aber wenigstens bin ich kein hinterhältiger Speichellecker, der sich von einem Mörder herumkommandieren lässt.« Salvatore behielt sein kaltes Lächeln bei, aber ich sah, dass meine Worte ihn nicht unberührt ließen. Bevor er seinen Zorn in Stärke verwandeln und zum Angriff übergehen konnte, stürzte ich mich auf ihn. Dieses Mal würde ich mich nicht einschüchtern lassen. Dieses Mal würde ich nicht zögern. Für jemanden wie Salvatore stellte ich gewiss keine Bedrohung dar, aber in mir loderte ein Feuer, das meine Schnelligkeit in ungeahnte Höhen trieb. Zwei Schläge konnte er noch parieren. Der dritte drang durch seine Deckung. Blut spritzte über seinen Arm, als ich diesen seitlich aufschlitzte. Er fletschte die Zähne, während ich zurück in die Kampfposition ging, die mir Tarel erst vor wenigen Stunden beigebracht hatte.

Ich musste Salvatore nicht besiegen, sondern ihn nur so lange wie möglich von Raphael ablenken.

Der kämpfte am anderen Ende des Saals, weit genug von uns und der Lanze in Salvatores Hand entfernt.

Als Engel und Mitglied des Chors war es ihm strengstens verboten zu töten, selbst wenn es um sein eigenes Leben ging. Daher benutzte er seine Macht, um die Männer in die Ohnmacht zu schicken oder sie mit gleißend hellem Licht zu blenden, während Tarel ihm Rückendeckung gab.

Aber wo war Danjal?

Auf der Suche nach ihm entdeckte ich June und Azazel. Sie kümmerten sich um jene, die versuchten, vor Anaell und den anderen Hexen aus dem zweiten Stock zu fliehen – dort bewirkte Magie in diesem Moment Unglaubliches.

Mauern verwandelten sich in Treibsand, in dem Halbengel hilflos versanken. Vertrocknete Pflanzen erwachten zu neuem Leben und umschlangen Arme und Beine der bewaffneten Angreifer. Hellblaue Blitze zuckten aus Regenwolken, die sich unter der hohen Decke zusammenballten, und schossen auf Engel nieder, als seien diese Schießbudenfiguren.

Die Kerzen der Kronleuchter entflammten und zischende Feuerzungen leckten nach jedem, der es wagte, einer der Hexen zu nahe zu kommen. Die Elemente gehorchten dem Zirkel und beugten sich unter geheimnisvollen Worten, die wie ein hypnotisierender Singsang durch den Saal hallten.

So unbesiegbar wie die Hexen war ich zwar nicht, aber dennoch würde ich es Salvatore so schwer wie möglich machen.

Mir war sein Hohn egal. Alles, was zählte, war, dass es mir gelang, ihm die Lanze zu entreißen. Als mein Rücken gegen ein festes Hindernis stieß und Salvatore triumphierend die Zähne bleckte, wusste ich, dass Flucht keine Option mehr war. Endgültig am Ende meiner Kräfte angekommen, holte ich zu einem letzten, verzweifelten Schlag aus. Dieses Mal parierte Salvatore nicht, sondern duckte sich geschickt an der Klinge vorbei und packte im nächsten Atemzug mein Handgelenk, als habe auch er die Lust an diesem Theater verloren. Mühelos bog er mir die Waffe aus der Hand und hielt mich mit eisernem Griff fest.

»Wollen wir doch mal sehen, wie wichtig du ihm wirklich bist«, knurrte er und sah an mir vorbei, zu Raphael. Ich presste die Lippen zusammen, als mir Tarels Lektion in den Sinn kam.

Das hier war ein ungerechtes Spiel und ich würde es nicht gewinnen, indem ich fair kämpfte.

Salvatore riss mich von der Wand weg, ein paar Schritte nach vorne. Dann stoppte er abrupt und ich beobachtete entgeistert, wie sich die Oberfläche des Bodens veränderte, zunächst immer weicher und schließlich flüssig wurde, bis ich vor einer schwarzblauen Pfütze stand.

Ich spürte Magie, wusste aber beim besten Willen nicht, wer sie gewirkt haben konnte. June rief meinen Namen und starrte nicht weniger verwirrt die kleine Pfütze an.

Salvatore stieß einen schrillen Pfiff aus, der mir in den Ohren gellte und Raphaels Aufmerksamkeit augenblicklich auf uns zog. Mein Blick traf den seinen und ich erkannte in diesem etwas Erbarmungsloses. Sein blindes Auge begann zu strahlen und erhellte seine düstere, von Zorn gezeichnete Miene. Eisige Kälte kroch wie etwas Lebendiges an den Wänden hinauf, hinterließ kleine Frostrosen und Raureif, als Raphael seine Macht um sich sammelte und es in der Hölle zu schneien begann.

Auf meiner Wange schmolzen die ersten Flocken und in jeder von ihnen schien ein Funke seiner unzähmbaren Macht zu stecken. Raphael öffnete die Schwingen mit einem so heftigen Ruck, dass sich silberne Schimmer und unruhige Nebel daraus lösten und sich um ihn herum zu einem gewaltigen Sturm zusammenbrauten. Er spannte die Muskeln an, bereit, sich in die Lüfte zu schwingen, um mir zu Hilfe zu eilen.

Doch genau das war es, was Salvatore wollte.

Ich zögerte nicht länger und bevor Raphael überhaupt vom Boden abheben konnte, zückte ich den Dolch an meinem Gürtel, drehte ihn in der Hand und stieß gezielt nach hinten. Die Klinge bohrte sich in Salvatores Bauch und glitt durch Muskeln und Fleisch. Mein Angriff traf den Halbengel so überraschend, dass er mich keuchend losließ.

Ich wirbelte zu ihm herum, ein Fehler, wie sich im nächsten Moment herausstellte.

»Das hättest du nicht tun sollen, meine Hübsche«, knurrte er, das Gesicht zu einer hässlichen Fratze verzerrt. Er gab mir einen kräftigen Schubs und ich schrie erschrocken auf, weil mein Fuß keinen Halt mehr fand, sondern durch die Oberfläche der unheimlichen Pfütze stieß. Ich verlor das Gleichgewicht und das Letzte, was ich sah, bevor ich von schwarzem Wasser verschluckt wurde, war Raphael, der als silberne Sternschnuppe durch die Luft schoss, direkt auf mich zu.

Der Fall war kurz und endete nicht, wie ich erwartete hatte, auf den Zacken grober Felsbrocken.

Ich landete in etwas, das sich zäh und sumpfartig anfühlte und mich wie eine nasse Faust umschloss.

Es konnte kein Wasser sein, dafür fühlte sich die Masse zu zäh an. Auch war es nicht besonders tief, denn nach kurzer Zeit spürte ich unter meinem Rücken moosartigen Boden. Sofort stieß ich mich davon ab und versuchte, zurück an die Oberfläche zu gelangen, doch mein Körper gehorchte mir nicht länger. Panisch strampelte ich mit den Gliedmaßen, die fürchterlich schmerzten. Etwas Brennendes fraß sich wie Säure durch meine Haut, lähmte meine Muskeln und drohte mir den Verstand zu rauben. Ich glaubte zu spüren, wie sich mein Fleisch und meine Knochen zersetzten, wie meine Nervenenden Feuer fingen und ich in ein Durcheinander aus brennenden Gedanken gerissen wurde. Hunderte von Stimmen und Tausende von Erinnerungen rasten durch meinen

Kopf, drohten ihn zu spalten – ich war nur noch eine Hülle aus Qualen.

Wasser lief mir in Nase und Mund und hinterließ einen bitteren Geschmack auf meiner Zunge, der nach Verwesung schmeckte.

Dann, kurz bevor ich aufgeben und mein Ende willkommen heißen wollte, packten mich starke Hände an den Armen und rissen mich empor, zurück an die frische Luft, die ich gierig einatmete. Raphael zog mich an seinen kühlen Körper, der die Hitze in mir linderte.

Ich blinzelte schwach und erkannte, dass Raphael mich aus einem nicht besonders großen See trug, der in einer gigantischen, mit roten und goldenen Steinen verzierten Grotte lag, die sich direkt unter dem Palast befinden musste. Links von uns gelangte das Wasser des blutroten Meeres durch einen großen Höhleneingang herein und sammelte sich in dem Becken zu diesem höllischen See. Mir wurde ganz schwindelig bei dem Gedanken daran, in was genau ich da eigentlich gelandet war.

Dort, wo Raphael und ich durch die Decke gestürzt sein mussten, hingen unterschiedlich lange Stalaktiten, die in der Dunkelheit glitzerten. Von der Pfütze oder dem Loch oder was auch immer es gewesen war, gab es keine Spur mehr.

»Beweg dich nicht«, murmelte Raphael und setzte mich behutsam auf einem kleinen Felsvorsprung ab. Ich gehorchte, nachdem ich versucht hatte, den Kopf zu heben und mir ein entsetzliches Brennen durch Nacken, Rücken und so ziemlich jeden Zentimeter meines Körpers geschossen war.

Teile meiner Kleidung waren verätzt, als sei ich tatsächlich in einen See aus Säure gefallen. Darunter klafften unzählige Wunden, an deren Rändern ich die zersetzten, zu schwarzer Asche verschrumpelten Reste meiner eigenen Haut sah.

»Was ist das?«, wisperte ich verängstigt. Selbst das Sprechen tat weh, weil mein Gesicht höllisch brannte.

Anstatt zu antworten, legte mir Raphael die Hände auf die Wangen.

Ich zuckte zurück, weil ich den Schmerz kaum aushielt, doch er ließ mich nicht los und sandte seine heilende Energie in unbeschreiblich intensiven Wellen durch meinen Körper. Binnen weniger Sekunden verschwanden all die unzähligen Wunden, bis meine Haut unter den Resten meiner Kleidung wieder so glatt war, als sei nie etwas geschehen.

Ich schluckte schwer und starrte zu Raphael hinauf, dessen Federn verklebt und zerfetzt waren. Morastiger Sud tropfte von seinen Schwingen. Er hatte Brandflecken im Gesicht und blutige Stellen auf Händen und Armen. Aber anders als meine Wunden, heilten die seinen sehr viel schneller. Ich konnte dabei zusehen, wie sich die Fasern schlossen und die abgestorbene Haut zu Boden rieselte.

»Limbus«, murmelte er heiser und strich mir liebevoll das feuchte Haar aus der Stirn. »Das Meer der Hölle ist der Limbus. Und dieser ist nicht für die Lebenden gedacht.«

Nein, das war er definitiv nicht.

»Du bist noch immer beeindruckend schnell, Raph.«

Ich zuckte zusammen und wirbelte herum. Auf der anderen Seite des Sees saß Danjal auf einem großen, abgeflachten Stein. Völlig entspannt, ein Knie lässig angewinkelt, die Hand im Fell seines Wolfes, der uns unheilvoll anknurrte. Hinter ihm lehnte Salvatore an der feuchten Wand der Grotte und spielte mit der Lanze, als sei sie eine ordinäre Nagelfeile. Seine Wunde hatte er bereits geheilt, aber der Zorn in seinem Blick ließ keinen Zweifel, dass sein Ego noch immer angeschlagen war.

Raphael stellte sich schützend vor mich und legte die Hand an den Knauf seines Schwertes. Wenn man keine Flügel hatte und nicht durch diese schmierige Hölle waten wollte, gab es keinen Weg über den See hinweg.

»Irgendwie müsst ihr schon zu uns herüberkommen, wenn mich dein Handlanger mit diesem Zahnstocher piksen soll«, sagte Raphael herausfordernd und musterte die Lanze mit beeindruckender Gleichgültigkeit.

»Du bist mir gerade eben noch etwas zu bissig, mein Freund«, lachte Danjal und erhob sich. »Aber das wird sich gleich ändern.«

Er wandte sich um und streckte die Hand aus, woraufhin aus den Schatten der Grotte eine junge Frau trat, deren Anblick mich wie eine Faust traf.

»Wenn ich euch eine ganz besondere Hexe vorstellen dürfte.«

Auch ohne ihren Namen von Danjal gesagt zu bekommen, wusste ich sofort, wer sie war.

Wilana, die Geliebte des ermordeten Wächterengels Nauel. Ich hatte sie so klar und deutlich wie jetzt in seinen Erinnerungen gesehen. Sie war kein Mensch, wie ich vermutet hatte, sondern eine Hexe!

Aber warum, wenn Salvatore der Mörder ihres Mannes war, ließ sie nun zu, das Danjal sanft nach ihrer Hand griff und sie zu sich an den Rand des Sees zog?

»Auch sie wurde einst von einem Engel gerettet«, sagte er und lächelte mich an. »Und hat, genau wie du, liebe Elodie, eine ganz außergewöhnliche Gabe dadurch erhalten.« Ein eisiger Schauer rann mir über den Rücken. Das alles hier, der Angriff im Saal, die Ablenkung durch seine Männer und mein Sturz in diese Grotte, hatte von Anfang an zu Danjals Plan gehört.

Die junge Hexe schloss die Augen und wisperte einen Zauberspruch, den ich nicht hören konnte. Ihre Worte brachten die dreckige Oberfläche des Sees zum Brodeln und plötzlich erhob sich daraus ein schmaler Steg, der unser Ufer mit dem ihren verband. Gurgelnd flossen die Wassermassen beiseite und schwarze Gischt schäumte auf. Doch bevor der Weg gänzlich frei vom Sud des Limbus war, entsandte Raphael einen eiskalten Lichtstrahl. Aber dieser erreichte die Hexe nicht, denn sie hob, die Augen noch immer geschlossen, eine Hand und stoppte ihn, als gehorche er ihrem Willen und nicht dem des Erzengels. Das Licht hielt zitternd, Zentimeter von ihrem Körper entfernt, inne, zuckte beunruhigend und begann von innen heraus zu zerfallen. Als würde sein leuchtender Kern langsam sterben, färbte sich das Licht schwarz und zerstob schließlich zu Rauch, der harmlos wie gewöhnlicher Qualm in den Weiten der Höhle verschwand. Fassungslos starrte ich die Frau an und hörte Raphael einen ungläubigen Laut ausstoßen.

»Ihr seht«, sagte Danjal, legte ihr eine Hand auf die Schulter und lächelte uns gutmütig an, »sie ist von unschätzbarem Wert.« Die Hexe öffnete die Augen, in denen keine Freude lag. Ausdruckslos sah sie zu Danjal hinauf, der ihr aufmunternd zunickte. Dann ging alles furchtbar schnell.

Aus ihrer erhobenen Hand schoss etwas, das weder Farbe noch Form hatte. Eine unsichtbare Energie, die lediglich als Flimmern in der Luft zu erkennen war.

Sie stürzte sich auf Raphael, der atemlos nach Luft schnappte und zu Boden stürzte, mit einem Schlag all seiner Kraft beraubt. Erschrocken schrie ich auf und kniete mich neben ihn, packte seine Schultern und versuchte, sein Gleichgewicht zu halten, damit er nicht vornüber in den See stürzte. Seine Flügel erschlafften, ihr Leuchten erstarb. Er krümmte sich zusammen, knirschte mit den Zähnen und spannte die Muskeln so fest an, dass ich glaubte, sie würden jeden Moment zerreißen.

»Raphael!«, keuchte ich und berührte seine Haut, die glühend heiß war. Er bebte am ganzen Körper, sträubte sich gegen etwas, das ihn von innen heraus zu verbrennen schien. Seine Macht, die Kälte des Himmel, nahm langsam aber stetig ab und ich wusste nicht, wie ich ihm helfen sollte. Tränen schossen mir in die Augen, als ich den Schweiß auf seiner Stirn sah und die Schmerzen in seinem Stöhnen hörte.

»Was macht sie mit ihm?!«, rief ich und sah verschwommen, wie Danjal auf uns zukam. Gefolgt von Salvatore, der grinste, als habe er die Lanze bereits in Raphaels Herz versenkt.

»Kannst du es dir nicht selbst erklären?« Mit vor der Brust verschränkten Armen blieb Danjal vor uns stehen.

Ich schüttelte verwirrt den Kopf, doch dann fühlte ich, was die *Gabe* dieser Hexe wirklich war.

So wie ich mit dem Licht des Himmels kommunizieren konnte, war sie in der Lage, es zu schwächen.

Raphael versuchte, die Flügel zu heben, doch es gelang ihm nicht. Ich schluchzte heiser und klammerte mich an ihm fest. Unter normalen Umständen würde ein Erzengel niemals auch nur eine einzige Feder verlieren, aber jetzt lösten sie sich wie Reste seiner Unsterblichkeit von den Schwingen.

»Verabschiede dich von ihm, Elodie.«

Danjals Stimme, seine reine Anwesenheit, schürte unbeschreiblichen Hass in mir. Einer, der bodenlos und finster war und mir so fremd, dass ich ihn nicht aufhalten konnte. Ich packte den Griff von Raphaels Schwert, zerrte es aus der ledernen Scheide und stürzte mich auf Danjal.

Dieser wich geschickt aus, ohne die Füße vom Boden zu lösen, verpasste mir mit dem Arm einen Schlag, sodass ich auf Salvatore zu stolperte. Aber dieser bekam mich nicht zu fassen, denn ich sammelte all das Licht, das mir zur Verfügung stand und schmetterte es in einem unkontrollierten Sturm auf ihn. Er wurde zurückgeschleudert, stürzte in den Sumpf und schrie auf, als der Limbus sich durch Fleisch und Knochen fraß. Ich achtete nicht auf seine Qualen, sondern ging erneut auf Danjal los. Als ich ihm das erste Mal gegenübergestanden hatte, war ich ein verschreckter, gefügiger Halbengel gewesen, der den Zorn des Chors über alles fürchtete. Doch dann war Raphael in mein Leben getreten und hatte mir beigebracht, wie es sich anfühlte, mutig und frei zu sein. Ich würde ihn und das, was uns verband, mit Zähnen und Klauen beschützen. Die Tage, and denen ich tatenlos dabei zusah, wie andere meine Welt veränderten, waren endgültig vorbei. Wie eine Furie ging ich auf Danjal los. Doch dieser war mir, trotz all der Wut, die in mir loderte, kräftetechnisch überlegen. Drei weiteren Hieben wich er aus, bevor er tadelnd seufzte und mein Handgelenk zu fassen bekam. Anstatt mir das Schwert zu entwinden, drehte er es durch seinen Griff, sodass ich es mir nach verzweifeltem Widerstand selbst gegen die Kehle drückte. Ich stieß gegen die raue, feuchte Wand der Grotte und wagte es nicht mehr, mich zu rühren.

Mit brennenden Augen und entflammten Lungen hielt ich kraftlos inne und starrte Danjal an. Er ragte über mir auf. Sein Duft, den ich so klar noch nie wahrgenommen hatte, kroch in meine Nase.

Kiefern und orientalische Gewürze.

Ich erschauderte und versuchte wenigstens den Griff des Schwertes loszulassen, doch Danjals Hand presste meine Finger brutal darum zusammen.

»Das reicht, Elodie«, befahl er streng und drückte die Klinge nur ein kleines bisschen fester gegen die empfindliche Haut meines Halses. »Du hattest genügend Chancen, die richtige Seite zu wählen, aber da dir ein Engel längst den Verstand geraubt zu haben scheint, werde ich nun die Entscheidung für dich treffen.«

Mit der freien Hand strich er mir die verklebten Strähnen aus dem Gesicht und lächelte nachsichtig, als ich versuchte, seiner Berührung auszuweichen.

»Schließlich hast du noch einen Fehler wiedergutzumachen.«

Angst strömte wie Fäulnis durch meinen Rachen, aber da war noch immer genügend Mut, um nicht zusammenzubrechen – um meine Stimme nicht zu verlieren.

»Ich werde dir nicht helfen, Gabriels Schatten zu finden oder irgendeinen anderen Erzengel zu töten.«

»Meinst du?« Danjal lachte hämisch. »Ich glaube ja, dass du für das, was dir schon dein Leben lang fehlt, noch sehr viel mehr tun würdest.«

»Du weißt nicht das Geringste über mein Leben«, zischte ich ungehalten.

»Ach ja?« Er seufzte mitleidsvoll. »Ich weiß zumindest, dass du am 29. September 1897 in Montalcino zur Welt gekommen bist.« Ich starrte ihn mit zusammengepressten Lippen an, denn das war nichts, was besonders schwer herauszufinden gewesen sein konnte. Was wollte er mir damit sagen?

»Ich weiß, dass du von Nonnen aufgezogen wurdest, weil

deine Mutter bei deiner Geburt gestorben ist. Tragisch, wirklich.«

Ein unangenehmes Flattern begann sich in meiner Brust zu regen. »Und ich weiß, dass du ihren Namen genauso wenig kennst wie den deines Vaters. Wie alt war sie wohl, als sie sich in den Dämonenfürsten verliebt hat, der dir all deine Fragen beantworten könnte? Sechzehn – so alt wie du, als du aus dem Waisenhaus abgehauen bist. Oder älter? Neunzehn, zwanzig Jahre vielleicht?«

Woher um Himmels willen wusste er, dass ich so jung aus dem Waisenhaus geflohen war? Woher wusste er überhaupt irgendetwas? »Sie muss etwas Besonderes gewesen sein. Eine italienische Schönheit, wie ich mir denke. Mit dunklem Haar und großen, braunen Augen, wie du sie hast.« Meine Kehle schnürte sich zu und ich senkte die Lider, in der trügerischen Hoffnung, dass sich meine Tränen so noch aufhalten ließen. Aber Danjals erbarmungslose Stimme brach den Damm, der einen seit Jahrzehnten angestauten Kummer zurückhielt.

»Hör auf«, wisperte ich und wand mich in seinem Griff, wodurch die Klinge mir so tief ins Fleisch schnitt, dass ich Blut an meiner Kehle hinabrinnen spürte.

»Sachte, sachte. Weißt du, vor vielen Jahren, noch bevor ich gefallen bin, habe ich auch einmal eine italienische Frau geliebt.« Er hob die Hand und berührte das kleine Muttermal neben meinem rechten Auge. »Mit einem süßen Schönheitsfleck, genau wie du ihn hast.«

Meine Welt kam ins Taumeln und die Wahrheit in Danjals Worten besaß die Kraft, sie aus den Fugen zu reißen.

Zitternd öffnete ich den Mund, aber meine Stimme verlor sich in dem stummen Schrei, der durch die Furcht in meinem Herzen hallte.

Er nickte bedächtig, einen Ernst in der Miene, der keine Zweifel zuließ.

»Verstehst du nun, warum du mit mir kommen solltest? Warum ich will, dass du in Sicherheit bist – an meiner Seite?«

Nein …

Nein, nein, nein! Eine Lüge … Das *musste* eine Lüge sein. In diesem Moment verfluchte ich den Engel in mir, der in der Lage war, die schreckliche Wahrheit in Danjals Worten zu riechen.

Bitte nicht! Nicht er! Aber die Dinge, die er wusste, über mich und meine Mutter, eine Frau, die seiner einstigen Geliebten so ähnlich gewesen war … Es gab nur sehr wenige Zufälle in einer Welt, die durch die langen Leben ihrer Bewohner immer kleiner wurde.

»Es wird bald alles besser«, versicherte mir Danjal leise und ließ meine Hand los. Die Spitze der Klinge kratzte über den Boden, weil mein schlaffer Arm kraftlos herunterhing und nur noch meine Finger stark genug waren, das Schwert nicht fallen zu lassen. Wenn ich das tat, hatte ich nichts mehr. Dabei war in mir ohnehin kein Funken Kampfgeist mehr übrig.

Aber warum?

Keine Erkenntnis, mit der Danjal mich zu überzeugen versuchte, konnte ändern, was er war.

Mein Blick huschte an ihm vorbei. In seiner Miene lag eine Mischung aus Triumph und unverhohlener Neugierde. Er glaubte zu wissen, wie ich mich entscheiden würde, war aber dennoch auf der Hut.

Natürlich. Wir waren Fremde. Und – wenn man so wollte – auch Feinde. Keine Familie. Egal, welches Blut uns vielleicht verband.

»Du kennst mich nicht«, sagte ich leise. »Ganz gleich, wie viel du über mich weißt.«

»Dann hilf mir, das zu ändern.« Lächelnd trat er einen kleinen Schritt zurück.

Meine Finger schlossen sich fester um den Schwertgriff. Ich spannte die Muskeln an und sah an Danjal vorbei, zu dem Mann, dem ich wirklich vertraute.

»Das Traurige ist«, sagte ich, neue Entschlossenheit brannte durch meine Adern, »dass ich das nicht ändern *will.*«

Danjals Miene verfinsterte sich, aber bevor er etwas erwidern, geschweige denn handeln konnte, tippte ihm Raphael von hinten auf die Schulter.

»Hey, Arschloch.«

Danjal zuckte zusammen und wirbelte herum. Die Magie seiner Hexe wirkte, warum auch immer, bereits seit einiger Zeit nicht mehr auf Raphael ein, was dieser nicht ungenutzt gelassen hatte. Er grinste schief und verpasste Danjal einen rechten Haken, sodass dieser mit voller Wucht gegen die Wand geschleudert wurde. Ich packte den Griff meines Schwertes fester, gab Danjal erst gar nicht die Chance, zu begreifen, was gerade eben geschah, und rammte ihm die Klinge mit all meiner Kraft durch die Brust.

Er schnappte nach Luft, schüttelte verwirrt den Kopf und spuckte hustend Blut, das ihm aus dem Mundwinkel lief.

»Ich würde mich dir nicht anschließen, und wenn du Gott persönlich wärst«, sagte ich leise und sah ihm fest in die Augen. Er sollte nicht nur spüren, sondern auch sehen, dass ich ein genauso gemeines Biest sein konnte wie alle anderen auch.

Raphael griff nach meinem Arm und zog mich zurück. Es war an der Zeit zu verschwinden, denn über dem See stürzte die Decke ein.

Hunderte von Stalaktiten krachten ins klumpige Wasser und wirbelten pechschwarze Gischt auf. Blutrote Wellen brandeten an das Ufer, an dem sich Salvatore gerade aus dem Wasser zog. Sein Haar war an einigen Stellen bis auf die Kopfhaut herabgebrannt. Handgroße Hautfetzen lösten sich von seinen Wangen. Reste seines verätzten Fleisches klebten wie schwarzer Schimmel an seiner zerstörten Kleidung. Wusste der Himmel, wie lange er blind durch die säureähnliche Brühe geschwommen war, bevor er sich an Land hatte ziehen können.

Als der Limbus erneut seine Beine umspülte, schrie er gepeinigt auf und versuchte, vom See wegzurobben.

Der kleine Steg, der dessen beide Seiten miteinander verband, wurde von den herabstürzenden Felsbrocken zerschmettert.

Ich starrte Danjals Hexe an, die reglos wie eine Wachsfigur auf einem hochgelegenen Stein stand und mich fixierte.

Sie hatte Raphael einfach gehen lassen? Warum? Mir blieb nicht die Zeit, darüber nachzudenken, denn Raphael schloss mich in seine Arme und spreizte die Schwingen. Wir mussten dringend von hier verschwinden, wenn wir nicht wie Kakerlaken zerquetscht werden wollten.

»Ganz gleich, wer du bist«, sagte Raphael und sah Danjal geringschätzig an, »*du* wirst niemals jemand sein, der es verdient hat, sie zu beschützen.«

Der Dämonenfürst hustete ein halbherziges Lachen und wischte sich mit dem Handrücken über die Lippen.

»Ach ja? Lass uns schauen, wie sich die Dinge entwickeln, sobald der Chor sich gegen Elodie wendet und es dir zu mühselig wird, ihr etwas vorzumachen.«

Raphael drückte mich fester an sich.

Der Lärm hatte aufgehört, weil von der Decke nicht mehr viel übrig war.

»Alles in Ordnung da unten?«

Das war Junes Stimme! Ich linste unter Raphaels Flügel und entdeckte die Hexe am Rande des Loches, das nun über dem See klaffte. Groß genug, um einen Elefanten hindurchzuschubsen.

Bevor ich ihr allerdings antworten konnte, katapultierte uns Raphael in die Luft. Ich wollte protestieren, erkannte aber, dass Danjals Hexe nun doch den Steg betreten hatte und Anstalten machte, erneut ihrer Gabe freien Lauf zu lassen. Auf wessen Seite stand sie eigentlich? Sie verschonte Raphael und beschützte gleichzeitig Danjal. Wir schossen durch das Loch und kaum hatte mich Raphael auf festem Boden abgesetzt, eilte ich an dessen Rand, dort wo Juniper kniete.

»Ist das eine Hexe?«, fragte sie und starrte auf die Frau hinab, die mit dem unbewegten Gesicht einer Holzpuppe zu uns hinaufsah.

Dann tat sie etwas, was ich nicht erwartet hatte, denn als sie June entdeckte, neigte sie für einen Moment den Kopf verwundert zur Seite, bevor sie ihn in der Andeutung einer Verbeugung senkte. Ein letztes Mal sah sie zu uns hinauf und bewegte lautlos die Lippen.

So etwas wie *Verzeih mir* glaubte ich auf diesen zu lesen. Eine Bitte, die zweifelsohne an die Hexenkönigin gerichtet war.

Danjal erschien neben ihr, eine Hand auf die blutende Brust gepresst, und lächelte uns düster an, während er ihr behutsam einen Arm um die Schultern legte.

Juniper schnaubte und tat das Erstbeste, was ihr wohl im Augenblick einfiel.

Die Beine bereits über dem Abgrund baumelnd, wurde sie im letzten Moment von Azazel gepackt und davon abgehalten, einfach auf Danjal hinabzuspringen.

»Kannst du es bitte sein lassen, deine Unsterblichkeit ständig herauszufordern?«, tadelte er sie. June befreite sich rasch aus seinen Armen, ohne zu antworten.

Mit Magie schien sie den Dämonenfürsten nicht angreifen zu wollen, denn diese hätte die andere Hexe treffen können.

Tarel zückte einen seiner Dolche, aber bevor er oder jemand der anderen sich mit Waffen durch das Loch stürzen konnte, entsandte Danjal einen goldenen Flammensturm, der uns alle zwang, zurückzuweichen.

Ich kauerte mich mit den Armen über dem Kopf zusammen, spürte die Hitze wie einen Feuer spuckenden Drachen durch den Saal zischen und gleichzeitig kühle Federn, die mich schützten. Raphael hatte sich über mich geworfen, obwohl Danjals Angriff kaum der Rede wert gewesen war. Als wir uns wieder aufrappelten und zu ihm hinabsahen, waren er, die Hexe und Salvatore verschwunden.

17.
Nur eine Nacht

Überall war Blut. Auf dem Boden, an den Wänden. Spritzer zierten Säulen und Wandbehänge, Messingschalen und Treppenstufen.

Noch nie in meinem Leben hatte ich so viele Tote gesehen.

Männer mit aufgeschlitzten Bäuchen, zerfetzten Kehlen, zerfleischten Gesichtern.

Und es waren alles Halbengel. Mindestens ein Dutzend, die vom Zirkel und den Dämonenfürsten getötet worden waren.

Obwohl ich wusste, dass Danjals Gefolgsleute ebenso wenig Gnade mit uns gehabt hätten, war der Anblick all dieser beendeten Leben schwer zu ertragen.

So viel sinnloses Blutvergießen.

Inzwischen war die Nacht hereingebrochen und das einzige Licht spendeten die blauen, roten und grünen Flammen, die hier und da das Mobiliar zerfraßen.

Ich kniete am Boden, die Arme um den Oberkörper geschlungen. Tobit rieb seinen weichen Schädel an meiner Schulter. Sein Maul war dunkelrot, sein silberweißes Fell voller Schmutz. Die meisten Fleischwunden, die die Halbengel dahingerafft hatten, gingen wohl auf Kosten der Schatten. Barghest leckte sich die Pfoten und Shula putzte ihre blutverschmierten Luchsohren, während die anderen wild durcheinanderdiskutierten.

Nur Raphael schwieg und das machte ihn unheimlicher, als wenn er vor Zorn geschrien hätte.

»Woher wusste er all das?«, hörte ich Anaell verwirrt fragen. »Und warum zum Teufel bekommt er Unterstützung von einer *gesegneten* Hexe?«

Wilana, dachte ich nur. *Ihr Name ist Wilana.* Ob sie wusste, dass ihr Geliebter von dem Mann ermordet worden war, an dessen Seite sie stand? Vermutlich nicht.

»Ich werde dem Chor Bescheid sagen müssen«, sagte Raphael und augenblicklich verstummten die anderen. »Das Einmischen dieser Frau ändert alles.«

June saß neben mir im Schneidersitz und hatte mich bis jetzt mit Sorge im Blick beobachtet. Ich musste fürchterlich aussehen, hatte aber nicht die Kraft, so zu tun, als ginge es mir blendend. Mir war einfach nur schlecht.

»Du kannst bei uns bleiben, bis Raphael zurückkehrt«, bot sie mit sanfter Stimme an und legte mir eine Hand aufs Knie.

»Nein«, knurrte Raphael und trat mit ausgebreiteten Schwingen vor uns, sodass wir beide verwirrt zu ihm hinaufsahen. »Elodie kommt mit mir.«

Ich schluckte schwer. In seinen Augen lag ein Zorn, von dem ich nicht genau wusste, wer oder was ihn heraufbeschworen hatte. Heute war so vieles schiefgegangen.

»Du willst sie nicht wirklich in Michaels Nähe haben, wenn du ihm von all dem hier erzählst«, warf Azazel ernst ein und trat hinter June, sodass sich die beiden Männer über unsere Köpfe hinweg düster anstarrten.

»Nein«, lachte Raphael freudlos, »aber sie wird auch nicht in eurer Stadt bleiben, solange Danjal frei herumläuft. Ohne sie wird er Lija nicht finden und wenn er wirklich ihr Vater ist ...« Raphael beendete den Satz nicht und ich war froh darum. Es war, als würde mit jedem Herzschlag, der seit dieser furchtbaren Offenbarung verging, immer mehr Misstrauen zwischen uns wachsen.

»Arcanum ist kein sicherer Ort mehr für sie«, sprach er weiter. »Nicht, nachdem wir nun wissen, dass eine *Hexe* für Danjal kämpft und die Vermutung naheliegt, dass ihm jemand aus euren Reihen unseren Plan verraten hat.«

Sofort standen Tarel und Anaell neben Azazel, dessen Miene eine beherrschte Maske war. Lediglich seine höllische Hitze schoss durch den Saal, an dessen Wänden lebendige Schatten zu tanzen begannen.

»Sei vorsichtig mit solchen Spekulationen, Raph«, mahnte Tarel mit Unheil verheißend ruhiger Stimme. »Niemand von uns weiß, wie oder von wem er hat erfahren können, dass wir ihn auspendeln würden, aber ich verspreche dir, dass es keiner von uns war.«

»Unglücklicherweise haben deine Versprechen schon vor langer Zeit ihren Wert verloren, mein Freund.«

»Raphael!«, sagte ich scharf und sprang auf, so abrupt, dass er mich entgeistert anstarrte, obwohl das auch an dem Befehlston liegen konnte, mit dem ich seinen Namen ausgesprochen hatte. »Das reicht.« Ich war selbst überrascht davon, wie selbstverständlich ich mich zwischen ihn und die anderen stellte, aber ich würde nicht zulassen, dass seine Wut Zwietracht säte.

Er schnaubte ungehalten, lieferte sich mit mir ein stummes Blickduell, bevor er sich aufgebracht durchs Haar fuhr und auf dem Absatz kehrtmachte.

»Du wirst an meinem Hof warten, bis wir Danjal vernichtet haben«, befahl er, ohne Raum für Widerspruch zu lassen, und trat mit ausholenden Schritten auf den Balkon zu.

»Als dein Gast oder deine Gefangene?«, provozierte ich laut, woraufhin er stehen blieb und ein heftiges Zucken durch seine leuchtenden Schwingen ging. Es wurde so still im Saal, dass ich glaubte, die Gedanken der anderen hören zu können.

Raphael sah mich über seine Schulter hinweg an und presste die Lippen fest zusammen, als ich entschlossen das Haupt erhob und nicht einmal daran dachte, ihm einfach so hinterherzulaufen.

Die Wut in seinem Gesicht erstarrte zu Eis, schmolz langsam dahin und zeigte den wahren Grund für sein Verhalten. Verzweiflung.

Raphael war verzweifelt. Vielleicht zum ersten Mal seit vielen Hundert Jahren.

Anstatt auf meine Frage zu antworten, wandte er sich ab und stapfte auf den Balkon hinaus, gefolgt von einem schweren Seufzen, das Tarel ihm nachschickte. Sein ehemals bester Freund schien traurig zu sein. Es war offensichtlich, dass er darüber nachdachte, Raphael zu folgen, doch er tat es nicht.

»Elodie«, sagte June leise. »Du musst nicht mit ihm gehen, wenn du nicht möchtest.« Ich zögerte, weil ich wusste, wie recht sie hatte. June und die anderen, das zeigte mir ihre Entschlossenheit, würden mich beschützen. Sogar vor Raphael. Aber ich wollte ihn nicht allein lassen. Nicht jetzt, wo es so vieles gab, das wir gemeinsam zu verstehen – zu akzeptieren lernen mussten.

»Danke«, sagte ich schließlich und spürte, wie ehrlich ich jedes Wort meinte. »Aber ich hätte wirklich nichts von euch gelernt, wenn ich jemanden aufgeben würde, sobald es schwierig wird.« Ich zwinkerte June zu, die ein leises Lachen ausstieß und heimlich mit dem Daumen auf Azazel deutete.

»Ich könnte dir Sachen erzählen«, flüsterte sie verschwörerisch.

»Dir ist schon klar, dass du die Kompliziertere von uns beiden bist?«, echauffierte sich der Teufel, der mir zum Abschied noch einmal gutmütig den Kopf tätschelte. June umarmte mich fest und auch Tarel drückte mich noch rasch an sich.

»Auch wenn er es zu verbergen versucht«, raunte er mir ins Ohr, »Raphael würde für jene, die ihm wichtig sind, sein eigenes Glück aufgeben. Das macht es für ihn so schmerzhaft, nicht zu wissen, wie er helfen soll.«

Er schob mich auf Armeslänge von sich und betrachtete mich mit einem Grinsen auf den Lippen. »Lass ihn sich etwas grämen, dann wird das schon wieder.« Damit ließ er mich gehen und ich trat, Tobit an meiner Seite, zu Raphael auf den Balkon hinaus.

Er stand, die Arme vor der Brust verschränkt, an der Balustrade und sah hinaus aufs Meer, in dessen Wellen sich die Sterne der angebrochenen Nacht spiegelten. Die salzige Seeluft fuhr ihm durchs Haar

»Ich könnte dich nicht zwingen, mit mir zu kommen, selbst wenn ich es sollte.«

»Das stimmt. Aber das ist gerade auch nicht wichtig. Ich bleibe an deiner Seite – solange du an meiner bleibst.«

Einen Moment lag sein Blick noch kalt auf mir, doch dann schien seine düstere Stimmung nicht länger standhalten zu können. Ungläubig schüttelte er den Kopf.

»Wir werden sehen, wohin uns das führen wird«, murmelte er, hob mich ohne weitere Vorwarnung auf seine Arme und katapultierte uns beide mit einem kräftigen Flügelschlag dem Sternenhimmel entgegen.

Das Portal, durch das Raphael uns zurück ins Reich der Engel brachte, schwebte als kaum zu erkennender Nebelstrudel über dem höchsten Turm seines Palastes. Dessen überirdische Schönheit erstrahlte in einem von unzähligen Sternen regierten Nachthimmel und empfing uns mit warmen Schwingungen.

Viele Hundert Meter darunter breitete sich die dicke Wolkendecke aus, die zwischen Aeternitas und den Höfen ihrer Herrscher lag. Schwarze Nebelschwaden, Goldglanz und bunte Nordlichter erhellten diese von innen heraus.

Raphael landete auf einer gigantischen Brücke, die über einen kristallklaren Fluss führte. Obwohl der Palast aus schwarz-silbernem Hämatit erschaffen worden zu sein schien und sich die unterschiedlich großen Gebäude, filigranen Türme und Säulen zu einem faszinierenden Gesamtkunstwerk zusammensetzten, war der Garten, der ihn umschloss, die wahre Attraktion.

Ein Paradies aus Laubbäumen, Zypressen, Pinien und wildem Efeu, der sich um alle Mauern, Statuen und Brunnen wand.

Wir schwiegen, als wir gemeinsam über die Brücke zu einem offenen Steintor traten, das in einen kleinen Hof führte. Dort landete Tobits nebelhafte Gestalt und verwandelte sich zurück in den großen Tiger, der sich sofort an meine Seite stellte und zutraulich maunzte. Dankbar lächelte ich ihm zu, kraulte sein weiches Ohr und hob überrascht den Kopf, als sich eine dunkle Holztür öffnete und zeitgleich Dutzende von Lichtern hinter den hohen Fenstern aufflammten, die das Kopfsteinpflaster des Innenhofes erhellten.

Der gemütliche Schein vermischte sich mit der Nacht und dank der warmen Luft, die die Düfte des Gartens mit sich trug, fühlte ich mich plötzlich wie zu Hause. In Rom gab es viele solcher kleinen Plätze, die nach Gewürzen rochen und von unzähligen Lampions beleuchtet wurden. An denen sich die Leute erst zu später Stunde trafen und in Restaurants bis tief in die Nacht blieben, weil gute Gespräche und köstliche Weine sie nicht gehen ließen.

So würde diese Nacht aber gewiss nicht enden, denn Raphaels Schweigsamkeit versprach nicht gerade gute Laune.

Im Türrahmen erschien eine Frau mit ebenholzschwarzer, borkiger Haut, die an getrocknete Rinde erinnerte. Ihre Augen glühten wie frisch entfachte Feuer und obwohl ihrem Gesicht menschliche Züge fehlten, war ihr Lächeln warmherzig.

»Du hast Nerven, zu so später Stunde zurück nach Hause zu kommen«, tadelte sie, die Hände in ihre Hüften gestemmt. Ihre Stimme war rau wie ein Reibeisen, aber nicht unsympathisch.

Raphael seufzte und rieb sich den Nacken, als sei er ein ungezogener Teenager, der heimlich Reißaus genommen hatte.

»Du solltest dich lieber darüber freuen, dass ich überhaupt zurückgekommen bin.«

»Oh glaub mir, ich jubele innerlich, vor allem, nachdem ich damit gerechnet hatte, du würdest in einem Leichensack zurückkehren.« Mit einem schiefen Grinsen nahm sie mich ins Visier. »Ist sie das?«

Ich schluckte schwer und sah verwirrt zwischen Raphael und der Fremden hin und her.

Sie war eine *Schedim*, eine Feuerdämonin, was gleich ein ganzes Potpourri von Fragen aufwarf.

»Ja«, sagte Raphael knapp und schob mich auf die Tür zu. »Ich muss noch einmal zum Berg, also kümmere dich bitte solange um Elodie.«

»Armes Ding, sieht ganz zerzaust aus!«, grummelte die Dämonin und griff behutsam nach meinem Arm. »Dich werden wir zuerst in heißes Wasser einlegen und dann scheinst du etwas Ordentliches im Magen vertragen zu können.« Tadelnd hob sie den Finger. »Und du feuchtes Früchtchen hast besser eine Erklärung dafür parat, warum du die Frau, die dir seit Tagen schlaflose Nächte bereitet, solchen Torturen aussetzt. Schämen solltest du dich.«

Verblüfft starrte ich Raphael an, der stöhnend den Kopf in den Nacken legte und irgendetwas Unverständliches murmelte. Wäre er nicht ein Geschöpf mit göttlicher Macht, hätte ich fast glauben können, dass er verlegen war.

»Wenn dich das glücklich macht, stelle ich mich später gerne in die Ecke und denke über mein Verhalten nach. In der Zwischenzeit erzählt dir Elodie sicherlich mit dem größten Vergnügen, was für ein gemeiner Erzengel ich wieder einmal war.« Er sah aus dem Augenwinkel auf mich hinab und mahlte angespannt mit dem Kiefer. »Pass nur bitte darauf auf, dass sie nicht verschwindet.«

Damit schien für Raphael alles gesagt zu sein, aber ich würde ihn gewiss nicht einfach so gehen lassen, während diese Kälte zwischen uns immer eisiger wurde.

»Ist das alles?«, fragte ich und eilte ihm nach, als er mit strammen Schritten auf den Ausgang des kleinen Hofes zumarschierte. Am Tor holte ich ihn ein und stellte mich ihm in den Weg.

»Habe ich irgendetwas vergessen?«

Ich verschränkte die Arme vor der Brust. »Wenn du schon meinst, mich hier einfach so absetzen zu können, dann erklär mir wenigstens, wie es jetzt weitergehen soll.«

Raphael presste die Lippen zu einer harten Linie zusammen und hatte für mich nicht mehr als diese arrogante Distanziertheit übrig.

»Wirst du es ihnen verraten?«, fragte ich leise.

»Was?«, fragte er und stieß ein verächtliches Lachen aus. »Dass du Danjals Tochter bist? Dass dieser eine Hexe gefunden hat, die die Gabe besitzt, Engeln ihre Macht zu nehmen? Dass es uns nicht gelungen ist, sie aufzuhalten, weil in den Reihen des Zirkels Verräter lauern?« Ungeduldig fuhr er sich durchs Haar, bevor er den Blick in die Ferne richtete, als ertrüge er es nicht länger, mich anzusehen. »Ich befürchte, Michael könnte das ziemlich sauer aufstoßen und sollte der Chor erfahren, wie dringend Danjal dich braucht, würdest du ziemlich schnell in der Zelle deines Vaters landen.«

Ich zuckte zusammen.

Mein Herz schmerzte von der Rücksichtslosigkeit in seiner Stimme.

»Willst ausgerechnet du jetzt damit anfangen, absichtlich grausam zu sein, weil du dich ausnahmsweise einmal genauso hilflos fühlst, wie wir es täglich sind?«, fragte ich und war selbst überrascht davon, wie ruhig ich klang. »Oder erträgst du schlichtweg den Gedanken nicht, dass ich aufgrund meiner Abstammung plötzlich noch schwieriger zu erdulden bin als alle Halbengel, die der Himmel bereits verachtet?«

Raphael stieß ein Knurren aus und machte einen Schritt auf mich zu, sodass ich den Kopf zurückbiegen musste, um ihm weiterhin ins Gesicht sehen zu können, weil mich mein Trotz zwang, nicht zurückzuweichen.

»Sei vorsichtig mit Fragen, auf die du lieber keine Antwort hören willst, *passerotta.*« Das Licht seines blinden Auges begann zu flimmern, während sich in dem anderen silberweiße Gewitterwolken zusammenbrauten, in beiden spiegelte sich eine kaum gezügelte Wildheit.

»Habe ich dir jemals das Gefühl gegeben, dich erdulden zu müssen? Dich zu verachten oder Wert auf deine Herkunft zu legen?«, fragte er leise und beugte sich zu mir hinab.

Als wolle er mich im Zentrum seines Sturms gefangen nehmen, spürte ich, wie mich dessen prickelnde Energie von allen Seiten zu umschließen begann. Raphael strich mir eine Haarsträhne hinters Ohr und betrachtete mich mit lauernder Geduld, aber ich schwieg und rieb mir verstohlen die Gänsehaut von den Armen, weil sich unsere Situation plötzlich furchtbar festgefahren anfühlte.

Er seufzte schwer und etwas von der Macht seiner Aura verwehte im lauen Abendwind.

»Mir ist es völlig egal, wessen Blut durch deine Adern fließt«, murmelte er und fuhr mit dem Daumen die Linie meines Kiefers nach, »aber dass dein Vater ein Engels-Mörder ist, macht es nicht unbedingt leichter, dich zu beschützen. Wenn der Chor davon erfährt, werde ich mich gegen meine Brüder stellen müssen, weil ich nicht zulassen kann, dass sie dich wegsperren.« Er atmete tief durch, neigte den Kopf zur Seite und betrachtete mich traurig. »Und das ist furchtbar und ungerecht, weil sie noch immer meine Familie sind. Also ja, gerade eben ertrage ich den Gedanken nicht, von was für einem Mann du abstammst, weil das der Grund dafür sein könnte, dich zu verlieren.«

»Das wird nicht passieren«, wisperte ich entschlossen. »Uns wird etwas einfallen.«

Trotz seines Lächelns, konnte ich sehen, dass ihn meine Worte nicht überzeugt hatten.

»Ich habe keine Lösung, Elodie«, gestand er nach einigem Zögern. »Ich weiß nicht, wie ich weitere Morde verhindern und dich gleichzeitig vor meinen Brüdern und Danjal beschützen soll. Und genau das ist das Problem. Meine Ratlosigkeit könnte Leben kosten.«

»Es ist nichts Verwerfliches daran, sich verloren und ratlos zu fühlen. Auch nicht für einen Erzengel.«

Raphael schwieg.

»Leider doch«, seufzte er schließlich und ließ von mir ab, um etwas Abstand zwischen uns zu bringen. »Mit all den Kräften, die uns geschenkt wurden, dürfen wir uns so etwas wie Unentschlossenheit und Fehler weder erlauben, geschweige denn eingestehen. Unsere Aufgabe ist es, den Himmel zu beschützen und stets die richtige Entscheidung für ihn zu treffen, deshalb wurden wir auch mit einem unerschütterlichen Glauben an unsere eigene Unfehlbarkeit geboren. Aber jetzt ... fühle ich mich hilflos. Und das macht mir Angst.«

Als ich meine Hand hob, um ihn zu berühren, wich er mir aus und trat noch einen Schritt zurück, die Miene unerträglich gefasst.

»Ich habe keine menschliche Seite wie du, Elodie. Ich darf mich nicht Gefühlen hingeben, die meiner Aufgabe im Weg stehen könnten. Also bitte: versuch nicht, mich zu *trösten* oder Verständnis für irgendwelche Schwächen zu haben, die mir nicht zustehen.«

So vieles von dem, was er sagte, hörte sich falsch für mich an, aber für Raphael war dieses Gespräch beendet, denn er spreizte die Schwingen und schenkte mir ein letztes, weniger abweisendes Lächeln, mit dem ich ihn zumindest gehen lassen konnte.

»Du bist bei Ketura in guten Händen. Sie weiß, wo die Portale liegen, die auch ohne Flügel zu erreichen sind. Und ich lasse Tobit bei dir, der dich ebenfalls zurück nach Rom bringen könnte.« Er haderte offensichtlich mit sich selbst, bevor er mir doch noch einmal so nahe kam, dass ich die Wärme seines Körpers spüren konnte. Behutsam nahm er mein Gesicht in beide Hände, beugte sich zu mir hinab und hauchte mir einen unschuldigen Kuss auf die Lippen. »Wenn du also gehen möchtest, wird dich niemand aufhalten, aber ich bitte dich trotzdem, zumindest so lange zu bleiben, bis ich wiederkomme.«

Er ließ mir die Wahl.

Hatte ich wirklich etwas anderes erwartet? Nein. Eigentlich nicht. Raphael konnte sich aufführen wie ein zorniger Gott und würde dennoch niemals so herzlos wie einer sein.

Ich hielt die Augen geschlossen, als seine sanften Finger meine Haut verließen und ich das Rauschen seiner Schwingen hörte. Ihr Wind fegte mir die Erinnerung an seine Berührungen von den Wangen und ich wartete in einsamer Dunkelheit, bis das Geräusch seiner kräftigen Flügelschläge am Horizont meiner Sinne verschwand.

Erst als mich eine raue, warme Hand berührte, öffnete ich die Lider und sah in das gutmütig dreinblickende Gesicht von Ketura.

Mit Tobit dicht an meiner Seite, folgte ich ihr schweigend durch Raphaels Palast, der längst nicht so dekadent und pompös war, wie ich erwartet hatte.

Durch meterhohe Fenster strahlte das Licht der Sterne und vermischte sich mit dem warmen Schein von unzähligen Buntglas-Lampen, die in allen Größen und Formen an den Wänden hingen. Dazwischen standen in kunstvoll gemeißelten Mauernischen weiße Statuen, Vasen und Kerzenständer. Fresken über unseren Köpfen erzählten die Geschichten weiter, die die Mosaikbilder unter unseren Füßen begonnen hatten. Alles war weit und offen, verziert mir floralem Stuck, erdfarbenen Säulen und fantasievollen Ornamenten.

»Gibt es keine Wachen?«, fragte ich, weil wir, abgesehen von ein paar freundlichen Dienstboten, noch immer keiner Engelsseele begegnet waren.

Keturas kratziges Lachen hallte durch das großer Foyer, das die Säle barocker Opernhäuser in puncto Schönheit eindeutig übertraf, und führte mich über eine ausladende Steintreppe ins nächste Stockwerk.

»Die Höfe der Erzengel wissen sich ganz gut selbst zu verteidigen, Wachen oder Soldaten brauchen sie nicht.«

Ich nickte versonnen und betrachtete die vielen Schlingpflanzen und ausladenden Gewächse, die vom Geländer ins Foyer hinabhingen und sich an den Wänden bis zur Decke emporrankten.

Wir betraten einen Teil des Schlosses, der weniger offiziell wirkte. Anstatt durch Korridore oder Flügeltüren, waren die Wohnräume und Salons durch Rundbögen miteinander verbunden oder lagen ganz ohne Wandflächen offen zueinander.

Ich hörte Stimmen und Gelächter, die von gut gelaunten Engeln, aber auch anderen, flügellosen Wesen kamen. Sie eilten geschäftig an uns vorbei, die Arme beladen mit Bettlaken, Geschirr, Kerzen oder anderen Dingen.

Dabei versäumte es niemand, dem wir über den Weg liefen, mir ein freundliches Nicken zu schenken oder Tobit liebevoll den Kopf zu tätscheln, was dieser mit dem zutraulichen Brummen einer Hauskatze begrüßte.

Anscheinend wurde seit unserer Ankunft alles für unser Wohlbefinden vorbereitet und das mit einer Euphorie, die ich den Untergebenen eines Erzengels nicht zugetraut hätte. Was für ein Herrscher Raphael war, zeigte unweigerlich das unbefangene Verhalten jener, die ihm dienten.

Und ich kam nicht umhin, mich davon voll und ganz einnehmen zu lassen und die Fürsorge zu genießen.

Während Ketura versuchte, mich in einer gigantischen Wanne voller heißem Kräuterwasser von all dem Schmutz und Blut zu befreien, bereiteten zwei Engel ein Gemach vor, das größer als meine gesamte Wohnung war.

»Wie kommt es, dass an Raphaels Hof so viele unterschiedliche Wesen leben?«, fragte ich vorsichtig, als Ketura meinen Kopf mit ätherischen Ölen überschüttete. Es kam mir komisch vor, zu schweigen, während sich jemand um mich kümmerte, als sei ich eine Prinzessin.

»Ach, dafür gibt es viele Gründe«, sagte die Dämonin und begann, vorsichtig die vielen Knoten aus meinem Haar zu kämmen. »Aber der Hauptgrund dürfte wohl sein, dass Raphael es nicht lassen kann, hinter seinen Brüdern aufzuräumen. Einige Engel hat er aus dem lichtlosen Viertel gerettet, nachdem sie vom Chor für angebliche Verbrechen dorthin verbannt wurden.«

Auch wenn das genau nach dem Raphael klang, den ich kennengelernt hatte, musste ich bei dieser Offenbarung überrascht blinzeln. Ein Schmunzeln stahl sich auf meine Lippen, weil ich mir ganz genau vorstellen konnte, wie sehr es ihm auf die Nerven gehen würde, zu hören, dass andere etwas Gutes über ihn sagten.

»Dort hat er auch mich aus den Fängen irgendeiner Bande befreit, von denen es im lichtlosen Viertel genügend gibt. Sie machen sich einen Spaß daraus, Dämonen nach Aeternitas zu verschleppen, sie zu quälen oder zu verkaufen, weil sich der Chor ohnehin nicht für das interessiert, was unterhalb der Wolkendecke passiert.«

Ketura zuckte nur gelassen mit den Schultern, als mir die

Gesichtszüge entglitten. Ich wusste von den üblen Zuständen im lichtlosen Viertel, aber dass dort nicht nur Engel unter unwürdigen Zuständen leben mussten, sondern auch Dämonen gequält und versklavt wurden, machte das Desinteresse des Chors noch abscheulicher.

Wie sollte Raphael allein jemals etwas dagegen ausrichten? Selbst wenn er Uriel auf seiner Seite hatte, wovon ich überzeugt war, hatte die Mehrheit noch immer kein Interesse an Veränderung.

Mit schwerem Herzen und wirren Gedanken ließ ich mir aus der Wanne helfen und trocknete mich ab, während mir ein weiterer Engel ein Kleid aufs Bett legte, das in einem pastellfarbenen Mintgrün schimmerte.

Es fühlte sich eigenartig an, von Wesen bedient zu werden, die mich sonst nur mit Verachtung straften. Aber an Raphaels Hof schien es nicht wichtig zu sein, was man war, sondern wer.

Und ich hatte noch nie so viel Loyalität, Verständnis und Toleranz an irgendeinem anderen Ort im Himmel entdeckt.

Nachdem Ketura sich nicht davon hatte abhalten lassen, mir etwas zu essen zu machen und man mir etwas Freiraum gönnte, erkundete ich mit Tobit an meiner Seite die Wunder des Palastes. Er entpuppte sich als großartiger Fremdenführer, brachte mich auf Balkone, von denen aus ich den gesamten Garten mit all seinen Wasserspielen und Flüssen bewundern konnte, oder führte mich in die höchsten Türme, wo man glaubte, die Hand nach dem Universum ausstrecken zu können, während um einen herum Sternschnuppen und Galaxien tanzten.

Ich verlor jegliches Gefühl für Zeit und wurde nicht müde davon, umherzuspazieren.

Nur wenige Räumlichkeiten von meinem Zimmer entfernt, fiel mir eine große, ockerfarbene Flügeltür auf, die mit blauen und silbernen Ornamenten verziert war. Es gab nicht viele Türen, weil es nicht viele Trennwände gab und an dieser haftete etwas Besonderes.

Meine Neugierde war größer als die Zurückhaltung. Ketura hatte gesagt, ich dürfte überall hin und da die Tür zu diesem Raum einen Spalt offen stand, bekam ich kein schlechtes Gewissen, als ich ihn betrat.

Womit ich jedoch nicht gerechnet hatte, war die magische Schönheit, die mich im Mondlicht empfing.

Es war ein Studier- oder Musikzimmer, dessen Mobiliar den Charme längst vergangener Zeiten ausstrahlte. Auf der anderen Seite des Raumes führten vier breite Steinstufen zu einer Art Podestbett hinauf, das mit unzähligen Samtkissen und Seidendecken übersät war. Es bot mehr als genug Platz für mindestens zwei Engel und ihre Flügel und stand direkt vor den deckenhohen Fenstern, durch die ich in einen endlosen Sternenhimmel blicken konnte. Da weder das Wolkenmeer noch festes Land zu sehen waren, wirkte es, als sei der Hof selbst Teil einer farbenfrohen Galaxie, die voller Silberstaub, Kometenschwärmen und violettblauen Nebelspiralen war.

Die Lichter spiegelten sich im glatten Holz eines Flügels wider, der alt aber gepflegt aussah.

An einer Wand befand sich ein aus filigranem Holz geschnitztes Bücherregal, an der anderen mächtige Ohrensessel und bequeme Liegesofas.

Daneben stand ein Schreibtisch, auf dem ich mehrere Tintenfässer, Federkiele und mit unzähligen Blättern vollgestopfte Ledermappen fand. Auch wenn es mich in den

Fingern juckte, rührte ich diese nicht an. Was auch immer Raphael da niedergeschrieben hatte, war nicht für meine Augen bestimmt.

Aber das und all die anderen Kleinigkeiten, zeigte mir, dass ich sein persönliches Reich entdeckt hatte.

Wie in Trance griff ich nach einem zerknitterten Hemd, das über der Lehne des Schreibtischstuhls hing.

Hier zu sein, fühlte sich an, als wäre ich dem wahren Raphael so nah wie noch nie. Als gehörte all das hier zu dem Teil von ihm, den er akzeptieren und wertschätzen konnte – den er zu beschützen versuchte, weil er ihn sonst verlor. Ich wusste nur zu gut, wie schnell einem das passieren konnte.

Denn auch wenn ihm die Maske des gleichgültigen Engels von der Gnadenlosigkeit dieses Reiches aufgezwungen worden war, hatte Raphael sie selbst geformt. Sich von Zeit zu Zeit gegen sie zu entscheiden, sie abzulegen, war seine Chance, sich selbst nicht zu verlieren. Ich strich über die Tasten des Flügels und stellte mir vor, wie Raphael an diesem saß und sich in der Musik verlor.

»Spielst du?«

Ich zuckte erschrocken zusammen, fuhr herum und versteckte das Hemd hinter meinem Rücken, was so kindisch war, wie es sich dämlich anfühlte. Raphael lehnte im Türrahmen, ein Bein lässig über das andere gekreuzt, in der Hand einen gläsernen Kelch.

Sein Gesicht lag im Schatten. Etwas war anders. Seine Haltung wirkte entspannt, aber ihn umgab eine prickelnde Unruhe, die ich nicht einzuschätzen wusste.

»Manchmal«, gestand ich leise und beobachtete, wie er mit bedachten Schritten und ruhiger Miene auf mich zukam. Vermutlich hätte ich ihn fragen sollen, wie es im Berg gewesen war, ob er Jophiel gesehen hatte und was der Chor gedachte, wegen Wilana zu tun. Aber ich schwieg, brachte keinen Ton heraus, als er direkt vor mir stehen blieb, in aller Ruhe einen Schluck trank und mich in dem Kleid betrachtete, das wusste der Himmel welche Frau zuvor schon getragen hatte.

»Ich dachte, du wärst länger weg«, sagte ich und biss mir verlegen auf die Unterlippe.

Nun stahl sich ein kleines Lächeln auf seine Lippen.

»Entschuldige. Hättest du gerne mehr Zeit gehabt, meine Sachen zu durchsuchen?«

Ich reckte das Kinn und musterte ihn argwöhnisch.

»Kommt ganz darauf an, ob es irgendetwas Spannendes zu finden gibt. Schreiben Erzengel Tagebuch oder so?«

»Nein«, schmunzelte er und verzog das Gesicht. »Wenn wir uns mit unseren täglichen Problemen auseinandersetzen würden, wären wir vielleicht keine so gewissenlosen Mistkerle. Und wer will das schon?« Plötzlich beugte er sich ein Stück nach vorne und griff nach seinem Hemd, das ich gar nicht erst hätte an mich nehmen sollen. »Aber dich scheinen ohnehin andere Dinge zu interessieren.« Versonnen rieb er den Stoff zwischen seinen Fingern, während ich mit glühend heißen Wangen vor ihm stand.

»Du darfst dich gerne an meiner Garderobe bedienen, wenn du lieber meine Hemden tragen willst.«

Ich schnaubte, konnte ihm aber schlecht sagen, dass ich nur daran geschnuppert hatte. Das klang schon in meinen Ohren würdelos.

»Oder gar nichts«, fügte er hinzu und warf das Hemd achtlos beiseite, »damit würde ich mich auch noch einverstanden erklären.«

»Danke, aber nackt an deinem Hof herumzurennen ist

nicht gerade das, was meinen Aufenthalt erträglicher machen würde.«

Raphael hob eine Augenbraue. Mehr brauchte es nicht, um die Spannung zwischen uns bis an einen gefährlichen Punkt zu ziehen.

»Ist dein Aufenthalt denn bis jetzt so unerträglich?«

Ich schluckte und zupfte mit zitternden Fingern an den Stickereien des Oberteils herum, damit sie etwas zu tun hatten.

»Das habe ich so nicht gesagt.«

Ich hielt seinem lauernden Blick stand, bis er entspannt mit den Schultern zuckte und an mir vorbei trat, um seinen Kelch auf dem Flügel abzustellen.

»Spiel mir was vor«, bat er und schenkte mir ein Lächeln, dem ich ohnehin keinen Wunsch abschlagen konnte.

»Und was?«, fragte ich seufzend, setzte mich auf den kleinen Schemel und brachte Hände und Füße in Position. Als Raphael nicht antwortete, sah ich zu ihm auf und kam nicht umhin, mich von der Zärtlichkeit in seinen Zügen verzaubern zu lassen. Plötzlich wollte ich nichts sehnlicher, als ihm ein Stück zu spielen, das sein Herz genauso berührte, wie es einst meines berührt hatte.

»Überrasch mich«, sagte er, stützte einen Ellbogen auf dem Flügel ab und wartete geduldig, bis ich bereit war.

Zwar konnte ich spielen, ohne auf meine Hände zu schauen, aber als diese begannen über die Tasten zu fliegen, starrte ich sie an, als hinge mein Leben davon ab. Raphaels Blick entfachte, auch ohne dass ich ihn erwiderte, eine Aufregung in mir, die mich aus Zeit und Raum zu reißen drohte.

Glücklicherweise versank ich bereits nach wenigen Sekunden in der Melodie eines Liedes, das mir vor vielen Jahren während meiner nächtlichen Spaziergänge begegnet war.

Ich erinnerte mich nicht mehr an die Stadt, in der ich damals gelebt hatte, wusste aber, dass sie wunderschön gewesen war. Irgendwo am Meer, mit köstlichen Düften, die abends über belebte Plätze wehten, auf denen Menschen im gemütlichen Schein von Laternen fremden Straßenmusikanten lauschten.

Als ich das Lied das erste Mal gehört hatte, hatte ich mich so verloren und so glücklich wie noch nie gefühlt, weil mir die Bedeutung der Melodie nur dank meiner Einsamkeit klar geworden war. Ein eigenartiges Erlebnis.

Ich war so tief in meinem Spiel versunken, dass ich zunächst nicht gemerkt hatte, dass Raphael nicht mehr neben dem Flügel stand.

Doch jetzt, wo er mir das Haar behutsam beiseite strich, ich das Rascheln seiner Flügel hörte und sich seine kühlen Finger auf meine Schultern legten, ganz leicht nur, als könnte mich die kleinste Regung seiner Schwingen hinfortwehen, war ich mir seiner Nähe überdeutlich bewusst.

»Willst du mich schon wieder ablenken?« Es hatte scherzhaft klingen sollen, aber die Nervosität in meiner Stimme war nicht zu überhören.

»Ja«, gestand er heiser und beugte sich zu mir hinab. Seine Lippen streiften mein Ohr und ich erschauderte.

»Dann hättest du mich nicht bitten sollen, für dich zu spielen.« Raphael lachte leise und ich verfehlte gleich zwei Tasten nacheinander, weil ich das tiefe Vibrieren seiner Brust im Rücken spürte.

»Da war mir noch nicht bewusst, wie unwiderstehlich du bist, wenn ein Moment allein dir gehört.« Mein Puls begann zu rasen und ich versuchte mich zu konzentrieren, was unmöglich wurde, als er sanft meinen Nacken massierte.

»Ich weiß nicht, was du meinst.«

»Doch, das glaube ich schon.« Seine Stimme war rau und verführerisch. »Du achtest ständig darauf, so wenig Platz wie möglich einzunehmen, sperrst deine Gedanken und Gefühle ein, damit sie niemandem in die Quere kommen.«

Ich hörte auf zu spielen, ließ den letzten Ton verklingen und wandte ihm mein Gesicht zu.

»Warum sagst du so etwas?«, fragte ich leise. Wie konnte er all das wissen?

In dem Glanz seiner Augen konnte ich so etwas wie Wehmut erkennen.

»Weil du es verdient hast, gesehen und gehört zu werden.« Er hob die Hand und umfasste zärtlich mein Kinn, zog mich ein Stück zu sich hinauf und strich mit dem Daumen über meine Unterlippe. »Nicht nur ein Moment deines Lebens sollte dir gehören, sondern alle.«

Ich seufzte schwer und genoss seine Berührung.

»Weißt du, dass es sehr verwirrend ist, wenn du so unerwartet einfühlsam bist?«

Raphael stieß ein heiseres Lachen aus, während er mit seiner freien Hand in mein Haar griff und mich mit sanfter Gewalt zu sich hinaufzog.

Überrascht schnappte ich nach Luft, nicht weil es wehtat, sondern weil seine plötzliche Dominanz ein erregendes Kribbeln durch meinen Körper jagte.

»Und damit wären wir wieder beim Kern unseres kleinen Konflikts angekommen. Mit dem feinen Unterschied, dass du mich nicht länger verwirrst.«

»Ach nein? Wie schade.« Ich hob herausfordernd das Kinn, so weit mir das in seinem Griff möglich war und erkannte zufrieden, wie das seine Augen zum Funkeln brachte. Raphael drehte mich schwungvoll herum und schob mich zurück, bis meine Fersen gegen etwas Festes stießen.

Es war die Treppe, auf die ich gestürzt wäre, wenn er mich nicht so besitzergreifend festgehalten hätte.

»Du hast mich einmal gefragt, was ich von dir will«, murmelte er und beugte sich zu mir hinab, legte ohne Vorwarnung seine Lippen auf meine Halsbeuge und strich mit der Zunge darüber. »Alles. Ich will alles von dir. Dein mutiges Herz und deine unzerstörbare Hoffnung. Dein wunderschönes Lächeln und die Freude, die es in mir weckt. Ich will dich nicht mehr gehen lassen, niemals wieder, weil alles mehr Bedeutung hat, seitdem du bei mir bist.« Er sog meinen Duft ein, strich den Träger des Kleides beiseite und verteilte die süßesten Schmetterlingsküsse auf meiner nackten Schulter. »Aber nichts davon ist wichtig, wenn du mich nicht auch willst. «

Die Intensität seiner Worte ließ mich erzittern und brachte mich innerlich aus dem Gleichgewicht.

»Du musst es sagen, *passerotta*«, knurrte er und biss mir spielerisch in die empfindliche Stelle meines Nackens, was mir ein leises Wimmern entlockte.

»Natürlich will ich dich«, gestand ich erstickt. *So sehr, dass es mir Angst macht, so heftig, dass ich keine Luft mehr bekomme.* Ich hatte mich vor meinem eigenen Temperament immer gefürchtet, versucht es zu kontrollieren, aber in Raphaels Nähe wollte ich meinen Gefühlen endlich nachgeben.

Er seufzte leise, als ich mich an seinem Hemd zu schaffen machte und es mir nach einer kleinen Ewigkeit gelang, zumindest die ersten Knöpfe zu öffnen. Mir war schwindelig und heiß, was nicht weniger wurde, als ich den Hunger in seinen Augen sah. Schließlich half er mir, weil mich meine eigene Ungeschicklichkeit immer rasender machte.

»Ich hatte dir versprochen, dass ich mir viel Zeit für dich nehmen würde, sobald du an meinem Hof bist«, sagte er und begann langsam die Bänder, die mein Kleid am Rücken zusammenhielten, zu lösen.

»Das heißt nicht, dass du mich wie eine zerbrechliche Blume behandeln musst«, murmelte ich, gebannt von dem Blick auf seine nackte, sanft gebräunte Brust. In der Vorstellung vieler Männer, das wusste ich aus eigener Erfahrung, sehnten sich Frauen stets nach romantischem Sex. Als wollten sie es uns nicht zugestehen, genauso unbeherrscht und ekstatisch wie sie sein zu können.

Raphael war anders. Aufmerksamer und gerissener.

Bevor ich ihm das Hemd ausziehen konnte, um mehr von seiner Schönheit zu sehen, zwang er mein Gesicht zu sich hinauf und zerrte mich in einen stürmischen Kuss. Er schmeckte nach Freiheit und Leidenschaft, nach den würzigen Düften meiner Heimat und warmen Sommerstunden, die ich mit ihm zusammen erleben wollte. Raphael biss mir in die Unterlippe, drang mit seiner Zunge tiefer und forderte mich mit jedem Stöhnen, das er mir entlockte, mehr heraus.

»Nein, das heißt es gewiss nicht«, knurrte er, als er sich ein kleines Stück von mir löste und sich sein heißes Keuchen mit dem meinen vermischte. »Aber du wirst lernen, was es bedeutet, von einem Erzengel begehrt zu werden.«

Mein Herz begann zu rasen, schlug in einem wilden Rhythmus in meinem Körper, der sich so lebendig wie noch nie anfühlte.

»Und wenn ich diejenige bin, die dir etwas beibringen könnte?«, fragte ich herausfordernd und legte meine Hand auf seine nackte Brust. Die Berührung löste etwas in ihm aus, das gefährlich und verlockend zugleich war.

»Nur zu«, erwiderte er und riss mit einem groben Ruck den Stoff meines Kleides auseinander, sodass mir die kühle Luft wie tausend kleine Nadeln über den erhitzten Rücken stich. »Ich weiß schon lange, dass du nicht so unschuldig bist, wie es dein Äußeres vermuten lässt.«

Der plötzliche Temperaturunterschied ließ mich zittern. Raphael löste die Hand aus meinem Haar, umschlang meinen Nacken, und bog meinen Kopf zurück, damit ich ihm meine Kehle hilflos entgegenstrecken musste.

»Also komm«, sagte er, zog mich fester an sich und genoss es, wie ich erschauderte, als er spielerisch mit den Fingern meine Wirbelsäule hinabfuhr. »Trau dich ruhig. Fordere mich heraus. Ich bettele förmlich darum. Denn ich werde so lange sanft mit dir sein, bis du mich anflehst, dir das zu geben, was du wirklich brauchst.« Mit der Zunge fuhr er über meine Kehle und blätterte das Kleid weiter auf. »Und wenn es so weit ist, wirst du verstehen, dass ich immer großzügig, aber niemals gnädig bin.«

Ich schluckte schwer und starrte ihn unter flatternden Lidern an, entschlossen, nicht auf diese Provokation anzuspringen.

»Du vergisst, mit wem du hier sprichst«, sagte ich und legte, ohne zu sehen, was ich tat, meine Hand auf seinen durchtrainierten Bauch. »Ich bin eure Gnadenlosigkeit gewöhnt und habe mir noch nie so etwas wie Großzügigkeit von einem Erzengel erhofft.«

Seine Muskeln spannten sich unter meiner Berührung an. Sein Griff in meinem Haar wurde schlagartig fester. Er kniff die Augen zusammen, betrachtete mich nachdenklich und schenkte mir schließlich ein Lächeln, das mich ahnen ließ, was mir bevorstand.

»Nichts anderes habe ich von dir erwartet.« Bevor ich wusste, wie mir geschah, hatte er mich hochgehoben, und ich konnte gar nicht anders, als die Beine fest um ihn zu schlingen.

Ich spürte seine Erregung durch das dünne Kleid und seine Hände, die sich fest in mein Fleisch gruben, als er mich mühelos die Stufen hinauftrug.

Anstatt mich vor sich auf die Polster zu betten, drehte er sich herum und setzte sich, sodass meine Knie links und rechts neben seinen Hüften lagen. Hinter ihm erstreckte sich der von Sternen regierte Nachthimmel, dessen Lichter sich in den Federn seiner Schwingen widerspiegelten.

Mit neuem Mut erkundete ich Raphaels samtig weichen Oberkörper, der gleichzeitig wie aus Marmor geschaffen zu sein schien. Er fühlte sich so stark und wundervoll an. Während er mein Kleid quälend langsam herabzog, streifte ich ihm das Hemd von den Schultern und staunte. So viel Schönheit konnte nur durch himmlische Macht erschaffen worden sein.

Worte waren unnötig, wir verstanden uns in diesem Moment auch schweigend. Ich brauchte nicht mehr als seinen schweren Atem, um mich geborgen zu fühlen.

Als der seidige Stoff des Kleides nach unten rutschte und über meine empfindlichen Brüste glitt, sank ich noch ein Stück tiefer auf Raphaels Schoß, ohne ihn dabei aus den Augen zu lassen.

Mit sinnlich geöffneten Lippen betrachtete er mich fasziniert, dabei war er es, der vor dem Hintergrund des endlosen Universums das Zentrum meiner Bewunderung war. Seine Flügel umschlossen mich von beiden Seiten, strichen über meine Nacktheit und ließen mich die himmlische Magie spüren, die in jeder einzelnen Feder steckte.

»Makellos«, murmelte er, fuhr die Rundungen meiner Brüste nach und beugte sich zu mir hinab. Während sein Daumen fordernd eine Brustwarze massierte, verwöhnte er die andere mit heißen Küssen und spielerischen Bissen. Ich griff in sein Haar, warf den Kopf zurück und genoss die kribbelnde Gänsehaut, die sich auf meinem gesamten Körper ausbreitete. Seine Finger fuhren unter den Stoff des Kleides, liebkosten die Innenseite meines Oberschenkels, bevor sie sich plötzlich ins weiche Fleisch gruben.

»Wir fangen gerade erst an«, raunte er mir zu und legte den Mund auf meine Halsschlagader, die heftig unter seinen Lippen zu pulsieren begann. Mit dem Daumen drückte er mein Gesicht noch ein Stück höher und fiel über meine Kehle her.

»Du gehörst mir«, knurrte er heiser, »und wenn es nur für eine Nacht ist, werde ich diese nicht enden lassen, bevor die Sterne dich meinen Namen stöhnen hören.« Er leckte über die Stellen, die er gerade noch mit den Zähnen verwöhnt hatte, und quälte mich mit einer Mischung aus Zärtlichkeit und Brutalität, ohne auch nur einen Moment lang zu vergessen, wie viel ich ertrug. Es war ein Tanz, den wir beide beherrschten, ohne die Schritte des anderen kennen zu müssen, weil wir einer Melodie vertrauten, zu der unsere Herzen im gleichen Takt schlugen.

»Dann werde ich mich wohl absichtlich zurückhalten müssen«, wisperte ich und griff nach dem Bund seiner Hose, was ihm ein gieriges Knurren entlockte. »Um sehen zu können, wie du daran scheiterst, die Zeit zu beherrschen.«

Raphael lachte leise und zerrte mich erneut in einen leidenschaftlichen Kuss, der mich an wahr gewordene Träume und erfüllte Wünsche erinnerte.

Mit einem kräftigen Ruck wirbelte er mich herum, sodass ich unter ihm auf den Samtkissen landete. Er ragte über mir auf wie ein Schatten aus silberweißen Nebeln und göttlicher Vollkommenheit. Das Licht, aus dem er einst erschaffen worden war, rankte sich um seine Flügel und vermischte sich mit dem Sternenglanz, der durch die hohen Fenster fiel.

So deutlich wie noch nie erkannte ich, was er wirklich war. Die Mächte, die ihm bedingungslos gehorchten, strömten durch den Raum und erfüllten meinen Geist. Sie brachten meine Knochen zum Knirschen und zerrten an meinem Verstand, denn dieser war zur Hälfte menschlich.

Raphael hielt sich zurück, das wusste ich, denn die Grenzenlosigkeit seines Seins würde ich wohl nicht verkraften. Aber dass er mir schweigend einen Teil von sich zeigte, mit dem er seit Jahrhunderten allein war, verband uns beide mit mehr, als ein einziges, simples Leben jemals hätte erfahren können.

Langsam zog er mir den zerknüllten Stoff des Kleides über die Hüften. Sanft wie Wasser glitt der dünne Stoff über meine Beine, gefolgt von Raphaels rauen Händen. Während ich tiefer in die Kissen sank und ihn unter schweren Lidern verlangend beobachtete, erhob er sich.

Die Zeit schien stillzustehen, als er vollkommen nackt über mir aufragte, während ich vor ihm lag. Keiner von uns beiden rührte sich, um den Zauber dieses intimen Augenblicks nicht zu unterbrechen.

Unter seinem sengenden Blick fühlte ich mich nicht nur schön und begehrenswert, sondern auf eine magische Weise auch kostbar.

»Ich könnte fast Angst bekommen, etwas so Einmaliges wie dich zu verderben«, murmelte er und kniete sich vor mich, schob meine Schenkel mit den Hüften auseinander, ohne mich auch nur eine Sekunde lang aus den Augen zu lassen.

»Keine Sorge«, sagte ich und musterte ihn herausfordernd. »So viel Macht besitzt nicht einmal du.«

Er brummte düster und kam über mich, stemmte die Hände links und rechts neben meinem Kopf in die Polster und bedeckte mich mit seinem starken Körper. Ich spürte ihn und seine Hitze, die mich eroberte, mein Blut zum Kochen brachte und meinen Unterleib vor Erregung zucken ließ.

Wir sahen einander an, als seine Schwingen uns umarmten und er langsam in mich eindrang. Ich öffnete den Mund, klammerte mich an ihm fest, während er jede Regung in meinem Gesicht beobachtete und nicht einmal daran dachte, mich schnell und hemmungslos zu nehmen.

Stattdessen ließ er sich Zeit, bewegte sich kontrolliert und gemächlich, während ich mich aufbäumte, verzweifelt in meine Unterlippe biss und ihm meinen Körper entgegenreckte, damit er mich endlich all die Kraft spüren ließ, die ich in seinen angespannten Muskeln erkannte.

»Raphael, bitte«, wisperte ich und er lachte leise, massierte genüsslich meine Brüste, reizte meine Lust mit erbarmungsloser Geduld und beschleunigte sein Tempo endlich, als ich die Beine um seine Hüften schlang und mich hungrig an ihm festklammerte.

»Ich habe es mir anders überlegt«, knurrte er, packte meine Handgelenke und fixierte sie mit einer Hand über meinem Kopf. »Eine Nacht wird mir nicht genügen.«

Er veränderte den Winkel seiner Hüften, sodass er noch tiefer in mich eindrang und es trotz der schnellen Bewegungen schaffte, mich zu küssen. »Hundert Nächte, tausend Nächte werden mir nicht reichen.«

Ich krallte die Fingernägel in seine Schulterblätter, vergrub sie in seinen Federn, bis er atemlos keuchte. Es gab keine äußere Welt mehr. Keine Erwartungen und keine Grenzen, die uns hätten aufhalten können.

»Ein Glück, dass wir beide unsterblich sind«, flüsterte ich heiser.

Meine Sinne wurden in ungeahnte Höhen getrieben, bis ich glaubte, die Verbindung zur Realität zu verlieren.

Plötzlich wurde er langsamer, gefühlvoller, was mich beinahe um den Verstand brachte.

»Würdest du bei mir bleiben?«

»Um mit dir zu schlafen? Klar, warum nicht«, versuchte ich zu witzeln, auch wenn sich meine Gedanken längst in einen Strudel aus reinem Begehren aufgelöst hatten, der heiß durch mich hindurchfegte.

»An meiner Seite, meine ich. Würdest du wirklich an meiner Seite bleiben, wenn du wüsstest, dass ich die deine niemals wieder verlassen will?«

Ich musste nicht lange über eine Antwort auf diese Frage nachdenken, weil mich Raphael längst an einen Ort entführt hatte, an dem mich meine eigenen Zweifel niemals wieder finden würden.

»Ja«, sagte ich leise und berührte seine Wange, fuhr tiefer, die elegant geschwungene Linie seines Kinns nach. Raphael lehnte sich meiner Hand entgegen. Fassungslosigkeit und Freude – ein Schimmer von purem Glück erhellte seine sonst so kontrollierte Miene, als habe dieses eine Wort alle Wolken und Gewitter aus seinem Himmel vertrieben.

Mit neuer Kraft drückte er mich in die Polster, packte mit beiden Händen meine Hüften und gab mir endlich all die Gnadenlosigkeit, die er mir versprochen hatte. Ich zerfloss unter ihm, liebte es, wie seine heiße Haut über die meine rieb und er mich mit ungezügelten Stößen nahm. All seine Aufmerksamkeit galt allein mir und den Reaktionen, die mir seine geschickten Finger entlockten.

Er presste seine Lippen auf meinen Hals, spannte die Muskeln an und trieb mich mit Hingabe über die letzte Schwelle. Ich bog den Rücken durch, bis in die Zehenspitzen gespannt wie eine Bogensehne und wurde vom Rausch meiner Sinne hinfortgerissen – spürte, wie er in mir verharrte und diesen Moment purer Ekstase genoss.

Ich schloss die Augen, sah hinter meinen Lidern Sterne explodieren und rief ihnen Raphaels Namen zu, denn die Erlösung kam so heftig, dass ich ihn bis ans Ende der Ewigkeit rufen wollte.

Zwischen Licht und Schatten, wo alle Lügen ihren Sinn verloren und niemand nach der Wahrheit fragte, fanden wir einander.

18.
Wie man sich bettet, so liegt man

Ich erwachte, wie ich schon seit langer Zeit nicht mehr erwacht war. Glücklich.

Für gewöhnlich wussten meine Albträume, wie sie mir die Nacht verderben konnten, aber dieses Mal waren sie fortgeblieben – hatten sich nicht an Raphael vorbeigetraut, der mich gestreichelt und geküsst hatte, bis ich irgendwann eingeschlafen war.

Die Sonne stand längst hoch am Himmel und ihre goldenen Strahlen tauchten den Raum in einen warmen Glanz.

Ich rieb mir die Augen und war noch etwas benommen, genoss aber die angenehme Schwere meiner Muskeln. Mein Körper wurde von einer sorglosen Zufriedenheit erfüllt. Er war dem von Raphael so nahe, dass ich jeden Zentimeter seiner weichen Haut spürte.

Seine Brust drückte sich sanft gegen meinen Rücken, hob und senkte sich gleichmäßig. Mein Kopf lag auf seinem Arm. Ich hoffte, dass ihm das nicht zu unbequem war, wollte meine gemütliche Position aber auch nicht um einen Zentimeter verändern.

Langsam kehrten die Erinnerungen an die vergangene Nacht zurück und ich durchlebte sie ein zweites Mal, ließ mich von ihrem Zauber einlullen.

Erst nach Stunden, in denen wir uns allerlei Geschichten zugeflüstert und über alles Mögliche gekichert hatten, waren mir die Augen zugefallen. Raphael musste uns irgendwann in der Nacht zugedeckt haben, denn unter der weichen Seide, die über uns lag, war es warm und kuschelig.

Zufrieden schloss ich die Augen, noch nicht bereit, den neuen Tag zu beginnen, weil er ohnehin nicht schöner werden konnte als in diesem Moment.

Leises Geschirrgeklapper und ein Fluch, der zweifelsohne von Ketura kam, weckten mich ein zweites Mal. Ich hob verschlafen den Kopf und sah gerade noch, wie die Dämonin grinsend aus dem Raum huschte. Sie musste über Tobit gestolpert sein, denn dieser lag breit direkt vor der Tür, als wolle er Raphael und mich beschützen.

»Du siehst aus, als hätte dich ein Engel ins Bett gelockt und gnadenlos verführt.« Ich sah über die Schulter, zu Raphael, der geschickt einen Arm um meine Taille schlang und mich zu sich heranzog. Er streichelte meine Wirbelsäule und küsste sich meinen Nacken entlang, während er die Nase in meinem Haar vergrub und tief durchatmete. »Wie gut, dass ich dieser Engel war, denn jedem anderen würde ich dafür die Flügel ausreißen. Und das mit unheimlichem Vergnügen.«

Seine Stimme klang verschlafen, aber nicht weniger zufrieden, als ich mich fühlte. Wohlige Schauer rannen mir den Rücken hinab und wurden von ihm mit einem tiefen Brummen zur Kenntnis genommen.

»Wie schön, dass du am frühen Morgen schon solche grausamen Gedanken hast«, scherzte ich und rollte mich zu ihm herum, was gar nicht so einfach war, weil er mich mit seinem Körper gefangen hielt.

»Ich glaube, der frühe Morgen ist längst vorbei«, murmelte er träge und kitzelte mit den Federspitzen meine nackten Schultern, als er einen Flügel über uns legte. »Zumindest riecht das, was Ketura uns da gebracht hat, verdächtig nach

Mittagessen.« In seinen Augen schimmerten noch die Reste ruhiger Träume und die Benommenheit des Schlafes. Ein paar zerzauste Strähnen hingen ihm ins Gesicht.

Es war eigenartig, ihn so zu sehen. Ich wusste, dass auch Erzengel Schlaf brauchten, aber so stark, wie er immer war, voller Tatendrang, hatte Raphael stets das Bild vermittelt, niemals ausruhen zu müssen. Jetzt lag er wie ein fauler Gott im Olymp auf den vielen Kissen, ein spöttisches Lächeln auf den Lippen, das mich kein bisschen störte.

Noch nie war er mir so gelöst und schutzlos vorgekommen. Keine Masken und keine aufgesetzte Arroganz mehr, hinter denen er sich verbarg. Und er ließ es einfach zu, genoss es vielleicht sogar, ganz er selbst sein zu können.

Ich hob die Hand und strich verträumt die Linien seines Halses nach, erkundete mit den Fingern sein Gesicht. Dieser Mann hatte mir etwas so Kostbares geschenkt, ohne es überhaupt zu wissen, denn alles, was mich so oft zu beherrschen versuchte – Angst und Kummer und Einsamkeit – verlor in seinen Armen an Macht.

Und auch wenn dieser kurze Friede keinen von uns beiden retten würde, nahm er der Ungewissheit etwas von ihrem Schrecken.

Es war das, wonach wir uns letzten Endes vermutlich alle sehnten: ein kleines bisschen Glück und die Gewissheit, das Chaos in uns nicht mehr allein ertragen zu müssen.

»Hast du Hunger?«, fragte Raphael und streichelte meine Wange. Ich küsste seine Hand und schüttelte den Kopf.

Wie sollte ich mich um so etwas wie Essen scheren, wenn ich dafür dieses Bett und Raphaels Seite verlassen musste?

»Und hast du gut geschlafen?« Bejahend nickte ich. Er lachte heiser und setzte sich ein kleines Stückchen auf.

»Habe ich dich meinen Namen zu oft schreien lassen, oder warum hast du keine Stimme mehr?«

Ich schnaubte entrüstet und pfefferte ihm ein Kissen ins Gesicht.

»Du bist ein unausstehlicher Mann«, sagte ich, während er geschickt meine Handgelenke einfing, damit dem ersten Kissen kein zweites folgte.

»Ich weiß nicht, ob das aus deinem süßen Mund noch so glaubhaft klingt«, sagte er und grinste schief. Er zog mich zu sich heran und bevor ich irgendetwas antworten konnte, versiegelten seine Lippen auch schon die meinen. Ich hatte gedacht, nach gestern erst einmal etwas Ruhe zu brauchen, aber sein Kuss war so voller Leidenschaft, dass mein Körper erbarmungslos zurück in dieses unersättliche Verlangen geschleudert wurde.

Ich brannte innerlich und liebte jeden Funken, der von seiner Gier entfacht wurde. Plötzlich saß ich wieder auf seinem Schoß, halb nackt, mehr schlecht als recht von Seidenlaken umhüllt, die Raphaels geschickte Finger achtlos beiseite strichen, damit sein Mund Spuren auf meinem Hals hinterlassen konnte. Ich presste die Knie neben seinen Hüften in die Polster, genoss, wie seine weichen Lippen über die Gänsehaut auf meinen Schultern wanderte, und vergrub die Hände in seinem Haar.

Dummerweise knurrte in diesem Moment mein Magen so laut, dass Raphael erschrak und anschließend so herzlich zu lachen begann, dass ich überhaupt nicht dazu kam, mich zu schämen.

»Na gut, ich sehe schon. Wir müssen uns erst um die Bestie in deinem Bauch kümmern, bevor ich erneut über dich herfallen darf.« Er hob mich hoch, sodass ich etwas unelegant auf die Matratze plumpste, und kletterte aus dem Bett.

Ich konnte den Blick nicht von ihm lösen und spürte, wie meine Wangen zu glühen begannen.

In der von Sternenglanz durchwebten Dunkelheit der Nacht, hatte er den Reiz eines Geheimnisses besessen.

Jetzt, im goldenen Sonnenlicht, strahlte er die Anmut jener Engelsstatuen aus, mit denen Künstler seit Jahrhunderten ihre Vorstellung von himmlischer Perfektion in ihren Werken verewigten.

Glücklicherweise zog er sich eine Hose an, bevor er zu einem der kleinen Beistelltische ging, sonst hätte ich ihn vermutlich in der nächsten Sekunde angesprungen. Er hob mehrere silberne Abdeckhauben an, unter denen dampfende Köstlichkeiten warteten. Daneben standen frisch gebackenes Brot, gleich zwei Weinkaraffen, Platten mit Antipasti, Schüsseln mit Obst und mehrere kleine Dessertgläser.

»Hat Ketura geglaubt, du hättest nicht nur mich zu Besuch?«, fragte ich, hüllte mich in ein Seidenlaken und tapste die Podeststufen hinab, um all die duftenden Speisen zu betrachten. Raphael schob sich eine Olive in den Mund und zwinkerte mir zu.

»Ich vermute, sie hat sich denken können, dass du am nächsten Morgen etwas zur Stärkung brauchst.«

»Schreibst du dir solche Selbstgefälligkeiten eigentlich auf oder fliegen sie dir einfach so zu?«, fragte ich und stibitzte ihm ein mit Schinken umwickeltes Grissini.

»Mal so, mal so«, sagte er gelassen. »Aber die meiste Zeit über glänze ich mit spontaner Brillanz. Gottgegebenes Talent, würde ich sagen.«

Ich verdrehte die Augen, konnte mir ein Grinsen aber nicht verkneifen.

»Darf ich dich was anderes fragen?«

»Alles«, versprach er und strich mir wie nebenbei das Haar aus der Stirn.

»Was hat der Chor gestern beschlossen?«

Wir hatten nicht mehr darüber gesprochen, weil wir uns von anderen Dingen hatten ablenken lassen, aber jetzt traten die Geschehnisse des letzten Tages wieder an die Oberfläche. »Was hat Michael gesagt?«

»Michael war nicht da«, antwortete Raphael knapp.

»Er war nicht da?«

»Uriel meinte, dass er zuerst damit beschäftigt war, Gabriels Palast zu sichern, nachdem Jophiel ihnen von den Trümmern erzählt hatte, die auf Arcanum gestürzt sind. Aeternitas hat es kaum getroffen. Nur ein paar Teile des Außenringes wurden eingerissen. Danach hat er sich selbst auf die Suche nach Lija gemacht und ist noch nicht zurückgekehrt.« Enttäuscht ließ ich die Schultern sinken. Wir wären vermutlich längst weiter, wenn wir aufhören würden, allein zu arbeiten.

Michaels Stolz und die Sturheit des Chors würden irgendwann noch furchtbares Unheil über die Stadt bringen.

»Und Jophiel?«

»War leider auch nicht im Berg. Ich habe ihr einen Boten geschickt. Vermutlich haben wir sie gerade so verpasst, als wir Arcanum verlassen haben. Sie wird sicherlich schnellstmöglich zurückkommen, wenn sie erfährt, dass wir nicht mehr dort sind«, sagte er. Ich fühlte mich schlecht, weil ich schon viel früher nach ihr hätte fragen müssen.

Aber um Jophiel, die die selbstständigste, hartnäckigste und zäheste Frau war, die ich kannte, musste ich mir momentan vermutlich am wenigsten Sorgen machen. Ich vermisste sie einfach nur schrecklich, was sie bestimmt lachhaft finden würde.

Raphael beobachtete mich eingehend und lud uns schweigend einen Teller mit Antipasti voll.

»Die Hexe, die bei Danjal war, heißt Wilana«, brach ich die Stille nach einigen Sekunden. Raphael runzelte überrascht die Stirn und ich erzählte ihm so kurz und knapp wie möglich, in was für einer Verbindung sie zu dem toten Wächterengel Nauel stand.

»Das wird ja immer dramatischer«, seufzte Raphael und massierte sich den Nacken. »Eine gesegnete Hexe, die dem Dämonenfürsten und Mörder ihres Geliebten hilft, den Himmel zu besiegen. Shakespeare wäre stolz auf uns.«

»Das würde sie gewiss nicht, wenn sie wüsste, was Danjal getan hat.«

Raphael wirkte davon nicht besonders überzeugt, aber ich wollte nichts anderes glauben.

»Ich schätze mal, dieser Nauel hat Danjal nicht nur zur Flucht verholfen, weil Salvatore ihn mit dem Wissen über seine Beziehung zu einer Hexe erpresst hat, sondern auch, weil er gehofft hat, irgendwann einmal mit dieser zusammen sein zu können, wenn ein Dämonenfürst den Chor erst besiegt hat«, murmelte ich und beobachtete Raphael aus dem Augenwinkel.

»Es sind dumme Gesetze, die es Engeln verbieten, mit niemandem außer ihresgleichen eine Verbindung eingehen zu dürfen«, gestand er leise. »Aber mit Mord zu rebellieren, ist keine Lösung, schon gar nicht, wenn es um Unsterbliche geht.« Er fuhr sich übers Gesicht und legte mir die Hände auf die Schultern. »Ich will keine weiteren Brüder verlieren, nicht einmal solche wie Gabriel. Und diese Hexe ... Wozu braucht Danjal jemanden wie sie, wenn er doch bereits die heilige Lanze hat, um uns zu vernichten?«

»Ich weiß es nicht«, murmelte ich niedergeschlagen. »Aber auch die Gaben von uns Gesegneten haben Grenzen und ich glaube, Wilana kann stets nur das Licht eines Engels schwächen. Sonst hätte Danjal sie bereits in Harviels Club gegen euch einsetzen können. Er hat gewartet, bis du allein warst, hat uns absichtlich von den anderen getrennt, damit Wilana nur dich ausschalten musste.«

Plötzlich sprang Tobit, der noch immer vor der Tür gefaulenzt hatte, auf und sträubte das Fell, die rasiermesserscharfen Zähne gebleckt. Raphael wandte sich ruckartig um und stieß einen Laut aus, der dem Knurren von Tobit nicht unähnlich war. In seinen Augen flackerte ein unheimliches Licht.

»Was ist los?«, fragte ich, den Knoten des Lakens vor meiner Brust fest umklammert, weil Raphaels Schwingen bedrohliche Windböen durch den Raum sandten. Violettblaue Blitze und silberne Nebel umschwirrten seine Federn, als er mit schnellen Schritten durch den Raum marschierte.

»Michael«, sagte er trocken. »Er hatte schon immer ein miserables Timing.« Noch bevor er bei Tobit an der Tür angekommen war, krachten deren beide Hälften mit solch einer Wucht auseinander, dass es das schwere Holz beinahe aus den Angeln hob. Ich schrie erschrocken auf und hielt mich am Tisch fest, weil ich mir sicher war, dass der gesamte Hof erzitterte.

Hatte ich geglaubt, dass es gerade eben schon kalt gewesen war, fiel die Temperatur nun gefühlt unter den Gefrierpunkt.

Im Türrahmen stand Michael und füllte diesen mit seinen gespreizten Schwingen vollkommen aus. Elektrisierende Schauer und knisternde Eispartikel sausten durch die Luft und trieben mir eine Gänsehaut auf die Arme.

»Michael«, grüßte Raphael freudlos und stellte sich wie

nebenbei vor mich, »hat unser Vater das Jüngste Gericht verfrüht begonnen oder warum erscheinst du hier wie einer der apokalyptischen Reiter?«

Anstatt zu antworten richtete sich Michaels stechender Blick auf mich. Ich kannte ihn als einen Mann, den nichts jemals erzürnen, überraschen oder begeistern konnte, aber die Mischung aus Erstaunen und Missbilligung, die seine Miene verzog, würde ich wohl niemals wieder vergessen.

»Du überraschst mich, Raphael«, sagte er und betrat den Raum, als würde er ihm gehören. Tobit blieb ihm dicht auf den Fersen und Raphael schob mich mit jedem Schritt, den sein Bruder uns näher kam, ein Stückchen weiter hinter sich. »Von all den Freveln, die du bereits begangen hast, ist sie mit Abstand der unrühmlichste.«

Seine Worte und die Tatsache, dass ich so gut wie nackt war, hätten mich längst aus dem Raum jagen sollen, aber ich konnte nicht einmal vor Scham im Boden versinken, weil mich Michaels Blick an Ort und Stelle festnagelte.

»Ich hatte nicht vor, damit hausieren zu gehen.« Raphael verschränkte die Arme vor der Brust. »Aber da ich bezweifle, dass du gekommen bist, um mitzuspielen und mir durch deine bloße Anwesenheit ohnehin die Lust vergangen ist, den kleinen Halbengel noch einmal ins Bett zu locken, können wir auch gleich zu dem Grund deines Besuchs kommen.«

Mein Magen verkrampfte sich. Es war nicht nur Raphaels gefühlloser Tonfall, der mich traf, sondern vor allem die Bedeutung hinter seinen Worten.

Als er auf mich hinabsah und mir ein gönnerhaftes Lächeln schenkte, erkannte ich ihn nicht wieder.

»Geh in dein Zimmer, Elodie. Ich komme dich holen, wenn mir danach ist.«

Unfähig, mich zu rühren, starrte ich ihn an und fühlte mich mit einem Schlag so schmutzig wie noch nie in meinem Leben.

»Habe ich mich undeutlich ausgedrückt oder funktioniert dein Köpfchen nach gestern Nacht nicht mehr?«

Hätte ich in diesem Moment nicht gesehen, wie sich seine Augenbrauen minimal zusammenzogen, wäre mir vielleicht die Hand ausgerutscht.

Das hier war nur Theater.

Natürlich war es das!

Ich erkannte Raphael nicht wieder, weil er noch nie so mit mir gesprochen hatte, und ich begriff gerade noch rechtzeitig, um mitzuspielen.

Michael durfte nicht erfahren, was für ein gütiger und selbstloser Erzengel Raphael wirklich war oder welche Gefühle er für mich hegte.

Also presste ich die Lippen zusammen, senkte den Kopf und steuerte auf die Tür zu.

Jeder Schritt, den ich unter Raphaels und Michaels wachsamen Blicken gehen musste, fühlte sich entwürdigend an, aber ich blieb nicht stehen, hielt das Laken fest um meinen Körper geschlungen und versuchte mich mit dem Gedanken zu beruhigen, dass ich zumindest diesen Raum verlassen durfte.

»Tobit.« Raphaels laute Stimme ließ mich ausgerechnet direkt neben Michael noch mal innehalten.

»Sorg dafür, dass unser Gast auch wirklich in sein Zimmer findet.« Er kniff die Augen zusammen und musterte mich streng. »Wir wollen schließlich nicht, dass sie sich verläuft.«

Und mit *verlaufen* war vermutlich *verschwinden* gemeint.

Ich ließ die Schultern noch ein bisschen tiefer sinken, verzog angewidert das Gesicht und marschierte an Michael vorbei, als sei ich tatsächlich das wertlose Spielzeug, das Raphael nach Lust und Laune herumkommandieren konnte.

Tobit folgte mir aus dem Raum, musste aber nach nur wenigen Schritten wieder anhalten, weil ich nicht daran dachte, einfach so zu verschwinden.

Ich presste mich gegen die Wand und schüttelte den Kopf. Tobit blinzelte verdutzt, setzte sich vor mich und brummte unzufrieden. Aber ich blieb, wo ich war, und sah zu dem Lichtschein, der aus dem Raum in den Flur fiel. Als Tobit begriff, dass ich durch vorwurfsvolle Blicke nicht zum Weitergehen bewegt werden konnte, rieb er seinen dicken Schädel an meiner Brust und leckte mit über die Wange. Ich griff in sein Fell und suchte den Blick seiner großen Augen.

Es brauchte keine Worte, um ihm klarzumachen, was ich vorhatte. Ich tastete mit meinem Licht nach dem seinen und bettelte stumm um seine Erlaubnis.

Er könnte Alarm schlagen oder mich mit gefletschten Zähnen zum Weitergehen zwingen, doch stattdessen stieß er ein resigniertes Schnauben aus, das an Eltern erinnerte, die eine Diskussion mit ihren sturen Kindern aufgaben.

Dankbar kraulte ich ihm das Ohr und schob mich Zentimeter für Zentimeter näher an die angelehnte Tür heran, bis ich die ersten Gesprächsfetzen hören konnte.

»Ganz im Gegenteil«, sagte Michael. »Ich hatte dir befohlen, sie im Auge zu behalten, um herauszufinden, ob sie in irgendeiner Verbindung zu Danjal steht. Seit Gabriels Tod und den Geschehnissen im *Finem mundi* wissen wir, dass dem nicht so ist, also erklär mir bitte, was diese kleine Liaison mit ihr soll.«

Moment … *was?!*

Ein eiskalter Schauer rieselte durch meinen Körper und dieses Mal war nicht die Macht der Erzengel daran schuld.

»Willst du wirklich nicht verstehen, dass es leichter ist, ein verliebtes Mädchen zu kontrollieren, als eines, das uns verachtet, weil wir sie seit Jahren wie einen Fehler behandeln?« Raphael klang auf eine befremdliche Art erheitert, fast schon gelöst. Als könne er endlich so reden, wie er wollte – wie er *wirklich* war. Als sei ich diejenige, für die er sich verstellen musste und nicht Michael.

»Sie *ist* ein Fehler«, knurrte dieser. Die Verachtung, die er für mich empfand, war unpersönlich und leidenschaftslos. Obwohl mir seine Meinung egal sein sollte, ging mir seine Abneigung durch Mark und Bein.

Raphael lachte überheblich. »Aber einer, mit dem man sich prächtig amüsieren kann.«

Ein entsetzlicher Verdacht beschlich mich und verbündete sich mit der fiesen Stimme in meinem Hinterkopf, die mir zuraunte, dass ich naiv gewesen war.

»Wir sind so angreifbar wie noch nie, Raphael. Die Zeiten, um sich zu amüsieren, sind vorbei, verstanden?«

»Es ist wirklich bedauernswert, dass du noch immer so wenig Vertrauen in meine Methoden hast.«

Als Raphael mich um Hilfe gebeten hatte, hatte er versichert, nicht im Auftrag des Chors zu handeln. Und das stimmte auch … Er war in Michaels Auftrag zu mir gekommen.

»Elodies Gabe ist und bliebt von unschätzbarem Wert. Ohne die richtigen Versprechen, hätte sie mir niemals geholfen, nach Lija und der heiligen Lanze zu suchen.« Seine gesamte Art, diese selbstgefällige Gleichgültigkeit, fühlte sich wie ein Schlag ins Gesicht an.

Das war kein Theater mehr.

Er meinte es ernst. Raphael meinte jedes Wort ernst. Ich hätte seine Lügen gerochen, doch statt ihrem süßen, verfaulten Gestank, hing in der Luft eine unerträglich reine Gewissheit.

Das da war nicht der Mann, den ich kannte, sondern der Erzengel, den er vor mir versteckt hatte. Und dieser hatte mich von Anfang an manipuliert.

»Was macht es also, wenn ich mich so lange mit ihr vergnüge, bis ihr klar wird, dass der Chor sie nicht im Himmel aufnehmen wird, selbst wenn sie uns Danjal auf dem Silbertablett serviert?«

Obwohl ich mich so fest wie möglich gegen die Wand presste, drohte ich das Gleichgewicht zu verlieren. Mir wurde schwindelig und schwarz vor den Augen. Es fühlte sich an, als würde mir der Boden unter den Füßen weggerissen werden.

Tobits nasse Schnauze stupste meine Hand an. Er maunzte besorgt, aber ich fühlte mich wie gelähmt – wie umschlossen von schwarzen Tentakeln, die meinen Brustkorb langsam zerquetschten.

»Sie ist noch immer ein Halbengel, Raphael.«

Mir schnürte sich die Kehle zu und ich glaubte, an meiner eigenen Abscheu ersticken zu müssen.

»Ja, aber es ist nicht verboten, deren Reize zu kosten, wenn sie sich uns förmlich vor die Füße werfen.«

Mein Herz durchfuhr ein Stich, der es von innen heraus zu zerreißen begann. Stück für Stück zersplitterte es. Raphael offenbarte Michael mit einer so ungenierten Zufriedenheit, was er wirklich dachte, dass ich mich nicht länger an die naive Hoffnung klammern konnte, all das sei nur eine Täuschung.

Und das tat weh. Es tat so entsetzlich weh. Als würden

meine Knochen brechen und meine Lungen implodieren. Als flösse durch meine Adern nur noch Säure und durch meine Venen reines Gift.

Tränen schossen mir in die Augen, aber ich hatte nicht die Kraft, nicht den Wunsch, sie aufzuhalten.

»Du täuschst mich nicht, Raphael. Es ist mehr als nur das.«

Raphael seufzte entnervt. Ich hörte, wie eine Flasche entkorkt wurde und Raphael ihnen beiden vermutlich einen Schluck Wein einschenkte.

»Werde nicht paranoid. Ich weiß, dass du so etwas wie Spaß noch nie verstanden hast, schon gar nicht dann, wenn man ihn mit einer schönen Frau hat«, sprach Raphael gelassen weiter, obwohl ich mir wünschte, dass er endlich schwieg, »aber muss ich dir das Konzept wirklich erst erklären, damit wir uns diese unsinnige Diskussion sparen können?«

Ich zuckte zusammen und presste mir die Hand auf den Mund, um meinen erschrockenen Schrei einzufangen, als plötzlich Gläser zerbarsten und ein dumpfer Aufprall zu hören war. Himmlische Kälte und beißender Wind schossen aus dem Raum und bohrten sich wie Nadeln in meine nackte Haut.

»Sei vorsichtig, kleiner Bruder«, hörte ich Michael mit beängstigend ruhiger Stimme sagen. Ich wagte es, ein kleines Stück um die Ecke zu linsen und sah bestürzt, wie er Raphael ohne Anstrengung am Hals gegen die Wand presste. Im Raum schneite es. Alles – Boden, Fenster und Regale – war mit dünnem Raureif und Frostblumen übersät.

»Jeder weiß, wie lange du schon auf eine Chance wartest, den Chor zu zerschlagen. Und es interessiert mich nicht.« Michael hatte noch nicht einmal die Schwingen geöffnet. Es war diese Kontrolle, die seinen Zorn noch furchteinflößender machte. »Du denkst, mit dem Mädchen eine Waffe gefunden zu haben? Gegen die alten Gesetze und unsere Traditionen? Fein, wie du willst. Schick sie in den Kampf und warte ab, wie weit dich das bringen wird.« Seine Nägel krallten sich so fest in Raphael Kehle, dass Blut hervorquoll. »Vielleicht stirbt sie, vielleicht nicht. Vielleicht nimmt sie sich einer der anderen, um sie so lange zu quälen, bis sie um den Tod bettelt oder einfach nur, um mit ihr den gleichen Spaß zu haben wie du. Nichts davon könnte mir gleichgültiger sein.« Er betrachtete seinen Bruder, der nicht einmal mit der Wimper zuckte, und schüttelte missbilligend den Kopf. »Aber vergiss nicht, dass es nur noch wir beide sind. Gabriel ist tot! Die Säulen des Himmels bröckeln, Raphael. Unser Zusammenhalt ist wichtiger denn je.« Michael klang, soweit das für einen Mann ohne Gefühle möglich war, unerwartet besorgt. »Ganz gleich wie sehr du mich und meine Ansichten verachtest: Schieb dein Ego und deinen Hass beiseite, bis wir unsere Welt gerettet haben.« Er lockerte seinen Griff und ließ die angespannten Schultern sinken. Am Ende war Michael noch immer ein Diener des Himmels. Und genau das verband ihn mit Raphael: Beide liebten ihr Reich und beide liebten ihre Brüder – auf eine sehr verdrehte, nur schwer nachvollziehbare Art und Weise. Aber sie hatten Jahrtausende miteinander durchlebt und niemand außer ihnen würde jemals verstehen können, was das bedeutete. »Wenn dich das Mädchen zu sehr von dem ablenkt, was du wirklich bist, wenn sie dich vergessen lässt, auf was für einem Thron du sitzt oder wertvoller als dieser wird, dann werde ich sie dir wegnehmen müssen, Bruder.«

Raphaels Brust hob sich langsam. Er musste kaum noch Luft bekommen haben. Aber nicht einmal ein Hauch von Schmerz huschte durch seine strahlenden Augen. Er spannte die Kiefer an und erwiderte Michaels starren Blick, ohne sich zu regen. Für einige Sekunden war in der bedrückenden Stille nur noch das Knistern des Eises und das leise Rascheln ihrer Flügel zu hören.

Dann schnaubte Raphael und bedachte Michael mit einem finsteren Lächeln.

»Verwechsle mich nicht mit Azazel und unseren anderen Brüdern, die du an Frauen verloren hast. Ich habe Elodie und ihren Einfluss auf mich unter Kontrolle.«

»Das hoffe ich. Für euch beide.«

Er ließ Raphael langsam los, aber dieser blieb entspannt gegen die Wand gelehnt stehen und wirkte nicht im Geringsten aus der Ruhe gebracht.

Das Blut war ihm über die Schultern und die nackte Brust gelaufen, immer tiefer, sodass nun rote Linien seinen Körper wie kunstvolle Ornamente zierten.

Michael war fertig und ich war es auch. Auf zitternden Knien schlich ich den Flur entlang, Tobit dicht an meiner Seite.

Ich wusste nicht wohin, wollte nur noch weg von den beiden Männern und der bitteren Wahrheit, die meine Welt auf den Kopf gestellt hatte.

Erst als ich mir sicher war, genügend Abstand zwischen mich und die zwei Erzengel gebracht zu haben, ging ich vor Tobit in die Knie und sah ihn flehentlich an. In seinen großen, strahlenden Augen spiegelte sich mein Schmerz. Er winselte leise, als fühlte er diesen wie seinen eigenen. Ich strich mir über die feuchten Wangen und begab mich in die Dunkelheit meines Bewusstseins, in der nicht weit das Licht des Schattens schimmerte.

Bitte, flüsterte ich in Gedanken. *Bitte bring mich weg von hier.*

19.
Bücher und Blut

Obwohl der Kummer mich langsam und qualvoll auszuhöhlen begann, gab ich mich nicht der Leere hin, die er in mir zurückließ.

Ich zwang mich zu klaren Gedanken und vernünftigen Entscheidungen. Mit Tobit an meiner Seite.

Nachdem ich vergeblich nach meinen alten Sachen gesucht hatte, die von Ketura vermutlich einfach verbrannt worden waren, war mir nichts anderes übrig geblieben, als eines der märchenhaften Kleider anzuziehen. Ich konnte den Heimweg schlecht mit nicht mehr als einem Bettlaken bekleidet antreten. Außerdem hatte ich unbedingt den Anhänger mit Gabriels Feder mitnehmen wollen, der im Badezimmer geblieben war.

So betrat ich in einem lächerlich schönen, cremefarbenen, mit verspielten Blumen und Blättern bestickten Chiffonkleid den dunklen Korridor von Penemues Geschäft, der sich über meinen Aufzug gewiss genauso lustig machen würde, wie über die feenhafte Mode aller anderen Bewohner Aeternitas'.

Dabei war dieses hauchzarte Kleid noch das praktischste gewesen, von denen, die ich im Schrank gefunden hatte.

Hinter mir sprang Tobit aus dem Portal und schob seinen Kopf unter meinen Arm, als wolle er mich damit stützen.

Bis zum Schluss hatte ich befürchtet, dass der Schatten mich doch noch daran hindern würde, Raphaels Hof zu verlassen.

Stattdessen waren wir gemeinsam gegangen.

Mir war klar, dass er Raphael über ihre mentale Verbindung verraten würde, wo ich war.

Diese kleine Beihilfe zur Flucht bedeutete nicht, dass Tobit seinem Erzengel gegenüber nicht länger loyal war.

Und darüber war ich, trotz all des Kummers, sehr froh. Das Letzte, was ich wollte, war einen Keil zwischen die beiden zu treiben.

Aber Tobits Diskretion hatte mir wenigstens einen kurzen Moment zum Durchatmen geschenkt, weil ich sonst hinter den Mauern des Palastes erstickt wäre.

Vermutlich blieben mir nur wenige Minuten.

Raphael würde kommen, um mich zurückzuholen, und was ich dann tun würde, wusste ich noch nicht.

Mit meiner Hand auf Tobits Rücken, ging ich den schwach beleuchteten Flur entlang, auf die Hintertür des Ladens zu, aber bevor ich sie öffnen konnte, erstarrte der Schatten abrupt. Er hob die Schnauze ein Stück höher und schnupperte angespannt, während seine silbernen Streifen zu glühen begannen und sich graue Nebelschleier aus dem Fell lösten. Ein tiefes Knurren grollte in seiner Kehle und hallte gespenstisch von den Wänden wider.

Irgendetwas stimmte hier nicht.

Ich drückte mich an ihm vorbei, packte den Türgriff und stolperte auf die Galerie hinaus.

Die Kerzen an den Wänden waren längst bis auf die Halterung heruntergebrannt und das flüssige Wachs erstarrt. Einzig und allein das Tageslicht, welches kaum bis zur Galerie hinaufschien, erhellte den Laden. Aber ich erkannte trotzdem, was für ein Chaos sich im Halbdunkel vor mir ausbreitete.

Pergamente, Papierrollen und aufgeschlagene Bücher lagen

kreuz und quer auf dem Boden herum, was mich nicht weiter verwundert hätte, wäre nicht der größte Teil von Blutspritzern bedeckt gewesen.

Unterschiedlich große Fußabdrücke bedeckten die Blätter, als wären schwere Stiefel achtlos über sie hinweggetrampelt. Zerfetzte Seiten, zerschlissene Einbände und ausgerissene Federn erzählten von einem Angriff, gegen den sich mit Zähnen und Krallen und Flügeln gewehrt worden war.

Der Schock fuhr mir durch die Brust, brachte meinen Puls zum Rasen und gab mir das Gefühl zu fallen.

Als würde man mit dem Stuhl rückwärts umkippen oder ins Leere treten, weil man noch eine Treppenstufe erwartet hatte.

Und nach dem Fall kam der Aufprall, der, und das ahnte ich bereits, so hart sein würde, dass er mein Herz zerschmetterte. Tobit stieß ein raues Jaulen aus, drückte sich sanft gegen mein Bein und sank winselnd in die Hocke.

Ich bewegte mich zaghaft vorwärts und zuckte erschrocken zusammen, als mein erster Schritt ein schmatzendes Geräusch verursachte und ich beim zweiten mit dem Fuß gegen etwas Kleines, Weiches stieß.

Darunter breitete sich eine dunkle, zähe Lache aus.

Blut. Mehr als nur ein paar Spritzer, weshalb es noch nicht getrocknet und in die Rillen der Holzdielen gesickert war.

Ich vergaß zu atmen, spürte, wie sich ein Schrei aus meiner Kehle löste, der sich fremd in der ohrenbetäubenden Stille anhörte. Mir wurden die Knie weich und ich brach schwankend zu Boden.

Es war Omri.

Omri, der vor mir lag, die großen Augen leer, das weiße Fell durchtränkt von seinem eigenen Blut.

Mein Magen verkrampfte sich, bis ich glaubte, in der Mitte zu zerreißen.

Ganz langsam hob ich die zitternden Finger, hatte Angst, was ich fühlen würde, wenn ich den kleinen, reglosen Körper berührte.

Er war kalt. Eiskalt.

Ich nahm ihn vorsichtig hoch, drückte in an mich, wisperte seinen Namen und betete, dass er einfach aufwachen würde – dass neues Leben in seine Augen kam und er sich erleichtert an mich kuschelte, damit dieser Albtraum endlich vorbei war.

Aber nichts geschah.

Und wo waren Valerio und Penemue?

Mit dem Ärmel wischte ich mir über die brennenden Augen und erhob mich schwankend, Omri fest in meinen Armen.

Tobit blieb hinter mir. Ich wusste, dass er Penemue längst entdeckt hatte, aber ich traute mich nicht, seinem Blick zu folgen.

Wenn ich nicht hinsah, würde es nicht wahr werden.

Wenn ich nicht hinsah, würde die Welt sich weiterdrehen.

Aber das war dumm und kindisch und als ich den Kopf wandte, zerbrach ich endgültig.

Man hatte den alten Engel zurück in seinen Sessel gesetzt. Seine Flügel hingen schlaff über den Armlehnen. Sein Kopf war nach hinten gesackt.

Ich hatte ihn schon Hunderte Male so vorgefunden; leise schnarchend, ein paar Kekskrümel auf dem samtigen Morgenmantel.

Doch jetzt bewegte sich seine Brust nicht und alles war still.

Jemand hatte ihm die Kehle durchgeschnitten.

Mit einer Waffe, von der ich wusste, wie brutal sie sich anfühlte. Ihre verfluchte Klinge war nicht geschmeidig durchs Fleisch geglitten, sondern hatte dieses wie ein rostiger Säbel zerfetzt.

Trotzdem waren die beiden Halsschlagadern mühelos durchtrennt worden.

Ich schaffte es, die wenigen Schritte, die es brauchte, durch den Raum zu taumeln und brach vor Penemues Beinen zu Boden.

Tränen verschleierten meine Sicht, unkontrollierte Schluchzer beutelten meinen Körper, bis ich befürchtete, Omri nicht mehr halten zu können.

Ich bekam keine Luft, schrie und winselte und krümmte mich zusammen, presste den kleinen Marder an mich und klammerte mich an Penemues Morgenmantel fest.

Er war blutdurchtränkt, aber das bekam ich nur am Rande meines schwindenden Bewusstseins mit.

Ich spürte, wie die Ohnmacht drohte mich in tiefe Dunkelheit zu reißen und wünschte mir nichts sehnlicher, als einfach zu verschwinden – mich aufzulösen, um all das hier nicht länger ertragen zu müssen.

Doch diese kleine Gnade wurde mir nicht vergönnt und so hing ich schluchzend in einem unerträglichen Moment fest, der sich mit jedem hysterischen Atemzug immer unwirklicher anfühlte.

Die Realität begann zu verschwimmen, als wolle mein Verstand das Offensichtliche nicht länger erkennen.

Mein Herz konnte eine solche grausame Veränderung nicht schnell genug verstehen, geschweige denn akzeptieren. Also begann es zu leugnen, zu fluchen, zu verzweifeln und zu leiden.

Penemue war aus meinem Leben und meiner Zukunft gerissen worden. Er war weg. Einfach so.

Und es gab nichts, rein gar nichts, was ich dagegen tun konnte.

Er würde mir nie wieder Geschichten erzählen, mich nie wieder anlächeln. Nie wieder Wein verschütten, nie wieder murmelnd durch seinen Laden schlurfen, nie wieder Omri streicheln und nie wieder mit diesem auf seinem Schoß im Sessel eindösen.

Penemue war tot und alles hatte sich verändert.

Penemue war tot und nichts würde jemals wieder Sinn ergeben.

Penemue. War. Tot.

Wie lange ich in der Stille saß, nachdem mir die Kraft zum Schluchzen ausgegangen war, wusste ich nicht.

Das Gefühl für Zeit war mir gänzlich abhandengekommen. Es hätten Minuten oder Stunden sein können.

Meine Wangen waren noch feucht, meine Augen geschwollen. Sie brannten, genauso wie mein Inneres, das sich jedes Mal schmerzhaft zusammenzog, wenn sich der Nebel meiner Gedanken lichtete und die Realität wie ein eisiger Windhauch hindurchfegte.

Dann verschwand die Taubheit für einige Sekunden und neuer Schmerz begann mich wie Blitze zu durchzucken.

Tränen hatte ich keine mehr, aber ich weinte trotzdem leise in mich hinein, Omri auf meinem Schoß, den Rücken gegen Penemues Sessel gelehnt.

Es war masochistisch, diesen blutverschmierten, toten Ort nicht zu verlassen, aber ich wollte und konnte mich nicht erheben.

Tobit lag vor mir auf dem Boden, still und unbewegt. Seine Augen waren traurig, weil er meinen Kummer nicht nur sah, sondern ihn auch fühlte. Es tat gut, wenigstens eine lebende Seele bei mir zu haben, denn ansonsten wäre ich vielleicht selbst zu einem Geist geworden.

Seine Gegenwart spendete mir Trost, während er wartete, bis ich wusste, wie es jetzt weitergehen sollte.

Leider war mein Kopf völlig leer gefegt und mein Körper schwer wie Blei, sodass es ein Ding der Unmöglichkeit zu sein schien, mich jemals wieder aufzuraffen.

Ich hatte keine Ahnung, wohin mit mir selbst. Über die Zukunft, und wenn sie noch so nahe lag, nachzudenken, war einfach zu anstrengend.

Als Tobit ruckartig den Kopf hob und zur Tür starrte, wusste ich, dass mir die Entscheidung abgenommen werden würde.

Der Schatten erhob sich geschmeidig, das Fell voller knisternder violettblauer Blitze, und baute sich vor mir zu seiner vollen Größe auf, weshalb es unmöglich Raphael sein konnte, der langsam die Tür öffnete und aus dem schwachen Licht des Flures auf die düstere Galerie hinaustrat.

Ein markerschütterndes Brüllen löste sich aus der Kehle des Schattens, der sein Gewicht auf die Hinterbeine verlagerte, bereit, den ungebetenen Gast mit gefletschten Zähnen anzuspringen.

»Ich an deiner Stelle, würde mir noch einmal gut überlegen, ob das der richtige Zeitpunkt für einen Kampf ist«, sagte Danjal unbeeindruckt und musterte Tobit mit hochgezogener Augenbraue. »Deine kleine Freundin sieht nicht so aus, als würde sie weiteres Blutvergießen ertragen.«

Hinter Danjal trat Hadar ein, in dessen rot glühenden Wolfsaugen die unverkennbare Bereitschaft zum Morden lag. Die beiden Schatten nahmen beinahe den gesamten Platz der Galerie ein und brachten die Atmosphäre durch ihre polarisierenden Kräfte zum Zittern. Es fühlte sich an, als säßen wir gemeinsam in einem Pulverfass fest, das der nächste Funke zum Explodieren bringen würde.

Und ich hätte in diesem Moment nicht einmal etwas dagegen gehabt, einfach in die Luft zu fliegen. Wenigstens würde es Danjal ebenfalls erwischen.

»Wo ist Valerio?«, wisperte ich, die Stimme heiser vom Schluchzen, den Hals ganz rau vom Schreien. Ich blinzelte, aber meine Sicht blieb verschwommen, die Welt um mich herum trübe und farblos.

»In Sicherheit«, sagte Danjal und lächelte mich nachsichtig an. »Mehr oder weniger.«

Hinter ihm trat Salvatore aus dem Flur, die Arme vor der Brust verschränkt, das Gesicht voll spöttischer Zufriedenheit, als er mich vor ihnen am Boden kauern sah. Der Zorn, der seine Augen zum Funkeln brachte und die Genugtuung darüber, mir eine der wichtigsten Personen in meinem Leben genommen zu haben, berührte mich nicht. Mir war alles egal, selbst als zwei Halbengel hinter ihn traten und drei weitere, die die ganze Zeit über im unteren Bereich des Ladens gewartet haben mussten, sich ihnen anschlossen.

Ihre schweren Stiefel brachten die Stufen der Treppe und die Holzdielen der Galerie zum Knarzen, aber das nahm ich kaum wahr.

»Der Junge ist unverletzt und wohlauf«, versprach Danjal und wollte auf mich zukommen, überlegte es sich aber anders, als Tobit ein warnendes Knurren ausstieß.

»Noch«, fügte der Dämonenfürst hinzu und musterte Tobit geringschätzig, der sich direkt neben mich gesetzt hatte und nur auf meinen Befehl wartete, um zum Angriff überzuwechseln.

Aber den würde ich ihm gewiss nicht geben, jetzt wo ich wusste, dass Valerio noch lebte.

Mit gespieltem Bedauern schüttelte Danjal den Kopf und ließ sich vor mir in die Hocke sinken, sodass wir auf Augenhöhe waren.

»Es tut mir leid, dass es so weit hat kommen müssen, Elodie.«

Tat es nicht. Ich roch die Lüge in seinen Worten.

»Aber die Sorge um deine Freunde ist wohl das Einzige, was dich dazu bringen wird, endlich vernünftig zu sein.«

»Freunde?«, fragte ich schwach.

Freunde hatte ich nicht gerade viele, ein Umstand, für den ich in diesem Moment dankbarer war denn je.

Danjal genoss es sichtlich, mich mit meiner eigenen Unwissenheit auf die Folter zu spannen.

»Nachdem unser Treffen gestern so ergebnislos geblieben ist, habe ich mir die Zeit genommen, der lieben Jophiel einen Besuch abzustatten.« Er machte eine dramatische Pause und beobachtete, wie mir jegliche Farbe aus dem Gesicht wich. »Glücklich mich zu sehen, war sie nicht, so viel kann ich dir verraten. Dabei war ich früher ein gern gesehener Gast auf ihren ausschweifenden Festen.« Seufzend erhob er sich und verschränkte die Arme auf dem Rücken. »Natürlich war das vor meinem Fall, aber es hat trotzdem wehgetan, von ihr zum Teufel geschickt zu werden. Mal ganz abgesehen davon, dass Azazel mich nicht weniger unfreundlich empfangen würde.«

Beinahe hätte ich laut aufgelacht, nicht, weil ich seinen Scherz in irgendeiner Form lustig fand, sondern weil sein Humor für diese furchtbare Situation völlig unpassend war.

»Was hast du ihr angetan?«

Nicht nur Valerio war in seiner Gewalt, sondern auch Jophiel, wenn sie denn überhaupt noch lebte. Ich erhob mich, was schwerer war als erwartet, vor allem, da ich noch immer Omri im Arm hielt.

Danjal schürzte die Lippen und wartete geduldig, bis ich auf meinen wackeligen Beinen stand.

»Nicht das Geringste«, versicherte er und ich atmete die Wahrheit in seinen Worten wie frische Luft ein.

»Sie ist daheim und regt sich vermutlich gerade eben darüber auf, dass meine Männer ihre Schuhe nicht ausgezogen haben.« Er hob den Zeigefinger, um sich selbst zu unterbrechen. »Oder würde das zumindest tun, wenn diese sie nicht hätten ruhigstellen müssen.«

Ohne Omri hätte ich mich in dieser Sekunde auf ihn geworfen und ihm das selbstgerechte Lächeln aus dem Gesicht geschlagen. Danjal weckte eine Aggression in mir, die ich so noch nie empfunden hatte. Sie brannte durch mich hindurch, spannte meine Muskeln an und verlangte danach, ihm wehzutun.

»Was muss ich tun, damit du sie und Valerio unversehrt gehen lässt?«, fragte ich stattdessen und begrub meinen Hass, damit er mich nicht zu einer Dummheit verleitete.

Ich hatte noch nie jemanden mit böser Absicht verletzt, aber bei Danjal wollte ich es. So dringend, dass es innerlich schmerzte.

Er hob die Stirn in Falten und hatte sich selbst nicht genug unter Kontrolle, als dass er den Ausdruck von Genugtuung in seinen Zügen hätte verbergen können.

»Fürs Erste eine brave Tochter sein und endlich mit mir kommen – ohne Gezeter.« Ich schwieg, egal wie laut ich schreien wollte, dass ich niemals seine Tochter sein würde.

»Schließlich wirst du die beiden doch gewiss erst noch einmal sehen wollen, bevor du dich auf einen Handel mit mir einlässt, nicht wahr?«, fügte er hinzu und sah auf Tobit hinab, der nur darauf wartete, ihm die Kehle herausreißen zu dürfen.

Ich atmete zitternd ein, nickte stumm und verband das Licht meines Bewusstseins mit dem von Tobit, was inzwischen so leicht und mühelos geschah, dass es sich anfühlte, als sei er auch mein Schatten.

Er schnaubte ungehalten und wandte sich zum ersten Mal von Danjal ab, um mich vorwurfsvoll anzusehen, als ich von ihm verlangte, hierzubleiben.

In einer wortlosen Diskussion bombardierte er mich mit all seiner Fürsorge, die es nicht zulassen konnte, mich allein zu lassen.

Aber ich blieb standhaft und aus einer Bitte wurde ein Befehl, dem ich so viel Nachdruck verleihen musste, bis Tobit sich schließlich knurrend geschlagen gab. Ich kraulte ihm das weiche Ohr und lächelte ihm dankbar zu, was er mit einem kummervollen Maunzen beantwortete.

Dann sammelte ich all meine Kräfte zusammen und wandte mich Penemue zu.

Ohne richtig hinzusehen, legte ich ihm den kleinen, reglosen Omri auf den Schoss, damit Engel und Schatten wieder vereint waren. Tobit saß wie ein Wachhund neben dem Sessel und würde bei ihnen bleiben, bis Raphael kam. Das hatte er mir versprochen.

Mit einer affektierten Geste überließ mir Danjal den Vortritt und lächelte triumphierend, als ich ohne weiteren Widerstand auf die Tür zuging.

Bevor ich die Galerie verließ, hob ich den Blick und sah doch noch einmal zu Penemue und Omri zurück.

Das war das letzte Bild, das ich von ihnen haben würde.

Zwei tote Freunde, von denen ich mich verabschieden musste, ohne ihnen Lebwohl sagen zu können.

20.
Scherbenhaufen

Umzingelt von Danjals Halbengeln, zwischen denen ich mir in dem federleichten Kleid noch kleiner und zerbrechlicher vorkam, weil sie alle mindestens einen Kopf größer waren und lederne Kampfmontur trugen, betrat ich einen lichtdurchfluteten Empfangssaal.

Einen, den ich nur zu gut kannte, denn ich hatte das aus Wolkensalz gegossene Portal in ihm schon oft benutzt, um meine freien Nachmittage bei Jophiel zu verbringen.

Es war ihr Portal, ihr Empfangssaal ... ihr wunderschönes Anwesen, in das Danjal und seine Männer eingefallen waren.

Ich wollte gar nicht erst wissen, was mit Jophiels Wachen und Angestellten passiert war, denn als wir die breite Marmortreppe im Foyer hinaufstiegen, entdeckte ich blutige Federn.

Schweigend folgte ich Salvatore, der unsere kleine Gruppe mit der Haltung eines Königs anführte, als sei das hier sein Schloss, dabei kannte ich mich in diesem sehr viel besser aus als er.

Ohne die Regeln des Chors hätte mich Jophiel schon vor vielen Jahren hier einziehen lassen.

Ich liebte diese gigantische Villa, auch wenn sie das genaue Gegenteil von meinem Geschmack war und damit eindeutig Jophiels Handschrift trug.

Kristall-Kronleuchter, cremefarbene Wände, goldene Satin-Vorhänge, verspielter Stuck und jede Menge Details, die an die

Inneneinrichtung französischer Schlösser aus dem 17. Jahrhundert erinnerten.

Wenn man nicht gerade als Gefangene durch die Korridore eskortiert wurde, bekam man fast das Gefühl, eine Märchenprinzessin zu sein.

Zu meiner Verwunderung führte man mich bis ganz nach oben, wo zwischen den vier höchsten Türmchen eine verglaste Dachterrasse lag.

Wilder Efeu und bunte Kletterpflanzen rankten sich um Marmorstatuen, kunstvolle Brunnen und einen aus weißem Holz gebauten Pavillon, in dem Jophiel mich gerne zu himmlischem Gebäck eingeladen hatte.

Es war ein friedlicher Ort, an dem sie besonders gerne Gartenfeste und Banketts veranstaltete.

Keine, die ich jemals miterlebt hatte, denn selbst privaten Feierlichkeiten durfte ich nicht beiwohnen.

Aber auch ohne jemals gesehen zu haben, wie hier gelacht und getanzt wurde, ertrug ich es kaum, dass Danjals Männer die Atmosphäre mit ihrer aggressiven Ausstrahlung verpesteten.

»Wo sind sie?«, fragte ich und wandte mich zu dem großen Eisentor um, durch das wir den Wintergarten betreten hatten.

Anstatt mir zu antworten, marschierte Danjal gemächlich auf mich zu, bis uns keine Armeslänge mehr trennte. Ich wollte zurückweichen, aber Salvatores Brust stoppte meine Flucht nach hinten, sodass mir nichts anderes übrig blieb, als die Nähe der beiden mit stiller Abscheu zu ertragen.

»Lass uns erst zum geschäftlichen Teil kommen. Nicht, dass dich die Wiedersehensfreude noch deine Aufgabe vernachlässigen lässt«, sagte Danjal und hob die Hand, um den goldenen Vogelanhänger an meinem Hals zu berühren. Brennendes Unbehagen schoss mir durch die Adern, aber ich regte mich nicht, sondern hob mit möglichst gleichgültiger Miene das Kinn, weil ich es ohnehin nicht verhindern könnte, wenn er mir die Kette wegnehmen wollte.

»Solch niedliche Geschenke sehen ihm gar nicht ähnlich«, murmelte Danjal, in Gedanken versunken, während ich mich fragte, wie er sich so sicher sein konnte, dass Raphael mir den Anhänger geschenkt hatte.

War das jemals Thema gewesen?

Er hob den Kopf und sein Blick war so tadelnd, dass ich zusammenzuckte.

»Raphael hat nie mehr gebraucht als seinen Charme, um Frauen zu verführen, aber bei dir scheint er sich plötzlich richtig Mühe zu geben. Was ich nicht unbedingt gutheiße.«

Ich schnaubte wütend und wollte ihm dafür ins Gesicht schlagen.

»Ungeachtet irgendeiner bedauernswerten Blutsverwandtschaft, bist du der Letzte, der sich um mein Liebesleben scheren darf.«

Er schmunzelte nachsichtig, ließ glücklicherweise die Kette los, aber leider seine Hand nicht sinken. Ich spürte die kühle Glasphiole unter dem Stoff des Kleides und hoffte, dass er sich nicht weiter für das Lederband um meinen Hals interessierte, an dem diese hing.

Noch wusste er nichts von Gabriels Feder und das musste auch so bleiben.

»Wir brauchen wohl noch etwas Zeit, bevor du bereit bist, auf meine väterlichen Ratschläge zu hören«, sagte er. »Aber von der werden wir genug haben, sobald all das hier erst einmal erledigt ist. Versprochen.«

Eher würde ich mich vom höchsten Turm der Stadt stürzen,

bevor ich auch nur eine weitere Minuten mit diesem Mann ertragen musste.

»Wo sind Valerio und Jophiel?«, fragte ich angespannt.

»Du darfst deine Freunde sehen, sobald du Lija gerufen hast.«

»Das war nicht die Abmachung!«, zischte ich und machte einen Schritt auf ihn zu. Sofort packte mich Salvatore an den Oberarmen und drohte mir die Knochen zu brechen, dabei stellte ich gewiss keine Bedrohung für Danjal dar.

Dieser musterte mich geringschätzig, bevor er mit den Schultern zuckte und Salvatore bedeutete, mich loszulassen.

»Du hast recht. Und ich will nicht unfair sein, nachdem du dich bis hierhin so gut benommen hast.«

Mit dem Kinn nickte er an mir vorbei, zu dem Pavillon, der von violettem Blauregen überwuchert war.

Jophiels Lieblingspflanze, die in üppiger Pracht von den Holzbalken herabhing und ihrem Namen alle Ehre machte, weil die unzähligen Blüten an kleine pastellfarbene Regentropfen erinnerten.

Ich zögerte keine Sekunde, eilte auf den Pavillon zu und stieß einen erbärmlichen Laut aus, als ich die bewusstlose Jophiel entdeckte.

Sie lag auf einem hellen Divan, beschützt von dem zarten Blumenvorhang, durch den die Strahlen der warmen Nachmittagssonne schienen.

Ein fast schon friedliches Bild, wenn man sie nicht gefesselt und geknebelt hätte. Ich stürzte vor ihr auf die Knie, wisperte ihren Namen und betastete vorsichtig ihr blasses Gesicht.

Doch sie blieb regungslos. Zuckte nicht einmal mit den Lidern.

Ich konnte keine Wunden finden, weil diese längst verheilt sein mussten, aber nicht nur auf Jophiels zerrissenem Kleid, sondern auch in ihrem zerzausten Haar klebte getrocknetes Blut.

Sie musste sich wie eine Furie gewehrt haben.

Ich schluckte den salzigen Geschmack in meiner Kehle herunter und krallte die Finger in die Polster des Divans.

»Wo ist Jedida?«, fragt ich leise, als hinter mir der Holzboden knarzte, und betete im Stillen, dass Jophiels kleine Füchsin noch lebte.

»Keine Sorge. Ihr geht es gut«, antwortete Danjal. »Wir haben sie nur schon einmal an einen anderen Ort gebracht, schließlich ist Jophiels Zuhause, egal wie gemütlich es ist, nicht gerade der ideale Stützpunkt, um sich vor dem Chor zu verstecken.«

Nein, das war er gewiss nicht. Was die Frage aufwarf, warum wir überhaupt hier waren. Ich strich Jophiel ein letztes Mal über die kühle Wange und erhob mich langsam, um Danjal direkt ins Gesicht zu sehen.

»Du denkst, Lija ist noch im Himmel, nicht wahr?«

Das war die einzig logische Erklärung dafür, dass Danjal es riskierte, länger als nötig in der Stadt zu bleiben.

Er dachte, es würde leichter werden, Gabriels Schatten zu rufen, wenn wir nicht von Welten getrennt wurden.

»Schau an, deine Gerissenheit hast du definitiv von mir«, mit verschränkten Armen lehnte er sich entspannt gegen einen der weißen Holzpfosten. »Dementsprechend kannst du dir gewiss ausmalen, was mit deinen Freunden passiert, wenn du dich weigerst, Gabriels Schatten zu rufen.« Er sah über die Schulter und als hätte er es zeitlich geplant, wurde in genau diesem Moment Valerio in den Garten gezerrt.

»Ellie!«, schrie er und riss an seinen Armen, die ihm von

zwei Halbengeln brutal auf den Rücken gedreht wurden. Ich war so erleichtert, ihn zu sehen, dass ich alle Vorsicht vergaß und mich geschickt an Danjal vorbeiduckte, um auf ihn zuzurennen. Weit kam ich nicht, denn Salvatore fing mich mühelos ein, schlang seinen Arm um meine Taille und riss mich an sich, sodass meine Füße den Kontakt zum Boden verloren. Wild strampelnd schlug ich um mich, versuchte ihn zu beißen und ihm die Augen auszukratzen.

»Schon gut«, hörte ich Danjals Stimme von weit weg. Ich wurde abrupt losgelassen, genauso wie Valerio, stolperte zwei Schritte nach vorne, bevor ich endlich bei ihm war und von seinen Armen aufgefangen wurde. Er drückte mich fest an sich, wisperte meinen Namen wie ein Gebet und streichelte mir übers Haar, während ich schluchzend mein Gesicht an seiner Schulter barg und wenigstens für diesen kurzen Moment von der eiskalten Klaue befreit wurde, die meine Brust seit Stunden zu zerquetschen drohte.

»Bist du verletzt?«, fragte Valerio heiser und drückte mich sanft ein Stück von sich. Völlig aufgelöst schüttelte ich den Kopf und scheiterte daran, mich zu fangen, weil die Erleichterung wie eine Sturzwelle über mir zusammenbrach.

»Es geht mir gut«, wisperte ich atemlos, als er meine nassen Wangen streichelte und sich mit besorgtem Blick noch einmal selbst davon überzeugte, dass ich unverletzt war.

»Es tut mir so leid, Ellie«, murmelte er und schüttelte resigniert den Kopf. »Penemue ...«

»Ich weiß«, murmelte ich und ließ zu, dass er mich zurück an seine Brust zog und mir beruhigend über den Rücken strich.

»Ich gebe euch noch ein paar Minuten, dann müssen wir leider zurück zum Wesentlichen kommen, auch wenn ich solch herzzerreißende Momente nur sehr ungerne unterbreche.« Danjals Stimme zerstörte die zerbrechliche Geborgenheit, die ich in Valerios Armen für wenige Sekunden gefühlt hatte.

Hasserfüllt starrte ich den Dämonenfürsten nieder, während Valerio gar nicht daran dachte, mich loszulassen.

»Selbst wenn Lija noch hier sein sollte, kann ich nicht dafür garantieren, dass sie meinem Ruf folgen wird«, sagte ich und spürte, wie sich Valerio versteifte.

»Tatsächlich?« Danjal klang nicht überzeugt. »Nicht einmal mit der Feder meines Bruders?«

»Ich habe es schon einmal versucht und es hat nicht funktioniert. Außerdem verliert Gabriels Feder täglich an Kraft.«

»Dann solltest du dich beeilen«, sagte er bedrohlich leise und sah Valerio an. Dieser drehte mich behutsam zur Seite und fing meinen Blick ein, anstatt sich von Danjals wachsender Ungeduld beunruhigen zu lassen.

Bis jetzt hatte er seine Macht zurückgehalten, aber ich spürte, wie die Luft um uns herum immer heißer wurde.

»Er hat Jophiel, nicht wahr?«, fragte mich Valerio leise und nahm mein Gesicht in seine Hände. »Ihr Leben ist so viel mehr wert als das dieses Schattens.«

»Natürlich«, wisperte ich. »Aber es ist –«

Ich unterbrach mich selbst, als mir eine kleine Stimme im Hinterkopf völlig unerwartet zuschrie, dass ich etwas Entscheidendes überhört hatte.

Woher wusste Danjal von der Feder?

Dass er meine Kette als ein Geschenk von Raphael erkannt hatte, war schon ungewöhnlich gewesen. Aber vielleicht hatte er auch nur gut kombiniert.

Gabriels Feder allerdings ...

Es gab nicht viele, die dabei gewesen waren, als wir beschlossen hatte, sie als Hilfsmittel zu nutzen.

Um genau zu sein, waren es nur fünf Personen.

Aber Penemue war tot, Jophiel bewusstlos, Raphael abwesend, mir selbst würde ich lieber die Zunge herausschneiden, als Danjal etwas zu verraten, und Valerio ...

Es war Valerios Idee gewesen.

Und es war auch Valerio, der nicht nur von der einen Kette, sondern auch von der anderen wusste.

War es ihm versehentlich herausgerutscht?

»Hast du ihm von der Feder erzählt?«, fragte ich leise und beobachtete, wie Valerio verwirrt blinzelte, als spräche ich eine andere Sprache.

»Wie kommst du darauf?«

»Hast du?«

»Warum sollte ich das tun, Elodie?«

»Versehentlich vielleicht?«

Ich brauchte nicht mehr als ein Ja oder ein Nein.

Aber Valerio zögerte, öffnete den Mund und schloss ihn wieder. Es gab nur eine Antwort, eine Wahrheit.

»Nein«, sagte er tonlos und ließ mich langsam los, obwohl ich befürchtete, jeden Moment in die Knie zu brechen, weil mir dieses simple Wort den Boden unter den Füßen wegriss.

Valerio log.

Und er tat es mit Absicht.

Die meisten Wesen mit Engelsblut besaßen das Talent, Sätze so zu verdrehen, dass sie andere mit der Wahrheit belügen konnten.

Sie ließen gewisse Details weg, lenkten mit Fragen ab oder gaben Bedeutungslosigkeiten preis, die zwar stimmten, aber nebensächlich waren.

Auf manche Fragen gab es allerdings nur eine einzige, konkrete Antwort und die zu umgehen fiel auf.

Schwindel erfasste mich und verzerrte meine Sicht. Kälte fraß sich durch meine Gliedmaßen, bis in die Fingerspitzen. Meine Gedanken rasten und waren gleichzeitig wie eingefroren.

Schritt für Schritt ging Valerio zurück, bis er neben Danjal stand und jegliche Fürsorge aus seinem Gesicht verschwunden war. In seinen sonst so warmen Augen lag kein Funke Zärtlichkeit mehr. Er schüttelte enttäuscht den Kopf, als hätte ich etwas falsch gemacht.

Als sei es meine Schuld, dass sich plötzlich dieser tiefe Abgrund zwischen uns auftat, über den hinweg wir uns wie Fremde anstarrten.

»Weißt du«, murmelte er und seufzte missmutig, »ich fand es schon immer faszinierend, dass du dich von niemandem hinters Licht führen lässt, außer dir selbst. Für gewöhnlich bist du sehr gut darin, deine Augen vor Dingen zu verschließen, die du nicht sehen willst.« Er neigte den Kopf zur Seite und schenkte mir ein unaufrichtiges Lächeln. »Was hat sich verändert, Ellie?«

Ich starrte ihn fassungslos an, nicht sicher, ob ich schreien oder lachen wollte. All das hier, seine Distanziertheit, dieser gefühllose Ausdruck in seinen Zügen und die Tatsache, dass er neben Danjal stand, als sei es das Normalste der Welt, kamen mir wie ein furchtbarer Albtraum vor.

Mein Blick huschte zu dem Dämonenfürsten, der sich an unserem Schauspiel zu laben schien.

»Du warst von Anfang an auf seiner Seite«, wisperte ich, während das letzte bisschen Hoffnung in mir darum flehte, dass Valerio diese Behauptung dementierte.

»Ja«, sagte er und schien es förmlich zu genießen, endlich ehrlich sein zu können. »Sonst hätte ich ihn wohl kaum aus dem Berg befreit.«

Ein heftiger Stich fuhr mir durch die Brust und machte es mir beinahe unmöglich, meine nächsten Worte zu formulieren.

»Ich dachte ...«

»Dass es Salvatore gewesen sei? Ich weiß«, unterbrach mich Valerio. *Er* war der vermummte zweite Mann gewesen. *Er* hatte Nauel getötet und tatenlos dabei zugesehen, wie Danjal mich angegriffen hatte. »Aber diese besondere Aufgabe wollte ich persönlich übernehmen, nachdem ich die Lanze endlich gefunden hatte.«

Sollte mich das noch überraschen? Nein, vermutlich nicht. Alles, was ich bis hierhin zu wissen geglaubt hatte, war entweder falsch oder nur ein Bruchteil des großen Ganzen.

»Warum hast du überhaupt nach ihr gesucht?«, fragte ich verständnislos.

»Du stellst die falschen Fragen, Ellie«, antwortete Valerio. Es tat weh, von ihm angesehen zu werden, als hielte er mich schon seit unserer ersten Begegnung für einfältig. »Auf der Suche nach meinem Vater habe ich Jahrzehnte damit verbracht, die Vergangenheit meiner Mutter zu durchforschen und dort bin ich auf ein paar sehr interessante Informationen gestoßen.« Er streckte die Hand aus und ließ sich von Salvatore die Waffe reichen, mit der all dieses Unglück begonnen hatte. »Vittoria, meine Mutter, stammte aus dem Adelsgeschlecht der Liudolfinger, auch wenn es einige Stammbäume gebraucht hat, um das herauszufinden. Die Lanze war von Generation zu Generation weitervererbt worden, seitdem Heinrich I. mit ihr eine der bedeutsamsten Schlachten gegen die als unbesiegbar geltenden Ungarn gewonnen hatte.« Er schien sichtlich stolz darauf zu sein, von solch einer Familie abzustammen, während ich zum ersten Mal unbeeindruckt von seinem geschichtlichen Wissen war. »Aber wie es so ist mit legendären Waffen, spricht sich ihre Macht schnell herum, sodass es plötzlich jeder auf sie abgesehen hatte. Also wurde sie Ende des 16. Jahrhunderts in einem der Vierungspfeiler, die die Kuppel des Petersdoms tragen, versteckt. Direkt hinter der Statue des heiligen Longinus.«

Eines musste ich seinen Vorfahren lassen: Das war wirklich ein brillantes und sehr passendes Versteck. Nicht nur, weil es eben jener Schmiedeengel Longinus war, der die Waffe erschaffen und sie mit Christus' Blut getränkt hatte, sondern weil die gesamte Kuppel des Petersdoms den vier bedeutsamsten Reliquien im Vatikan gewidmet wurde. Und eine davon war eben die heilige Lanze.

»Viele haben nach ihr gesucht und noch mehr behauptet, sie gefunden zu haben, aber das waren alles Kopien. Symbole der Macht ohne einen Funken Kraft, die von Päpsten als echt anerkannt oder groteskerweise als *Nagel des Herren* gesegnet wurden.«

Liebevoll betrachtete Valerio die Klinge und sah mich aus dem Augenwinkel an, als erwartete er, dass ich so etwas wie Ehrfurcht zeigte. »Dass das Original im Petersdom versteckt sein sollte, wurde zuerst zu einem Gerücht und anschließend zu einem Mythos. Einem, der sich als wahr entpuppt hat, als ich sie dort gefunden habe.«

»Glückwunsch«, zischte ich. »Und das Erste, was du dachtest, mit solch einer Waffe tun zu müssen, ist morden?«

»Nur dafür hatte ich sie gesucht.«

Mein Herz drohte zu zerspringen. Jede Sekunde, in der

ich diesen verachtenswerten Valerio besser kennenlernen musste, quälte mich die Gewissheit, dass es den alten nicht mehr gab.

Vielleicht nie gegeben hatte.

Ich versuchte, all die Momente zu rekonstruieren, in denen ich ihm durch meine Unwissenheit in die Hände gespielt hatte, und fühlte mich bloßgestellt.

»*Du* hast Danjal verraten, dass wir versuchen würden, ihn auszupendeln«, stellte ich fest.

»Natürlich«, sagte er sanft.

»*Du* hast ihm von unserem Plan erzählt, Harviel im *Finem mundi* aufzusuchen.« Er nickte erneut und beobachtete mich lauernd, bei meinem Versuch, die Fassung zu bewahren.

Valerio und damit auch Danjal waren uns immer einen Schritt voraus gewesen, weil wir sie mit Informationen versorgt hatten.

Selbst der Angriff von Salvatore in meiner Bar musste nur Show gewesen sein. Kein Wunder, dass Valerio zur perfekten Zeit eingeschritten war, um mich vor dem Halbengel zu retten. Was für ein widerliches Schmierentheater.

»Und du hast für ihn das Portal in Penemues Geschäft geöffnet, nicht wahr?«

Für den Bruchteil einer Sekunde glaubte ich so etwas wie ehrliches Bedauern in seinen Zügen zu sehen, aber das reichte nicht aus, um ihm sein altes Ich zurückzugeben.

»Penemue hat nicht aufgehört, nach Hinweisen zu suchen, egal wie sehr ich versucht habe, ihn davon abzuhalten.« Großer Gott, nur deswegen war er bei dem alten Engel geblieben! Um ihn zu überwachen. »Aber er hat sich nicht aufhalten lassen, bis er irgendwann auf sehr gefährliche Informationen gestoßen ist.« Valerio machte einen Schritt auf mich zu und hob die Hand, als wolle er mich berühren. »Es tut mir leid, Ellie. Ich weiß, wie wichtig dir Penemue war, aber er musste sterben.«

Mit einem Schlag mischte sich zu meiner Trauer rasende Wut. Sie ergriff so abrupt Besitz von mir, dass ich mich wie von einer fremden Macht besessen fühlte. Feuerroter Wahnsinn tobte durch mich hindurch, brachte mein Blut zum Brodeln und verbrannte die Welt bis zur Unkenntlichkeit.

Alles fühlte sich nah und fern zugleich an, unerträglich laut und durcheinander.

Irgendetwas in mir explodierte, vermutlich mein Verstand, denn bevor mich jemand aufhalten konnte, hatte meine Faust Valerios arrogante Visage getroffen. Ich genoss das Geräusch seiner brechenden Nase und schlug noch einmal zu, dieses Mal etwas tiefer. Sein Kiefer knackte und er taumelte stöhnend zur Seite, während ihm das Blut übers Gesicht lief. Fluchend packte Salvatore meinen Armen und riss mich zurück. Anfängerfehler.

Ich spannte meine Muskeln an, lehnte mich ein Stück nach vorne und schleuderte meinen Kopf mit voller Wucht nach hinten. Sein unterdrückter Schmerzensschrei war die Beule am Hinterkopf definitiv wert.

»Kleines Miststück«, fauchte er und schien nicht übel Lust zu haben, mir die Gliedmaßen auszureißen. Aber in meiner Raserei fühlte ich weder den brutalen Griff um meine Oberarme noch das Pochen in meiner mit Valerios Blut beschmierten Hand.

»Du bist ein Feigling, Valerio!«, schrie ich atemlos und stellte mir vor, wie ich jeden Einzelnen von ihnen zum Teufel schickte – sollte Azazel sich um sie kümmern!

Valerio straffte die Schultern und ließ sich von Danjal, der unbeeindruckter nicht hätte sein können, ein Tuch reichen, mit dem er sich das Gesicht abwischte.

»Übernimm dich nicht, Ellie«, sagte er und ich hasste es, wie nachsichtig er klang. »Das hier ist nicht der richtige Zeitpunkt, um plötzlich kämpferisch sein zu wollen.« Seine Stimme, sein Lächeln, jeder Atemzug, den er tat, schürte das Gefühl von Verrat, das mich innerlich zu zerquetschen drohte. Valerio hingegen schien beste Laune zu haben. »Diesen kleinen Wutausbruch lasse ich dir noch einmal durchgehen – um der alten Zeiten willen. Aber das nächste Mal wird Jophiel die Konsequenzen für deine Aufmüpfigkeit zu tragen haben.«

Das da vor mir war mein bester Freund gewesen. Der Mann, den ich einst über alles geliebt hatte. Der verständnisvoll und einfühlsam gewesen war.

Wie hatten ihn zwanzig Jahre so verändern können? Was hatte ihm sein Herz und sein Gewissen geraubt?

»Warum?«, war alles, was ich noch hervorbrachte, nachdem mich all meine Kraft endgültig verließ und ich nur noch wie ein Häufchen Elend in Salvatores schmerzhaftem Griff hing.

Valerio traute sich näher, als sei ich ein wildes Tier, dem man endlich die Krallen gezogen hatte, und strich mir das zerzauste Haar aus der Stirn. Ich wich seiner Berührung aus, mied seinen Blick. Einst hatte ich Angst gehabt, ihn für immer zu vermissen und jetzt wünschte ich mir, er wäre nie in mein Leben zurückgekommen.

»Weil ich meinen Vater nach fast zwei Jahrzehnten der Suche endlich gefunden habe und weiß, dass die Veränderung, die er sich für unsere Welt wünscht, unaufhaltsam ist.«

Hatte ich bis hierhin geglaubt, es könnte nicht noch schlimmer werden, wurde ich nun eines Besseren belehrt.

»Vater«, wiederholte ich ungläubig und starrte Danjal an. Das konnte nicht wahr sein. Das *durfte* nicht wahr sein.

So vieles daran war krank.

»Du bist *sein* Vater?«, fragte ich erstickt. Danjal nickte langsam und betrachtete Valerio von der Seite, der wiederum mich nicht aus den Augen lassen wollte.

»Nicht deiner«, antwortete dieser an seiner Stelle und wickelte sich in aller Seelenruhe eine meiner Haarsträhnen um den Finger. »Also keine Panik, Elodie: Das, was zwischen uns geschehen ist, war nie verboten.«

Trotz allem, was mich momentan zu zerquetschen drohte, fiel mir dennoch ein kleiner Stein vom Herzen, denn wenn Valerio auch noch mein Bruder gewesen wäre, würde das das Maß des Erträglichen sprengen.

Danjal hatte lediglich meine Sehnsucht missbraucht und mich mit Halbwahrheiten manipuliert, aber niemals behauptet, *mein* Vater zu sein.

Er hatte eine italienische Frau geliebt, aber sie war eben nicht meine Mutter, sondern die von Valerio gewesen.

Dunkles Haar, braune Augen, ein Muttermal im Gesicht. Alles Merkmale, die so selten nicht vorkamen.

Und ich hatte Danjals Behauptungen nicht weiter hinterfragt, weil er das Ende meiner Suche gewesen war. Ein furchtbares Ende. Aber eben immer noch ein Ende.

»Wie hast du es herausgefunden?«, fragte ich leise. Valerio hatte seinen Vater gefunden, also würde mir das vielleicht auch noch gelingen.

»Die Geschichte erzähle ich dir, sobald du Lija gerufen hast. Mein Leben mag nicht auf dem Spiel stehen, aber das von Jophiel liegt noch immer in deinen Händen.«

Selbst seine Stimme erkannte ich nicht wieder.

Wie sollte ich akzeptieren, dass unsere gemeinsame Vergangenheit wertlos war?

Dass der Freund, dem ich einst mehr vertraut hatte als mir selbst, nicht mehr existierte?

Als ich mich nicht rührte, was dank Salvatores Griff ohnehin nicht viel gebracht hätte, verdrehte Valerio die Augen und sah zu Danjal.

»Hattest du uns nicht versichert, der Chor hätte ihr selbst den letzten Funken Ungehorsam ausgetrieben?« Ungeduld lag in seiner Stimmte. »In den letzten Tagen hat sie sehr eindrucksvoll das Gegenteil bewiesen.«

»Früher war sie vernünftiger«, seufzte Valerio mit gespieltem Bedauern. »Ihr das Herz zu brechen scheint sie aufmüpfig gemacht zu haben.«

Großartig. Die beiden schienen schon so eine innige Vater-Sohn-Beziehung zu haben, dass sie mich im perfekten Einklang demütigen konnten.

Meine Haut begann vor Scham und Wut zu prickeln. Ich krallte die Finger in mein ramponiertes Kleid und schluckte die bittere Galle im Rachen herunter, bevor ich sie ihnen noch vor die Füße spuckte.

»Das ist natürlich ungünstig«, sagte Danjal und winkte den beiden Halbengeln, die Valerio in den Garten gebracht hatten, gelassen zu. Ich biss mir angespannt auf die Unterlippe, bis ich Blut schmeckte, als sie schnurstracks zum Pavillon marschierten, die bewusstlose Jophiel an den gefesselten Händen packten und ihren schlaffen Körper achtlos durch den Dreck schleiften.

»Also gut!«, stieß ich zwischen zusammengepressten Zähnen hervor und riss an meinen Armen. »Ich ruf sie!«

Die beiden Halbengel hatten Jophiel vor Valerios Füßen

fallen lassen, der den Dolch nun wie ein Damoklesschwert über ihre ungeschützte Kehle hielt und mich über die Schulter hinweg zufrieden anlächelte.

»Aber zuerst werdet ihr Jophiel in Sicherheit bringen und mir schwören, sie niemals wieder anzurühren.«

Sollte es mir gelingen, Lija zu rufen, wollte ich nicht, dass Jophiel in unserer Nähe war. Zu viele Gefahren lauerten bereits in diesem Garten und niemand wusste, wie viel Blut hier heute noch vergossen werden würde. Auf keinen Fall durfte ich zulassen, dass es ihres war.

Also sah ich Danjal entschlossen in die Augen, weil noch immer er derjenige zu sein schien, der die Befehle gab.

»Wie du willst«, sagte er völlig unbeeindruckt und wandte sich den beiden Engeln zu. »Bringt unsere hübsche Gastgeberin nach drinnen und passt auf, dass sie ihren Schönheitsschlaf nicht frühzeitig beendet.«

Einer der Männer besaß die Güte, Jophiel auf die Arme zu nehmen, anstatt sie wie einen Sack Briketts nach drinnen zu schleifen.

Dann wurde ich auf Befehl von Danjal endlich losgelassen und rieb mir verstohlen die schmerzenden Arme.

»Keine Spielchen mehr«, knurrte Salvatore in mein Ohr und blieb dicht hinter mir stehen, während jemand eine Kurbel neben dem Eisentor bediente, sodass sich die Scheiben des Glasdaches wie die Blüten einer Rose öffneten. Ich beobachtete angespannt, wie sich ein knappes Dutzend von Danjals Männern, einige mit und einige ohne Schwingen, kreisförmig im Garten aufstellten und Armbrüste luden, bereit, Lija zu erschießen, sobald sie am Himmel erschien.

Valerio trat vor mich, griff nach dem Lederband um meinen Hals und zog die Glasphiole unter meinem Kleid hervor.

»Du bist dran, Ellie.« Sein Daumen strich über den rasenden Puls an meiner Kehle, während sein Blick über mein Gesicht wanderte und an meinen Lippen hängen blieb.

Ich trat einen Schritt zurück, weil seine Nähe nur noch Übelkeit in mir auslöste und schloss die Augen, um all das hier endlich hinter mich zu bringen.

Schneller als sonst begab ich mich in die Finsternis und erhellte mit meinen Strahlen die schwarze Endlosigkeit. Wie schon in Arcanum, verband ich meine himmlische Kraft mit dem letzten, verblassenden Rest von Gabriels Essenz, der nur noch als schwacher Funke in der Feder steckte, und entsandte beides in das Reich, wo nur noch Gedanken und Gefühle lebten.

Um es mir leichter zu machen, gab ich der formlosen Dunkelheit mehr Gestalt und schuf in ihr meine eigene Welt. Die weißen Strahlen meiner Macht reisten über schwarze Meere und düstere Berge hinweg, durchflogen Täler ohne Glanz und Himmel ohne Licht. Überall begegneten mir Sternenstrudel und Nebelschimmer in den unterschiedlichsten Farben. Sie gehörten zu den Engeln im Garten und den Bewohnern der Stadt, aber nirgends erfühlte ich Lija. Wenn sie sich versteckt hatte, wenn sie Gabriels Essenz zwar spürte, aber mir nicht mehr vertraute, könnte ich bis ans Ende meiner Tage nach ihr suchen, ohne jemals auch nur den kleinsten Silberstreif von ihr am Horizont zu entdecken.

Doch dann war sie plötzlich da. So schnell und so unerwartet, dass sie mich förmlich aus meinem eigenen Verstand riss.

Ihr Licht stürzte sich auf das meine und überflutete mich mit so viel Sehnsucht, Trauer, Angst und Einsamkeit, dass ich innerlich in die Knie ging. Hatte sie mir bei meiner ersten Suche noch misstraut, mich durch meine Abneigung ihr gegenüber für einen Feind gehalten, schien sie jetzt einfach nur noch froh, nicht mehr allein durch die Finsternis geistern zu müssen.

Ich hörte ihren Ruf, zuerst in meinem Kopf, dann in der Welt, in der sie der Tod erwartete.

Das konnte ich nicht zulassen. Es ging einfach nicht! Irgendeinen anderen Weg, um Jophiel zu retten, würde ich schon finden, denn in diesem Moment, in dem mein Geist sich mit dem des Schattens verband, sich die Fäden unserer Gedanken und Gefühle zu einem einzigen Bewusstsein verwoben, wusste ich, dass wir gemeinsam sterben würden, wenn man Lija mit dieser furchtbaren Waffe erstach.

Ich riss die Augen auf, sammelte all meine himmlische Macht zusammen, hob die Hand und ließ sie frei.

Das Licht schoss aus meinen Fingerspitzen und eroberte den Garten. Sonnenhelle Wellen fluteten über den Boden, brachen sich an den gläsernen Wänden, umspülten die Bäume, die Männer und alles andere, bis wir gemeinsam in weißer Unendlichkeit ertranken.

Für einige Sekunden war ich genauso blind, wie es alle anderen sein mussten. Lijas Schrei vermischte sich mit dem Zischen unzähliger Pfeile und dem Gebrüll der Männer, die sie abfeuerten.

Ich rief ihren Namen, laut und in Gedanken. Auch wenn ich sie nicht sah, spürte ich, wie verzweifelt sie war. Ihr massiger Körper schlug gegen das Glas, als sie versuchte, zu fliehen, schaffte es aber nicht, hindurchzubrechen.

Meine Handgelenke wurden grob zurückgerissen, sodass mein Angriff genauso abrupt endete, wie er begonnen hatte.

Ich japste nach Luft und blinzelte die hellen Flecken vor meinen Augen weg, nur um zu sehen, wie Lija blutüberströmt ins Gras stürzte.

Sie bäumte sich auf, schlug mit den von Bolzen durchbohrten Flügeln um sich und kreischte ihre Wut und Verzweiflung heraus.

Ich wollte auf sie zurennen und bekam einen meiner Arme frei, was mir nicht viel brachte, als sich eine große Hand in meinem Haar vergriff und mich gewaltsam gegen Salvatores harte Brust zerrte.

Valerio trat aus den noch nicht ganz verflogenen Nebelschwaden meines Lichts hervor, die durch den Garten zogen und winterliche Kälte verbreiteten. Egal wie laut ich schrie, egal wie sehr ich ihn verfluchte, nichts hielt ihn auf, während er sich mit erhobener Lanze Lija näherte.

Als sie ihn bemerkte, den Kopf herumwandte und mit dem silbernen Schnabel nach ihm stach, war es bereits zu spät. Valerio versenkte die verfluchte Klinge in ihrem Hals und der letzte, gebrochene Ruf des Schattens verwandelte sich in ein schmerzverzerrtes Klagen.

Die Flügel kraftlos zu beiden Seiten ausgestreckt, brach sie zusammen und fand meinen Blick. Ihre blauen, großen Augen sahen mich enttäuscht an. Ich hatte sie verraten. Ich hatte sie direkt in den Tod gelockt.

Valerio trat ihren schwachen Körper mit dem Fuß zur Seite, hatte keinerlei Respekt mehr für dieses einst unsterbliche Wesen und stach ein zweites Mal zu.

Die Klinge drang durch ihre Brust, direkt in das Herz und als dieses seinen letzten Schlag tat, glaubte ich auch das meine sterben zu spüren. Ich sackte in die Knie, weil mich plötzlich niemand mehr hielt, bohrte die Finger ins weiche Gras und krümmte mich vor Schmerz.

Lijas Licht war erloschen und die Reste ihres Lebens zerstoben wie Staub im Wind.

Wo ich sie noch vor wenigen Sekunden gefühlt hatte, herrschte jetzt nur noch Leere.

Lija war von der einzigen Person verraten worden, der sie nach Gabriels Tod noch einmal zu vertrauen gewagt hatte.

Sie war mit dem Gefühl gestorben, vollkommen allein zu sein.

Allein und verloren.

Ich umschlang meinen Körper, der sich anfühlte, als würde er jeden Moment auseinanderbrechen, und erstickte beinahe an dem Kummer, der mich zu spalten drohte.

Was hatte ich getan?

Schwere Stiefel traten vor meine verschwommene Sicht, aber ich wollte nicht wissen, zu wem sie gehörten. Sie sollten mich einfach hier liegen lassen. Mit dem, was von mir übrig bleiben würde, wenn die Schulgefühle mich zerfressen hatten, konnte ohnehin niemand mehr etwas anfangen.

»Das war doch gar nicht so schwer.«

Valerios samtweiche Stimme schmerzte mir in den Ohren. Er ging auf ein Knie hinab und legte mir die blutverschmierte Lanzenspitze unters Kinn, um mein tränennasses Gesicht zu sich hochzuzwingen.

»Sind wir nicht ein tolles Team? Genau wie früher.«

»Du widerst mich an«, zischte ich, trotz der Klinge, die über meine Kehle rieb. Ich müsste mich nur ein Stück nach vorne fallen lassen, um all das hier zu beenden, schließlich hatte ich meine Aufgabe erfüllt und ein Leben in den Tod gelockt.

Valerio lächelte freudlos und fuhr mit der Spitze tiefer, unter das dünne Kettchen um meinen Hals.

»Jetzt weißt du, was ich fühle, seitdem mir klar ist, dass du dich von einem Erzengel ficken lässt.« Seine Worte trafen mich hart wie Peitschenhiebe und ich zuckte zusammen. Er schüttelte traurig den Kopf und drehte die Klinge. »Du warst die Letzte, von der ich erwartet hätte, dass sie sich für den Himmel prostituieren würde. Aber zwanzig Jahre haben wohl nicht nur mich verändert.«

Mit einem kräftigen Ruck durchtrennte er die goldene Kette und fing sie mit der anderen Hand auf.

»Die brauchst du nicht mehr«, sagte er und erhob sich. Was er als Nächstes plante, wusste ich nicht und würde es auch niemals erfahren, denn plötzlich hallte ein ohrenbetäubender Donner durch den Himmel und ließ die Glaswände des Wintergartens erzittern. Die Männer erstarrten, wirkten aber weder überrascht noch besonders besorgt. Ich hob den Kopf und riss die Augen auf. Aus den dicken Wolkenbergen über Aeternitas stürzten überdimensionale, violette Trümmer herab und zogen weiße Nebelstreifen hinter sich her.

Auf die Entfernung sah es aus, als würden Riesen in Zeitlupe zu Boden fallen.

Gabriels Palast.

Ich erkannte Türme, Außenmauern, Eisentore und unzählige Brocken, die noch vor wenigen Minuten Teil seines jahrtausendealten Hofes gewesen waren.

Dutzende, nein Hunderte von Engeln schossen wie bunte Sternschnuppen aus der Stadt hervor und rasten den Trümmern entgegen. Nach und nach lösten sich aus ihren Schwingen gleißende Lichter, die über der Stadt zu einem Schleier zusammenflossen. Ein Schutzschild aus vibrierender, himmlischer Macht, der in allen erdenklichen Farben schillerte und Aeternitas vor den riesigen Gesteinsbrocken schützen sollte. Ich sah noch, wie die ersten, kleineren Teile auf die flimmernde Kuppel trafen und betete, dass diese den größeren ebenfalls standhalten würde, als sich mit einem Schlag meterlange Risse durch das Dach und die Wände fraßen.

Ich sprang auf die Beine, um mich in Sicherheit zu bringen, kam aber keinen Schritt weit, bevor um uns herum Chaos ausbrach.

Gigantische Schwingen zerbrachen das Glas und schwebten in einem Regen aus Scherben und Eis auf die Erde herab.

Silberne Flügel und feurige Federn verdunkelten den Himmel. Durch die Luft tanzten Funken und Schnee, die sich zu einem donnernden Sturm verbanden, in dessen Zentrum zwei Männer, zwei Engel, ihrer grenzenlosen Macht freien Lauf ließen.

Es waren Raphael und Uriel.

Und ihr Auftritt hätte beeindruckender nicht sein können. Beide trugen, wie es Tradition war für Mitglieder des Chors, die in den Krieg zogen, eine Kampfmontur aus dunkelblauem Leder, während das Wams in den Farben ihrer Schwingen leuchtete. Schultern, Arme und Beine wurden von Schienen aus hauchdünnem, unzerstörbarem Metall geschützt, die ihre Wendigkeit nicht beeinträchtigte.

Während die Männer im Garten panisch an den Rand flüchteten, um nicht vom Scherbenregen zerschlitzt zu werden, stand ich wie angewurzelt da. Ich sah die Gefahr auf mich niederprasseln, aber bevor mich auch nur der kleinste Kristall treffen konnte, war Raphael auch schon bei mir. Er schlang die Arme um meinen Körper, zog mich an seine Brust und breitete die Schwingen schützend über uns aus.

Es dauerte vermutlich nur Sekunden, bis der Schauer aus Glas aufhörte, aber mir kamen sie wie Stunden vor. Wunderschöne Stunden, in denen ich befreit wurde von all dem Kummer und all dem Druck, der mich zu zerquetschen gedroht hatte. Meine Wange lag an Raphaels Brust und ich lauschte dem Rhythmus seines stetigen Herzschlags. Der Duft von Zypressen, Harz und sonnenwarmer Erde hüllte mich ein und schenkte meinem Inneren das vertraute Gefühl von Heimat.

Ich schmiegte mich an Raphael, der seine Arme noch fester um mich schloss und meinen Namen wie ein Stoßgebet wisperte.

Er bebte am ganzen Körper, atmete zitternd ein und hielt mich, als hätte *ich* ihn aus seinen schlimmsten Albträumen gerettet.

Die Erleichterung in seiner Stimme beruhigte meine wilden Gedanken und befreite mich endlich von den unkontrollierten Angstschauern.

Für wenige Augenblicke war ich in Sicherheit.

Für wenige Augenblicke waren wir wieder zusammen.

Und dann öffnete ich die Lider und der Augenblick war vorbei. Liebevoll strich Raphael mein Haar zurück und betrachtete mich sorgenvoll.

Ich musste einen furchtbaren Anblick abgeben. Die Augen gerötet von all den Tränen, das Kleid befleckt mit Blut.

Raphaels Miene verfinsterte sich. Sein aufsteigender Zorn raubte der Sonne die Wärme und verbannte ihr Licht. Ein dunkler Schleier legte sich über die Welt, die er mit einem einzigen Flügelschlag vernichten konnte, wenn er die erbarmungslose Kraft seiner glühenden Schwingen freiließ.

Uriel legte ihm von hinten eine Hand auf die Schulter.

»Bring sie nach Hause«, sagte er, aber sein Freund hörte ihn nicht mehr.

»Mir geht es gut«, log ich leise und streichelte Raphaels Gesicht, damit er sich nicht in seiner Wut verlor und auf jene stürzte, die mir wehgetan hatten. Er würde sie nicht nur bestrafen, sondern töten. Das verriet mir die Mordlust in seinen Augen. »Es ist alles gut«, wiederholte ich und dieses Mal war es die Wahrheit.

Trotz allem, was geschehen war, trotz allem, was ich ihn hatte sagen hören, schien alles erträglicher, solange er an meiner Seite war.

Der Grund dafür war so erschreckend, wie er simpel war.

Ich liebte ihn.

Ich liebte ihn, wie ich ihn einst gefürchtet hatte: aus vollem Herzen.

»Ellie.« Valerio trat ein Stück vor, hielt aber Distanz. Zwischen uns und seinen Männern standen die beiden Schatten der Engel und fletschten ihre Zähne.

Raphael griff nach seinem Schwert und bändigte seine Macht, als wolle er die Sache mit Valerio mit bloßen Händen regeln.

In dessen Blick, der mich durchbohrte, flammte ein winziger Funke Angst auf. Er streckte die Hand nach mir aus und hob mahnend eine Augenbraue.

»Komm zu mir.« Der Befehl war eindeutig, aber ich rührte mich nicht. Raphael stieß ein schnaubendes Lachen aus, zog seine Klinge und deutete damit auf Valerios Kehle.

»Bring Elodie weg von hier«, wies er Uriel an und strich mir übers Haar. »Das hier wird nicht lange dauern.«

»Sie wird nirgendwo hingehen«, rief Valerio und verschränkte die Arme auf dem Rücken. »Nicht wahr, *passerrota*?«

Dass er es wagte, diesen Namen zu benutzen, weckte nicht nur in mir kochende Wut. Raphaels Schwingen zuckten minimal, aber das reichte, um eiskalte Windböen durch den Garten zu schicken und silberne Blitze über den Boden kriechen zu lassen.

»Kein Grund, die Fassung zu verlieren«, höhnte Valerio und legte die Stirn in Falten, eine letzte Warnung, um mir zu sagen, wessen Leben heute enden würde, wenn ich noch länger zögerte.

Alles in mir sträubte sich dagegen, sein widerliches Spiel mitzuspielen, aber ich durfte, ich *konnte* nicht auch noch Jophiel verlieren.

»Raphael«, sagte ich mit dünner Stimme, berührte seine Wange und wollte ein letztes Mal die Zuneigung in seinen Augen sehen, bevor diese für immer von Hass und Verachtung vertrieben werden würde. »Verzeih mir.«

Als ich mich von ihm löste, verrutschte Raphaels Maske der Gleichgültigkeit. Mit jedem Schritt, den ich von ihm weg machte, wuchs die Qual in seinem Blick. Und mit ihr der Schmerz in meiner Brust.

»Elodie«, wisperte er meinen Namen, als wüsste er nicht länger, wer ich war. Alle Farbe wich aus seinem Gesicht, während der Abstand zwischen uns wuchs, bis ich neben Valerio stand.

»Es tut mir so leid«, wisperte ich.

»Überleg dir gut, was du ihm verraten willst«, knurrte Valerio mir sanft ins Ohr und schlang seinen Arm um meine Taille, bevor ich zurück zu dem Mann rennen konnte, dem ich niemals hatte wehtun wollen. Er zog mich enger an sich, woraufhin Uriels feuerrote Federn bedrohlich zu glühen begannen und sich aus Raphaels Schwingen graue Nebel lösten.

»Sie hat ihre Seite gewählt«, sagte Valerio und schleuderte meine goldene Kette den beiden Engeln achtlos entgegen. Raphael starrte das Schmuckstück an, als sei es sein Herz, das man ihm herausgerissen und vor die Füße geworfen hatte.

»Tatsächlich?«, fragte er und hob mit einem gefährlichen Lächeln den Blick, während silberweiße Flammen in seinen Augen zu toben begannen. »So wie du sie festhältst, sieht es eher so aus, als hättest du Angst davor, für wen sie sich wirklich entscheiden würde, wenn man ihr eine Wahl ließe.«

Valerio spannte die Kiefer an und bohrte seine Finger in mein Fleisch.

»Ich erwarte nicht, dass ein Erzengel das versteht«, knurrte er. »Aber was wir zusammen durchlebt haben, ist sehr viel stärker als das bisschen Zuneigung, das du ihr geschenkt hast.« Er lächelte mich liebevoll an. »Und nur weil du sie einmal hast haben dürfen, heißt das nicht, dass sie plötzlich dir gehört. Obwohl«, er schüttelte amüsiert den Kopf und beobachtete lauernd, wie sich am Glas um uns herum Frostblumen emporrankten und der Boden mit einer dünnen Schicht Raureif überzogen wurde, »verübeln kann ich es dir nicht. Sie fühlt sich fantastisch an, nicht wahr?«

Ein gnadenloser Wintersturm schoss aus Raphaels geöffneten Schwingen, direkt auf uns zu, aber bevor er Valerio mit seinen Eiskristallen zerfetzen konnte, stellte ich mich vor ihn.

Direkt vor meiner Nase zerstob der Sturm in alle Richtungen und seine Reste rieselten vor mir zu Boden.

»Ich habe Lija gerufen«, sagte ich und sah zu dem blutüberströmten Körper des Schattens, der halbvergessen im Garten lag. »Ich wusste, dass sie sie töten würden, und habe sie trotzdem für sie gerufen.«

Das war keine Lüge. Nur nicht die ganze Wahrheit.

»Ich habe gehört, was du zu Michael gesagt hast,« fügte ich mit bebender Stimme hinzu und hasste mich mit jeder Sekunde mehr. »Und ich weiß, dass du nicht gelogen hast.«

Raphael wurde aschfahl und die Reste seiner Macht fielen kraftlos in sich zusammen.

»Ich habe Michael gesagt, was er hören wollte.«

»Und es war die Wahrheit.« Ich klang verbittert und beängstigend glaubhaft.

Raphael schüttelte den Kopf, presste die Zähne zusammen, starrte Danjal, dann Valerio und schließlich wieder mich an.

»Nur ein verdrehter Teil von ihr.«

Im Garten wurde es totenstill. Ich hörte nur noch meinen rasenden Puls und Raphaels verzweifeltes Knurren. Wir brachten uns gegenseitig um.

»Wie du siehst«, seufzte Valerio und fuhr mit der Hand sanft unter mein Haar, »hat sie sich bereits für den richtigen Mann entschieden. Einen, der ihr nicht das Herz brechen wird.«

Mir wurde schwindelig vor Ekel und Hass, aber bevor ich Valerio im Strudel meiner Wut von mir stoßen konnte, packte er mein Genick und zerrte mich vor sich.

Ohne Vorwarnung senkte er seine Lippen auf die meinen und zwang mir einen abstoßenden Kuss auf. Seine Fingernägel bohrten sich in meine Haut, damit ich nicht noch auf die Idee kam, mich zu wehren. Also hielt ich still, ließ zu, dass er mich so drehte, wie es ihm passte und kämpfte mit der Übelkeit, die meinen Magen umstülpte.

Als er mich endlich losließ, wäre ich ohne seinen festen Griff in die Knie gesunken.

Mit Tränen in den Augen wandte ich mich Raphael zu und sah zum ersten Mal, welche Dämonen selbst in den heiligsten Engeln geweckt werden konnten, wenn man sie nur tief genug fallen ließ.

Raphael kämpfte dagegen an, vermutlich ohne es zu wissen, als wollte sein Unterbewusstsein mich nicht hassen, aber die Wärme in seinem sonst so strahlenden Gesicht erlosch genauso unaufhaltsam wie die Liebe, die er einst doch für mich empfunden hatte.

»Fein«, sagte er tonlos und straffte das Kreuz. »Dann werdet ihr euch vermutlich eine Zelle teilen wollen.«

»Oh, wir haben nicht vor, euch zurück zum Berg zu begleiten«, mischte sich Danjal ein und trat in aller Seelenruhe vor uns. »Außerdem verdienen die beiden etwas Zeit, um ihre junge Liebe zu genießen. Denkst du nicht, Bruder?«

Raphaels Züge durchliefen unzählige Emotionen, bevor sich sein Gesicht verhärtete und vor mir der Erzengel stand, ein Krieger des Himmels, der für diesen alles und jeden bekämpfen würde.

Sogar sich selbst und das, was er liebte.

Aber er bekam nicht mehr die Gelegenheit dazu, denn plötzlich spreizten Danjals Engel ihre Flügel und bombardierten ihn und Uriel mit gleißenden Lichtern.

Sie waren gewiss nicht stärker als zwei Erzengel, aber für einen Moment der Verwirrung reichte ihr Angriff aus. Valerio zerrte mich mit sich, hinaus aus dem Garten und zurück ins Schloss, während ich mich noch einmal nach hinten umsah. Raphaels Blick fand den meinen, während um ihn herum Stürme aus Silber und Eis das Licht der Engel gnadenlos zerfetzten.

Er folgte uns nicht, sondern schloss die Augen und ich glaubte zu sehen, wie eine einzige Träne über sein vor Kummer und Zorn verzerrtes Gesicht lief.

Dann wurde ich weitergerissen und begriff, dass er mir das nächste Mal als Feind begegnen würde.

Wie eine leblose Puppe schubste Valerio mich die Treppe

hinab, zog mich durch die Korridore, bis zu dem Raum mit dem Portal. Er sagte etwas, aber ich hörte es nicht. Was um mich herum geschah, interessierte mich nicht.

Meine Gedanken waren bei Raphael geblieben.

Er hatte mich niemals verändern wollen. Mir niemals meine eigenen Gefühle abgesprochen oder mich den seinen unterworfen.

Ich war von ihm gerettet worden, mehr als nur einmal und doch hatte er niemals an meiner Stärke gezweifelt, sondern meine Schwächen respektiert.

Er hatte in mir Mut gesehen und dieser war in seinem Licht neu erblüht.

Wie konnte es bei all der Liebe, die ich für ihn empfand, dann sein, dass wir einander wehtun und verraten mussten?

Valerio stieß mich durch das blaue Licht des Portals, dessen Energie meinen strapazierten Verstand in eine gnädige Bewusstlosigkeit schickte.

Bevor die Dunkelheit mich verschluckte, dachte ich an den Tag zurück, an dem alles ins Rollen gebracht worden war.

An meine Flucht vor dem Dämonenfürsten und an meine Rettung durch diesen einen, besonderen Engel.

An den Meteorschauer und die Entscheidungen, die in seinem Licht getroffen worden waren. Ich bereute es nicht, die Regeln gebrochen zu haben. Und trotzdem ...

Meine kleine Rebellion im Morgengrauen hatte mich letzten Endes nicht nur den Himmel, sondern auch mein Herz gekostet.

Danksagung

Ich war so aufgeregt, dieses Buch zu schreiben, da die Idee dazu bereits während der Juniper Moon Dilogie in meinem Kopf herumspukte und ich es kaum erwarten konnte, in die Stadt der Engel zu reisen. Allerdings hatte ich auch große Angst, jemanden mit dieser Geschichte zu enttäuschen. Die ein oder anderen werden sich etwas anderes vorgestellt oder gewünscht haben. Aber beim Schreiben hat man immer Selbstzweifel, denn man möchte am liebsten die Erwartungen aller erfüllen. Aber da das nicht möglich ist, hoffe ich einfach, dass euch dieses Abenteuer die Lesefreude gegeben hat, die ihr zweifelsohne verdient.

Denn viele haben mir dabei geholfen, es auf die Beine zu stellen und sie alle verdienen eine feste Umarmung.

Daher muss ich mich zu allererst, das ist meine heilige Pflicht, bei meinen Eltern bedanken.

Danke an meinen Papa, der sich jetzt bereits durch das dritte Romantasy Buch gekämpft hat und sogar Spaß dabei hatte. Ich glaube, kein Lob hat mir so viel bedeutet wie seins.

Danke an meine Mama, die diese Geschichte von Anfang an mit ihrem literarischen Talent unterstützt hat. Ohne ihr fast schon lächerlich großes Wissen über Mythen und Legenden aus aller Welt wäre mein Kopf um viele Ideen ärmer.

Natürlich auch ein großes Dankeschön an meine liebste Josie, die mit mir glücklich sein kann, selbst wenn sie selber traurig ist. Die mir meine Zweifel austreiben kann wie keine andere.

Das dieses Mal größte Dankeschön geht an meine wundervolle Lektorin Stefanie. Ich war mehr als überwältigt von ihren Tipps und Impulsen, die nicht nur dieses Buch zu dem gemacht haben, was es jetzt ist, sondern die mich und mein Schreiben auch nachhaltig prägen werden.

Tausend Dank natürlich an den Thienemann-Esslinger Verlag, der auch meinem dritten Buch noch ein Zuhause geschenkt hat und mir seit dem ersten das Gefühl gibt, gut aufgehoben zu sein.

Und zum Schluss ein laut geschrienes Dankeschön an alle Leser*Innen, die mich vor und nach dem Schreiben unterstützen und mir mit ihren wundervollen Nachrichten genügend Kraft geben, um noch hundert Bücher in die Welt zu schicken.

Gammel, Magdalena
Where Angels Fall
ISBN 978-3-522-50803-2

Umschlaggestaltung: Giessel Design unter Verwendung von Bildern von Shutterstock.com: optimarc/Paper Street Design/tomertu/one AND only/Studiotan/PROFFIPhoto/Zaleman/Cococat
Druck und Bindung: CPI Books GmbH, Leck

MIX
Papier | Fördert gute Waldnutzung
FSC® C083411

3. Auflage 2023